Über dieses Buch

In diesem Roman schildert Luise Rinser ein Familienbild des intellektuellen deutschen Mittelstandes. Eine junge Frau, Kind der Provence,
kommt in das Haus eines unduldsamen, nervösen Dozenten, der sich nur
in der Dunkelheit seines privaten Raumes geborgen fühlt. Marie-Catherine setzt ihre ganze Zartheit und Kraft ein, um das Leben dieses Mannes
und seiner stolzen, von psychischer Last gedrückten Familie zu erhellen.
Vergeblich, so scheint es; aber alle, die in ihren Kreis treten, wandeln
sich. Sie hinterläßt ein Stück geordneter und hoffnungsvoller Welt.
Ein psychologisch überzeugender Roman, eine »christliche Aussage von
elementarer Wucht, wie sie im deutschen Sprachraum seit langem nicht
mehr erlebt wurde«. (Die Furche)

Die Autorin

Luise Rinser wurde 1911 in Pitzling/Oberbayern geboren. Sie studierte
Psychologie und Pädagogik und war von 1935 bis 1939 als Lehrerin tätig.
1940 erschien ihr erster Roman ›Die gläsernen Ringe‹. In den folgenden
Jahren durfte sie ihren Beruf nicht mehr ausüben, 1944 wurde sie wegen
angeblicher Wehrkraftzersetzung verhaftet. Die Erlebnisse dieser Zeit
schildert sie in ihrem ›Gefängnistagebuch‹ (1946); ihre Autobiographie,
›Den Wolf umarmen‹, erschien 1981. Luise Rinser lebt heute als freie
Schriftstellerin und Kritikerin in Rocca di Papa bei Rom. 1979 erhielt sie
die Roswitha-Gedenkmedaille, den Literaturpreis der Stadt Bad Gan-
dersheim.
Im Fischer Taschenbuch Verlag liegen außerdem vor: ›Mitte des Lebens‹
(Bd. 256), ›Die gläsernen Ringe‹ (Bd. 393), ›Der Sündenbock‹ (Bd. 469),
›Hochebene‹ (Bd. 532), ›Abenteuer der Tugend‹ (Bd. 1027), ›Daniela‹
(Bd. 1116), ›Gefängnistagebuch‹ (Bd. 1327), ›Ich bin Tobias‹ (Bd. 1551),
›Ein Bündel weißer Narzissen‹ (Bd. 1612), ›Septembertag‹ (Bd. 1695),
›Der schwarze Esel‹ (Bd. 1741), ›Baustelle‹. Eine Art Tagebuch
(Bd. 1820),›Grenzübergänge‹ (Bd. 2043), ›Bruder Feuer‹ (Bd. 2124),
›Mein Lesebuch‹ (Bd. 2207), ›Kriegsspielzeug‹ (Bd. 2247), ›Nordkorea-
nisches Reisetagebuch‹ (Bd. 4233), ›Jan Lobel aus Warschau‹ (Bd. 5134),
›Mit wem reden‹ (Bd. 5379).

Luise Rinser

Die vollkommene Freude

Roman

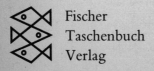

Fischer
Taschenbuch
Verlag

141.–150. Tausend: April 1984

Ungekürzte Ausgabe
Veröffentlicht im Fischer Taschenbuch Verlag GmbH,
Frankfurt am Main, Mai 1972

Lizenzausgabe mit freundlicher Genehmigung
des S. Fischer Verlages GmbH, Frankfurt am Main
© 1962 by S. Fischer Verlag GmbH, Frankfurt am Main
Umschlagentwurf: Jan Buchholz / Reni Hinsch
Druck und Bindung: Clausen & Bosse, Leck
Printed in Germany
780-ISBN-3-596-21235-9

L. D.
Aquae multae non potuerunt
extinguere caritatem.

Der Einfall, die Geschichte Marie-Catherines aufzuzeichnen, kam mir heute, als ich dem Abbruch unseres Hauses zusah. Wenn ich sage, es sei ein Einfall gewesen, so möchte ich damit nicht ausdrükken, daß ich nie vorher daran gedacht hatte; aber ich wagte nie, den Entschluß zu fassen, und ich weiß, warum: ich hatte Angst davor, mich, mit Marie-Catherine beschäftigt, unabweisbar auch mit all jenen Fragen beschäftigen zu müssen, denen ich gerne aus dem Wege ging. Wenn ich also diesem Einfall nachgebe, so geschieht es weder freiwillig noch mutig, noch aber auch gezwungenermaßen; ich lasse mich vielmehr furchtsam in ein Abenteuer fallen, das ich nicht auszuschlagen wage.

Als ich gestern einige Stunden mit bitterer Genugtuung dem Abbruch unseres alten Hauses zugesehen hatte, ließ ich mich von Simone zum Friedhof fahren, nicht zum Waldfriedhof, wo mein Bruder Clemens, meine Eltern, Großeltern, Urgroßeltern und fast alle übrigen Angehörigen dieser weitverzweigten Familie begraben sind, sondern zu dem kleinen Friedhof, auf dem Marie-Catherine liegt, weitab und allein, als hätte sie nie zu unserer Familie gehört. Ich war nicht das erstemal dort, aber zum ersten Male mit Simone. Sonst hatte ich mich mit einem Taxi hinfahren lassen, insgeheim, wenn Simone in der Schule, später dann an der Universität war. Selbst seitdem sie mich zum Kaufe eines Autos gedrängt hat, in das man mich samt meinem Rollstuhl schieben kann, bat ich sie nie darum, mich dorthin zu fahren. Gestern tat ich es. Sie wollte nicht. Sie war schon dagegen gewesen, daß ich mir den Abbruch des Hauses ansehen wollte. Es hatte geradezu einen Kampf gekostet, bis sie nachgab. Sie ist jung, sie liebt die Gegenwart und die Zukunft, und obwohl sie über ihre Jahre ernst und erfahren ist, lehnt sie es ab, sich absichtlich vergangener Leiden zu erinnern; sie sagt, man dürfe dies nur tun, um sich Rechenschaft zu geben über das, was man falsch gemacht habe; wenn man einsehen müsse, daß man Vergangenes weder ändern noch gutmachen könne, müsse man ablassen vom Wühlen in dem, was hinter einem liege. Das ist eine gesunde Ansicht, ich gebe es zu. Die Frage ist nur, ob es Geschehnisse gibt, die ›hinter einem liegen‹. Ich glaube, daß nichts vergangen und alles gegenwärtig ist. Je mehr man sich dem Tode nähert, desto gegenwärtiger wird alles.

Nun, Simone brachte mich also, Besorgnis im Herzen, getarnt durch mürrische Sanftmut, dorthin, wohin es mich zog, zuerst zu unserem Hause, dann zum Friedhof. Ich hatte fast vergessen, wie düster jenes Viertel ist, in dem wir seit Generationen wohnten. Wieso leben hier so viele Leute, die genug Geld hätten, sich moderne Häuser in modernen Stadtvierteln zu bauen? Warum nur gilt es als vornehm, hier zu wohnen in diesen alten dunklen Herrenhäusern, diesen viel zu weitläufigen, altmodischen, unbequemen Villen im Schatten hoher Eschen, Erlen, Pappeln und inmitten all des Gesträuchs, das auf dem kiesig-schlammigen Boden wächst, den der Fluß angeschwemmt hat in Tausenden von Jahren. Die Keller dieser Häuser sind feucht vom eindringenden Grundwasser, die Dächer dick mit Moos bewachsen, die Dachrinnen stets mit moderndem Laub verstopft, und die Balken faulen früh. Immer ist hier etwas zu erneuern, und immer wird das mühsam Erneuerte alsbald wieder von Feuchtigkeit zerstört. Man müßte viele der hohen alten, efeubewachsenen Bäume schlagen, damit Sonne eindringen könnte; aber man tut es nicht; wer hier wohnt, betrachtet es als Frevel, Bäume zu schlagen; man wartet, bis sie so morsch geworden sind, daß sie von selbst sterben. Bei starken Stürmen sind die Dächer bedeckt mit abgeschlagenem dürrem Geäst. Im Herbst und Winter ist es fürchterlich hier zu leben, jedenfalls mir schien es so; man lebt dann im Schattenreich. Im Sommer freilich mag es schön sein für den, der es liebt, in einem Aquarium zu hausen, ganz im dunkelgrünen Schatten, im Geruch von Schilf und bitterem Laub, nahe dem laut rauschenden Fluß, nahe dem Geschrei der Möwen. Unzählige Singvögel hausen hier, freilich auch Marder, die nachts kratzend über die Dächer laufen, und Käuzchen, die mit weichem Flügelschlag in den dunklen Gärten geistern und rufen. Auch Katzen gibt es hier, halbwilde, streunende, ewig hungrige. Marie-Catherine hat sie gefüttert, heimlich, denn Clemens konnte Katzen nicht leiden.

Als ich mit Simone gestern dorthin fuhr, fiel mir jene Episode ein, die vielleicht Ursache war dafür, daß ich beschloß, die Geschichte Marie-Catherines aufzuschreiben. Ich erzählte Simone, wie Clemens, der sonst nie spazierenging, einmal darauf bestand, seine Frau an den Fluß zu führen. Es war eine seiner plötzlichen Launen, vor denen Marie-Catherine nie sicher war und denen sie stets augenblicklich nachgab. Nun, sie gingen also auf dem schmalen Weg am Flußufer. Da tauchte eine Katze auf, eine zweite folgte, eine dritte, ein Dutzend, mehr noch; sie sprangen von Bäumen, krochen aus warmen Erdlöchern und drängten sich furchtlos an Marie-Catherine, auf solche Weise das Geheimnis verratend. Da Marie-Catherine, in großer Verlegenheit, keine Miene machte, sie wie sonst zu füttern, folgten sie ihr mit anklagendem Geschrei, es war höchst lästig. Als ich Simone die Geschichte erzählte, lachte sie laut hinaus; das tat sie selten; dann aber stellte sie sofort die einzige Frage, die hier zu stellen war: »Und Clemens, war er beleidigt?« Er war es. Er war tief verletzt, weil seine Frau eines seiner Verbote umgangen hatte. »Ein Narr«, sagte ich, »ein perfekter Despot.«

Simone erwiderte: »Das kam von der Vorstellung, die er von der Liebe hatte.«

»Wieso das? Ich sehe das Gegenteil von Liebe.«

Simone sagte: »Er hatte eine Vorstellung von der absoluten Liebe.«

»Das heißt?«

»Es heißt, daß er dachte, ein Mensch dürfe nichts tun, dürfe durchaus nichts zu tun wünschen, was der Geliebte nicht billigt.«

»So ist es. Wenn das nicht die übelste Tyrannis ist . . .«

»Wer liebt, der nimmt diese Tyrannis gern auf sich.«

Ich erschrak. »Wie alt bist du, mein Kind?«

»Neunzehn, bald zwanzig, lieber Onkel, und man kann mit neunzehn schon einiges verstehen von dem, wovon ihr meint, es sei Altersweisheit.«

»Nun gut, aber warum nimmst du eigentlich plötzlich Clemens in Schutz? Du hast ihn doch nie leiden können.«

Sie seufzte: »Das hat doch nichts miteinander zu tun. Ich konnte ihn nicht leiden, weil er log. Aber ich verstand, warum er so war, wie er war.«

»Du hast ihn verstanden, du?«

»Genau gesagt: ich verstehe ihn jetzt. Ich verstehe, daß er sich zerstört hat, weil . . . wie soll ich es erklären? Er war wie ein Tier, das durch eine dicke Glasscheibe hindurch ein anderes Tier sieht, zu dem es möchte. Aber die Scheibe ist hart und dick, und weil das Tier nicht glauben will, daß diese Scheibe vorhanden ist, wirft es sich immer wieder dagegen, bis es verrückt wird.«

»Sehr klug, mein Kind. Aber dein Tier macht wenigstens unter Einsatz seines Lebens die Anstrengung, jene Scheibe zu zerbrechen, die es vom andern trennt. Aber Clemens, das ist es ja, er machte keinerlei Anstrengung.«

»Onkel«, sagte sie ernst, »das weißt du nicht. Aber es kommt jetzt auf etwas anderes an. Clemens konnte die Scheibe nicht sehen, er konnte nicht, verstehst du? Er begriff nicht, daß es derlei gibt. Er meinte, das andere Tier käme aus purer Bosheit nicht zu ihm. Darum war er in jenem dauernden Zustand von Gekränktsein, der so qualvoll war für uns alle, und für ihn am meisten.«

»Höre, du bist nicht ganz im Bilde geblieben. Dein Tier wirft sich gegen die Scheibe, an die es nicht glaubt. Aber wenn es sich an der Scheibe wehtut, muß es doch merken, daß es diese Scheibe gibt.«

Simone seufzte: »Ach Onkel, laß doch das Bild. Du verstehst mich genau.«

»Nun gut. Aber sag mir: glaubst du, daß diese Scheibe vor jedem Menschen, zwischen allen Menschen steht?«

»Ich weiß nicht«, sagte sie leise, aber dann fügte sie ein wenig kampflustig hinzu: »Nein, im Ernst, ich glaube es nicht.« Sie wurde dabei rot, und ich begriff nicht, warum. War sie verliebt? Nein, denn dann wüßte ich es. Aber sie mußte ein Wissen von der Liebe haben, das ihrem Alter weit vorauseilte. Einen Augenblick lang dachte ich an den Mann, der im Leben von Simones Mutter eine so große Rolle gespielt und der auch auf die kleine Simone einen starken Eindruck gemacht hatte.

Nachdem wir eine Weile schweigend weitergefahren waren, überraschte mich Simone plötzlich mit der Frage, ob es wahr sei, daß nur Frauen liebten und Männer sich lieben ließen. Es war weit eher eine Feststellung als eine Frage. »Kind«, sagte ich, »ist das wirklich deine Meinung?«

»Ich habe dich, Onkel, gefragt, ob es so ist.«

Ich sagte: »Woher soll ich es wissen? Ich bin ein Krüppel.«

Sie sagte zornig: »Erstens, du warst es nicht immer; du warst genau dreißig Jahre alt, als es begann, und bis dahin konntest du ja einige Erfahrungen gemacht haben. Und zweitens, du siehst doch alles.«

»Was alles?«

»Nun eben alles. Du sitzt in deinem Rollstuhl, in deinem Zimmer, und alle Welt kommt zu dir und erzählt und beichtet, und was man dir nicht beichtet, das errätst du, und außerdem weißt du überhaupt viel von solchen Dingen, also wirst du mir wohl eine Antwort geben können, vorausgesetzt, daß du mir eine geben willst.«

»Also gut«, sagte ich, »dann höre: ich glaube, daß es sozusagen die Regel ist, daß Frauen stärker lieben als Männer. Aber . . .«

»Aber? Weiter!«

»Es gibt Ausnahmen, und das ist dann . . . das ist dann etwas Großes.«

»Du meinst also, daß es etwas Großes sei, wenn ein Mann lieben kann?«

Ich nickte. Wir schwiegen wieder. Plötzlich sagte sie: »Du bist solch eine Ausnahme.«

Ich erschrak ins Innerste hinein, aber ich lachte. Sie fuhr mich an: »Lach nicht jetzt. Glaubst du, ich wüßte es nicht.«

»Was meinst du zu wissen, Simone?«

»Ich meine nicht zu wissen, sondern ich weiß: du hast meine Mutter geliebt. Du hast sie geliebt ohne Selbstsucht . . .«

Ich unterbrach sie: »Simone, ich, ein Krüppel, konnte sie füglich nicht selbstsüchtig lieben, du verstehst.«

»Darauf kommt es nicht an. Man kann auch selbstsüchtig lieben, wenn man gewiß ist, daß man nicht haben kann, was man möchte.«

»Ja. Aber ich bin nicht solch ein Mann, verstehst du. Es ist nicht wegen meiner Lähmung. Ich bin immer schon alt gewesen, das ist es. Ich habe nie etwas fest in Händen gehalten, ich habe mir alles entgleiten lassen, ich bin mit müden Händen geboren. Es kommt wohl davon, daß wir eine uralte Familie sind.«

»Meinetwegen also«, sagte sie streng. »Verringere du nur deinen Wert. Ich kenne ihn trotzdem. Wenn deine Theorie stimmte, hätte auch dein Bruder Clemens ›müde Hände‹ haben müssen. Seine Hände waren alles andere als müde. Aber lassen wir Clemens. Er ist tot.«

Ich war einverstanden damit, Clemens tot sein zu lassen und dieses Gespräch zu beenden, aber mir stand noch etwas bevor. Eine Weile später, wir bogen schon in unsere Straße ein, sagte sie plötzlich: »Onkel, sag mir die Wahrheit.«

»Als ob ich dich belügen könnte, selbst wenn ich wollte!«

»Warum hat meine Mutter den Doktor nicht geheiratet?«

Diese Frage hatte ich nicht erwartet, nie und nimmer. Was wußte denn das Kind davon.

»Aber Simone, deine Mutter war doch verheiratet.«

»Und wie!« sagte sie zornig.

»Aber sie war es.«

»Es gibt doch Scheidungen.«

»Glaubst du, deine Mutter war eine Frau, die eine übernommene Aufgabe im Stich läßt?«

»Sie ist schließlich doch gegangen.«

»Ja, aber nicht aus freiem Willen. Du weißt, daß Clemens sie förmlich hinausjagte, weil, nun, weil er sie nicht mehr wollte.«

»Einige Jahre zu spät.«

»Du weißt, daß sie Clemens dennoch treu blieb.«

»Onkel«, rief sie triumphierend, »meine Mutter blieb nicht Clemens treu, sie blieb dem Doktor treu.«

Um meinen Schrecken zu verbergen, suchte ich Zuflucht bei einem Streite. »So«, sagte ich spottend, »wenn du schon so klug bist, kannst du mir wohl sagen, warum sie nicht zu ihm nach Afrika ging, als sie von Clemens getrennt war.«

Simone ging auf meinen Ton ein. »Weil das, mein dummer Onkel, in keinem Zusammenhange stand. Die Sache mit dem Doktor war schon vor Jahren entschieden, sauber und für alle Zeit. Sie war übrigens von allem Anfang an entschieden.«

»Simone«, rief ich, noch mehr bestürzt, »du warst damals ein Kind. Woher weißt du das alles? Hat deine Mutter mit dir darüber gesprochen?«

Sie schüttelte heftig den Kopf.

»Wer also?«

»Wer? Niemand natürlich. So etwas weiß man eben.«

»Und der Doktor? Hat er etwas gesagt?«

Wir waren angekommen. Simone bremste scharf, was sie sonst niemals tat, aus Rücksicht auf mich. Sie wandte sich rasch nach mir um. »Ich sage dir doch, daß niemand mit mir gesprochen hat. Und wenn du glaubst, daß der Doktor derlei gesagt hätte — ... er, der sich lieber die Zunge abgebissen hätte, als ein einziges Wort zu sagen, das ihn selbst betraf ... Wie schlecht du ihn kennst!«

Sie war glutrot geworden, und als sie die Glut fühlte, wandte sie sich schroff ab. »Also«, sagte sie, »willst du wirklich aussteigen des Hauses wegen? Onkel, was ist schon ein altes Haus!«

»Du vergißt, daß es unser Haus ist«, warf ich ein.

Sie erwiderte trocken: »Unser Haus war, genau gesagt.«

»Nun ja, ist denn dies alles so schwer zu verstehen?«

»Ja«, sagte sie streng, »es ist schwer zu verstehen, warum es dich hierher zieht, wo du unglücklich warst, seit du denken kannst.«

Ich wagte leise einzuwerfen: »Vielleicht gerade deshalb.«

Sie sagte unwillig: »Also zum Wühlen bist du hergekommen. Mit Gewalt traurigmachen willst du dich und mich. Nun gut, also komm.«

»Simone«, sagte ich, »verzeih, ich dachte nicht, daß es dich traurig macht.«

»Mich macht nicht das dumme alte Haus traurig, sondern ich werde traurig sein, wenn du traurig bist, und das wirst du binnen zehn Minuten sein, abgrundtief traurig.«

Um mich zu verteidigen, sagte ich: »Und deine Erinnerungen an dieses Haus?«

Sie zuckte die Achseln. »Meine Erinnerungen sind in mir. Aber komm jetzt, da du dich schon einmal dazu verurteilt hast zuzuschauen, wie man dein Vaterhaus mit Spitzhacken und Kränen zerstört.«

Das große schmiedeeiserne Tor war aus den Angeln gehoben, es lehnte an der Gartenmauer, jedermann konnte es stehlen im Schutze der Dunkelheit. Wußte denn dieser Narr, der Käufer, nicht, daß es ein wertvolles Tor war, barock, aus dem achtzehnten Jahrhundert, von meinem Urgroßvater einem österreichischen Kloster abgekauft!

»Siehst du«, sagte Simone, »jetzt beginnst du schon zu leiden. Kehren wir um.«

Aber wir kehrten nicht um. Der schöne Einfahrtsweg vom Tor zum Haus war aufgerissen von den Lastwagen, die Eisenträger, Steine und Schutt wegbrachten. Das Haus war bereits zur Hälfte abgebrochen. Vom Erdgeschoß standen noch drei Wände. Man blickte in das Innere des bereits ausgeweideten Hauses. Wie groß dieses Haus war! Eiserne Rohre starrten in die Höhe wie gebrochene Knochen, Lichtdrähte ringelten sich aus Löchern in den Mauern. Noch erkannte man die Tapeten an den Wänden und die dunkleren Stellen, an denen einst Bilder gehangen hatten. Ein Kran bückte sich kreischend, um ein Maul voll Schutt aus einer Ecke zu holen, die zu meinem Zimmer gehört hatte. Hier war das Fenster, vor dem ich so viele Jahre meines Lebens, im Rollstuhl sitzend, verbracht hatte, den Blick auf das Rosenbeet gerichtet, das Marie-Catherine genau vor diesem Fenster angelegt hatte, mir zu Trost und Augenweide. Mitten in diesem Beet stand jetzt der Kran. Die schöne Buchsbaumhecke, deren bittersüßer Geruch so eigentümlich durchdringend unseren Garten erfüllt hatte, war von den Lastwagen niedergefahren. Ich wies Simone darauf hin. »Gehen wir«, sagte sie, »es ist genug.«

Ich war aber voll von einem Eigensinn, der mich selbst schmerzte; er war stärker als mein Wunsch, Simone nicht zu verärgern. Sie erinnerte mich daran, daß sie noch eine Vorlesung habe, die sie nicht versäumen dürfe, und das war die Wahrheit.

»So fahr und laß mich hier; hole mich später ab.«

Sie sträubte sich, schob aber dann meinen Rollstuhl in den Schatten des Nußbaums, des uralten, der am Hang steht, und von dort hatte ich einen guten Überblick über das ganze Gebäude. Simone ging. Plötzlich bückte sie sich, hob rasch ein Stück Holz auf und nahm es mit sich. Es war unverkennbar ein Stück der weißen Gartenbank, die jemand zerhackt hatte, ein Stück jener Bank, auf welcher der Doktor mehrmals mit Simone gesessen war, der Kleinen erklärend, was Lepra sei und was Malaria, Schlafkrankheit und Typhus. Seither wußte sie, daß sie Medizin studieren wollte statt Musik, zu der sie doch so sehr begabt war. Sie hatte sich in den Kopf gesetzt, zu ihrem Doktor nach Afrika zu gehen, und dieser Plan war es, von dem aus sie ihr ganzes Leben regelte bis ins Kleinste; daher kam ihr die Kraft, der Ernst, die frühreife Strenge, und daher auch die ihrem starken

Temperament so ganz und gar ungemäße, gesammelte Sanftmut. Die Kleine wußte, was sie wollte. Glückliche Simone. Warum aber schmerzte mein Herz, da ich sie doch glücklich nannte?

Als Simone abgefahren war, blieb ich allein. Immer wenn ich allein bin, überfällt mich die Dunkelheit. Simone nur vermag meine Gespenster zu bannen. Was denn quält mich so? Simone sagt, man müsse, wenn man sich traurig fühle, ganz scharf nachdenken, weshalb und warum; dann sehe man entweder, daß es grundlos oder doch übertrieben sei, oder aber, daß so schrecklich ist, worüber man trauert, daß man sich verbieten müsse zu trauern, um das Maß an Traurigkeit in der Welt nicht zu vermehren. Sie sagt auch, man dürfe nur traurig sein über allgemeine Dinge, die außerhalb der eigenen Person liegen, so: Hungersnöte in China, Morde, Kriege, also Dinge, die Menschen verschuldet haben, nicht aber Verhängnisse, deren Herkunft dunkel sei, so: unheilbare Krankheiten, Naturkatastrophen, die Dummheit der Menschen; hierüber zu trauern sei zwecklos. Da ich allzu genau weiß, daß ich nicht über Allgemeines trauere, sondern über ganz bestimmte Geschehnisse im Leben derer, die bis vor wenigen Jahren in dem zerstörten Hause wohnten, versuchte ich also gehorsam, diese Traurigkeit zu zergliedern. Aber ach, kleine Simone, ich bin nicht du, meine Kraft reicht nicht aus, soviel Trauer zu zerteilen wie einen grauen Vorhang, hinter dem – vielleicht – der Tag steht und die Sonne; meine Traurigkeit schlägt über mir zusammen wie ein dunkler See; ich kann nicht schwimmen; ich bin gelähmt, ich ertrinke.

Aber als ich so, der Schwermut mich überlassend, über den zerwühlten, geschändeten, von Kalkstaub bedeckten Garten hinblickte und Marie-Catherines Nähe schmerzhaft fühlte, kam mir das, was ich eingangs halb zu Recht, halb zu Unrecht, einen ›Einfall‹ nannte: der Plan, die Geschichte Marie-Catherines aufzuzeichnen und damit die Geschichte aller Menschen, die mit ihr und mir in diesem Hause lebten, und von denen ich, der Kranke, der vom Leben Abgeschriebene, alle überdauert habe bis auf Simone und Babette. Simone kam lange nicht, wie mir schien; es war dann freilich nicht länger als eine und eine Viertelstunde gewesen, aber diese Zeit war zu lange für mich; der Anblick des unaufhaltsam zerfallenden Hauses wurde schließlich zur Qual. Das Kreischen des Krans, der scharfe Laut der Spitzhacken auf dem harten Mauerwerk, das Geschrei der Arbeiter, das Anfahren der Lastwagen – höllischer Lärm. Ich hielt ihm stand. Die zweite Mauer fiel, es war die Fassade, die schöne schlichte Fassade. Ich sah nun in die Diele, in das Speisezimmer, in Mutters Salon, in mein eigenes Zimmer, das ganz nackt sich preisgab, dieses

Zimmer, in dem so viele Gespräche geführt worden sind, Gespräche, die mich bisweilen erfreuten, meist aber verstimmten, erzürnten, schmerzten, beschwerten, in Unruhe stürzten, und von denen mir jetzt aus dem Krachen der stürzenden Mauern ein Nachhall kam, deutlich, nicht zu überhören, Worte von schwerem Gewicht und voller Anspruch.

Als Simone kam, in so rascher Fahrt, daß die Bremsen beim Halten schrien, hatte ich mich ganz und gar in der Hand. Wenn sie fürchtete, Spuren von Schmerz in meinem Gesicht zu sehen, so sollte sie sich wundern: seitdem ich den Entschluß gefaßt hatte, meinem Einfall zu folgen, war ich heiter. Mit dieser neuen schmerzhaften Heiterkeit im Herzen wollte ich Marie-Catherine besuchen. »Simone«, bat ich, »willst du einen kleinen Umweg machen?«

Sie sah mich etwas ängstlich an, das hieß wohl: »Noch nicht genug Leiden für heute?« Als ich ihr sagte, wohin ich wollte, schlug sie die Augen nieder; ich glaubte zu verstehen: sie war verwirrt, glücklich zugleich und voller Abwehr; dieses Grab gehörte ihr, ihr und dem Doktor; aber als sie schließlich Kopf und Augen hob, hatte sie bereits beschlossen, auf diese stolze Ausschließlichkeit zu verzichten. Ich wagte freilich nicht, ihr zu sagen, daß ich schon so viele Male an diesem Grab gewesen war, alleingelassen von dem Taxifahrer, der hinter der Mauer warten mußte, bis ich ihn rief. Dann mußte er die Spuren meines Rollstuhls im Kies verwischen. Dennoch, ich sollte es später erfahren, wußte Simone bereits alles. Es war immer derselbe Fahrer, dasselbe Auto, das einzige, das groß genug war, meinen Rollstuhl aufzunehmen. Jetzt haben wir selbst ein Auto, eine Art Lieferwagen, mit zwei Flügeltüren hinten und – Simones Erfindung – einem Klappbrett, das man zu Boden lassen kann, so daß der Rollstuhl wie auf einer leicht geneigten Brücke in den Fond geschoben werden kann.

So rollte mich denn Simone jetzt sanft in den Wagen, und wir fuhren, Anblick und Lärm des so rasch und häßlich sterbenden Hauses hinter uns lassend, davon.

Ich versuche, mir Rechenschaft zu geben, warum ich darauf bestand, nun mit Simone das Grab zu besuchen. Ich glaube, ich tat es, weil es mir unerträglich war, das Kind auch nur im geringsten zu hintergehen. Simone selbst war unfähig zu lügen, sich zu verstellen, jemand zu betrügen, und sie erwartete von allen Menschen die gleiche Offenheit, noch nicht wissend, daß es nicht allen gegeben ist, von solch nobler Einfalt zu sein wie sie selbst. So vermochte ich denn schließlich, als wir auf dem Friedhof waren, nicht, so zu tun, als kennte ich das Grab nicht. Ich gestand. Simone wurde ein wenig rot, sie errötete für mich, sie sagte nichts. Viel später erzählte sie mir, daß sie eines Tages eine Rechnung jenes Blumengeschäfts gefunden hatte, das in meinem Auftrag jeden Sonntagmorgen einen Strauß ans Grab brachte, zu der Stunde, in der Marie-Catherine gestorben war. Es war ein Ostersonntagmorgen gewesen, der Tag und die Stunde – ich wage es kaum aufzuzeichnen –, die sie sich als Sterbestunde gewünscht hatte.

Als ich mit Simone am Grabe stand, fühlte ich, daß Marie-Catherine meinen ›Einfall‹ billigte. Es scheint mir klar, warum sie es tat: weil diese Niederschrift mich zwingen wird, eine große Revision meines Lebens vorzunehmen. Ich fürchte den Schmerz, den derlei Bereinigungen mit sich führen, aber ich werde jetzt nicht mehr fahnenflüchtig. Ich werde mich der Erinnerung stellen. Im übrigen habe ich Briefe und kurze Notizen im Kalender als Hilfe, auch schrieb ich bisweilen einiges, was mich besonders bewegte, in Hefte, die mir als Tagebuch dienten, so daß ich mich in den wichtigeren Dingen nicht täuschen werde.

 Ich beginne mit meiner ersten Erinnerung an Marie-Catherine, denn in jener Stunde, in jenem Augenblick erkannte ich meine Beziehung zu ihr, eine Beziehung, die im Verlaufe zweier Jahrzehnte viele schmerzliche Wandlungen erfahren mußte.

Mein Bruder Clemens, zehn Jahre jünger als ich, acht Jahre jünger als unsere Schwester Babette, war bereits Dozent für Neuphilologie und hatte einen großen Zustrom, vor allem waren es die Mädchen, die sich in seine Vorlesungen drängten. Begreiflicherweise insofern, als Clemens ausgezeichnet dozierte, niemals trocken, vielmehr mit einer Art von leicht exzentrischem Pathos, vermischt und verschärft mit Witz und Ironie; man behielt im Gedächtnis, was er sagte; man verstand, was er erläuterte. Unbegreiflich jedoch war die Schwärmerei der jungen Leute insofern, als ein unverbildetes Gemüt bald merken mußte, daß er selbst keinen Deut auf das gab, was er lehrte; daß es nichts war als ein intellektuelles Spiel, freilich ein Spiel glänzender, subtiler Art. Unbegreiflich war mir insbesondere, daß die jungen Mädchen ihm nachliefen, denn er machte sich über sie lustig, nahm keine ernst und verliebte sich niemals; vielleicht aber war es dies, was sie reizte; mag sein. Auch war er unverheiratet. Seltsamerweise konnte Clemens offenbar nicht sein ohne die Anbetung der Jugend, über die er spottete. Mehrmals in der Woche brachte er einige seiner Hörer, meist Mädchen, mit nach Hause zum Tee oder zum Abendessen; aber diese Stunden waren nichts anderes als eine Fortsetzung des Unterrichts. Meist las er vor, was er geschrieben hatte; er arbeitete damals, wie fast immer, an einem seiner Bücher, sein Fach oder auch gänzlich abliegende Gebiete behandelnd; er war vielseitig und gründlich gebildet, sehr gescheit, und obgleich er seine Bildung nur mit Lässigkeit vorwies wie etwas, das sich von selbst versteht, zeigte er sie ohne Unterbrechung; er war erfüllt von seiner Arbeit, und es gab nichts, was sonst ihn anzugehen schien – außer jener Hörerin, die uns eines Tages zum Schicksal werden sollte.

Mir war längst aufgefallen, daß in den Gesprächen immer wieder der Name »Marie-Catherine« fiel. Man nannte sie beim Vornamen, wogegen man alle anderen nur mit ihrem Vatersnamen nannte; und man sprach von ihr mit einer stillen Begeisterung, die mich allmählich neugierig machte. »Marie-Catherine hat mir das Buch aus Frankreich kommen lassen«, »sie hat mir bei der Übersetzung geholfen«, »sie hat meine Arbeit korrigiert«, »man muß Marie-Catherine fragen, sie weiß es«, und so fort in diesem Ton. Sie schien nicht nur sehr gescheit zu sein, sondern auch hilfsbereit, von allen geachtet, sogar geliebt. Ich dachte, sie müßte sehr häßlich sein oder ein Gebrechen oder irgendein böses Schicksal haben, daß man sie – zum Ausgleich – so neidlos lobte. Ich fragte Clemens. Zu meinem Erstaunen antwortete er sehr schroff: »Was interessiert das dich?« Da fiel mir ein, daß er niemals ein Wort über sie gesagt hatte, und ich fühlte mich alarmiert. Mein Verdacht bestätigte sich alsbald. Eines Tages war wiederum viel von diesem Mädchen die Rede gewesen, und als die Besucher gegangen waren, fragte Babette harmlos: »Warum bringst du denn ausgerechnet diese Person nie mit nach Hause?« Clemens stand auf, fegte ein Glas vom Tisch und ging finster hinaus. Babette sagte erstaunt: »Was hat er denn? Ist ihm schlecht?«

Die Mutter rief ärgerlich: »Daß du auch so sehr dumm bist, Babette!«

Babette verstand nichts. »Man wird doch noch fragen dürfen. Und wer ist denn diese Person überhaupt? Kennt eines von euch sie schon? Warum wird sie uns verheimlicht?«

Die Mutter sagte scharf: »Sei still. Wenn Clemens nicht davon sprechen will, wird er seine Gründe haben. Du natürlich mußt ihn reizen. Immer fängst du an damit.«

Babette blickte verwundert: »Aber was habe ich denn jetzt wieder verbrochen? Ich frage nach einer Studentin, mein Bruder wirft ein Glas zu Boden, meine Mutter macht mir eine Szene; Georg, verstehst du es?«

Wir schwiegen. Babette sagte gekränkt: »So war es immer. Immer hatte Clemens recht, ich unrecht. Immer war ich die Dumme, die Schuldige.«

Die Mutter erwiderte trocken: »So ist es auch, in der Tat. Du könntest nach rund dreißig Jahren wohl wissen, wie empfindlich, wie nervös, wie verletzbar Clemens ist.«

Babette rief erbittert: »Ja, gewiß, ich könnte es wissen. Man hat es mir mit Ohrfeigen und Kohleneimern eingeprägt. Clemens hat Kopfweh, Babette, du kannst jetzt nicht Klavier spielen. Clemens muß studieren, Babette, du mußt die Kohlen aus dem Keller holen. Clemens ist so zart, Clemens muß geschont werden, Clemens ist ein Genie . . .«

»Und so ist es auch«, sagte die Mutter mit allem Nachdruck.

Babette lachte zornig: »Ein Genie! Das hast du gemeint, als er ein Kind war! Aber was ist denn aus seinen Gedichten geworden, die du auf deine Rechnung hast drucken lassen, als er fünfzehn war? Kein Mensch hat sie gekauft noch gelesen. Und ist er etwa ein Dichter geworden? Ein Schullehrer ist er, auch wenn er an der Hochschule ist.«

Dieser Ausbruch kam unerwartet, denn Babette war sonst fügsam und immer munter, sie schien in der Tat liebenswürdig dumm. Jetzt aber hatte sie ihrem Herzen Luft gemacht, und was sie sagte, war nicht von der Hand zu weisen. Clemens war von der Mutter überschätzt, verwöhnt, gänzlich falsch erzogen worden. Er war ihr Jüngster, er war ihre große Hoffnung, noch immer. Sie war ungeheuer ehrgeizig. Niemals war ihr Ehrgeiz befriedigt worden. Sie selbst, obgleich hochbegabt, hatte nicht studiert; es war nicht üblich zu ihrer Zeit, und ihre Familie, reiche Bankiers, hielten es für eine Schande, wenn Mädchen studierten. Arme, häßliche Mädchen, die keine Aussicht auf einen Mann hatten, mochten es tun; ihre Tochter hatte es nicht nötig. So lernte sie vier oder fünf Sprachen, die sie perfekt sprach; ihr Talent dazu hatte sie Clemens vererbt. Sie lernte Klavierspielen, und sie spielte sehr gut. Sie sang, sie machte Handarbeiten, sie malte, sie dichtete. Einige ihrer Gedichte sind erhalten, sie sind nicht übel. Als sie heiratete, erhoffte sie von ihrem Mann eine große Karriere. Aber ach, er war eine Enttäuschung: er war Beamter im Kriegsministerium, und nachdem er einige Sprossen der hohen Leiter hinaufgeklettert war, blieb er sitzen, wo er war, bis zu seinem Tod. Er war ein ruhiger, lieber, gütiger Mann, ein wenig dumm vielleicht in Babettes Art. Seine Frau hat es ihm nie verziehen, daß er so war, wie er eben war. Sie behandelte ihn herablassend streng, und er ließ es sich, überlegen in seiner Güte, gefallen;

er verehrte und fürchtete seine Frau. Der Erstgeborene, der ich war, schien ihr dem Vater nachzugeraten: ich war still und erweckte keine sonderlichen Hoffnungen, obgleich ich mit Leichtigkeit meine Schule und meine Studien durchlief und sehr früh eine beachtliche Stellung in der Bank meines Großvaters innehatte, bis meine Krankheit mich zwang, den Abschied zu nehmen. Aber was war ein Jurist, ein Bankfachmann, was war selbst ein Bankdirektor für den Ehrgeiz meiner Mutter! Babette war hübsch und töricht und lieb, von ihr war rein nichts zu erwarten, als daß sie eine gute reiche Heirat machen würde. Und dann kam Clemens, zart, kränklich, nervös, schreckhaft. Er konnte mit vier Jahren lesen, mit sieben schrieb er sein erstes Gedicht, mit acht ein Stück für ein Kindertheater. Sein Talent für Sprachen war ungewöhnlich. Mutter lehrte ihn Gedichte von Keats und Shelley, von Valéry, Villon und Petrarca. Wenn Besuche kamen (und Mutter lud häufig Leute ein, sicher nur zu dem Zweck, ihren Jüngsten vorzuführen), so mußte der Kleine jene Gedichte rezitieren, in der Originalsprache, versteht sich, und alle waren einig in ihrem Urteil: das Kind war ein Genie. Er war tatsächlich sehr begabt. Seine Schulaufsätze sind druckreif. Bei dieser Lage der Dinge war es natürlich, daß der Kleine behütet und behandelt wurde wie eine Kostbarkeit. Da er sehr zart war, durfte er nie ohne die Mutter das Haus verlassen; sie folgte ihm auch bei warmem Wetter mit Mantel, Mütze und Schal für den Fall, daß die Sonne verschwände. Er durfte nie mit anderen Kindern spielen, weil sie ihn verletzen konnten; im übrigen äußerte er nie den Wunsch, mit anderen zu spielen. Wenn Kinder von Bekannten ins Haus eingeladen wurden, so sagte er ihnen seine Gedichte auf, ließ sich bewundern und zog sich still wieder in sein Zimmer zurück. Am Abend, wenn Vater ausgegangen war oder wenn er – was häufig geschah – dienstlich auswärts war, pflegten wir alle zusammen in Mutters Salon zu sein. Jeder tat, was er eben gerne tat. Mutter und ich spielten Schach, Babette strickte, und Clemens schrieb oder tat so, als ob er schriebe. Er blickte auf sein Blatt Papier, und sein Gesicht war ganz das eines sanften Botticelli-Engels. Ich aber konnte sehen, daß er bisweilen, aus halbgeschlossenen Augen, uns beobachtete; dann wurde sein kindlicher Mund scharf und hart und drückte einen so rätselhaften frühreifen Schmerz aus, daß man erschrecken konnte. Vielleicht verachtete er uns. Vielleicht litt er, daß er, obgleich warm behütet in diesem Kreis, doch aus innerstem Verhängnis ausgeschlossen und seiner eigenen Kälte und Einsamkeit ausgeliefert war. Vielleicht haßte er uns, weil wir ihm nicht halfen, nicht helfen konnten. Manchmal verließ er in solchen Augenblicken mit unterdrückter Heftigkeit das Zimmer und schloß sich in seinem eigenen ein, taub für die flehentlichen Rufe seiner Mutter. Dann war der Abend für alle gründlich verdorben. Mutter fegte die Schachfiguren vom Brett, warf sie in die Schatulle und nahm ein Buch. Ich begann ebenfalls zu lesen. Babette strickte ungerührt weiter. Sie fand Clemens einfach ungezogen und die Sache nicht der Mühe wert, sich einzumischen. Es wäre auch nicht ratsam gewesen, wenn eines von uns sich eingemischt hätte. Mutter wurde zornig und in ihrem Zorn ungerecht und hart; sie warf uns vor, daß wir, die Unbegabten, es wagten, über ein so ungewöhnliches Geschöpf wie Clemens zu urteilen. Als ich eines Tages, endlich erbittert, rief, wir hätten uns wohl nicht selbst so gemacht und es wäre an ihr gelegen, auch uns Begabung zu vererben, sagte sie mit aller Schärfe: »Du vergißt, daß ihr auch einen Vater habt.« Aus ihren Worten sprach Haß. Dabei war sie seltsamerweise ihrem Manne eine treue Ehefrau, sie sorgte für sein Wohlergehen, sie verschaffte ihm Beziehungen in der Gesellschaft, kurzum, sie war untadelig. Freilich, sie tat dies alles so, wie man eine übernommene Aufgabe erfüllt: trocken, streng, unnachgiebig, unsentimental. Alles Gefühl, alle Leidenschaft, die unter dieser harten Schale verborgen waren, galt ihrem Jüngsten, aber auch zu ihm war sie nie zärtlich. Ihre Liebe äußerte sich nur darin, daß sie ihm jeden Wunsch gewährte und jede Laune verzieh. Sie machte ihn zu ihrem Herrn, und sie war glücklich, wenn er sich herrisch zeigte. Aber auch hier erlebte sie ihre Enttäuschung: Clemens zeigte nicht, daß er wirklich ein Herr war. Er war schwach, ging allen Auseinandersetzungen aus dem Wege, und seine Waffen waren gut getarnt: Kopfweh, Krankheiten aller Art, verletztes Schweigen, wortlose Anklage. Aber seine Mutter ertrug auch dies. Für sie waren es immerhin Zeichen der Genialität, Zeichen der Erfüllung ihrer unseligen, schmerzhaften Hoffnung darauf, ein Genie geboren zu haben. Das Allerseltsamste an dieser Frau aber war dies: sie war fromm. Sie stammte aus einer Familie, deren einer Zweig alteingesessene, doch liberale Katholiken, der andere katholisch getaufte, ebenfalls liberale Juden waren. Auch Vater war fromm. Er ging täglich morgens heimlich auf dem Weg zum Ministerium in die alte Kirche zur Messe bei den Dominikanern. Aber er sprach niemals über Religion. Mutter erzog uns streng katholisch. Babette schickte sie, wie es sich gehörte, in die Schule der Englischen Fräulein, und sonntags mußten wir alle zusammen zur Zehnuhr-Messe in den Dom gehen. Ich konnte sehen, daß Mutter sehr eifrig betete. Auch gab sie viel Almosen und hielt uns Kinder an, es ebenfalls zu tun. Sie lehrte uns kleine Überwindungen und ging dabei mit gutem Beispiele sichtbar voran: den Kaffee ohne Zucker trinken, keine Bonbons essen, ein Stück Kuchen weniger nehmen, als man begehrte, und dergleichen. Zum Lohn für den kleinen Sieg schenkte sie uns Geld, das wir wiederum an Bettler verschenken mußten. Erstkommunion und Firmung waren große Feste, und an diesen Tagen, wenn sie uns galten, behandelte sie sogar Babette und mich mit einer gewissen ehrfürchtigen Feierlichkeit. Morgen- und Abendgebet, natürlich auch die Tischgebete, wurden niemals unterlassen, auch wenn wir noch so müde waren. Daß Clemens sich dabei schon früh ganz offenkundig langweilte, entging ihr, aber nicht mir. Oftmals warf der Kleine, das Engelsgesicht fromm gesenkt, rasch einen schrägen harten Blick auf seine Mutter, der sie hätte warnen müssen, wäre sie fähig gewesen, derlei Zeichen zu deuten.

Als Vater starb, war ich bereits zwanzig, Babette achtzehn und schon verlobt, Clemens erst zehn. Vater war plötzlich erkrankt; im Ministerium hatte ihn eine schwere Ohnmacht befallen, aus der er nicht mehr erwachte. Man brachte ihn ins Krankenhaus. In eben diesen Tagen war auch Clemens schwer krank, er hatte eine Gehirnhautentzündung. Als man Mutter anrief, sie möge sofort zu ihrem Mann ins Krankenhaus kommen, erwiderte sie, sie könne zur Stunde nicht weg, das Kind habe hohes Fieber, die Krise könne jeden Augenblick eintreten; sie würde kommen, wenn der Arzt des Kindes es erlaubte. Eine Stunde später war Vater tot. Sie nahm es gelassen hin. Ich wage nicht zu behaupten, daß es ihr nichts ausmachte, ihn tot zu wissen, denn auf ihre Weise hing sie an ihm, er war ein Teil ihres Lebens; aber sie zeigte keinerlei Schmerz, am Grabe war sie die Würde in Person, und am Tage nach der Beerdigung nahm das Leben in unserem Hause seinen Fortgang, als wäre nichts geschehen. Wir erfuhren übrigens später, daß Vater schon lange krank gewesen war. Er hatte schwere Störungen am Herzen und war in ärztlicher Behandlung, aber er hatte dem Arzt, der sein Freund war, das Versprechen abgenommen, Mutter nichts davon zu sagen, damit sie nicht beunruhigt würde. Als wir dies erfuhren, begann Babette laut zu weinen, und wie gerne hätte auch ich es getan. Aber Mutter sagte zornig zu dem Arzt: »Es wäre Ihre Pflicht gewesen, mir Mitteilung zu machen.« So sagte sie, und wir wissen nicht, was sie dabei dachte. Sie war verschlossen wie ein Politiker, der keinem einzigen in seiner Umgebung trauen darf.

In der Folgezeit ging einiges schief in ihrem Leben. Babettes Verlobung zerschlug sich, und dies war hart für Mutter, härter für sie als für Babette, da Mutter es gewesen war, die dieses Verlöbnis eingefädelt hatte. Babette blieb lange unverheiratet, denn sie wollte nach dieser ersten bösen Erfahrung überhaupt nichts mehr vom Heiraten wissen. Sie wurde in der Tat beinahe eine alte Jungfer, ehe sie dennoch heiratete. Sie war weit über dreißig, und das war zu jener Zeit schon fast allzu spät.

Der zweite Schlag, der Mutter damals traf, war die lange Krankheit ihres Jüngsten, der sich von seiner Gehirnhautentzündung kaum zu erholen schien. Der dritte Schlag war, daß ein Teil ihres Vermögens bei einer Spekulation verloren war. Wir behielten freilich genügend, mehr als genügend, aber sie verzieh es sich nicht, daß sie falsch spekuliert hatte.

Sie ertrug dies alles in ihrer trockenen Art, eifrig darauf bedacht, Clemens nichts von ihren Sorgen merken zu lassen. Schließlich erholte sich der Kleine, der Geldverlust wurde ausgeglichen durch Aktiengewinne, und Babette erwies sich als nützlich im großen Haus und im Garten, ich studierte mit Erfolg, bekam die erste Stellung, verdiente Geld und brachte es getreulich nach Hause, da ich keine bessere Verwendung dafür hatte. Doch schließlich kam, nach vielen friedlichen Jahren, ein neuer Schlag, der Mutter fast mehr traf als mich, den eigentlich Betroffenen, und den sie, älter und noch seltsamer fromm geworden, plötzlich als Strafe für irgendwelche Sünden ihres Lebens ansah. Ich merkte die Anzeichen einer Lähmung; sie schritt unaufhaltsam fort, trotz aller Ärzte, aller Behandlungen, aller Kuraufenthalte, bis schließlich alle einsahen, was ich selbst längst wußte: meine Beine blieben gelähmt. Freilich konnte ich noch jahrelang, auf zwei Stöcke gestützt, mich langsam fortbewegen, aber später hörte auch dies auf; vielleicht besaß ich aber nur nicht mehr Willenskraft genug, mich zu dieser Art von Bewegung zu zwingen.

Damals, als Clemens schon Dozent an der Universität war, konnte ich noch gehen; ich konnte von meinem Zimmer hinüber ins Eßzimmer gelangen, wenn ich mich an Stühlen, Wänden, Tischen festhielt. So stand es um mich, so stand es in unserem Hause an jenem Abend, an dem Clemens sein Glas vom Tisch gefegt hatte, als wir ihn nach Marie-Catherine fragten.

Eines Tages aber brachte er sie dennoch mit, doch war mir alsbald klar, auf welche Weise es ihm gelungen war, sie herzulocken. Ohne irgendeine Vorankündigung kam eines Vormittags ein Cembalo an. Clemens hatte es gekauft. Wer sollte darauf spielen? Mutter hatte ihr Klavier, sie spielte kaum mehr. Babette stand kurz vor ihrer Heirat. Clemens spielte nicht, ich ebenfalls nicht. Clemens hatte uns bereits so gut erzogen, daß wir uns der Fragen enthielten.

Am Abend brachte er Marie-Catherine mit. Noch heute vermag ich nicht ohne Herzklopfen an den Augenblick zu denken, da er sie hereinführte. Er stellte sie uns mit ihrem Vatersnamen vor: Fräulein Laurier. Niemand von uns konnte wissen, daß Marie-Catherine so hieß. Ich aber erkannte sie augenblicklich. Das war sie, das konnte nur sie sein.

Sie stand da und sah uns mit ruhigem Ernste an, und es ging etwas von ihr aus, das ich nicht zu nennen wußte, damals nicht. Jetzt weiß ich den rechten Namen: Reinheit. Ich könnte auch sagen: Jungfräulichkeit. Aber dies trifft es nicht ganz. Viele junge Mädchen, die noch bei keinem Manne gelegen haben, besitzen fühlbar die Strahlung der Jungfräulichkeit, und sie ist nach der ersten Nacht dahin. Marie-Catherine aber besaß etwas Unzerstörbares, sie behielt es bis zu ihrem Tod. Damals, beim ersten Sehen, war mir klar, daß ich nie vorher einem ähnlichen Menschen begegnet war. Dies junge Mädchen, so ernst und gesammelt, brachte einen Hauch von Frische in unser Haus, einen Duft von Jugend, von Wahrhaftigkeit, von Freude auch und von Natürlichkeit, und alledem war beigemischt, was mich entzückte, eine Spur von Trotz und verborgener süßer Wildheit. Ich weiß nicht, ob sie mir hübsch erschien; ich wußte niemals, bis zu ihrem Tode nicht, ob sie es war. Damals sah sie aus wie ein Schulmädchen: die dunklen Haare in der Mitte gescheitelt und ohne sonderliche Sorgfalt zu einem Knoten oder Nest im Nacken gedreht, glatt und straff. Auf dem dunklen Kleid trug sie eine Kette mit einem kleinen goldenen Kreuz. Ganz der Zögling von Sacré-Cœur, der sie, wie ich später erfuhr, Jahre zuvor wirklich gewesen war. Sie war zart und nicht groß, aber dennoch wirkte sie nicht unansehnlich, und sie bewegte sich mit einer Anmut, die ihr völlig unbewußt war. Ich wußte nichts von ihr, auch nicht, woher sie stammte, doch ließ mich ihre dunkle Haut auf ein fremdes Erbe schließen.

Ich, so in ihr Anschauen versunken, war nicht vorbereitet, als sie sich mir näherte, mich zu begrüßen. Ich mußte, um die rechte Hand freizubekommen, erst den Stock in die linke nehmen. Sie bemerkte meine Verwirrung und begriff augenblicklich: sie legte ihre Hand rasch auf die meine, noch ehe ich den Stock wegnehmen konnte, und sie tat es mit einer Gebärde, die zugleich ganz bestimmt, fast gebieterisch war und dennoch Zärtlichkeit ausdrückte. Ihr Mund blieb ernst, aber in ihren Augen lag plötzlich ein Lächeln, das mich mit Wärme ganz und gar einhüllte.

Sie gefiel uns allen, obgleich sie während des Abendessens keine fünf Sätze sprach. Dafür aber war Clemens in voller Fahrt. Er versprühte all sein Feuerwerk. Nie zuvor hatte ich ihn so glänzend plaudern hören. Freilich passierte ihm, wie immer bei ähnlichen Gelegenheiten, das Mißgeschick, daß er, hingerissen von seinem eigenen Witz, weit übers Ziel hinausschoß. Er flocht mehr und mehr Anekdoten ein, in denen er Kollegen und Schüler verspottete, und wenngleich er dies mit Geschick und Geschmack tat, so war es dennoch zuviel. Es war Bosheit darin. Marie-Catherine hörte höflich zu. Hin und wieder ließ sie ihre gescheiten grauen Augen erstaunt auf ihm ruhen, einigemale aber war mir, als ob diese Augen sich zornig verdunkelten, und einmal schien sie den Wunsch, zu erwidern, vielleicht scharf zu erwidern, kaum bemeistern zu können. Aber sie schwieg, und alsbald trat auf ihr Gesicht der Ausdruck von geheimer Qual. Das Essen war längst beendet, wir saßen weiter am Tisch, niemand von uns wagte aufzustehen, da Clemens, noch immer plaudernd, es nicht tat. Plötzlich sagte Marie-Catherine: »Und das Cembalo? Kann ich jetzt spielen?«

Clemens fuhr zusammen. Ein Schläfer, den eine kalte Hand berührt. »Ja natürlich«, rief er hastig, »ich habe nur auf Ihre Frage gewartet, ich wollte Sie nicht drängen, nicht belästigen, ich wußte nicht...«

Marie-Catherine unterbrach ihn mit fester, klarer Stimme: »Aber dazu sollte ich doch herkommen!« Sie schaute dabei uns alle an, als erwartete sie von uns eine Erklärung für Clemens' Verhalten. Ich hätte sie ihr auf der Stelle geben können.

Clemens war rasch aufgestanden. Er öffnete die Tür zum Nebenzimmer. Im gleichen Augenblick stand Marie-Catherine auf oder vielmehr: sie sprang auf, sie eilte zu dem Instrument. Sie eilte wirklich, sie lief beinahe, sie lief wie ein Tier, dem endlich das Gatter geöffnet wurde, durch das es entfliehen konnte. Clemens schlug den Deckel auf, dann zog er sich zurück, und ich sah ihn nicht mehr. Er blieb im Nebenzimmer, aber in einer Ecke, die ihn unseren Blicken verbarg. Wir sahen nur das Cembalo und die Spielerin. Sie begann sofort, Akkorde anzuschlagen und Läufe zu spielen, dann brach sie ab und sagte: »Es muß neu gestimmt werden, es hat auf dem Transport offenbar gelitten.« Clemens sagte etwas, was wir nicht hörten, und sie antwortete darauf: »Es ist ziemlich gut, aber es ist nicht erstklassig.« Wie nüchtern sie war. Ich dachte: ›Ob Clemens das verträgt?‹ Übrigens hörte ich jetzt zum erstenmal, daß sie mit leichtem französischen Akzent sprach; sie lernte zeitlebens das gerollte deutsche ›R‹ nicht sprechen und auch nicht unser ›H‹, so sehr sie sich Mühe gab.

»Was soll ich spielen?« fragte sie. Wieder war Clemens' Antwort nicht zu hören, so weiß ich nicht, ob er einen Wunsch geäußert hat.

Was sie spielte, war bezaubernd, und wie sie es spielte, war hinreißend. Dieses Lob ist nicht das übertriebene eines blind Verliebten, sondern das eines laienhaften Kenners, denn ich war ein eifriger Konzertgänger gewesen. Auch erwies es sich als nicht verwunderlich, daß sie so gut spielte, denn sie studierte neben den Sprachen auch noch Musik, wie sie zwischendurch, von uns befragt, ganz beiläufig sagte. Daß sie zudem in Paris Philosophie gehört hatte, erfuhren wir viel später.

Sie spielte mehrere Stücke, sie spielte auswendig, und dazwischen sagte sie, zu uns gewandt, was es war. »Couperin«, Scarlatti«, »Bach«. Plötzlich stand sie auf. »Ich muß jetzt gehen«, sagte sie bestimmt. Clemens, aus seiner Ecke auftauchend, erwiderte: »Aber es ist doch erst Viertel vor zehn.«

»Sie sagen ›erst‹«, rief Marie-Catherine, »für mich ist das ›schon‹.«

»Gehen Sie denn so früh zu Bett?«

»Nein, das nicht, ich nicht, aber die Leute, bei denen ich wohne.«

»Nun, und?«

»Sie haben es gern, wenn ich um halb elf zuhause bin.«

»Aber ich bitte Sie, welche Bevormundung! Sie sind doch volljährig.«

Jetzt lachte Marie-Catherine. »Das hat doch damit nichts zu tun. Natürlich kann ich tun, was ich will. Aber es sind alte Leute und sie haben einen leichten Schlaf, sie wachen auf, wenn ich spät komme, und schlafen dann die halbe Nacht nicht mehr.«

»So ziehen Sie aus! Wie können Sie sich so einengen lassen«, rief Clemens verwundert und ärgerlich.

»Ach«, sagte sie leise, »die Leute sind so lieb und ziemlich arm.«

Clemens seufzte. »Nun gut denn. Ich bringe Sie heim.«

Jetzt mischte sich Mutter ein. »Haben Sie einen weiten Weg?«

»Nein, nicht sehr, ich wohne in der Nähe von St. Anna.«

»Aber dahin brauchen Sie doch keine drei Viertelstunden!« Clemens schnitt ihr das Wort ab. »Gehen wir.«

Beim Abschied ließ Mutter ihren Blick voll deutlichen Wohlgefallens auf dem Mädchen ruhen, es lag eine Art ängstlicher Beschwörung darin. Ich verstand. Ich selbst bekam von Marie-Catherine einen besonderen Blick, der fast eine geheime, fast eine lustige Mitwisserschaft ausdrückte. Ich fühlte, daß diese Kleine Geist und Humor besaß, versteckt unter tiefem Ernst.

Als die beiden gegangen waren, seufzte Mutter. Babette, freundlich und töricht wie immer, sagte: »Eine reizende Person. Ist Clemens in sie eigentlich verliebt?« Als sie keine Antwort bekam, fuhr sie fort: »Aber sie ist ganz bestimmt nicht in ihn verliebt.«

Ich sagte: »Muß man denn unbedingt verliebt sein, wenn man ein Mädchen einlädt, das gut Cembalo spielt?« Babette, in solchen Dingen keineswegs dumm, sagte ungerührt: »Aber das Cembalo war doch ein Vorwand, das sieht ein Blinder.«

Mutter schnitt unsere Reden ab. »Was geht das euch an? Es ist Clemens' Sache.« Sie konnte es sich jedoch um keinen Preis versagen hinzuzufügen: »Es wäre ein Segen.« Niemand fragte, was sie meinte, und so war denn das Gespräch über dieses Thema vorerst beendet.

Ich zog mich in mein Zimmer zurück. Ich hörte das Gartentor hinter Clemens und dem Mädchen zufallen. Das Eisen klirrte. Dann wurde es still. Es war eine schöne Nacht, Anfang Juni; ich hatte das Fenster weit geöffnet und konnte den Fluß rauschen hören. Auf der Straße gingen Liebespaare vorüber. Ich sah sie im Licht der Straßenlaterne vor unserem Gittertor auftauchen und wieder verschwinden. Ich hatte mir längst abgewöhnt, sentimental zu sein. An diesem Abend aber und in dieser Stunde war ich traurig. Wie sollte ich es nicht sein.

Kaum fünfzehn Minuten später öffnete sich leise das Tor, und Clemens trat ein. Er verließ sofort den Umkreis der Laterne und tauchte lautlos im Schatten der Gebüsche unter. Später sah ich ihn oben am Hang sitzen, unter dem Nußbaum, bis es elf Uhr schlug. Ich bewegte mich nicht. Da ich kein Licht gemacht hatte, konnte er mich nicht sehen. Warum war er so früh zurückgekommen? Es war ausgeschlossen, daß er in der Zeit von fünfzehn Minuten das Mädchen nach Hause gebracht und den Weg zurück gemacht hatte; selbst wenn er ein Taxi genommen hätte, wäre es so rasch nicht möglich gewesen. Und warum ging er nicht ins Haus? Und wenn auch dies noch erklärbar war: warum war er, wenn er eine Niederlage zu verdecken hatte, nicht bis elf Uhr in der Stadt geblieben? Mußte er nicht damit rechnen, daß einer von uns ihn sehen oder hören würde? War es ihm gleichgültig? Aber was war überhaupt geschehen? Ich fühlte, daß etwas geschehen war, und ich empfand zugleich Kummer und Freude, Schadenfreude vielleicht, wahrscheinlich sogar. Niemals habe ich erfahren, was geschehen war. Aber nie mehr auch wurde Marie-Catherine eingeladen, und, in geheimer Übereinkunft, nicht mehr von ihr gesprochen.

Zwei Monate darauf überraschte uns Clemens bei seiner Rückkehr von einer Reise mit der Nachricht, daß er heiraten würde. Er zeigte uns das Bild der Erwählten: sie war ganz und gar das Gegenteil von Marie-Catherine, sie war das, was man eine nordische Schönheit nennen mochte, und sie schien viel Geld zu haben. In der Tat, sie hatte es, und als sie im Herbst ihren Einzug in unser Haus hielt, brachte sie es mit und verursachte dadurch viel Unruhe. Die alten Möbel samt dem Cembalo wurden in den Speicher gebracht, neue kamen; die Familienbilder wurden in Mutters und Babettes Zimmer verwiesen, moderne Bilder kamen und ein Auto; ein zweites Badezimmer wurde angelegt, die Küche auf amerikanische Weise eingerichtet, neben der guten alten Frieda wurden ein Diener und ein Hausmädchen eingestellt; kurzum: Veränderung, Unbehagen, Fremdheit zogen ein.

Clemens betonte seine Zufriedenheit, er zeigte sich exaltiert glücklich, aber Hilda, seine Frau, war zu nüchtern, um viel darauf zu geben. Sie hatte Wichtigeres zu tun. Sie kam aus einem reichen, großen Hause, und sie führte den Stil dieses Hauses bei uns ein. Sie tat es mit Geschmack. Sie war das, was man eine Dame nennen konnte, und wenn sie Gesellschaften gab, so waren sie vollendet. Zu uns war sie gut und freundlich, wir hatten nichts zu klagen, und es wäre ungerecht, wollte ich Nachteiliges über sie sagen. Sie war sogar auf ihre Weise eine Persönlichkeit, freilich auf eine Art, die der unseren so unähnlich war, daß niemals jene stillschweigende Übereinkunft entstehen konnte, die nötig ist zum Gedeihen einer Familie.

Es kam, wie es kommen mußte. Übergehen wir jene drei Jahre. Nach Ablauf dieser Zeit wurden die beiden geschieden. Clemens hatte ihr eines Tages erklärt, er hielte ihre Gegenwart nicht mehr aus. Sie lächelte dazu. Dann zog er aus dem gemeinsamen Schlafzimmer aus. Sie duldete es mit Haltung. Dann sprach er nicht mehr mit ihr. Sie begann zu leiden, ohne auch nur eine einzige Szene zu machen. Dann wurde er krank. Schließlich begriff sie, und sie suchte einen Anwalt auf. Die Scheidung ging offenbar rasch und einfach.

Als sie nach der Scheidung zu uns kam, um sich zu verabschieden, war sie weder bleich, noch zeigte ihr Gesicht Tränenspuren. Sie war bereits fertig angezogen zur Reise.

»Verzeiht«, sagte sie ruhig, »ich will es ganz kurz machen, es ist besser so. Die Trennung ist zwar nicht eigentlich meine Schuld, aber sicherlich war ich nicht die richtige Frau für Clemens. Geniale Männer sollten besser nicht heiraten. Ich wußte das vorher nicht. Ich wünsche euch und Clemens alles Gute. Es ist besser, ich sehe ihn nicht mehr.« Damit ging sie.

Ich bin sicher, daß um dieser ihrer Abschiedsworte, um dieses Satzes vom genialen Mann willen Mutter sie weder jemals vergessen noch in dem Maße beschuldigen konnte, wie sie es gerne getan hätte. Tatsächlich bewahrten wir dieser kühlen, uns so fremden Person ein respektvolles Andenken.

Nun, sie war gegangen, ein für alle Mal, und ihre Möbel, Bilder, Teppiche und die beiden Dienstboten folgten ihr nach. Bald hatte das Haus wieder sein früheres, gewohntes Aussehen, wenn man vom Umbau der Küche absieht, der, soviel ich als Mann sehen konnte, höchst praktisch war, der aber dennoch Frieda viel Anlaß zum Nörgeln gab; das glaubte sie sich und der Tradition des Hauses schuldig zu sein.

Sonst jedoch ging fortan alles seinen alten Gang in diesem alten Hause und es schien für immer so fortgehen zu wollen, nicht abzusehen wohin, da brach der Krieg aus. Clemens, eines plötzlich auftretenden Herzleidens wegen, mußte nicht zum Militär; er wäre auch ohnedies nicht eingezogen worden, da man ihn an der Hochschule mit allen Mitteln hielt. Er, der stets diplomatisch zu lavieren verstanden hatte, fand, ohne sonderliche Zugeständnisse zu machen, seine Stellung unter den Machthabern jener Zeit gesichert. Auch sonst litten wir keinen Mangel. Frieda, die vom Lande stammte, brachte allsonntäglich von dort Butter, Eier, Mehl und Geflügel mit. Da auch unsere Stadt von Bomben noch verschont war, schienen wir vom Krieg und vom allgemeinen Unheil ausgespart zu sein, wenn man davon absieht, daß Babettes Mann gleich zu Kriegsbeginn verwundet worden war. Aber er mußte, obgleich so gut wie geheilt, aus irgendeinem Grunde nicht mehr an die Front zurückkehren. Sie wohnten nun bei uns, kinderlos und etwas töricht beide, doch nützlich auf ihre Weise. Babette hatte längst die Blumenrabatten in Gemüsebeete verwandelt, und ihr Mann, der Ingenieur war, trug das Parteiabzeichen und schützte uns vor gewissen, sonst unvermeidbaren Unannehmlichkeiten. Ich für meine Person, krank und unnütz ohnehin, litt. Ich schrieb zwar weiterhin, als wäre nicht Krieg noch Mord, an meiner Geschichte des spanischen Staatsrechts, aber ich tat es lustlos und ohne Überzeugung. Ich litt an der Zeit, ich wünschte tot zu sein, und das ist wohl begreiflich. Ich wünschte es genau bis zu jenem Tag, im Winter 1944/45, an dem Clemens, der sich übrigens in jener Zeit enger an mich angeschlossen hatte, in mein Zimmer stürzte, totenbleich und zitternd. Da er öfter derartige Zustände von Exaltiertheit zeigte, vermutete ich zunächst nur, daß er eine schlaflose Nacht hinter sich hatte und durch einen Ärger aus dem Gleichgewicht geschleudert worden war. Schließlich aber begriff ich, doch ich glaubte es nicht; ich glaubte es nicht, obgleich ich wußte, daß es stimmte: er hatte Marie-Catherine gesehen, aber in welchem Zustande! Sie ging in einem Zug von gefangenen Frauen, die aus einem Gefängnis der Stadt zur Arbeit in eine Munitionsfabrik gebracht wurden. Diese Frauen waren ihm seit Monaten täglich begegnet, er hatte davon erzählt, aber er hatte derlei als unabänderlich und durch den Krieg bedingt hingenommen. Jetzt aber, jetzt traf es ihn.

»Du hast dich sicher getäuscht«, sagte ich.

Er tat den Einwand zornig ab. »Sie hat mich doch erkannt«, rief er. »Sie hat mich angesehen. Aber die Aufseherin trieb sie rasch vorüber. Sie sieht elend aus, kaum zu erkennen, aber sie war es, sie ist hier.«

Ich faßte mich: »Ist sie nicht Französin?« fragte ich.

»Das ist es ja: sie ist Französin.«

»Aber wie kommt sie hierher?«

»Man hat sie wohl dienstverpflichtet oder als Ausländerin interniert.«

»Nun gut, aber wie kommt sie ins Gefängnis?«

Er rang die Hände in Ungeduld. »Sie wird eben irgend etwas getan haben, was sie nicht durfte. Vielleicht ist sie aus dem Lager ausgebrochen, was weiß ich denn, woher soll ich etwas wissen. Aber ich muß ihr helfen.«

»Gewiß«, sagte ich, »aber wie? Willst du hingehen und sie befreien?«

»Aber es muß, es muß etwas geschehen«, rief er.

Ich wußte, daß etwas geschehen mußte und daß nichts geschehen konnte, aber ich sagte: »Wenn Babettes Mann ... er hat doch das Parteiabzeichen ...«

Clemens schnitt mir das Wort ab. »Der ist feige wie ein Schaf und glücklich darüber, daß er unbehelligt ist. Nein, lassen wir den aus dem Spiel.«

Ich unterdrückte eine böse Bemerkung, ich schwieg. Clemens begann im Zimmer hin- und herzulaufen, bis ich sagte: »Nun nimm Vernunft an. Du weißt genau, daß wir nichts tun können. Das einzige ist vielleicht dies: du erkundigst dich, in welchem Gefängnis sie ist. Möglicherweise darf man sie besuchen und ihr Lebensmittel bringen. Sicher hungert sie.«

Ich beobachtete Clemens scharf, als ich dies sagte. Er wurde noch bleicher, und seine Stirn bedeckte sich rasch mit Schweißperlen.

»Nun gut«, sagte ich mit mehr Härte, als ich wollte, »du wagst nicht einmal das. Ein deutscher Universitätsprofessor, der sich für eine kleine gefangene Französin einsetzt, ist immerhin verdächtig.«

Es tat mir leid, daß ich ihn so reizte, und ich begriff, daß er mir nur damit antworten konnte, daß er schweigend das Zimmer verließ. Ich verfluchte meine Krankheit, die mich hinderte, dorthin zu gehen, bis ich plötzlich, mit einem Schlage, begriff, daß gerade diese meine Krankheit mir das Gefängnistor öffnen würde. Am Nachmittag erklärte ich Mutter und Babette, daß ich einen alten Freund besuchen wollte. Sie waren erstaunt, und Babette bot mir sofort ihre Begleitung an, aber ich lehnte ab, bestellte ein Taxi und fuhr allein in die Stadt. Im Gespräch mit dem Fahrer fand ich bald die Adressen der Gefängnisse, und ich ließ mich zum nächstliegenden bringen. Ich hatte große Schwierigkeiten erwartet, aber man gab mir, den Namen meiner Familie und mein Gebrechen respektierend, bereitwillig Auskunft. Es war keine Französin namens Laurier in jenem Gefängnis, und auch im zweiten nicht. Man sagte mir, daß sie möglicherweise im Zuchthaus sei, aber dort würde ich keinerlei Auskunft erhalten. Ich entsann mich eines alten Bekannten, der Anwalt war. Ihm vertraute ich mich an, und er versprach mir, Erkundigungen einzuziehen. Jedoch war es unnötig, das Ergebnis abzuwarten, denn es geschah etwas ganz und gar Unerwartetes, etwas Unfaßliches und doch beinahe Planmäßiges.

Eines Nachts fielen Bomben auf unsere Stadt. Wir, wie alle, die in unserem Viertel wohnten, aus einer recht unbegründeten Hoffnung sicher, niemals getroffen zu werden, schauten dem Spiel der Scheinwerfer und Leuchtraketen mit Schaudern zu. Mutter versuchte vergeblich, das leise Klirren des Rosenkranzes, den sie, die Hand in der Tasche, durch ihre Finger gleiten ließ, durch Ausrufe, Räuspern und Husten zu übertönen. Ich selbst vermochte meine Not kaum zu verbergen; ich wagte in Gegenwart von Babettes Mann kein Wort gegen den Krieg und die Machthaber zu sagen. Schließlich war die Stunde überstanden, wir gingen wiederum zu Bett, es war noch nicht Mitternacht. Ich vermochte nicht mehr einzuschlafen.

Einige Stunden später glaubte ich, ein Geräusch im Garten zu hören, die Spur eines Geräusches, so etwa, wie wenn eine Katze sich von einem Ast zu Boden fallen läßt. Ein Rascheln folgte, dann war es still. Wäre mein Gehör nicht in solch schlaflosen Nächten aufs äußerste geschärft, so hätte mir dies alles entgehen müssen. Ich aber hatte es wirklich gehört. Mühsam stand ich auf und tastete mich zum Fenster, doch konnte ich nichts außer dem Gewohnten sehen, solange ich auch wartete. Dennoch hätte nichts und niemand mich daran zweifeln machen können, daß sich irgend etwas ereignet hatte. Ich war unruhig und wartete sehnlich auf den Morgen.

Beim Frühstück erzählte uns Frieda, daß es in der Stadt an mehreren Stellen gebrannt habe und daß auch, sie fügte es wie beiläufig hinzu, ein Gefängnis getroffen worden sei. »Alle sind tot«, sagte sie düster; »man hat sie nicht in den Luftschutzkeller gehen lassen, die armen

Luder. Nun, vielleicht ist es besser so. Jetzt sind sie tot. Das ist leichter als das Lager.«

Sie sagte es seelenruhig, obgleich Babettes Mann dabei war; aber vor dem fürchtete sie sich nicht; sie fürchtete sich überhaupt vor »denen« nicht, wie sie sagte, und das war so. Wir andern schwiegen. Clemens verriet sich in keiner Weise. Ich selbst, nach dem ersten Schrecken, erinnerte mich augenblicklich des Geräusches in der Nacht, aber ich wagte den Gedanken nicht wirklich zu denken. Später fiel mir ein, daß Mutter an jenem Morgen eine Art von grimmiger Heiterkeit zeigte, die unerklärlich schien.

Am Abend dieses Tages, den ich in fürchterlicher Unruhe verbracht hatte, kam Mutter, um wie stets zu dieser Stunde eine Partie Schach mit mir zu spielen. Sie war eine ausgezeichnete, eine scharfsinnige und äußerst gesammelte Spielerin, und meist hatte ich einen harten Stand gegen sie. Dieses Mal aber war sie so zerstreut, daß ich sie alsbald matt setzen konnte. Ich begann die Figuren wieder aufzustellen. Da sagte sie: »Nein, heute nicht mehr. Ich habe Kopfweh.«

»Schlecht geschlafen?« fragte ich.

»Ziemlich«, antwortete sie ruhig. Dann blickten wir uns an. Mir schien, als schätzte sie mich ab. Ihr Blick war zugleich voller Mißtrauen und Entschlossenheit.

»Aber was ist denn? Was siehst du mich denn so an?« fragte ich schließlich, und schon verriet mir das Schlagen meines Herzens, daß meine Ahnung sich bestätigen würde. Aber meine Mutter war nicht ein Mensch, der Übereiltes tat. »Nun«, sagte sie, »vielleicht spielen wir doch noch eine Partie. Ich kann nicht mit einem derartigen Verlust schlafen gehen.« Sie strengte sich zum äußersten an, Sammlung zu bewahren, und da nun ich es war, der zerstreut spielte, schlug sie mich ziemlich rasch. Es ist leicht möglich, daß Gewinnen oder Verlieren dieses Spiels die Antwort sein sollte auf eine Frage, die sie ans Schicksal gestellt hatte. Das Zeichen hieß offenbar »ja«, und so gab sie sich denn einen Stoß, um, freilich nicht sogleich, sondern auf vorsichtigem Umwege, das zur Sprache zu bringen, was ich beinahe schon wußte.

»Weißt du, diese gefangenen Frauen und der Brand heute nacht...« Sie seufzte.

»Woher weißt du, daß es Frauen waren?«

Sie gab noch nichts preis. »Frieda hat es doch gesagt, oder nicht?«

»Ich erinnere mich nicht.«

»Sie sind tot, sagt man. Es sollen Ausländerinnen darunter gewesen sein.«

Ich zuckte die Achseln. »Nun ja, wen es eben trifft . . . Aber«, fügte ich hinzu, »es könnten doch einige entkommen sein. Bei einem solchen Brand löst sich jede Ordnung auf. Die Mauern stürzen ein, man kann unbemerkt fliehen, vorausgesetzt, daß man noch lebt.«

»Das wäre möglich«, erwiderte sie. »Aber man würde so ein armes Ding sofort wieder fangen.«

»Gewiß«, sagte ich, »es sei denn, daß es dem armen Ding gelänge, unterzutauchen.«

»Unterzutauchen?« rief sie. »Aber wie sollte das geschehen! Jedermann muß bei der Polizei gemeldet sein, jeder braucht einen Ausweis.«

»Es dürfte doch wohl nicht schwer sein, einen falschen Ausweis zu bekommen.«

»Du glaubst? Aber wie?«

»Ja, wie. Es kostet viel Geld. Man muß irgend jemand wissen, der so etwas macht. Es gibt da vielleicht einen Mann, er ist ein Freund eines Anwalts; der hat schon derlei gemacht für Flüchtlinge, aber . . .«

»Wer ist es?« Sie gab es auf zu spielen. Ihre Augen funkelten. »Sag mir sofort den Namen«, befahl sie.

»Aber meine Liebe«, sagte ich, »du hast doch einen Paß, wozu diese Überlegungen?«

Sie blickte mich schief an. »Nun, es interessiert mich eben für alle Fälle.«

»Ja«, sagte ich, »es ist gut, so etwas zu wissen. Übrigens müßte der Flüchtling sein Äußeres verändern: Haare schneiden und färben, Augenbrauen färben, kurzum: nicht mehr wiederzuerkennen sein.«

»Aber der Ausweis«, flüsterte sie. »Kannst du . . . ?«

»Mutter«, sagte ich, »was geht das mich an. Zieh doch Clemens in dein Vertrauen.«

Sie senkte die Augen.

»Ich sehe«, sagte ich, »daß er geschont werden muß.«

Sie bedurfte meiner jetzt zu sehr, als daß sie sich hätte erlauben können, beleidigt zu sein.

»Er ist so ungewandt in solchen Dingen«, sagte sie.

»Ja«, sagte ich, »ungewandt. So kann man es nennen. Also, wenn du willst, schonen wir ihn. Aber nun, bitte: wo hast du sie?«

»In meinem Schlafzimmer«, murmelte sie.

»Und Babette, und Babettes Mann?« fragte ich.

»Die, die kommen niemals dort hinein. Und Frieda weiß alles.«

»Kann ich zu ihr?«

Sie schüttelte den Kopf. »Sie schläft. Ich habe ihr Schlafmittel gege-
ben. Sie hat hohes Fieber. Heute nacht wird der Arzt kommen.«
»Du hast es gewagt?«
Sie nickte. »Und ein Priester kommt auch. Sie ist sehr krank«,
murmelte sie.
»Aber wenn das jemand erfährt...?«
Sie hob die Schultern und ließ sie wieder fallen. Dann bekreuzigte
sie sich rasch, so, daß es kaum zu bemerken war. Ich sagte mit
Härte: »Ja, möge dein Gott dich und sie und uns alle beschützen. Du
hast uns eine verteufelt gefährliche Geschichte aufgeladen. Es kann
unser aller Ende sein.«
Sie antwortete nicht.
»Nun gut«, sagte ich, »morgen fahre ich zu meinem Freund. Ich
weiß natürlich nicht, ob ich etwas erreichen werde.«
Sie stand auf und legte mir im Vorübergehen mit leichtem Druck
die Hand auf die Schulter. Das war ihre Form des Dankens; mehr
zu äußern war ihr nicht gegeben.
Ich sah ihr nach. Wie klein und schmal sie geworden war, aber wie
hartnäckig, wie stark, wie zielsicher, wie männlich, wie bestimmt
und herrschsüchtig ihr Gang, wie herausfordernd ihre Kopfhaltung.
Und diese Frau hat uns geboren, uns drei, von denen keines ihr an
Kraft gleicht. Alle drei gebrochen, überempfindlich, schwach. Sie
konnte uns nicht lieben. Sie mußte uns verachten. Doch Clemens
gegenüber belog sie sich halsstarrig und meisterlich. Er war, er
blieb ihre Hoffnung. Sie tat mir leid.
Ich hielt mich in der Nacht wach, um das Kommen des Arztes und
des Priesters zu hören. Sie kamen, im Abstand von einer halben
Stunde, nach Mitternacht, sie kamen vom Hang herunter durch
eine nie benutzte kleine Gartenpforte, an der, wie ich später erfuhr,
Frieda sie erwartete. Sie führte erst den Arzt, dann den Priester im
Schatten der Sträucher über den weichen Rasen, so daß tatsächlich
kein Laut zu hören war außer, beim erstenmal, das leise Knarren
der Küchentür, durch die sie eingelassen und wieder hinausgeführt
wurden.
Beim Frühstück schauten Mutter und ich uns befriedigt an, jedoch
erschreckte uns Babette, die später kam, mit dem Ausruf: »Wie es
heute im Flur nach Medizin riecht!«
»Ja«, sagte Frieda, »abscheulich. Es ist Baldrian und was weiß ich,
was sonst noch drin ist. Ich hab Herztropfen genommen heute nacht
und etwas verschüttet. Man riecht das stundenlang.«
Mit Ungeduld wartete ich, bis Babette und ihr Mann in die Stadt
gingen, wo sie in irgendeinem Büro arbeiteten, um sich dort nütz-

lich zu erweisen, wo nichts mehr Nutzen brachte und jeder Nutzen teuflisch sich als Schaden erwies. Ich fuhr zu meinem alten Freunde, der sich lange sträubte, etwas in dieser Sache zu tun. »Ich habe vier Kinder«, sagte er, »und ich bin ohnehin schon nicht hasenrein, verstehst du?« Aber er versprach dennoch, alsbald zu helfen.

Eine Woche später hatte ich den Ausweis. Maria Fink, deutsche Staatsangehörige, jedoch geboren in Colmar, dies um ihren leicht französischen Akzent zu erklären. Wieder eine Woche später erlaubte mir Mutter eines Vormittags, als alle ausgegangen waren, Marie-Catherine zu besuchen. Sie lag auf einem Bett hinter einem Vorhang, der sie jedem ungebetenen Blick verborgen hielt.

Es war mir beinahe unmöglich, sie wiederzuerkennen, und das war, wie die Dinge lagen, nicht so sehr erschreckend als vielmehr beruhigend. Freilich ängstigte mich dennoch die Blässe dieses ganz schmal gewordenen Gesichtchens und der noch fiebrige Glanz der Augen, die, einstmals so ruhig, jetzt unaufhörlich sich bewegten wie die eines Hasen in der Falle. Obgleich sie auf meinen Besuch längst vorbereitet war, zeigte sie Furcht, als sie mich sah. Ich war nicht ganz sicher, ob sie bei klarem Bewußtsein war, denn wenn sie es war, wozu dann Furcht? Es dauerte Jahre, bis ihre Augen wieder jene stille, gelassene Sicherheit besaßen, die mich ehedem so sehr entzückt hatte.

Mutter hatte übrigens gut gearbeitet. Marie-Catherines dunkle Haare waren gebleicht, sie waren jetzt hellblond, und auch Augenbrauen und Wimpern waren von derselben Farbe. Die Haare waren kurzgeschnitten und, vielleicht um sie für meinen Besuch zu verschönen, mit der Brennschere ein wenig gewellt. Es war ein jämmerlicher Anblick. Beinahe hätte ich geweint, aber ich fühlte zugleich jene Erheiterung, die beinahe Lachlust ist und die bisweilen Menschen überkommt, die soeben vom Tod errettet wurden. Es fehlte nicht viel, und meine Nerven hätten versagt. Ich erinnere mich nicht an das Gespräch, das wir damals führten, vermutlich weil es sich darauf beschränkte, daß ich einige Fragen harmloser Art stellte, die wahrscheinlich ebenso beantwortet wurden. Mir ist jedoch, als hätten wir nichts gesprochen. Doch sehe ich die Szene genau vor mir: Mutter hielt Marie-Catherines Hand, genau gesagt, sie hatte sie um das Handgelenk gefaßt, die Finger kontrollierend auf dem Puls, und diese das überaus schmale Gelenk umfassende knochige Hand fesselte eine Weile meine Aufmerksamkeit: sie war nicht unähnlich einer großen Vogelkralle, die ihre Beute hält. Marie-Catherine aber schien sich wohl zu fühlen in dieser Hand, einige Male legte sie ihre freie Rechte mit leisem Druck auf die alte, gewalttätige Kralle. Mir bereitete diese so offenkundig nahe Beziehung einiges Unbehagen. Es schien hinter unser aller Rücken hier etwas eingefädelt worden zu sein, was immerhin unserer Zustimmung bedurft hätte. Waren wir nicht alle gleicherweise in Gefahr gebracht? Waren wir nicht doch bei allem, was uns trennte, eine Familie, eine Schicksalsgemeinschaft? Übrigens erinnere ich mich, daß Mutter nur einen sehr kurzen Besuch gestattete und mir alsbald mit den Augen Zeichen gab, es sei Zeit zu gehen. In der Tat standen Schweißperlen auf Marie-Catherines Stirn. Als ich ihr die Hand reichte, hielt sie sie fest und sah mich voll an. »Danke«, sagte sie leise, »ich weiß, was Sie für mich getan haben. Ich bin so sehr in Ihrer Schuld. Ich weiß, daß ich Sie alle gefährde. Es war unüberlegt von mir, hierher zu kommen. Ich wußte nicht, was tun. Aber sobald ich kann, gehe ich fort.«

Dann schloß sie erschöpft die Augen. Am Abend fragte ich Mutter, ob denn Clemens noch nichts wisse. Sehr zögernd sagte sie nein. »Nun«, sagte ich, »was ist?«

»Was soll denn sein?« erwiderte sie verwirrt.

»Ich will dir etwas sagen, meine Liebe: Clemens weiß es. Aber er will mit der Sache nichts zu tun haben. Er will im Ernstfall sagen können, er habe nichts gewußt. Ihm genügt, daß das Mädchen gerettet ist. Alles andere, verstehst du, geht ihn nichts an.«

Sie schaute mich feindlich an.

Dann murmelte sie: »Unsinn, er weiß nichts. Aber«, fügte sie angriffslustig hinzu, »selbst wenn es so wäre: hätte er nicht recht? Er hat seine Stellung. Warum sollte er auch sie noch, und ganz unnötig, gefährden? Genug, wenn das Mädchen in Sicherheit ist. Was willst du eigentlich?«

»Nichts«, sagte ich, »nichts. Laß gut sein. Clemens hat recht, sich aus der Sache herauszuhalten. Wir werden ihm das Mädchen schon gut hüten.«

Sie spürte den Spott und die Bitterkeit, aber sie war nicht geneigt nachzugeben. »Du hast Clemens nie verstanden und nie leiden können«, murmelte sie, »was nützt es, mit dir über ihn zu streiten.« Damit eilte sie davon. Unsere abendliche Schachpartie unterblieb.

Ich aber gab mich nicht geschlagen. Diesmal, dieses eine Mal mußte Clemens Farbe bekennen, ein Mann sein, die Gefahr mit uns teilen. Warum ihn schonen? Wie falsch wir alle ihn behandelt hatten ein halbes Leben lang! Ich wollte ihn stellen, noch diesen Tag, und ich tat es. Er kam schon seit Jahren jeden Abend in mein Zimmer, um sich von mir die neuesten Kriegsnachrichten geben zu lassen, die ich dem englischen Sender verdankte. Als ich Bericht erstattet hatte, wagte ich den Vorstoß. Ich ging hinterhältig vor.

»Was mag wohl aus den Gefangenen geworden sein?«

Er zuckte zusammen. »Aus welchen Gefangenen?«

»Die in dem Gefängnis waren, das vor vierzehn Tagen bombardiert worden ist.«

»Wie soll ich das wissen? Man sagt, sie seien alle tot.« Er sagte es vollkommen ruhig, während er sich, viel zu hastig freilich, eine Zigarette anzündete.

»Weißt du«, fuhr ich fort, »ich mache mir doch Sorge. Hast du mir nicht einmal erzählt, du hättest jene Französin als Gefangene gesehen?«

»Wen? Ach so. Da mag ich mich wohl getäuscht haben.« Mir riß die Geduld.

»Laß das Theater«, murmelte ich.

Er schaute mich erstaunt an, so daß ich mich beinahe täuschen ließ. Wußte er in der Tat nichts? Aber einerlei: jetzt sollte er es wissen.

»Clemens«, sagte ich, »sie ist hier, in unserem Hause.«

Er machte keine Bewegung, aber er wurde blaß. Ich ließ kein Auge von ihm. Endlich sagte er leise: »Wozu erzählst du es mir?«

»Weil«, rief ich, »du dich nicht mehr länger drücken sollst, weil du endlich zu ihr gehen sollst, weil du einfach mit im Spiele bist, wie kannst du auch noch fragen!«

Er schaute mich etwas schief an. »Und du glaubst, daß es irgend jemand von uns allen nützt, wenn ich offenkundig in die Sache verwickelt bin? Genügt es nicht, daß ich sie stillschweigend dulde?«

»Dulde, dulde!« rief ich. »Es fehlte noch, daß du sie nicht dulden würdest!«

»Mißverstehe mich doch nicht mit Absicht«, sagte er, »und schrei nicht so, Babettes Mann . . .«

»Gut«, sagte ich, »ich werde leise sein. Ich kann auch leise sagen, was ich dir zu sagen habe: Ich war bei ihr. Ich weiß. Ich stehe zu ihr.«

»Aber was willst du eigentlich?« flüsterte er. »Soll ich zur Polizei gehen und sagen, ich beherberge in meinem Hause eine entsprungene Gefangene? Was erwartest du denn von mir?«

»Ich erwarte zum mindesten, daß du zu ihr gehst, damit sie weiß, daß du zu ihr hältst.«

Er lächelte bitter. »Und woher willst du wissen, daß sie wünscht, dies zu erfahren und mich zu sehen?«

Dies hatte ich nicht bedacht. »Ist das der Grund?« fragte ich reumütig. Er nickte. Im gleichen Augenblick aber wußte ich, daß er log, ohne zu wissen, daß er es tat. Wie geschickt er seine Volten schlug! Das war seine Stärke, das war sein Laster.

»Feigling«, sagte ich plötzlich laut, und ich hatte es keineswegs sagen wollen. Er nahm es seltsam gelassen hin. »Nun ja«, flüsterte er, »für dich ists auch leicht, den Tapferen zu spielen.« Damit ging er. Ich weiß nicht, ob er die Absicht gehabt hatte, mich so scharf zu verletzen. Immerhin ist es ihm gelungen, und er fühlte, daß es so war, denn von diesem Tage an kam er beinahe zwei Wochen nicht mehr zu mir, und wer weiß, ob wir uns jemals wieder versöhnt hätten, wäre nicht etwas eingetreten, was uns plötzlich den Streit vergessen ließ.

Eines Morgens war Marie-Catherine fort. Sie hatte einen Brief hinterlassen, einige Zeilen nur. »Dank, Dank für alles. Auf Wiedersehen nach dem Kriege.« Mutter zitterte an allen Gliedern, als sie ihn mir zeigte. »Auf Wiedersehen, schreibt sie, auf Wiedersehen. Als ob sie sicher wäre … Was wird sie denn tun, o Gott, wohin wird sie denn gehen …«

Auch ich war voller Angst, aber wozu es zeigen. So beruhigte ich sie mit allen Argumenten, die ich finden konnte. »Sie hat doch deutsche Ausweispapiere, was soll ihr denn geschehen! Sie wird sich schon durchschlagen bis nach dem Krieg. Lange dauert er nicht mehr, das weißt du doch. Vielleicht kommt sie in die Schweiz, sie ist klug, sie ist geschickt, sie spricht drei Sprachen, und sie ist doch auch wieder gesund. Was fürchtest du denn?«

Sie war untröstlich. »Das Kind«, rief sie, »das arme Kind. Und ohne Geld, und in alten Kleidern von Frieda.«

»Ist sie vielleicht zu Friedas Eltern aufs Land gegangen?« Wir riefen Frieda. Sie sagte, sie habe ihr den Vorschlag gemacht, aber so wie sie das Fräulein kenne, würde sie es nicht tun. Das Fräulein habe gesagt, es wolle heim.

»Heim?«

»Nach Frankreich.«

Was für ein Wahnsinn! Zwischen uns und Frankreich verlief die Front. Frieda begann zu schluchzen. In diesem Augenblick betrat Clemens die Szene. Wir verstummten sofort, aber er sagte: »Regt euch nicht auf, es ist alles in Ordnung.« Er war bleich, unrasiert, sein Schuhwerk war durchweicht vom Schneewasser, sein Mantel zerrissen. »Es ist in Ordnung«, wiederholte er, und sein Gesicht leuchtete vor Triumph. Er schaute mich mit offener Herausforderung an.

»Wo ist sie?« fragte ich.

»In Sicherheit«, sagte er nicht ohne Großartigkeit.

»Aber wo? Hast du sie dorthin begleitet? Sag uns, wo sie ist!«

Mutter hing fast wie eine Bettlerin an seinem Arm. Er befreite sich aus ihrem Griff und sagte: »Fragt nichts, haltet den Mund.«

Plötzlich begann er zu zittern. Vielleicht war es ein Schüttelfrost; er war völlig durchnäßt; vielleicht aber überfiel ihn in diesem Augenblick erst die Erkenntnis von der Gefährlichkeit dessen, was er getan hatte. Dieses Abenteuer schien ihn in der Tat überfordert zu haben: er bekam Fieber und lag wochenlang krank. Ich will nicht ungerecht sein gegen ihn. Er hatte tatsächlich ziemlich viel gewagt in dieser Nacht, denn er hatte sie mit einem gemieteten Auto auf der völlig vereisten Straße ins Gebirge gebracht, in ein kleines Kloster, in dem eine von uns allen fast vergessene Verwandte Oberin war. Da er ein sehr unbegabter Fahrer und ganz ohne Übung war und zudem über alle Maßen nervös, war diese Fahrt immerhin ein Wagnis. Er war denn auch auf der Rückfahrt an einen Baum geprallt und mußte den beträchtlichen Schaden reparieren lassen, was bedeutete, daß man unter Umständen die Spur dieser nächtlichen Fahrt leicht würde verfolgen können. Diesen letzten Umstand betonte er düster.

Mutter, obgleich voller Sorge um Clemens' Krankheit, ging in jenen Wochen in stolzer Verklärung einher, hin und wieder mir einen triumphierenden Blick zuwerfend. Ich steckte diese Blicke ein, ich steckte die ganze Niederlage ein, ja, ich fand mich dabei, daß ich zufrieden war. Immerhin war Clemens mein Bruder, und auf meine Weise hing ich an ihm. Aber dennoch ließ ich mich nicht bis auf den Grund meines Wesens täuschen: dieses Abenteuer war gedacht als Herausforderung an mich. Aber mochte es so sein: das Mädchen war in Sicherheit, wenn es so war, wie Clemens sagte, und so gönnte ich ihm seinen Sieg. Die Versöhnung vollzog sich wortlos.

Ich aber entbehrte Marie-Catherine. Das Haus war leer. Das Licht war fort. Ich trauerte lange und schwer, wenngleich die Ereignisse der letzten Kriegsmonate mir kaum gestatteten, mich um meine Gefühle zu kümmern.

Schließlich war der Krieg zu Ende. Wir waren alle zu erschöpft, um uns darüber zu freuen. Auch wurde sehr bald Babettes Mann abgeführt, da er, was wir nicht gewußt hatten, eine gar nicht kleine Rolle in der nun verfemten Partei gespielt hatte. Man hielt Haussuchung bei uns, und auch Clemens wurde seines Postens enthoben, da man ihm durchaus nicht glauben wollte, daß er seine Professur hatte halten können, ohne der Partei angehört oder Kompromisse gemacht zu haben. Er schien es mit Gleichgültigkeit zu tragen, doch zeigte mir seine maßlose Nervosität in jenen Monaten, daß er unter der Demütigung litt. So wagte ich ihn denn auch nicht nach

Marie-Catherine zu fragen. Mutter wußte ebenfalls nichts, sie war aufs äußerste gereizt und erbittert, denn ihrer Meinung nach hatte man nicht nur Clemens, sondern auch Babettes Mann und uns allen Unrecht getan. Briefpost wurde nicht befördert, auch lag das kleine Kloster, in dem wir Marie-Catherine vermuteten, nun wieder jenseits der Grenze, unerreichbar für uns.

Eines Tages aber bekam ich überraschend Verbindung zu einem amerikanischen Offizier, Professor in den Staaten, mit dem ich früher einer Arbeit wegen Briefe gewechselt hatte. Ihn schickte ich dorthin. Er führte den Auftrag getreulich aus, doch brachte er die bestürzende Nachricht, daß Marie-Catherine niemals dort angekommen sei; niemals habe eine Frau namens Maria Fink und niemals auch eine namens Marie-Catherine Laurier dort gelebt. Ich rief Clemens. Er war verwirrt, aufs höchste verlegen. »Aber ich habe sie doch dorthin gebracht!« rief er.

»Hast du gesehen, daß sie das Kloster betreten hat?«

»Natürlich«, sagte er. »Das heißt, ich habe sie etwas vorher abgesetzt. Ich wollte keinen Verdacht erregen. Aber ich sah doch, wie sie auf das Kloster zuging.«

»Sie ist nicht hineingegangen«, rief ich.

»Aber . . .«

Wir verstummten, da Mutter kam, doch sie ahnte alles. »Was schreit ihr?« fragte sie. »Wer ist nicht wo hineingegangen? Redet sofort!«

Es hatte keinen Sinn, sie anzulügen. So sagte ich denn trocken: »Marie-Catherine ist nicht in das Kloster hineingegangen, in dem wir sie in Sicherheit glaubten. Das ist alles.«

Sie blickte mich verzweifelt an, dann warf sie Clemens einen sonderbaren Blick zu und ging stumm hinaus. Clemens eilte ihr nach.

Ich begann, an Marie-Catherine wie an eine Tote zu denken. Ich ahnte, daß sie lebte, aber ich vermied, dies zu denken. Mir war lieber, sie war tot. So war sie mein, so war ich es, der mit ihr lebte. Diese Liebe war zu leben. Sie gab meinem Dasein Sinn. Sie gab ihm Glanz. Ich war glücklich. In jenem fürchterlichen Nachkriegsjahr war ich vollkommen glücklich. Mutters Versuche, über kirchliche Einrichtungen und über das Internationale Rote Kreuz Marie-Catherine zu finden, schienen mir überflüssig, sie ärgerten mich. Auch Clemens, so kam es mir vor, hatte kein Interesse, etwas zu erfahren. Jedoch bereitete sich schon der nächste Akt unseres schwierigen Spieles vor: Eines Tages brachte uns ein amerikanischer Soldat einen Brief, ein Zettel war es, darauf stand außer unserer Adresse nur:

Allen herzliche Grüße. Auf Wiedersehen.
In großer Eile. M.-C.

Der Soldat wußte nichts weiter. Ein anderer hatte ihm das Zettelchen gegeben, dieser hatte es von einem dritten, mehr war nicht zu erfragen, nur eben noch, daß sie es aus Frankreich mitgebracht hatten. Mutter ging einher, als hätte sie Flügel. Sie strahlte, als wäre die Rettung Marie-Catherines ihr Werk. »Sie wird kommen«, wiederholte sie hundertmal am Tag. »Sie wird kommen, sobald sie kann. Sie wird schon Mittel und Wege finden, um zu kommen. Ihr werdet sehen, eines Tages klingelt es, und sie steht draußen . . .«
Clemens ging ihr aus dem Wege, wo er konnte, um ihr Geschwätz nicht öfter als unvermeidlich hören zu müssen. Ich aber, in meiner Unbeweglichkeit, hatte stillzuhalten. Ich verschanzte mich hinter meiner Arbeit. Aber da sie wohl Clemens', niemals jedoch meine Arbeit ernst nahm, unterbrach sie mich Dutzende von Malen.
»Wie, glaubst du, kam sie damals nach Frankreich? Ist sie einfach übers Gebirge gegangen? Ob ihr nichts geschehen ist? Die Franzosen sollen doch alle Frauen vergewaltigt haben . . .«
»Sie ist doch selbst Französin.«
»Aber der deutsche Paß . . .«
Sie erging sich in phantastischen und schrecklichen Geschichten, die mir überaus lästig waren, um so mehr, als ich selbst meine Befürchtungen hatte.
Übrigens bereitete uns Babette in jener Zeit einige Überraschungen, die mich zwangen, mein Urteil über sie zu ändern. Nicht nur, daß sie als einzige von uns die Entbehrungen jener Zeit klaglos ertrug, sondern daß sie es auch völlig bewußt tat: »Mir war bekannt, daß mein Mann Dinge tat, die nicht recht waren. Also ist es nur gerecht, daß er und ich unsere Suppe auslöffeln.« Sie sagte es schlicht, fast heiter. Eine weitere Überraschung war es, daß sie eines Tages sagte: »Eigentlich sollte ich böse sein mit euch allen. Wofür haltet ihr mich eigentlich?«
Wir begriffen nicht, was sie meinte.
»Entweder«, fuhr sie fort, »ihr mißtraut mir grundsätzlich, oder ihr haltet mich für zu dumm und zu geschwätzig, um den Mund halten zu können, oder ihr habt es meines Mannes wegen getan.«
Noch immer verstanden wir nicht.
»Ich wollte nie darüber sprechen«, sagte sie, »aber jetzt ist es eigentlich Zeit, daß ich es tu. Ich habe euer Geheimnis gekannt. Meint ihr, daß man vier Wochen einen fremden Menschen in diesem Haus verbergen kann, ohne daß ich davon etwas merke?« Sie lachte uns

offen aus. »Ihr Siebengescheiten!« rief sie. »Und von wem war das Geld, das Frieda euerm Schützling mitgegeben hat auf die Flucht?« Wir wußten davon nichts, doch gestand uns Frieda, daß ihr Babette eines Tages eine beträchtliche Summe in die Hand gedrückt hatte. »Die Kleine wird es brauchen können«, habe sie, Friedas nachträglichem Bericht zufolge, gesagt.

Das war in der Tat eine Überraschung, und wir waren, glaube ich, ebenso stolz wie verblüfft über diese Eröffnung. »Hat dein Mann auch davon gewußt?« fragte ich.

»Natürlich!« rief sie. »Von ihm war doch das Geld.«

Wir schwiegen. Hierauf war nichts mehr zu sagen. Mutter war rot geworden, sie ärgerte sich, sie war insgeheim wütend. Alle hatten also das Geheimnis gekannt, das so sehr ihr ureigenster Besitz geschienen, und das sie nur mit Frieda und mir geteilt hatte, weil sie unsere Hilfe dringend bedurfte. So war denn Marie-Catherines Rettung nicht ihr Werk allein, sondern unser aller Werk! Welche Blamage für sie. Freilich: sie war auch stolz auf uns. Doch wußte sie nicht, wie sie beide Gefühle miteinander vereinen konnte. Da es ihr nicht gelang, wurde sie aufs äußerste reizbar und gegen uns alle ungerecht. Zum ersten Mal hatte auch Clemens von ihr einiges zu erdulden. Alles in allem genommen war das Ganze bitter vergnüglich. Mir erschien es wie der Schluß einer gut gebauten Komödie, in der auch ich eine Rolle gespielt hatte, eine recht törichte, die Rolle eines traurigen Hanswurstes, der sich wichtig nimmt. Ich wünschte allen Ernstes, diese Marie-Catherine sollte nie und nimmermehr hier auftauchen.

Aber sie tat es, und als sie es tat, erkannte ich augenblicklich, wie brennend ich allezeit auf sie gewartet hatte, ich muß sogar sagen: wie wir alle auf sie gewartet hatten. Daß es in der Tat so war, erkenne ich jetzt: wir hatten sie erwartet wie einen Schicksalsspruch, der über einen jeden von uns entschied.

Als sie damals, am 6. Juni 1947, bei uns eintrat, als wäre dies die natürlichste Sache der Welt, war Clemens nicht da; so konnten wir uns in aller Einfachheit freuen. Mutter, sonst unfähig zu Zärtlichkeiten, schloß sie gewalttätig in ihre alten, dünn gewordenen Arme, und es fehlte nicht viel, daß sie geschluchzt hätte. Auch Frieda verlor ihre mürrische Haltung und rief unaufhörlich: »Hab ichs nicht gesagt, sie kommt? Hab ich nicht gesagt, sobald sie kann, kommt sie?« Sie hatte es wirklich gesagt, und so genoß sie jetzt ihren Triumph. Mein Wiedersehen mit Marie-Catherine vollzog sich still: wir schauten uns lächelnd an, und es fiel kein Wort. Es war mir nicht möglich zu sprechen. Es gab kein Wort, das hätte ausdrücken kön-

nen, was ich empfand. Es war nicht Freude vor allem; es war auch
Schmerz, doch Schmerz in einer Art, der, da er eine geheimnisvolle
Genugtuung enthält, dennoch heiter macht. Ich verstand ihn nicht,
damals, ich verstand mich nicht. Jetzt aber weiß ich, was es war: es
war jener wohltätige Schmerz, den man empfindet, wenn der Arzt
eine Geschwulst aufschneidet und das Blut endlich abzufließen vermag. Es war der vorweggenommene, der vollständige Verzicht.
Das mag seltsam klingen, da ich, der Krüppel, doch keinerlei Hoffnungen haben konnte, Hoffnungen der Art, wie ein Mann sie
einer Frau gegenüber hat. Aber es gibt Hoffnung in vielerlei Gestalt,
und daß ich wohl Grund hatte, ein wenig zu hoffen, habe ich erfahren. Die tiefe Freundschaft, die zwischen Marie-Catherine und
mir entstand, bewies es, und eines Tages sagte sie mir: »Deinetwegen, Georg, bin ich damals gekommen, deinetwegen.«
Doch war nicht ich es, der damals und in den Jahren, die folgten,
Hauptperson in ihrem Leben wurde. Es war Clemens, zu ihrem,
seinem, unser aller Unheil, wie mir schien und wie mir auch noch
heute in Stunden der Verfinsterung scheinen will, obgleich ich
jetzt alles anders und richtig zu sehen vermag.
Übrigens war Marie-Catherine, als sie zu uns kam 1947, ganz und
gar zum Entzücken. Sie war immer noch ein Mädchen, obschon
einiges über Dreißig, doch schien sie viel jünger, und auch die eben
überstandenen Leiden hatten kaum Spuren hinterlassen; nur die
Augen waren noch nicht wieder so still wie früher; näherten sich
unvermutet Schritte, so zuckten sie und begannen unruhig umher-
zuwandern. Das verlor sich erst später wieder ganz. Man merkte,
daß sie lange auf dem Lande gelebt hatte, denn sie war sonnenbraun,
gesund, frisch und ungezwungen wie ein Bauernmädchen. In der
Tat kam sie geradewegs vom Landgut ihrer Großeltern in der
Provence, und von dort brachte sie uns köstliche Gaben mit: Wein,
weißes Mehl, Öl und gesponnene weiße und braune Schafwolle.
Daß sie überhaupt hatte kommen können, verdankten wir dem
französischen Generalkonsul, der sie eingeladen hatte, ein Konzert
zu geben. Sie behauptete zwar, »nichts mehr zu können« und ihre
Hände bei der Arbeit in den Weinbergen und im Stall verdorben
zu haben, doch dies war sicherlich ein Scherz. Sie hatte aber wirklich
zwei Jahre lang die Arbeit einer Magd getan, da großer Mangel an
Dienstboten in ihrer Heimat herrschte.
Sie konnte nur zwei Tage in unserer Stadt bleiben, und fürs erste
mußte sie zur Konzertprobe eilen, aber sie versprach, am nächsten
Tag für einige Stunden zu kommen. Die Aussicht auf diesen Besuch
bewirkte einige überflüssige Unruhe im Haus: Frieda mußte unbe-

dingt Teppiche klopfen und das Parkett bohnern, und Mutter rührte den Teig zu einem Kuchen, dessen Rezept, ihrem Kochbuch zufolge, südfranzösischer Herkunft war. Babette, die wir einweihten, wie sie es denn verdient hatte, schnitt ihre schönsten Rosen. Alle waren wir übereingekommen, Clemens nichts zu sagen. Dies schien eine harmlose Verschwörung, und wir versicherten uns gegenseitig, daß es eine gelungene Überraschung sein würde. Ich glaube jedoch, wir betrogen uns. Wir hatten alle Angst. Wovor? Es war nicht nur dies, daß wir nie wußten, wie Clemens irgendein Ereignis, ein Wort, eine Veränderung, einen Besuch aufnehmen würde; er war unbeschreiblich launenhaft. Oft kam es vor, daß er selbst Leute einlud, es wieder vergaß und dann, wenn wir ihn erinnerten, auf ganz unangemessene Weise schimpfte. »Was soll ich mit diesem Idioten, diesem Hohlkopf? Haltet ihn mir vom Halse!« Kam dann der Besuch, so wurde er freilich mit einer Herzlichkeit empfangen, deren Übertriebenheit jeden hätte stutzig machen müssen, der nicht von der eigenen Eitelkeit verblendet gewesen wäre; denn immerhin war auch der seiner Professur verlustig gegangene Clemens noch ungeschmälert berühmt. Er aber verachtete alle.

So zitterten wir denn vor dem Wiedersehen zwischen Clemens und Marie-Catherine, um so mehr, als wir dunkel vorausfühlten, daß dieses Wiedersehen eine Entscheidung bringen würde. Mutter war wohl die einzige, die trotz ihrer Furcht die Zuversicht hegte, ihr alter Wunsch würde nun endlich in Erfüllung gehen. Sie hatte nicht umsonst so viele Jahre mit eigensinnigem dunklem Eifer diesen Faden gesponnen.

Am nächsten Tag schien alles völlig anders zu laufen, als wir uns ausgedacht hatten. Clemens erklärte kurz vor der festgesetzten Stunde des Besuchs, spazierengehen zu wollen. Was sollten wir sagen, ihn zu halten?

»Trink doch mit uns Tee«, bat Mutter.

»Warum?« sagte er. »Ihr trinkt doch auch sonst ohne mich Tee.«

»Mach mir die Freude«, sagte sie.

Ich sah mit Bestürzung, wie sein Gesicht sich verfinsterte und Schmerz ausdrückte. »Gebt euch keine Mühe«, sagte er, »ich weiß alles, ich habe es in der Zeitung gelesen; ein Zufall. Laßt mich gehen. Warum quält ihr mich?«

»Laßt ihn gehen«, murmelte ich. Aber Mutter war außer sich: »Wie kannst du uns das antun! Was muß sie denken! Sei doch zumindest höflich!« Schließlich war Clemens des Kampfes müde, und aus Müdigkeit blieb er. Er blieb mit der Miene eines Verurteilten, eines Geopferten.

Als dann Marie-Catherine kam, heiter und natürlich, vergaß er sein Leiden. Es war unmöglich, von ihr nicht entzückt zu sein, und Clemens war es, das konnte jeder sehen. Mutter strahlte siegreich, sie sprach dem Gast zu Ehren französisch, sie glaubte sich am Ziel.

Plötzlich sah ich ihren Blick an Marie-Catherines linker Hand haften. Dort war ein Ring, ein Ehering, ohne Zweifel. Ich hatte ihn bereits gesehen. Ob auch Clemens ihn bemerkte, weiß ich nicht. Babette jedenfalls tat es. Mit einem Male schien ein Schatten über uns gefallen zu sein. Doch hielten wir tapfer durch. Erst als Marie-Catherine, in Clemens' Begleitung übrigens, gegangen war, überließen wir uns unsrer Trauer.

Clemens kam erst spät zurück, und er kam in einer nervös-heiteren Erregung. Mutter schaute ihn erwartungsvoll, ja mit offener Gier an, aber er schwieg und ging bald in sein Zimmer. Ich lag bereits im Bett, als er zu mir kam und, ohne Licht zu machen, sich in den Sessel am Fenster warf. Es war hell genug vom Licht der Hoflaterne, daß ich sein Gesicht sehen konnte.

Clemens war nie der Mann gewesen, der ohne Umschweife von der Sache spricht, von der zu sprechen es ihn drängt. So redete er jetzt von allerlei, von Abliegendem, gänzlich Belanglosem. Schließlich stand er auf und, die Hand schon auf der Türklinke, sagte er: »Du hast mich einmal einen Feigling genannt, erinnerst du dich?«

»Ach, laß doch die alte Geschichte!« rief ich. »Brüder untereinander ...«

Aber er fuhr fort: »Du hast recht, ich bin feige. Vielleicht aber ist diese Feigheit Einsicht. Ich bin nicht stark, du weißt es. Ich habe nicht den Mut, mein Leben zu ändern. Ich bin zu alt. Ich müßte zu vieles ändern. Ich könnte es versuchen, aber was nützt es, da man doch immer man selbst bleibt. Du weißt, was Hilda gesagt hat: Männer wie ich sollten nicht heiraten. Ich weiß, daß ich nichts bin. Meine Bücher sind nicht ich. Ich bin alt, älter als meine Jahre, wir sind alle alt in diesem Haus, alt und traurig, auch Babette, die es überspielt mit ihrer angelernten Munterkeit. Und nun kommt dieses Mädchen ...«

Er stöhnte von neuem, und wenn er jemals nicht gelogen, nicht übertrieben, nicht gespielt hat in seinem Leben, so war es in dieser Stunde. Ich aber wußte nicht, was geschehen war. Hatte er denn mit Marie-Catherine gesprochen? Hatte er ihren Ring nicht gesehen? Ich wagte nicht zu fragen, aber vielleicht quälte er sich sinnlos, vielleicht hatte er gar nicht mit ihr darüber gesprochen, vielleicht mußte ich von dem Ring sprechen. Ich tat es. »Ach«, sagte er, »das bedeutet nichts. Sie ist nicht verheiratet. Sie trägt ihn nur so.«

»Clemens«, sagte ich, » ›nur so‹ trägt eine Frau wie Marie-Catherine keinen Ehering. Habt ihr darüber gesprochen oder nicht?«

Seine Antwort kam gequält: »Ja, wir haben gesprochen. Der Mann ist tot. Sie hat ein Kind, eine Tochter. Hör jetzt auf zu fragen. Genug, sie ist frei.«

Obgleich ich fühlte, daß er mir etwas verschwieg, ließ ich es dabei bewenden. Aber ich mußte denn doch noch eine Frage stellen. »Will sie dich denn heiraten?«

Er schüttelte langsam den Kopf.

»Jetzt begreife ich nichts mehr«, rief ich. »Wozu dann das Ganze? Hat sie es dir rund heraus gesagt?«

Wieder schüttelte er den Kopf.

Mit Ungeduld rief ich: »Hast du sie denn überhaupt gefragt?«

Er zuckte die Achseln. »Es ist ganz gleichgültig, was sie jetzt will oder nicht, und es ist gleichgültig, was ich will oder nicht will, verstehst du?«

Ich schwieg und wartete auf die Erklärung, die ich im voraus wußte. Ich wußte, daß jetzt gleich das Wort ›Schicksal‹ gesprochen würde und wappnete mich mit Geduld.

Schon fuhr er in düsterer Begeisterung fort: »Ich weiß, was geschehen wird. Ich kann alles voraussehen, was kommt. Mir ist, als hätte ich es bereits gelebt. Wir werden heiraten. Es kann nicht anders sein. Sie wird ja sagen, weil sie zu den Frauen gehört, welche eine Aufgabe brauchen, eine, die sie beinahe erdrückt. Ich bin eine solche Aufgabe für sie. Das ahnt sie schon. Sie ist stark, auch das ahnt sie. Sie will, was auch immer es sei, das Alleräußerste. Und so wird sie hier leben, und ich werde sie quälen, ohne es zu wollen, und sie wird mich quälen, ohne es zu wollen, und ich, als der Schwächere, werde nach und nach erliegen. Mein Unterliegen aber wird ihr Lebensschmerz sein. Sie wird es sich nie verzeihen, daß sie gesiegt hat, wider ihren Willen, wider ihre Liebe.«

Er schwieg, und als ich nicht sofort antwortete, rief er: »So rede doch, sag ein Wort!«

Welches Wort erwartete er von mir? Sollte ich sagen: Du träumst, du irrst, du malst ein Gespenst an die Wand? Ich wußte ja, daß er recht hatte mit allem, was er sagte. So erwiderte ich nur: »Liebst du sie denn?«

Ich sah, daß er diese Frage am allerwenigsten erwartet hatte. »Natürlich«, antwortete er, wie mir schien, zornig.

»Gut«, sagte ich unbarmherzig, »aber wenn du sie liebst, wie kannst du wollen, daß sie unglücklich wird?«

»Wollen, wollen!« rief er. »Als ob hier noch von Wollen die Rede sein könnte. Das ist Schicksal. Das ist alles bereits über uns verhängt.«

»Nun endlich«, sagte ich.

Er verstand nicht.

Ich sagte: »Nun endlich ist es heraus, das dumme Wort Schicksal. Als ob ein Mann nicht sein Schicksal in der Hand hätte! Als ob ein Mann nicht die Kraft aufbringen könnte, ein Unheil abzuwenden, das in seiner Person einem geliebten Menschen droht!«

Er sagte müde: »Du redest wie der Blinde vom Licht.«

»Meinst du?« erwiderte ich. »Bist nicht etwa du der Blinde in Fragen der Liebe?« Schärfer als ich wollte, fügte ich hinzu: »Du liebst sie nicht. Du nimmst sie, weil dir scheint, als brauchtest du sie. Du nimmst sie wie eine Medizin. Und das, das ist Schuld.«

Ich weiß nicht, ob er mir überhaupt zugehört hatte. Er war ans Fenster gegangen und hatte eine Weile hinausgestarrt. Als er sich wieder zu mir wandte, schien er verändert. Er sagte fast heiter: »Das ist alles dumm, was ich gesagt habe. Ich bin ziemlich nervös, das ist es. Ich sehe alles übertrieben, ich ängstige mich vor einem Nichts, ich verliere die Nerven vor allem Neuen. Vergiß, was ich gesagt habe. Ich werde sie heiraten, wenn ich will. Warum sollen wir nicht heiraten und leben wie andere Leute auch?«

Aber dieser Aufschwung erlosch jäh. Plötzlich wieder in Düsternis versinkend, murmelte er: »Ich muß es tun, verstehst du denn nicht? Ich habe keine Wahl. Es ist die letzte Brücke.«

Ich kannte die Exaltiertheit meines Bruders, und ich legte derartigen Worten aus seinem Munde nicht das Gewicht bei, das sie zu haben schienen. Aber diesmal fühlte ich, daß er weder spielte noch log noch übertrieb. Das war die nackte Wahrheit.

»Clemens«, sagte ich, »was ist es denn, das dich so quält?«

»Nichts«, murmelte er, »was soll es denn sein. Wir sind eine alte Familie. Wir sind müde. Es ist die Schwermut, was sonst. Warum hat man uns gezeugt?«

Ich vermochte ihm hierin nicht zu widersprechen, und so versanken wir beide in Trauer.

»Siehst du«, sagte Clemens nach einer Weile, »siehst du es jetzt, daß diese Heirat ein allerletzter Versuch zum Leben ist? Wenn dieser nicht gelingt, dann ...«

»Clemens«, sagte ich traurig, »warum denn dieses gesunde, junge, begabte Menschenkind in unsere Tristesse hineinzuziehen? Ist das nicht ein Verbrechen?«

Schon sammelte er sich erneut zum Widerstand. »Ist es ein Verbrechen, wenn man versucht, sich zu retten? Und wer sagt dir, daß der Versuch mißlingen wird? Sie ist stark, und sie wird noch stärker werden.«

Ich sah, daß er nicht glaubte, was er sagte, daß er es jedoch glauben wollte. Fast rührte er mich. Plötzlich schlug er die Hände vors Gesicht, und zwischen seinen Fingern quollen Tränen hervor. Ich wandte mich ab, Scham im Herzen, als wäre ich es, der weinte. Er ging leise und stumm hinaus.

Als er gegangen war, überfiel mich der volle Zorn. Dieser Mensch also sollte Marie-Catherine bekommen? Es durfte nicht sein. War es nicht zu verhindern? Lag es nicht an mir, sie zu warnen, sie zu retten? Warum war ich ein Krüppel ... In dieser Nacht nahm ich die Qual eines Jahrzehnts voraus. Zermürbt, zerschlagen, erschöpft wandte ich mich an eine unsichtbare Macht, der ich diese neue Marter und alle alten Leiden meines Lebens zuschrieb, die ich sonst mit Fassung hingenommen hatte. Ich, der ich nicht an Gott zu glauben vermochte, ich tat es in dieser Nacht, aber der Gott, an den ich glaubte, war schrecklich. Ich vermochte nicht, ihn anzuflehen, er möge Barmherzigkeit üben, ein einziges Mal, er möge Marie-Catherine schützen; ich hätte gerne auf solche Weise geglaubt, ich hätte viel darum gegeben, es zu können. Wäre ich gläubig, so hätte ich etwa eine Wallfahrt versprechen können. Ich erwog es sogar flüchtig. Ach, wie tief sitzt in unsereinem das Bedürfnis, ein Wesen außer und über uns zu wissen, das uns kennt! Aber ich verwarf derlei Gedanken. So legte ich denn vor mir selbst ein Gelübde ab: wenn diese Heirat nicht zustande kommen würde, so wollte ich meinerseits auf jede Verbindung mit Marie-Catherine verzichten; kein Besuch, kein Brief. Aber dieses Gelübde hatte keine Kraft, ich fühlte es, und ich wußte warum: schon war alles entschieden, die Heirat würde zustande kommen; hatte Clemens nicht von jeher alles erreicht, was er wollte? Und er wollte diese Heirat, er wollte sie mit fürchterlichem Eigensinn. So legte ich denn ein anderes Gelübde ab: wenn also diese Heirat zustande kam, so wollte ich auf jegliche Freude fürderhin verzichten; ich wollte meine Krankheit und alle Demütigungen, die sie mit sich führte, fortan ohne einen Gedanken der Auflehnung ertragen, damit Marie-Catherine nicht über ihr Maß leiden mußte. Auch gelobte ich, ihr in allem beizustehen und ihr ein Freund zu sein, selbst dann, wenn ich gegen mich selbst handeln müßte.

So, mit Liebe und Schmerz gewappnet, erwartete ich das Kommende.

Aber es schien, als käme nichts, als wären wir alle verrückt gewesen, im Fieberwahn, lächerlich voreilig. Selbst Clemens befand sich in einem Zustande der Verlegenheit. Viel Lärm um nichts, so sagten wir uns ohne Worte. Clemens erhielt hin und wieder, nicht oft, Briefe aus Frankreich, auch ich bekam, beigelegt, die meinen; bisweilen aber waren sie an mich adressiert, und es lag ein Kärtchen an Clemens und eines an Mutter bei. Ich las diese Karten nicht, aber ich bin überzeugt, daß nichts darauf stand, was auf eine besondere Verbindung mit Clemens hätte deuten können. Was sie an mich schrieb, war liebevoll, heiter, oft scherzhaft und witzig. Kein Wort davon, daß sie die Absicht hatte, bald wiederzukommen.

Um so überraschender, daß sie es dennoch tat, unangekündigt sogar, im Herbst 1948; sie wohnte in einem Hotel in der Stadt, und sie kam eines Nachmittags zu uns, sie stand einfach vor der Tür, und sie hatte ein Mädchen von zehn Jahren bei sich, ihre Tochter, Simone, meine Simone, eine kleine Wilde mit offenem, halblangem schwarzem Haar, ernsten Augen und einem trotzigen Mund. Sie trug blaue Leinenhosen, wie sie die Amerikaner in Mode gebracht hatten, aber diese Hosen waren ausgebleicht und geflickt. Sie sah aus, als käme sie geradewegs vom Spielplatz oder aus dem Schafstall. »Sie trägt nichts anderes«, erklärte Marie-Catherine. »Sie ist es gewöhnt. In jeder andern Art von Kleidung findet sie sich lächerlich.« Die Kleine sprach den ganzen Nachmittag kein Wort, obgleich wir ihr zuliebe meist französisch sprachen; aber sie beobachtete uns genau, sie nahm sich sogar einen nach dem andern einzeln und gründlich vor; man fühlte sich abgeschätzt, gewogen, durchschaut, zu leicht befunden. Schließlich, als habe sie genug gesehen und als lohnte weiteres nicht mehr, stand sie schweigend auf und ging in den Garten. Dort setzte sie sich unter den Nußbaum und schaute still vor sich hin. Dieser Platz unter dem Nußbaum, er blieb der ihre, er hatte schicksalhafte Bedeutung für sie. Hier entschied sich eines Tages ihre Zukunft.

Uns Erwachsenen aber mangelte die Entschlossenheit des Kindes. Wir redeten vieles, aber niemand berührte auch nur mit einem einzigen Wort das, was jetzt hätte gesprochen werden sollen. Clemens schien seinen Plan aufgegeben zu haben, und auch Mutter war ungewohnt zurückhaltend dem Besuch gegenüber. Fast begann sich ein Unbehagen breitzumachen. Doch ehe es wirklich zu fühlen war, ging Marie-Catherine, und sie lehnte Clemens' Begleitung ab, sie bestellte ein Taxi. Aber am Abend war Clemens fort. Als er gegen

Mitternacht zurückkam, ging er sogleich in sein Zimmer. Aus meiner Unruhe spürte ich, daß die Entscheidung gefallen war. Sie war es in der Tat. Marie-Catherine erzählte mir später davon. Clemens war in ihr Hotel gekommen, sie hatte jedoch eine Verabredung mit ihrem Konzertagenten, und so konnte sie nicht bei Clemens bleiben. Er aber wartete auf sie. Er saß nach zwei Stunden noch auf dem gleichen Platz in der Halle.

Er sah aus wie ein Wahnsinniger. Offensichtlich hatten ihn diese beiden Stunden des Wartens zermürbt. Er wollte, daß Marie-Catherine augenblicklich mit ihm fortginge, er habe mit ihr zu sprechen. Aber sie mußte erst mit der Kleinen zu Abend essen und sie zu Bett bringen. Er wollte weiterhin warten, und er tat es. Als sie dann schließlich im Freien waren, gingen sie lange stumm nebeneinander. Ich fragte Marie-Catherine, ob sie damals wußte, was er ihr zu sagen hatte. Sie wußte es, und sie wußte, daß sie ja sagen würde, wider alle Vernunft, wider alle innere Warnung. Sie war nicht gekommen, um darüber mit ihm zu sprechen, noch war sie vorher entschlossen, ja zu sagen; aber als sie ihn so habe sitzen sehen, wartend, einem Wahnsinnigen ähnlich, und fürchterlich allein, da habe das Mitleid ihr Herz ganz und gar überflutet, und mit einem Male habe sie begriffen, daß das ihre Aufgabe sei. So sagte sie: »Meine Aufgabe.« Ob sie sich nicht gedacht habe, daß dies nicht der rechte Grund für eine Ehe sein konnte, sein durfte? Aber diese Frage begriff sie damals nicht, denn für sie bedeutete ›eine Aufgabe übernehmen‹ genau so viel wie ›lieben‹. Mit Schrecken und in aller Schärfe erkannte ich, daß diese Frau niemals Leidenschaft kennengelernt hatte. Sie war unerweckt wie ein junges Mädchen. Sie erbarmte mich. Aber anderseits sagte ich mir, daß dieser Umstand vielleicht die einzige Gewähr dafür war, daß die Ehe gelingen würde, denn so würde sie von Clemens nichts erwarten noch fordern, was er nicht geben konnte, und es würde ihr genügen, zu fühlen, daß er sie brauchte. Aber, o Gott, welcher Schatz wurde hier vertan! Dieses Geschöpf, so sehr fähig zur Leidenschaft, so stark in ihrer unverbrauchten Jugend, mit der wilden Süßigkeit ihrer Heimat im Blut, sie würde neben Clemens, inmitten von uns alten Menschen, in der noblen und erstickenden Müdigkeit unsres Hauses, in all der unheilbaren Schwermut sinnlos geopfert. Für wen aber geopfert? Niemand würde Nutzen davon haben. Niemand würde glücklich werden außer vielleicht Mutter, die nun endlich erreicht hatte, was sie so zäh gewollt. Aber ich? Würde nicht ich vielleicht der Gewinner sein? Würde dieses zärtliche Geschöpf nicht zu mir flüchten, wenn Clemens sie enttäuschte? Sie würde ihm nicht untreu werden. Mich würde sie nicht als Rivalen betrachten, nicht als Mann, der in Frage kam. Ich würde der sein, dem sie in der tiefsten Tiefe gehörte. Warum also diese Heirat nicht wünschen? So begann unser neues Leben.

Dieses unser neues Leben begann unter freundlichen Zeichen. Clemens hatte im Herbst 1948 seine Professur wiederbekommen. Mutter erfuhr, daß ein Teil des Geldes, das sie bei der großen Währungsumstellung im Sommer verloren glaubte, wiedererstattet würde, wenn auch um vieles vermindert; es würde genügend bleiben. Babettes Mann, längst aus dem Lager entlassen und tapfer sich aufs Neue einstellend, hatte eine Stelle als Mechaniker angenommen, aus der er bald, tüchtig wie er war, in seinen alten Beruf hineinglitt. Schon stand er wieder am Konstruktionsbrett und war unentbehrlich. Sie hatten eine eigene Wohnung, und wir sahen sie selten. So schien bei der Heirat alles in bester Ordnung. Clemens hatte sich augenscheinlich geschworen, diesmal sein Glück nicht zu verspielen; es rührte mich fast zu sehen, wie sehr er sich Mühe gab. Übrigens hatte Marie-Catherine nichts im Hause verändert. Sie fand alles gut so, und sie ließ sich von Mutter und Frieda geduldig in den Sitten unserer Familie unterweisen. Eine einzige Schwierigkeit hatte sich gleich zu Beginn gezeigt, und sie war durch nichts zu lösen: Simone konnte Clemens nicht leiden. Ich war eines Tages, am Fenster sitzend, Zeuge eines Gesprächs zwischen den beiden im Garten. Die Kleine kniete auf dem Kiesweg und jätete Unkraut. Sie tat es gern, sie war an derlei Arbeit gewöhnt. Clemens sagte: »Aber so was brauchst du doch nicht zu tun. Hat dir das jemand befohlen?«

Die Kleine, ohne aufzublicken, sagte trocken: »Mir braucht niemand eine Arbeit zu befehlen. Ich habe daheim Schafe gehütet und im Stall gemistet.«

Er sagte: »Aber das mußt du doch jetzt nicht mehr tun. Komm, wollen wir in die Stadt gehen und Eis essen?«

Sie schwieg und jätete weiter.

»Hast du nicht gehört, Simone?«

»Doch«, sagte sie, »aber ich will nicht.«

»Warum nicht? Ißt du nicht gerne Eis?«

»Nicht mit dir«, sagte sie.

»Aber warum denn nicht mit mir?«

Jetzt blickte sie zu ihm auf. Sie sah nicht böse aus, nur gänzlich nüchtern, als sie sagte: »Du brauchst nicht so zu tun, als ob du mich gern hättest. Mich hast du bloß als Zugabe genommen. Wenn ich größer bin, geh ich wieder heim.«

Clemens ging rasch fort.

Mich aber mochte die Kleine von Anfang an, und sie verbrachte viel Zeit bei mir. Ich gab ihr Deutschstunden, und sie lernte leicht. Ein Jahr später konnte sie schon in die deutsche Schule gehen. Aber wir taten auch vieles andre gemeinsam, wir betrachteten Bilder und hörten Schallplatten, vor allem aber: wir redeten. Die sonst so wortkarge Kleine war unerschöpflich, wenn sie bei mir war. Nur war sie fast nie heiter. Ihr allzu großer Ernst ängstigte mich. Auch mußte ich mich immer fürchten, wenn sie mit anderen Leuten zusammenkam: sie sagte jedem ins Gesicht, was sie dachte. So sagte sie einmal zu Mutter, die all ihre späte Zärtlichkeit auf dieses Kind zu werfen gedachte, da sie kein Enkelkind hatte: »Du mußt mich nicht so festhalten, als ob du Angst hättest, daß wir wieder fortgehen.« Zu Babette, die keine Erfahrung im Umgang mit Kindern hatte und auf ihre etwas törichte Art mit ihr scherzen wollte, sagte sie: »Ich bin doch kein Spielzeug. Weißt du nicht, daß Kinder es nicht leiden können, wenn man so künstlich redet?«

Wie gerne würde ich weiterhin von nichts und niemand erzählen als von Simone, die so ganz mein Kind wurde. Aber ich habe nun einmal beschlossen, mir Rechenschaft zu geben auch vom Unerfreulichen, vom Bösen, das in diesem Hause geschah, von allem Unheil, das alsbald, wenige Wochen nach der Hochzeit schon, sich ankündigte.

Eines Sonntagsmorgens hörte ich, wie Marie-Catherine zu der Kleinen sagte: »Nein, du mußt allein zur Kirche gehen. Du findest ja hin, nicht wahr?«

»Warum gehst du nicht mit?« fragte die Kleine.

»Ich habe keine Zeit.«

»Aber man muß doch, Mama!«

»Jetzt geh schon, sonst kommst du zu spät.«

Die Kleine machte sich gehorsam auf den Weg, aber von der Tür her rief sie: »Ich weiß, warum du nicht hingehst. Clemens erlaubt es nicht.«

Wir saßen alle noch beim Frühstück, und so hörten es auch Mutter und Clemens. Niemand sprach ein Wort, und als Marie-Catherine wieder hereinkam, waren wir verlegen. Sie begriff sofort, aber auch sie fand jetzt kein Wort. So standen wir denn alle auf.

Ich machte mir meine Gedanken, aber ich sah keine Lösung. An diese Schwierigkeit hatte keines von uns gedacht. Ich wußte übrigens nicht einmal, ob die beiden kirchlich getraut waren. Über derlei Dinge wurde bei uns nie gesprochen. Aber nun war plötzlich das Wort gefallen. Was würde daraus werden? Ich stand damals noch nicht so gut und eng zu Marie-Catherine, daß ich hätte mit ihr darüber sprechen können. So blieb mir nichts übrig als abzuwarten. Ich bemerkte jedoch, daß Marie-Catherine das goldene Kreuzchen plötzlich nicht mehr trug, ohne das ich sie nie gesehen hatte.

Das zweite düstere Zeichen war ganz andrer Art. Eines Tages beschloß Marie-Catherine, alle Papiere zu ordnen und alle Rechnungen zu sortieren, damit sie, wenn das Finanzamt es verlangte, Rechenschaft geben konnte; sie hatte das zu Hause auch tun müssen, obgleich es ihr höchst unangenehm war. Sie arbeitete in meinem Zimmer, weil mein Tisch der einzige war, groß genug, all das Papier zu tragen. Plötzlich zeigte sie mir ein Päckchen von Bankanweisungen, die allmonatlich dieselbe Summe angaben, an irgendeine andere Bank geschickt, jedoch ohne den Zweck zu nennen. Es war keine große Summe, es war eher eine Lappalie, aber man mußte auch derlei buchen. Ich konnte ihr nichts erklären, und so wartete sie, bis Clemens kam. Er sagte, er wisse es nicht. »Aber du mußt es doch wissen«, meinte Marie-Catherine sachlich.

»Nun also: es ist ein Geschenk, du brauchst es nicht zu buchen. Es gibt arme Leute . . .«

»Haben arme Leute ein Bankkonto?« fragte Marie-Catherine.

Er war nicht leicht zu überführen: »Arme Leute bekommen bisweilen Geld über das Konto andrer, etwa einer Organisation, eines Komitees, nicht wahr?«

Marie-Catherine fragte: »Es soll also weitergezahlt werden?«

Er antwortete leichthin: »Das kannst du halten, wie du willst.«

Sie warf ihm einen überraschten, fast entsetzten Blick zu. Ich fühlte, daß sie bereits die richtige Spur gefunden hatte. Was in den nächsten Tagen zwischen Clemens und ihr vorging, weiß ich nicht, jedoch lag Spannung in der Luft. Eines Tages fuhr Marie-Catherine in die Stadt, und sie hatte niemand gesagt, wohin sie ging; sie war einfach fort und hatte einen Zettel hinterlassen: »Ich komme abends zurück.«

Als sie zurückkam, ging sie sofort zu Clemens. Kurze Zeit später wurde eine Tür zugeschlagen, gleich darauf fiel auch die Haustür ins Schloß, und dann das Gartentor. Ich saß mit Mutter bei unsrer abendlichen Schachpartie. Wir sahen uns an, erschrocken und hilflos. Es war jedoch klüger, sich nicht einzumischen.

»Ahnst du, worum es geht?« fragte mich Mutter.

»Nein«, sagte ich, »aber es ist nichts Wichtiges, glaube mir.«

Sie ließ sich nur allzu gern beruhigen. Plötzlich aber kam Simone, schon im Schlafanzug. Sie flüsterte mir zu: »Mama weint. Was soll ich tun?« Ich antwortete, ebenfalls flüsternd: »Sag ihr, mir ginge es nicht gut, ich brauchte sie.«

Die Kleine warf mir einen Blick zu, der deutlich sagte: »Du lügst und befiehlst mir, daß auch ich lüge.« Aber als ich lächelte, antwortete sie mit der Spur eines Lächelns.

»Was wollte sie denn?« fragte Mutter, die damals schon ziemlich schwerhörig war.

»Sie hat mir Gute Nacht gesagt«, antwortete ich, scheinbar ganz versunken in unser Spiel, das ich jedoch alsbald verlor. Es war die zweite Partie dieses Abends, und mehr spielten wir nie. Danach verließ mich Mutter jedesmal sehr bald.

Gleich darauf kam Marie-Catherine. Hatte sie kurz vorher wirklich geweint? Sie verriet sich in nichts. Aber ich hatte den innigen Wunsch, ihr zu helfen. Doch mußte sie zuvor sprechen, sie mußte klagen oder doch jedenfalls berichten. Sie tat es nicht. Sie erkundigte sich nach meinen Schmerzen; sie massierte geschickt meine rheumatische rechte Schulter, und sie erzählte dies und das, aber sie lauschte unentwegt nach dem Fenster und in den Garten hinaus. Schließlich mußte ich die Wunde berühren. Ich tat es flüchtig und leise. »Wie hast du dich eigentlich eingelebt hier? Ist's nicht schwer für dich, in diesem Hause zu sein?«

»Warum sollte es schwer sein?« antwortete sie mir ruhig.

»Weil dieses Haus ein lichtloses Haus ist«, sagte ich. Ich war nicht sicher, ob ihre Kenntnis unserer Sprache ihr erlaubte, die Doppelbedeutung dieses Wortes zu erkennen. Sie ließ mich im Zweifel.

»Daheim«, sagte sie, »haben wir freilich mehr Sonne, mehr Licht, mehr Wärme. Aber man kann wohl nicht alles zugleich haben. Eines Tages kommt ihr alle mit mir nach Hause. Es wird euch gefallen.«

Es näherten sich Schritte unserem Gartentor. Marie-Catherine lauschte gespannt. Die Schritte gingen vorüber. Ich wagte die Frage: »Clemens ist noch ausgegangen?«

Sie nickte. Dann sagte sie leise: »Ich habe ihn gekränkt, Georg. Darum ist er fortgegangen.«

»Du, Marie-Catherine? Wie kannst du jemand kränken?«

»Ach«, sagte sie, »wofür du mich hältst! Ich kann manchmal sehr hart sein, und das ...« Sie schwieg. Ich sagte den Satz zu Ende: »Das erträgt Clemens nicht.«

»Ja«, sagte sie, »und ich sollte das wissen. Ich mache so vieles falsch.«

Ich legte meine Hand auf die ihre. »Nicht du machst es falsch ...«

Sie schnitt mir sanft das Wort ab; sie fürchtete wohl, ich könnte

Clemens beschuldigen. »Doch«, wiederholte sie, »zum Beispiel heute. Ich hätte mich nicht einmischen dürfen.«

»Ach mein Kind«, sagte ich, »du rührst mich. Wir wissen alle, wie schwer du es hast.«

»O nein«, rief sie, »nein, warum sagst du das? Habe ich es nicht schön hier? Ihr seid alle so gut zu mir. Und du ...« Sie beugte sich zu mir und gab mir einen flüchtigen Kuß auf den Mund. Es war ein Hauch nur, aber mir trieb er die Röte ins Gesicht. Doch schon war alles vorüber; schon war es wieder Clemens, an den sie dachte.

»Er ist schon einmal so fortgelaufen«, sagte sie leise, »und da bin ich ihm nachgegangen, da saß er am Fluß, am Wasser, und starrte hinein, ich bekam so schrecklich Angst. Vielleicht sitzt er wieder dort und wartet, daß ich komme.«

»Nein«, rief ich, »tu das nicht! Du brauchst auch keine Angst zu haben. Er kommt von selbst wieder, wenn es ihm zu lange dauert, auf dich zu warten. Das ist nichts als Erpressung, mein Kind.« Ich hatte das nicht sagen wollen, es war mir so entfahren. Aber sie war keineswegs überrascht.

»Aber das eben ist doch meine Chance«, sagte sie.

»Was meinst du?«

»Daß ich kommen und ihn holen kann.« Ganz leise fügte sie hinzu: »Er ist fürchterlich einsam.«

»Du hast recht, er ist einsam«, sagte ich, doch fügte ich unbarmherzig hinzu: »Er ist einsam, und er wird es bleiben, und all deine Liebe, Kind, wird er aufsaugen wie der trockene Boden das Regenwasser, doch dieser Boden vermag es nicht zu halten, es sickert einfach hindurch.«

»Ach, Georg«, rief sie, »da muß eben ein ganz starker Gewitterregen kommen, eine Überschwemmung muß kommen.«

»Gott segne dich«, sagte ich, und ich weiß heute noch nicht, wie mir diese Worte kamen. Sie konnten nur eine Art von Ironie sein, aber mir war seltsam schwer und ernst zumute, als ich sie aussprach. Marie-Catherine schaute mich überrascht an; dann trat in ihren Blick eine Frage. Wie gerne hätte ich ihr jene Antwort gegeben, die sie so ersehnte! Aber ich konnte nicht. Das Wort war mir unbedacht entfahren, es war nichts als eben ein Wort. Sie verstand sofort. Ihr hoffnungsvoller Blick trübte sich ein, doch nur für allerkürzeste Zeit. Schon lächelte sie wieder.

»Ich gehe jetzt doch hinaus«, sagte sie entschlossen. »Ich darf ihn einfach nicht allein lassen. Außerdem kann er sich erkälten, es ist feucht am Fluß.«

Sie ging, und ich hatte nicht erfahren, was geschehen war. Eine halbe Stunde später schon kamen die beiden zurück. Doch war auch in den nächsten Tagen die Spannung zwischen ihnen nicht beseitigt, genau gesagt: Marie-Catherine war freundlich und heiter wie immer, doch Clemens überaus nervös. Er verschüttete den Tee, stolperte über den Teppich, rauchte eine Zigarette nach der andern, und wenn Marie-Catherine sie ihm mit sanfter Bitte aus der Hand nahm, schaute er sie wütend an. Sie tat es auch bald nicht mehr, und nie mehr. Wäre an jenen Tagen nicht meine Aufmerksamkeit so ungeteilt auf die beiden gerichtet und wären meine Sinne nicht so geschärft gewesen, so wäre mir vielleicht entgangen, daß Marie-Catherine ihren Blick oft auf Clemens ruhen ließ und daß dieser Blick, so freundlich er war, dennoch eine Art von Forderung enthielt; manchmal schien er fast hart, doch war diese Härte nicht verletzend, sondern vielmehr aufmunternd und stärkend. Clemens gab sich Mühe, diesem Blick nicht zu begegnen, in den allmählich sich Trauer mischte.

Ich glaubte, mir denken zu können, worum es ging, da der Streit doch von jenem geheimnisvollen Bankauftrag herrührte. Clemens, so schloß ich, hatte wohl eine Verpflichtung, die er auch erfüllte, obgleich die Summe, mit der er es tat, lächerlich gering war. Vermutlich fand Marie-Catherine die Summe zu klein, und Clemens weigerte sich, mehr zu bezahlen. Aber welcher Art war diese Verpflichtung? Ich dachte an Vielerlei, aber an das Nächstliegende nicht, oder vielmehr: ich wies den Verdacht augenblicklich zurück und zwar, wie ich glaube, aus Familienstolz.

Einige Wochen später, als Marie-Catherine annehmen konnte, ich hätte den Streit von damals vergessen, kam sie zu mir. Wir waren allein. Sie befand sich in einer Art beherrschter Wildheit. So hatte ich sie noch nie gesehen. »Georg«, sagte sie, »ich muß deine Ansicht haben. Du weißt, ich habe außer dir niemand, mit dem ich darüber reden kann. Ich muß etwas von dir erfahren. Denk nicht, daß es Neugierde ist. Mich interessiert ganz und gar nicht, wie Clemens früher gelebt hat, das heißt, natürlich interessiert es mich, ich meine nur, ich würde nie danach fragen, und zufrieden sein mit dem, was er mir erzählt, und es gibt ja auch Dinge, die man nicht erzählt, man muß das Geheimnis eines anderen Menschen in Ehren halten, ich meine, man muß ihm die Freiheit lassen, ein Geheimnis zu haben, aber . . .« Sie stöhnte, so schwer wurde es ihr, zur Sache zu kommen. »Ich würde nicht darüber sprechen, nicht einmal mit dir, wenn ich ganz sicher wäre, daß es besser ist, zu schweigen und die Sache ganz einfach ruhen zu lassen. Aber wie kann ein Mensch denn glücklich sein, wenn er eine Last mit sich trägt, und ich will doch diese Last wegnehmen, verstehst du. Aber Clemens weigert sich ganz einfach, er sieht nicht, daß er selbst sich den Riegel vorgeschoben hat an der Tür, die ins Freie führt, aber so kann er doch nicht weiterleben; einmal sagte er, er träume immer wieder denselben Traum; er müsse ein Knäuel essen, ein Wollknäuel, er würgt und würgt, aber es wird immer dicker, es quillt auf in seiner Kehle. Übrigens sagt er, daß es Maman ist im Traum, die es ihm gibt. Aber ich rede alles durcheinander.« Sie unterbrach sich, hielt den Atem an und, während sie das Ganze vorher zum Fenster hingesprochen hatte, schaute sie mich jetzt voll an. Dieser Blick war von äußerster Klarheit und voll von Schmerz, er stellte mich wie der Jäger sein Wild, es gab kein Entrinnen mehr. Da kam auch schon die Frage: »Weißt du, daß Clemens eine Tochter hat?«

»Nein«, sagte ich, »nein. Aber weißt du es denn? Bist du sicher?«

»Ja«, sagte sie, »ganz sicher. Das ist es auch nicht, was ich von dir erfahren will. Es ist ja auch nichts Schlimmes, du mußt nicht denken, das sei es, was mich quält. Warum sollte er kein Kind haben. Aber«, fuhr sie leise fort, »er will nichts davon wissen. Er sagt, die ganze Sache sei undurchschaubar dunkel, um jetzt, nach so langer Zeit, plötzlich aufgehellt werden zu können. Jene Frau nämlich ist tot. So also steht es: Clemens leugnet es nicht, aber er bekennt auch nichts. Und doch kann man nicht zweifeln. Sieh selbst!«

Sie zog eine Photographie aus der Tasche. In der Tat: Das war unser Familiengesicht, lang, nervös, mit den zu großen Augen, der etwas zu langen Nase, der auffällig schmalen Nasenwurzel, über der die Brauen beinahe zusammengewachsen sind. Ein hübsches Mädchen, doch ohne Zweifel exaltiert; aber auch damit fiel sie nicht aus der Reihe.

»Und woher hast du dieses Bild?« fragte ich mit Bangen.

»Ich war bei ihr«, sagte sie. »Ich mußte mir Klarheit schaffen. Es war nicht schwer, auf der Bank, an die das Geld überwiesen wird, die Adresse der Empfängerin zu erfahren.«

»So«, sagte ich hilflos, »du warst also bei ihr. Und wie war es?«

»Ja, wie war es«, erwiderte sie leise und senkte den Kopf, als müßte sie eine Schuld bekennen. »Es war, wie ich gefürchtet hatte. Das Mädchen weiß alles.«

»Hat sie es dir gesagt?«

»Sie hat es mir gesagt, aber nicht sofort. Ich konnte sie ja nicht fragen. Ich mußte mich verstellen. Ich sagte, ich wollte ihre Mutter sprechen. Natürlich weiß ich, daß diese Frau tot ist, aber mir fiel keine bessere Tarnung ein. So erfuhr ich denn, daß die Frau seit drei Jahren tot ist, daß das Mädchen seither allein lebt, daß sie Tänzerin ist, im

Ballett, aber im Augenblick ohne Engagement. ›Im Augenblick‹, das heißt wohl, fürchte ich, daß sie keines mehr finden wird.«

»Und wovon lebt sie?« fragte ich.

Vermutlich las Marie-Catherine Argwohn aus meinem Blick. »O nein«, rief sie, als antwortete sie auf ausgesprochene Worte, »sie lebt wirklich allein, sie ist arm, sie versucht Ballettunterricht zu geben, aber sie bekommt kaum Schülerinnen. Sie hat nichts gelernt außer Tanzen, sie war in keiner Schule. Aber sie spricht drei Sprachen, sie hat sie allein gelernt, sie hat Clemens' Begabung dafür. Ich sagte, sie sollte Dolmetscherin werden, aber dazu braucht sie ein Diplom und für das Diplom braucht sie eine Schule, dazu habe sie kein Geld, sagte sie. Und da, da fragte ich sie, ob sie denn keine Angehörigen habe. Doch, sagte sie, ich habe sogar einen Vater. Aber von dem, fragte ich, bekommen Sie doch wohl Geld? Ja, sagte sie, er schickt monatlich etwas, aber das liegt auf der Bank, seit Mutters Tod habe ich es nicht angerührt; ich bin ein uneheliches Kind, mein Vater hat mich nicht anerkannt. Aber, fragte ich, und ich habe gezittert bei dieser Frage, aber Sie kennen Ihren Vater? Gewiß, sagte sie, ich trage sogar seinen Namen, freilich nur seinen Vornamen. Ich heiße, nach ihm, Clementine; wir sehen uns jedes Jahr einmal, am 15. November, an meinem Geburtstag, da gehe ich in seine Vorlesung, ich setze mich unter seine Hörer und schaue ihn an, eine Stunde lang, dann gehe ich wieder; er sieht mich nicht an, aber ich weiß, er kennt mich, und er zittert jedesmal vor diesem Tag, vor dieser Stunde, und das ist es, was ich will. Das alles sagte sie ganz ruhig, wie einen eingelernten Text, aber während sie es sagte, wurde sie immer blasser, und plötzlich fiel sie in Ohnmacht. Und als sie zu sich kam, sagte ich ihr alles: Wer ich bin und warum ich gekommen war, und daß alles in Ordnung kommen würde.«

»Und das Mädchen, was sagte es?«

»Sie glaubt nicht daran, daß irgend etwas ›in Ordnung‹ komme; sie ist ohne Hoffnung, auch darin ist sie Clemens' Kind.«

Als sie dies sagte, füllten sich ihre Augen mit Tränen.

»Georg«, rief sie, »du mußt mir helfen.«

»Ach, mein Kind«, sagte ich, »wie soll ich dir helfen? Ich weiß nicht, was zu tun ist. Wenn mit Geld geholfen werden könnte … Aber darum geht es wohl nicht.«

Sie blickte mich dankbar lächelnd an. »Nein«, sagte sie, »darum geht es fast gar nicht.«

»Aber was planst du?«

Leise, aber entschlossen antwortete sie: »Wir müssen das Mädchen heimholen.«

»Heimholen? Du meinst, hierher, in unser Haus?«

»In unser Haus, in die Familie. Sie ist Clemens' Kind, Mamans einzige Enkelin!«

»Marie-Catherine«, sagte ich, »vor mir bedarf es keiner Verteidigung. Aber was wird Mutter sagen? Ob sie das übersteht? Könnten wir sie belügen? Sie ist schwerhörig, aber sie hört, was sie nicht hören soll. Sie sieht schlecht, aber diese Ähnlichkeit würde sie sehen. Was tun?«

»Georg«, sagte sie ernst, »auch Maman muß dazu stehen, sie ist auch mitschuldig. Und was ist schon die Ehre einer Familie, auf die du anspielst, ohne es zu sagen? Was ist das schon? In diesem Fall geht es um eine ganz andere, um eine wichtigere Sache, und auch um eine Ehrensache, nicht wahr?«

Wie hart meine zärtliche Marie-Catherine sein konnte! Ich begriff, daß sie unnachgiebig sein würde in dieser Sache, die allerdings eine Ehrensache war. »Nun gut«, sagte ich. »Du hast Clemens den Vorschlag gemacht?«

»Er lehnt ab. Er sagt, das wäre nach so vielen Jahren lächerlich. Und das exzentrische Mädchen, so nennt er sie, brächte nur Unfrieden in das Haus. Er sei allenfalls bereit, Geld zu bezahlen, sogar viel. Aber das genügt nicht, Georg, das ist ja nur eine Ausflucht und ein Aufschub. Mit Geld kann niemandem geholfen werden.«

»Womit sonst, mein Kind?«

»Mit Liebe«, sagte sie tapfer.

»Das wollte ich hören«, sagte ich. »Aber eben das ist es, was dieses Mädchen hier nicht bekommen wird. Niemand wird es lieben außer dir. Man wird es als Eindringling betrachten. Du weißt, wie Mutter sein kann, wenn es um Clemens geht. Sie würde es dir nie verzeihen. Auch Clemens ... Es würde euch entfremden. Ich fürchte, mein Kleines, du hast jetzt die Wahl zwischen Clemens und dem Mädchen, also zwischen Liebe und Liebe.«

»Nein«, rief sie, »das kann nicht sein.« Mit fast verzweifeltem Trotz fügte sie hinzu: »Und wenn es nicht gelingt, so ist von vorneherein etwas falsch, etwas verlogen.«

»Ich verstehe dich nicht.«

»Ich meine, wenn ich Clemens nicht dazu bringe, das Mädchen zu lieben, das doch sein Kind ist, wenn ich das nicht zuwege bringe, dann ist eben meine Liebe nichts wert.«

Dieses Wort berührte mich auf ungekannte Weise. Doch ging es jetzt nicht um Gefühle, mochten sie noch so tief und wichtig sein. Es ging um klare Überlegungen. Marie-Catherine hatte mich überzeugt davon, daß Clemens sich zu dieser Tochter bekennen mußte; ich war sicher, daß ihn diese alte Schuld drückte, daß sie einen Teil seiner Schwermut ausmachte, freilich nur einen Teil, einen so großen nicht, wie Marie-Catherine dachte; dazu nämlich war er viel zu wenig interessiert an den Fragen von Schuld und Sühne, und seinen Traum konnte man auch anders deuten. Doch gleichviel: ich war überzeugt, daß etwas geschehen mußte von Clemens' Seite. Diese seine Angelegenheit war jetzt unser aller geworden, und nun war es wirklich die Familienehre, die eine Wiedergutmachung verlangte. Sollte ich versuchen, Mutter dafür einzunehmen? Sie mußte doch wohl Sinn für Schuld haben, Sinn für Reue, für Buße; das lag in ihrem ureigensten Bereich. Ich versprach Marie-Catherine, zu versuchen, Mutter zu gewinnen; ›zu versuchen‹, betonte ich, wohl wissend, daß durchaus die Möglichkeit einer Niederlage bestand. Ich riet Marie-Catherine, vorerst nichts zu unternehmen und zu Clemens nicht mehr darüber zu sprechen. Sie schaute mich dankbar an. Ihre Augen drückten Vertrauen aus, Hoffnung, Mut, unendliche Geduld.

Sie war so liebenswert, so ergreifend, daß ich, um ihr nicht wehzutun, nicht einmal in meinem innersten Herzen an ihrem Erfolg zu zweifeln wagte. Aber ich war dieses Erfolges keineswegs sicher. Ich war vielmehr sicher, daß hier eine große Kraft sinnlos vertan wurde. Ich kannte Clemens. Wie lästig mußte ihm diese warnende Stimme sein, wie lästig diese klaren Augen, diese Tapferkeit, diese ganze noble Partnerschaft. Das war es nicht, was er wollte, wünschte, brauchte. Was er brauchte, war Mutters schrankenlose Bewunderung, die keinen Widerspruch laut werden ließ, die ihn immer in Schutz nahm, vor allem gegen ihn selbst. Was er brauchte, zum Teufel, waren die bergenden Unterröcke einer Kinderfrau.

Als Marie-Catherine gegangen war, blieb ich ziemlich verdüstert zurück. Was für eine heikle Aufgabe hatte sie mir aufgehalst. Wie nur sollte ich Mutter beibringen, daß ihr Sohn ein uneheliches Kind hatte, das er nicht anerkennen wollte? Aber ich hatte versprochen, mit ihr zu reden, also mußte ich es tun. Ich hatte lange nicht den Mut dazu. Doch eines Abends brachte Mutter selbst das Gespräch in die gewünschte Richtung. Zwischen der ersten und zweiten Partie Schach erzählte sie davon, daß Babette, die kinderlos geblieben war, gerne eines der unehelichen Kinder amerikanischer Soldaten adoptieren wollte, doch ihr Mann sei dagegen; sie habe sich schon ein Kind ausgesucht, ein reizendes Mädelchen. »Diese armen Geschöpfe! Und diese Väter! Der Staat müßte sie zwingen, die Mädchen zu heiraten. Aber der Staat kümmert sich nicht darum. Es ist eine Schande. Wie wächst denn so ein Kind auf, ohne Vater, ohne Familie. Also«, rief sie schließlich, »wenn ich etwas zu sagen hätte, so müßte jeder Mann, der sich um sein Kind nicht kümmert, eingesperrt werden.«

Während ich meinen ersten Zug der nächsten Partie machte, sagte ich hinterhältig: »Wenn einer deiner Söhne ein uneheliches Kind hätte, wärest du dann auch so streng?«

Sie warf mir, schon ins Spiel vertieft, einen erstaunten und verweisenden Blick zu. »Meine Söhne?« sagte sie. »Meine Söhne würden ehrenhaft handeln. Aber sie würden überhaupt nicht in diese Lage kommen, meine ich.«

»Und wenn du dich irrtest?«

Mit der Figur eines Cavallos in der Hand, ich sehe sie noch heute vor mir, schaute sie mich durchdringend an. Ich weiß nicht, ob sie in diesem Augenblick schon etwas zu ahnen begann, aber wenn, dann tat sie diesen Verdacht mit einem Lachen ab. »Mach mir nicht weiß, daß du ein Kind hast, mein Lieber.«

»Nun«, sagte ich gelassen, »ich war schließlich auch einmal jung und keineswegs krank.«

Sie setzte den Cavallo zornig aufs Brett. »Jetzt aber Schluß mit derlei dummem Zeug. Was fällt dir ein, mich zu ärgern!« Aber ich dachte nicht daran, aufzuhören, ich war im besten Zuge.

»Aber im Ernst: was würdest du sagen, wenn ich dir gestehen würde, daß du ein Enkelkind, sagen wir eine Enkeltochter von etwa zwanzig Jahren hättest?«

»Ich würde sagen: Warum gestehst du mir das erst jetzt? Zweitens, warum, wenn du es so lange verheimlicht hast, gestehst du es jetzt plötzlich, statt weiterhin zu schweigen? Drittens ... drittens würde ich sagen: bezahl dafür und laß mich in Ruhe. So, und jetzt spielen wir weiter. Gib doch acht, du kannst doch deinen König nicht gleich am Anfang exponieren.« Sie versank in ihr Spiel.

Nun hatte ich also ihre Meinung gehört. Was hatte ich noch zu hoffen? Aber jetzt begann meine Aufgabe. Ich ließ das Spiel rasch zu Ende gehen, und Mutter war sehr vergnügt, daß ich einen ihrer vertrackten Züge übersehen hatte. Wie immer wollte sie, nachdem ihr abendliches Pensum erledigt war, sofort in ihr Zimmer gehen. Dieses Mal hielt ich sie zurück. »Ich möchte mit dir sprechen«, sagte ich. Sie schaute mich mißtrauisch an. »Heute noch? Ich bin müde, viel zu müde.« Doch überwog schließlich ihre Neugierde die Müdigkeit, und sie blieb, aber sie wappnete sich mit Härte, ich sah es.

»Mein Gespräch von vorhin war kein bloßes Gerede«, sagte ich. »Hör zu. Wenn ich nun tatsächlich eine Tochter hätte, und wenn ich eben erst erfahren hätte, daß es ihr schlecht gehe und daß mit Geld nicht zu helfen sei, weil nämlich genau das fehlte, wovon du zuerst gesprochen hast: die Wärme der Familie, wenn das so wäre, würdest du mir gestatten, das Mädchen hier ins Haus zu bringen?«

Sie preßte die Lippen aufeinander und ihr runzeliges Gesicht wurde ganz schmal vor Mißtrauen und Furcht. Ich wiederholte: »Würdest du es erlauben?«

»Was eigentlich willst du mit alledem?« fragte sie leise. »Da steckt doch irgend etwas dahinter. Rede endlich!«

»Gut«, sagte ich, »ich werde reden. Aber gib mir zuerst Antwort auf meine Frage.«

»Also denn«, sagte sie, »höre zu: ich würde zuerst einen Beweis verlangen, daß das Mädchen wirklich deine Tochter ist. Ferner würde ich mir die Umstände ansehen, in denen sie lebt, und ob es nötig sei, sie aus diesen Umständen herauszuholen. Weiter würde ich sie mir genau anschauen, ob sie anständig ist und ob es sich lohnt, sich um sie anzunehmen, und ob wir uns es überhaupt gestatten können, sie mit unserer Familie in Berührung zu bringen. Wenn sie anständig und vernünftig ist und keine großen Ansprüche macht, könnte sie uns ja öfters besuchen, obwohl das natürlich gefährlich ist, denn wenn man ihr den kleinen Finger gäbe, würde sie wohl bald die ganze Hand wollen, man kennt das ja.«

»Und das ist alles?« fragte ich.

»Ist das nicht genug? Ich würde dir nicht einmal einen Vorwurf machen. Was willst du mehr?«

»Also du glaubst, es wäre genug, wenn meine Tochter, deine Enkelin, hin und wieder zum Essen kommen dürfte wie ein Besuch, wie eine Fremde? Das, meinst du, wäre genug?«

Sie schaute mich mit Härte an. »Wenn du zwanzig Jahre lang nicht das Bedürfnis gehabt hast, diese Tochter hier zu haben, wirst du mir nicht einreden wollen, daß das plötzliche Bedürfnis so dringend sei.«

Ich beherrschte mich noch immer. »Höre«, sagte ich, »es könnte ja sein, daß ich plötzlich eingesehen hätte, wie sehr ich unrecht getan habe bisher. Ich könnte das dringende Bedürfnis haben, eine alte Schuld gutzumachen, eine ... eine Sünde zu büßen, Sühne zu leisten.«

»Also«, sagte sie leise und heiser, »ich sehe, du sprichst im Ernst.«

»Ja, ich spreche im Ernst. Nur ist diese Tochter nicht die meine.«

Sie schaute mich verständnislos an. »Aber dann ... warum regst du dich dann darüber auf? Was geht's dich an, wenn andre Leute uneheliche Kinder haben?«

Ich schaute sie schweigend an, ich fühlte mich in der Rolle des Folterknechts. Ich sah, daß sie bereits die Wahrheit ahnte, aber sie wollte nicht glauben. »Nun also?« fragte sie. Wie brüchig, wie alt ihre Stimme war, obwohl sie sich soviel Mühe gab, ruhig und fest zu sprechen. Wir blieben Aug in Auge, lange und stumm. Plötzlich fing sie an zu zittern, sie wurde blaß, dann rot, dann schrie sie wütend: »Was erlaubst du dir? Wie kommst du dazu, so etwas zu behaupten?« Ihre Stimme überschlug sich erbarmenswert. »Warum versuchst du, uns einander zu entfremden? Du hast ihn immer gehaßt, du warst immer eifersüchtig, und jetzt . . .«

Es gelang mir, ganz ruhig zu bleiben. »Es geht jetzt nicht um dich«, sagte ich, »es geht auch nicht um Clemens, es geht darum, daß eine alte Schuld gutgemacht werden muß, muß, begreifst du nicht?«

Sie bekam sich wieder in die Gewalt. Wie stolz, wie zäh sie war! »Nun«, sagte sie, »wenn du meinst, daß es so ist, dann bringe mir erst Beweise, daß dieses Mädchen Clemens' Tochter ist.«

»Beweise, Beweise! Clemens bezahlt seit mehr als zwanzig Jahren eine monatliche Rente. Alimente nennt man das, nicht wahr.«

»Pah«, rief sie, »als ob das etwas bewiese. Auch ich bezahle jeden Monat gewisse Summen an arme Leute. Jetzt geht es darum: hat Clemens die Vaterschaft anerkannt oder nicht?«

»Nein«, sagte ich, »und das eben ist es, wovon ich spreche.«

»Schweig!« schrie sie. »Ich sehe, du willst ihn nur schlecht machen, nur verdächtigen. Beweise will ich, Beweise, kein Geschwätz.«

»Gut«, sagte ich, »dann geh selbst zu dem Mädchen und schau ihr ins Gesicht. Du wirst dich selber sehen, als ob du in einen Spiegel schauen würdest.«

Sie blieb zäh. »Hast du sie gesehen?«

»Ich nicht, aber Marie-Catherine.«

Diese Nachricht traf sie. Langsam öffnete sie ihren Mund, aber es kam kein Wort. Sie begann heftig zu atmen, und ihr mageres verrunzeltes Gesicht spannte sich, alle Kraft sammelte sich um den alten, harten Mund. »So«, sagte sie schließlich böse, »so also ist das. Man hat geschnüffelt und das Ergebnis sofort weitererzählt. Zumindest eine Indiskretion schlimmster Sorte. Und du natürlich greifst derlei begierig auf. Zwei gegen einen, so also wird gespielt.«

Ich schlug mit der Hand auf den Tisch, etwas, das ich mir ihr gegenüber noch niemals erlaubt hatte. »Jetzt ist aber damit Schluß«, sagte ich mit allem Nachdruck, »jetzt kommen wir zur Sache. Ganz gleich, wie wir von der Existenz dieses unehelichen Kindes deines Sohnes Clemens erfahren haben; was ist jetzt zu tun? Gedenkst du, Clemens weiterhin zu unterstützen im Verschweigen dieser Sache, die unser aller Sache ist, eine Sache der Familienehre also, oder gedenkst du mitzuhelfen, daß sie bereinigt wird?«

Statt mir zu antworten, klingelte sie nach Frieda, die schließlich im

Schlafrock und einer lächerlichen Art von Nachthäubchen kam, sie hatte schon geschlafen. »Hol meine Schwiegertochter«, befahl Mutter. Frieda blickte erstaunt und argwöhnisch von ihr zu mir, zuckte die Achseln und schlurfte hinaus. Gleich darauf kam Marie-Catherine. Mutter begann augenblicklich, zum Angriff vorzugehen. »Also, was ist mit diesem angeblichen unehelichen Kind von Clemens? Du scheinst dich ja eingehend mit dem Fall befaßt zu haben.«

Marie-Catherine wurde ein wenig blaß bei diesem so ungewohnten Ton, aber sie antwortete ruhig: »Liebe Maman, ich fürchte, daß dir diese Sache viel Kummer macht. Aber höre mich an. Diesem Mädchen, das zweifellos Clemens' Tochter ist, geht es nicht gut, sie ist ganz allein, ihre Mutter ist tot.«

»Aha«, murmelte Mutter, »und in der Not hat man sich also des wohlhabenden Vaters erinnert.«

»Maman, ich fürchte, du siehst das alles nicht richtig. Es geht nicht darum.«

»Worum?«

»Um Geld oder dergleichen. Das Mädchen will nichts dieser Art. Im übrigen: ich war es, die ... verzeih, ich wollte nicht schnüffeln. Ich habe die Haushaltbücher und Rechnungen geordnet, da fand ich diese Bankanweisung, und da war alles klar.«

»Und«, rief Mutter, »hättest du nicht einfach alles so lassen können, wie es war?«

»Maman«, antwortete Marie-Catherine leise, aber bestimmt, »möchtest du, könntest du wünschen, du, daß Clemens eine unbereinigte Schuld mit sich trägt? Bist du denn nicht froh, wenn wir alle endlich diese Sache gutmachen können?«

»Meinetwegen«, schrie Mutter, »tut was ihr wollt, ihr zwei, aber laßt Clemens in Ruhe. Seine Nerven sind ohnehin am Zerreißen. Seht ihr denn nicht, daß es ihm nicht gut geht? Was wollt ihr von mir? Wieviel Geld wollt ihr haben?«

Marie-Catherine schüttelte den Kopf und legte in einer Geste der verzweifelten Bitte ihre Hände auf die Brust. »Maman, Maman«, rief sie, »du willst nicht verstehen. So verzeih, wenn ich deutlicher werde: es ist Sünde, was geschehen ist.«

»Sünde!« murmelte Mutter. »Sünde! Eine Jugendsünde, was weiter. Viele Männer ...«

»Aber Maman«, rief Marie-Catherine. »Wer spricht denn davon. Das ist nicht die Sünde. Die Sünde ist, daß er sich nicht dazu bekannt hat, daß er der Frau, mit der er das Kind hatte, ein Almosen hinwarf ...«

»Das muß eine saubere Person gewesen sein, die ein Almosen annimmt, wo sie ein Recht auf gesetzliche Zahlung gehabt hätte, angeblich! Warum hat sie nicht geklagt? Sie wird schon ihre Gründe gehabt haben.«

Marie-Catherine war immer blasser geworden, sie schlug die Augen nieder, sie schämte sich für uns alle, und meine eigene Scham hatte ein Maß erreicht, das, ich fühlte es, nicht mehr lange sich halten ließ, und schon schrie ich meine Mutter an: »Es ist eine Schande, wie du dich benimmst! Merkst du denn nicht, daß du eine klägliche Rolle spielst? Die Tatsache ist so klar wie nur je eine, und du versuchst, dich, das heißt Clemens herauszuwinden? Jetzt frage ich dich: was hat dich denn deine Religion gelehrt? Gibst du nicht vor, eine fromme Katholikin zu sein? Schlägst du nicht das Kreuz, wenn jemand flucht? Läufst du nicht heimlich zur Kirche, wenn Clemens nicht da ist? Hast du nicht genügend Freunde unter den Schwarzröcken? Und jetzt . . .«

Sie versuchte, mich zu unterbrechen, mehrmals, aber ich sprach unbarmherzig weiter: »Und jetzt willst du eine offenbare Schuld vertuschen? Jetzt willst du zwei Jahrzehnte äußerster Verletzung eures Liebesgebotes einfach übergehen, als wäre das nichts? Das muß eine recht wirksame Lehre sein, nach der du lebst.«

Marie-Catherine hatte ihre Hand auf meinen Arm gelegt. »Georg!« flüsterte sie, »laß es genug sein. Sie ist deine Mutter.«

»Nein«, rief ich, »es ist nicht genug. Jetzt soll sie es hören: Warum denn sind ihre drei Kinder alle antikatholisch, warum? Gib dir selbst die Antwort. Junge Leute, Kinder sogar, fühlen, wenn man sie etwas lehrt, was nicht vorgelebt wird. Das ist doch alles Fassade. Dieser Katholizismus ist doch nichts, nichts, nur Form, ganz leer, der lebt doch nicht, der lockt keinen Hund mehr hinterm Ofen hervor. Du siehst ja, wie er versagt, wie er sich in Wolken auflöst, in stinkenden Nebel, wenn er sich bewähren soll, wenn er zeigen soll, daß das Leben bestimmen, Wirklichkeit zu ändern vermag.«

»Georg«, rief Marie-Catherine flehentlich, »du mußt Maman doch nur Zeit lassen! Hab doch Geduld! Bedenke doch, wie wir sie überfallen haben mit dieser Sache. Die muß doch erst verarbeitet werden.« Sie stand auf und umarmte Mutter. »Verzeih«, sagte sie, »verzeih; das wird alles noch gut werden, ganz gut. Komm jetzt, ich geh mit dir.«

In der Tat ließ Mutter sich schweigend hinausführen. Wie klein und gebrechlich sie war, wie armselig, wie geschlagen. Aber ich konnte nicht bedauern, was ich getan hatte. Endlich war das Messer in das alte, kranke Gewebe gedrungen, endlich war der Eiterherd erreicht.

Ich weiß nicht, was die beiden an jenem Abend noch gesprochen haben. Was auch immer: am nächsten Tag sagte mir Marie-Catherine voller Bestürzung, daß Mutter darauf bestünde, zu jenem Mädchen zu fahren, sie wolle sich selbst überzeugen.

»Wovon überzeugen? Daß das Mädchen Familienähnlichkeit hat? Oder was will sie dort sehen?«

»Ich weiß nicht«, sagte Marie-Catherine, »aber sie darf auf keinen Fall hingehen, sie wird alles verderben, es wird eine Szene geben, und jede gute Lösung wird unmöglich werden. Ich habe es ihr gesagt, aber du weißt ja, wie sie ist.«

»Und wenn Clemens selbst hinginge?«

»Das freilich ... Aber er ist noch nicht so weit, er kann es einfach nicht, ich möchte jetzt eine Weile nicht mit ihm darüber reden.«

»Mein Gott«, rief ich, und ich tat es gegen meinen Willen, »wie dieser Mensch immer behütet wird, wie rücksichtsvoll man mit ihm umgeht.«

Marie-Catherine legte ihre Hand auf meinen Mund. »Nun mach du keinen Fehler«, sagte sie liebevoll. »Wenn auch du klein dächtest, das würde ich nicht ertragen.«

Wir waren beide errötet und fanden eine Weile kein passendes Wort, um unser Gespräch von vorhin fortzusetzen. Marie-Catherine sagte schließlich: »Aber wenn du eines Tages mit mir hinführest?«

So beschlossen wir denn, Mutter von ihrem Plan abzubringen und statt ihrer das Mädchen aufzusuchen.

»Wie unwürdig das ist«, flüsterte Marie-Catherine, »daß wir es im geheimen tun müssen. Aber ich sehe keinen anderen Weg.«

Da es mir in den folgenden Tagen schlechter ging als sonst, verschoben wir die Fahrt, zumal auch Mutter sich merkwürdig gefügig zeigte und keineswegs auf ihrem Vorhaben bestand. Es wurde überhaupt seltsam ruhig in unsrer Familie. Jedes schien sich zu bemühen, den übrigen harmlos-freundlich zu begegnen. Da fuhr unversehens ein Windstoß in dieses Kartenhaus von Frieden.

Wir bekamen immer morgens, wenn wir alle zusammen beim Frühstück saßen, unsere Post. Clemens pflegte die seine erst später zu lesen, er nahm sie mit in die Hochschule, wo er, in Vorlesungspausen, sie beantwortete; er hatte dort eine Sekretärin, der er diktierte. Wir andern aber, die wir viel weniger Post erhielten als er, lasen sie gleich. Mutter bekam hin und wieder Briefe oder Karten von Verwandten oder von jenen wenigen Freundinnen, die der Tod noch nicht geholt hatte. Wir kannten die altmodischen, zitterigen Schriftzüge in deutschen Lettern, die kleinen, sorgfältig beschriebenen Umschläge, diese ihre ganze geheimnislose, nur sie interessierende Korrespondenz. Eines Morgens aber war ein fremder, viel größerer Brief dabei, in einem auffallenden cremefarbenen Umschlag, und die Adresse war in einer großen, fahrigen Schrift geschrieben. Mutter drehte den Brief um, doch da war kein Absender vermerkt. Sie öffnete den Umschlag, und heraus fielen drei oder vier Geldscheine. Mir schien, es waren Hunderter. Sie starrte einen Augenblick darauf, wurde feuerrot und stopfte Scheine und Umschlag in die Tasche. Wir alle hatten den Vorfall bemerkt, aber niemand stellte eine Frage. Nur Simone rief über den Tisch hinweg: »Oma, man knüllt doch Geld nicht so zusammen!« Marie-Catherine sagte – weiß Gott, woher ihr der Einfall in diesem fürchterlichen Augenblicke kam –: »Eigentlich müßte die Buchshecke geschnitten werden. Ich kann das nicht. Das muß ein Fachmann machen. Meint ihr, daß man in der Gärtnerei einen Mann bekommt, der das macht?«

Wir fanden uns alsbald bei einem übereifrigen Gespräch über die fälligen Arbeiten im Garten und die Schwierigkeit, Arbeiter zu bekommen. Da sagte Simone: »In der Gärtnerei ist ein Franzose, Mama, der kommt. Soll ich es ihm sagen?«

»Woher weißt du denn das?«

»Ich gehe jeden Tag rasch einmal zu ihm. Er ist aus Aix, Mama! Ich wollte es dir längst sagen. Er war Kriegsgefangener, aber er ist wiedergekommen jetzt, weil er so gern in der Gärtnerei da drüben war. Er heißt Pierre. Soll ich gehen, ihn holen, Mama? Oma, soll ich?«

Der Vorschlag wurde angenommen, und wir trennten uns in dem Gefühl, daß wir mit knapper Not für diesmal unsere Haltung bewahrt hatten. Etwas später kam Marie-Catherine verstört zu mir.

»Was nun?« fragte sie. »Jetzt hat sie uns alles verdorben.«

»Ja«, sagte ich, »ich fürchte, du hast recht. Wir tun gut, die Sache nun eine Weile ruhen zu lassen.«

Sie nickte traurig. »An allem bin ich schuld«, flüsterte sie. »Nicht wahr, Georg, du denkst auch, daß ich es bin, die Unfrieden gebracht hat?«

»Kind«, sagte ich, »der Friede, der vorher hier war, der war ja nicht echt. Der war Lüge, verstehst du? Es mußte ja einmal so kommen, früher oder später. Keine Familie kann gedeihen, wenn ein Gespenst mit zu Tische sitzt.«

»Ja«, sagte sie leise, »aber daß ich es sein muß, die das Gespenst sieht . . .«

»Meine Liebe, wir haben es alle gesehen, nur nicht so deutlich, und dann haben wir alle die Augen geschlossen. Aber einmal muß die

Katastrophe kommen, und sie mußte kommen auch ohne dein Zutun.«

Zunächst kam keine Katastrophe, es kam nichts, alles schien in Ordnung, die Folterknechte schliefen. Ich allein wußte, daß Marie-Catherine bisweilen zu Clementine ging und daß die beiden sich angefreundet hatten. Freilich konnte ich keinen Zweifel darüber haben, daß diese Clementine ein recht schwieriges Geschöpf war, und daß es selbst Marie-Catherine jetzt beinahe unmöglich schien, sie ins Haus aufzunehmen, um so mehr, als Clementine selbst ganz und gar keinen Wert darauf legte.

Ob es zwischen Mutter und Clemens deshalb zu einer Aussprache gekommen war, konnten wir nicht mit Gewißheit sagen. Doch schlossen wir es aus ihrer neuen Art von Einigkeit, von geheimer Verschworenheit. Hin und wieder beobachtete ich, daß zu Zeiten, in denen Clemens nervös und unsicher war, die Augen seiner Mutter mit einer zwingenden, gewalttätigen Kraft auf ihm lagen, bis er sich unter diesem stummen stärkenden Befehl gefaßt hatte. Zwischen den beiden muß damals beschlossen worden sein, diese fatale Geschichte auf sich beruhen zu lassen, da ja das Mädchen keinen Wert auf Annäherung legte. Hatte die grobe Rücksendung des Geldes dies nicht bewiesen? Genug also davon; man hatte anderes zu denken: Clemens arbeitete, soweit ihm seine Vorlesungen Zeit ließen, an einem neuen Buch, und das ganze Haus war von dieser Arbeit in Bann geschlagen. Wenn Clemens arbeitete, schlich man auf Zehenspitzen; selbst Simone hatte sich das Flüstern angewöhnt, und mein Rollstuhl hatte eine neue Gummibereifung bekommen und war frisch geölt worden. Wir sahen Clemens nur bei den Mahlzeiten, während derer er, um sich zu entspannen, Witze erzählte, die freilich nicht immer geeignet waren, uns lachen zu machen. Einige Male schlug Marie-Catherine die Augen nieder, und ihr Gesicht drückte Schmerz aus; einmal legte sie ihm sogar flehend die Hand auf den Arm, aber dies reizte ihn nur um so stärker. In solchen Augenblicken war er fürchterlich; er hatte Lust daran, uns zu quälen, und, einmal davon hingerissen, vermochte er sich nicht mehr Einhalt zu gebieten. Er lachte selbst am meisten, bisweilen als einziger. Wenn Simone mit bei Tische war, nahm er sich zusammen, aber einmal vergaß er sich, und was er erzählte, war eine Anekdote, zweideutig und böse, und sie betraf einen seiner Kollegen. Plötzlich sagte Simone laut: »Warum erzählst du das?« Sie warf ihm dabei einen Blick zu, furchtlos und flammend, der uns alle bestürzte. Auch Clemens war erschrocken, doch faßte er sich augenblicklich. »Warum?« sagte er. »Weil die Welt so ist, meine Kleine.«

»Wie ist sie?« fragte Simone tapfer.

»Dumm«, antwortete er mit Ekel.

»Aber dafür können die Menschen doch nicht«, rief Simone; »da kann man doch nur Mitleid haben.«

Clemens warf Marie-Catherine einen Blick zu, der selbst für einen so aufmerksamen Beobachter wie mich schwer zu deuten war; ich las Mißtrauen darin und Angst. Schon aber kam ihm Mutter zu Hilfe: »Iß du«, sagte sie zu Simone; »früher durften Kinder überhaupt nicht sprechen bei Tisch.«

»Ja«, sagte nun Marie-Catherine ruhig, »es ist zwar jetzt nicht mehr wie früher, in nichts, liebe Mutter, aber du hast recht, Simone sollte essen und nicht sprechen.« Sie strich der Kleinen mit Nachdruck übers Haar, und Simone, begreifend, schwieg. Doch warf sie noch mehrmals einen Blick voll unverhohlenen Tadels auf Clemens, der diesen Blicken geflissentlich auswich.

Übrigens sah in jenen Wintermonaten auch Marie-Catherine ihren Mann fast nie, denn er arbeitete meist bis weit über Mitternacht hinaus. Um überhaupt noch mit ihm zusammen zu sein, begleitete sie ihn nun allmorgendlich zur Universität, wohin er, auch bei Schnee und Regen, zu Fuß ging. Doch eines Tages, schon gegen das Frühjahr zu, unterblieb Marie-Catherines Ausgang. Ich fragte sie behutsam, und sie sagte, sie habe bemerkt, daß Clemens in dieser Morgenstunde ungestört sein müsse, weil ihm da, im Gehen, im Schweigen, die besten Einfälle kämen. Es war eine von Marie-Catherines Eigenarten, auf jede Frage offen zu antworten, und man sah es ihren klaren Augen an, daß sie immer die Wahrheit sagte. Nur auf Fragen, die Clemens betrafen, antwortete sie bisweilen merkwürdig ausweichend und verschleiert. Seine eigene Art, niemals klipp und klar Rede zu stehen, sondern selbst die einfachsten Dinge zu vernebeln, um alle Spuren zu verwischen, hatte offenbar schon ein wenig auf sie abgefärbt, und dies mißfiel mir. Wie weit würde es ihm gelingen, sie mit stummer Gewalt nach seinem Bilde zu formen? Merkwürdig, welche Macht dieser schwache, zarte, überempfindliche Clemens auf Menschen aller Art hatte. Im Grunde tyrannisierte er uns alle. Seine Stimmungen wurden sogleich die unseren. Kam er, was manchmal geschah, am Morgen leise pfeifend die Treppe herunter, sorgfältig rasiert und uns mit einem Scherzwort begrüßend, so hellten sich Raum und Gesichter dankbar auf. Kam er jedoch verdüstert, vergrämt, mit allen Anzeichen einer schlaflosen Nacht, klagte er über Kopfweh und das Wetter, hörte er nach zwei, drei Bissen zu essen auf, so versanken wir alle in Finsternis. Einzig Marie-Catherine versuchte standzuhalten, und bisweilen hörte ich sie zu meinem Entsetzen einen jener törichten Witze erzählen, die ihm ein Lächeln abzulocken pflegten.

Es war Frühsommer geworden, die schönste Zeit in unserm Stadtviertel, die einzige, in der hier Licht und Vogellärm, Flußrauschen und Bienengesumm zu einem raschen, leicht betäubenden Wirbel von Fröhlichkeit, ja Ausgelassenheit zusammenschossen. Eines Nachmittags schien dieser Jubel unüberbietbar zu sein. Wir alle, auch Babette und ihr Mann, waren im Garten, tranken Tee unter der Buche und waren heiter wie lange nicht. Nahe an der Gartenmauer arbeitete Pierre mit nacktem, braunem Oberkörper, der vor Schweiß glänzte wie Bronze. Das Gartentor stand offen, weil Pierre die Steine, die er aus den Beeten aufgelesen und in einen Karren gesammelt hatte, an das Ufer des Flusses fahren wollte, der sie vor tausend Jahren hier angeschwemmt hatte. Plötzlich fiel mir auf, daß ein und dieselbe Person, eine Frau, mehrmals an dem offenen Tor vorüberging. Da nur ich so saß, daß der Blick in diese Richtung fiel, war ich der einzige, der diese auffallende Wiederkehr beobachtete, der einzige, außer Pierre. Er schob schließlich den erst halbvollen Karren zum Tor hinaus und blieb eine Weile stehen. Da kam auch schon wieder die einsame Spaziergängerin, hielt vor Pierre inne und begann ein Gespräch mit ihm. An der frechen Hüftbewegung, mit der Pierre seinen Gürtel enger zog, erkannte ich, daß das Gespräch oder der Anblick ihm behagte. Nun schaute auch Marie-Catherine in diese Richtung, und ihr Blick wurde für eine Weile starr. Nach und nach wandten sich alle Augen dorthin. Mutter begriff nicht sogleich, doch Clemens erbleichte. Schon hatte Marie-Catherine sich erhoben und war ans Tor geeilt. Sie sprach ein paar Worte, und die Szene löste sich auf, als wäre sie nie gewesen. Pierre fuhr seine Steine zum Fluß und Clementine verschwand.

»Wer ist denn die Person?« fragte Mutter mißtrauisch.

»Niemand aus unserem Viertel«, sagte Marie-Catherine; »sie wollte irgend etwas wissen.«

Am nächsten Morgen aber rief ich Pierre ans Fenster, als er allein im Garten war. »Was hat die Dame gestern gewollt?« fragte ich gerade heraus.

»Oh, nichts«, sagte er, sichtlich ausweichend.

»Kennen Sie sich denn?« fragte ich weiter.

»Nein, das nicht.«

»Nun?«

Wieder zog er mit jener lässig-frechen Bewegung die Hose hoch.

»Am Samstag gehen wir tanzen«, sagte er herausfordernd.

Die Sache gefiel mir nicht. »Pierre«, sagte ich, »Sie können natürlich tun, was Sie wollen, aber bitte verabreden Sie sich mit jener Dame nicht gerade hier vor unserm Garten.«

Der verblüffte Ausdruck seines hübschen Gesichts bewies, daß er nicht ahnte, wer diese Fremde war und welches Spiel hier in Szene ging.

Kurze Zeit später kam Marie-Catherine zu mir. Obgleich sie, ohnehin von brauner Hautfarbe, jetzt sonnengebräunt war, mußte ich bemerken, daß diese schöne Farbe trog; ihr Gesicht war schmaler geworden, und die Augen hatten an Glanz eingebüßt. Doch sie nahm sich tapfer zusammen.

»Georg«, sagte sie, »heute nacht fing Clemens mit dieser Sache wieder an. Er warf mir vor, daß ich mich eingemischt hatte, daß ich unbesehen alles glaubte, daß ich die Hintergründe für seine Zurückhaltung und sein Schweigen nicht kennte, daß ich einer Erpresserin ins Garn ginge, daß ich den Familienfrieden störte, daß ich ihn quälte, ja daß ich dies alles nur aufgestöbert hätte, um ihn zu quälen. So redete und redete er, bis es Tag wurde, aber als ich ganz erschöpft war und vor Verzweiflung nichts anderes sagen konnte als ›dann muß ich eben wieder von dir gehen‹, da weinte er, und dann sagte er, daß er nicht mehr leben wollte, daß er es schon lange satt hatte, alles, mich, euch, seine Arbeit, seinen Beruf, diese Stadt, alles, und daß er nur zu feige sei, um zu sterben.«

»Mein Kind«, sagte ich, »kennst du ihn denn noch gar nicht? Das alles brauchst du doch nicht ernstzunehmen, das ist wie ein Fieber oder ein epileptischer Anfall, etwas, das ihn überkommt und ihn ganz und gar beherrscht, so daß er willenlos ist, ausgeliefert, besessen ...«

Sie unterbrach mich. »Ja«, flüsterte sie, »besessen, so ist es, so war er heute nacht: ein Besessener.«

»Auch das, meine Liebe«, sagte ich, »mußt du nicht so ernst nehmen. Er ist eben ein Nervenbündel, er arbeitet zu viel, er ist maßlos in allem, und vergiß nicht, wie er hier erzogen worden ist: ohne Befehl, ohne Widerspruch, immer der Herr, der Geschonte, der Verwöhnte, Mutters Sohn, von ihr beschützt und verteidigt, wie sollte er je gelernt haben zu erkennen, daß er Zucht und Maß braucht so gut wie jeder andere Mensch ...«

Sie unterbrach mich: »Zucht und Maß, das hat er, Georg, denk doch an seine Arbeit, denk an seinen ungeheuren Fleiß, seine Pflichttreue. Nein, ich will nicht, daß du ihm Unrecht tust.«

»Aber«, rief ich aus, verblüfft und erschreckt durch diesen jähen Angriff, »du verteidigst ihn ja genau wie seine Mutter, weißt du das? Mein Kind, du liebst ihn ja!«

Sie schaute mich rätselhaft an und schwieg.

»Nun«, fuhr ich fort, bemüht, ganz behutsam zu sein, »du wirst dich schon noch an all das gewöhnen. Wie lange seid ihr jetzt verheiratet? Einundeinhalbes Jahr, nicht wahr? All das gibt sich. Clemens wird ruhiger werden, und du wirst dies alles gelassen hinnehmen wie Babette die Quartalsräusche ihres Mannes.«

»Still«, sagte sie, »das darf Mutter nicht wissen.«

Plötzlich rief sie laut und verzweifelt: »Aber wie kann denn ein und dieselbe Sache zugleich gut und böse sein!«

»Was meinst du jetzt?«

»Ach«, sagte sie, »du weißt es doch. Um Clemens zu helfen, diesen alten bösen Schatten aufzulösen, habe ich die Spur zu Clementine hin verfolgt. Um ihr zu helfen, habe ich Clemens von ihr erzählt. Ich wollte es mittragen, beides, seine Schuld, ihr Unglück, ich dachte, es sei gut, was ich tat, oder vielmehr: ich dachte nicht viel, ich war sicher, daß ich es tun mußte und daß es gut sei. Und was ist jetzt? Clemens ist böse, Maman ist böse, und Clementine ist in nichts geholfen, sie fühlt sich nur bestärkt in der Sucht, ihren Vater zu verfolgen. Ich habe den Schatten nicht aufgelöst, ich habe ihn aufgestört, jetzt macht er sich breit, jetzt drängt er sich an uns alle heran. Ach, ich habe geglaubt, vom Leben etwas zu wissen, ich habe so schreckliche Dinge erlebt im Krieg, nicht das Lager nur und das Gefängnis, anderes, ich kann noch nicht darüber sprechen, es ist zu nah; aber all das war ganz klar, verstehst du, es war hart und grausam, aber es war greifbar und es kam ganz auf mich an, was dann geschah: ich konnte schwach sein und das Leichte, aber Schlechte wählen, ich konnte stark sein und das Gute, aber Schwere wählen, und Weiß blieb Weiß, Schwarz blieb Schwarz, Freund und Feind waren genau zu unterscheiden. Aber jetzt, Georg, jetzt gehe ich blind im Nebel . . .«

Plötzlich aber wurde sie sich bewußt, wie sehr sie klagte, und sie nahm sich in einem harten Willensentschluß zusammen. »Ach«, rief sie, »das alles wollte ich nicht sagen, hör nicht auf mich, vergiß, was ich sagte, es kam nur aus meiner Müdigkeit, ich habe ja nicht geschlafen in dieser Nacht.«

Während dieser letzten Worte waren die Schritte meines Bruders auf der Treppe zu hören, und schon eilte Marie-Catherine zu ihm hinaus. Bald hörte ich sie ganz ungezwungen mit ihm sprechen, und auch er verriet in Worten nichts von dem, was zwischen ihnen vorging; er sprach sogar freundlicher als sonst mit ihr, fast übertrieben freundlich, schien mir. Auch in der Folgezeit war er leicht verändert, und eines Tages fuhren die beiden sogar, was Marie-

Catherine sich so sehr gewünscht und was Clemens mit Ausflüchten immer verweigert hatte, mitsammen ins Gebirge. Ich glaube, daß Clemens in jener Nacht erkannt hatte, daß er Marie-Catherine über alles Maß hinaus quälte. Vermutlich war es ihr Ausruf, ›wieder fortgehen‹ zu wollen, was ihn zur Besinnung brachte. Er war ein schlechter Verlierer. Er wollte Marie-Catherine halten, so viel war mir jetzt klar.

Freilich kehrten die beiden schon am nächsten Abend zurück, da Clemens das Wetter schlecht bekam, es war Gewitterschwüle, und er litt unter seinen alten Kopfschmerzen. Doch blieb die Stimmung zwischen den beiden weiterhin erhellt. Marie-Catherine war in jener Zeit wie ein Kind, fröhlich, arglos, wie es ihrem Wesen entsprach, und einmal wagte sie es sogar, allein mit ihm im Garten, ihn zu küssen, doch er erwiderte den Kuß nur flüchtig und schob sie dann zerstreut von sich.

Da Clemens sein Buch zu Ende schreiben mußte, konnte von einer Ferienreise nicht die Rede sein. So verbrachten wir alle den Sommer in der Stadt, und es war ein ruhiger Sommer, der letzte ruhige Sommer auf Jahre hinaus.

Auch Clementine hatte ihre Wanderungen unserem Garten entlang eingestellt. Später erst erfuhr ich, daß Marie-Catherine diesen Waffenstillstand damit erkauft hatte, daß sie Clementine zur Erholung aufs Land geschickt hatte. Das Geld dafür hatte Marie-Catherine übrigens selbst verdient, denn sie spielte damals öfters im Rundfunk; auch bekam sie monatlich eine gewisse Summe von ihren Großeltern geschickt.

Schließlich war es Herbst, die Gnadenfrist vorüber, die ersten Nebel fielen ein, der Semesterbeginn kam, und der 15. November nahte. Wir sprachen nicht darüber. Zwei Tage zuvor klagte Clemens über Halsschmerzen, und in der Tat hatte er Fieber, er lag zu Bett. Warum er dann schließlich am fünfzehnten dennoch aufstand, um zur Hochschule zu gehen, weiß ich nicht. Möglicherweise hatte ihn das lange Fernbleiben Clementines beruhigt. Marie-Catherine aber ahnte, daß diese Ruhe trügerisch war, und so bestand sie darauf, Clemens an jenem Morgen zu begleiten. Sie tat es unter einem Vorwand, und er ließ es denn auch geschehen. Was sich dann im Vestibül der Hochschule abspielte, hörte ich von Marie-Catherine, die bedrückt und verstört zurückkam.

Schon glaubte Marie-Catherine Clemens gerettet, denn schon hatte sich die Tür des Professorenzimmers hinter ihm geschlossen; Marie-Catherine hatte sich mit einem Blick in den Hörsaal versichert, daß Clementine diesmal nicht gekommen war, und sie wartete auf

Clemens, um mit ihm zugleich, wie sie es hin und wieder tat, den Hörsaal zu betreten. Während sie also, im Korridor auf und abgehend, wartete, kam ein Paar angeschlendert, in aufreizender Langsamkeit und mit lautem Gelächter.

»Wie sie lachten!« rief Marie-Catherine, als sie es erzählte. »Wie sie lachten, es war fürchterlich. Sie sahen aus, als wären sie betrunken. Sie waren es auch wirklich, wenigstens Pierre war es, er hatte sich offenbar Mut angetrunken zu diesem Streich, er roch nach Schnaps, und er hatte seinen Arm um Clementines Hüfte gelegt, so kamen sie daher, als gingen sie irgendwo um Mitternacht spazieren. Ich schloß rasch die Hörsaaltür und stellte mich davor. Mich hier zu sehen, das hatten sie nicht erwartet, das verdarb ihnen beinahe das Konzept, aber so schnell gaben sie sich nicht geschlagen. Pierre war freilich sehr verlegen, er verbeugte sich tief, und betrunken wie er war, fühlte er doch noch, daß er sich für etwas ganz Ungehöriges hergab. Pierre, sagte ich, gehen Sie hier weg, warten Sie bitte unten auf der Straße, hier in diesem Hause gelten Gesetze, deren Nichtachtung bestraft wird; Hausfriedensbruch, verstehen Sie? Er verstand, aber noch schwankte er zwischen Furcht und Kavalierspflicht. Madame, sagte er, ich bin gekommen, um dieses Fräulein zu beschützen? Wovor beschützen? fragte ich; Sie fallen einer Einbildung zum Opfer; gehen Sie ruhig, ich wiederhole, gehen Sie, ehe es zu spät ist, oder wollen Sie vom Pedell hinausgeworfen werden? Er wurde rot, er war sehr unsicher, Clementine sah es, sie verzog ihr Gesicht verächtlich. Also geh schon, rief sie; wie habe ich mich in dir getäuscht, geh doch, geh! Dieser Ausbruch aber hielt ihn gerade fest, das konnte er sich nicht sagen lassen. So zog er denn seine Hose hoch, weißt du, so wie es alle Burschen bei uns zu Hause tun, wenn sie sich Mut machen wollen, es ist eine ganz freche Bewegung, jeder bei uns weiß, was sie bedeutet. Pierre, sagte ich noch einmal, gehen Sie, begreifen Sie denn nicht, daß Sie dieses Fräulein nur in eine unangenehme Lage bringen? Wenn Sie ein Kavalier sind, dann gehen Sie jetzt. Da ging er, Gott sei Dank, er ging. Aber da war noch Clementine, und sie ging nicht. Die Niederlage mit Pierre hatte sie aufs äußerste gereizt, das war nur natürlich, und ich wollte sie schonen. Komm, Clementine, sagte ich, gehen wir alle drei einen Kaffee trinken, willst du? Es ist für uns alle besser. Warum sich das Leben so vergiften? Komm, ich habe Lust, mit dir und Pierre zusammen zu sein, er wartet doch unten, ich bin sicher. Er gefällt mir, er erinnert mich an die Burschen daheim. Aber Clementine schaute mich nur stumm an. Ach, wenn du nur einmal diesen Blick sehen könntest! Es ist Clemens' Blick, wenn er Kopfschmerzen hat, an

seinen schlimmsten Tagen. Ein Blick ist das ... Die Hoffnungslosigkeit ist es, nein, nein, mehr, es ist schon Verzweiflung, weißt
du, jene Art, bei der einem alles gleich ist, bei der man sich selbst
am meisten haßt, bei der man, um nur überhaupt noch etwas zu
tun, Böses tun will. Man will böse sein, weil man nicht mehr daran
glaubt, daß man gut sein kann, man findet eine Art Genugtuung
darin, böse zu sein, aber es schmerzt fürchterlich, man weiß dabei,
daß es sinnlos ist, daß man sich bereits fallengelassen hat. Clementine,
sagte ich, komm, du quälst dich selbst am meisten, und du erreichst
nichts damit. Da lachte sie. Nichts? rief sie, nichts? Ist es nichts,
zu wissen, daß dieser Herr jetzt nicht aus jener Tür herauszukommen
wagt, weil er fürchtet, daß ich dastehen könnte? Ist das nichts, was
meinen Sie, was bleibt einem armen Luder wie mir anderes als so
ein Genuß, und es ist einer, das dürfen Sie mir glauben. Ja, so sagte
sie und lachte. Dann sagte sie: Ihretwegen könnte ich sogar weggehen jetzt, unverrichteter Dinge, und ihn für diesmal verschonen,
aber ... Da kam sie ganz nah zu mir her und flüsterte mir ins Gesicht: Wir wollen doch beide das gleiche, nicht wahr, wir wollen
beide eine alte Schuld rächen! Nein, sagte ich, Sie irren, ich will
nichts rächen, was für ein Wort, ich wollte etwas anderes: Sie zu
Ihrem Vater bringen. Aber Sie machen es mir so schwer, Sie zerstören alles, was ich mühsam aufbaue, Sie zerstören sich Ihr Leben,
Clementine. Ja, sagte sie, das weiß ich, das will ich, und ich werde
es tun, weil damit auch das jenes Herrn vor die Hunde geht, denn
kein Mensch hält so etwas aus, eine solche Verfolgung, das geht
auf die Nerven, das macht einen fertig, und das will ich. Wenn ich
jetzt Ihnen zuliebe hier weggehe, werde ich ihn auf einem andern
Weg zu stellen wissen, ich muß es tun, ich kann nicht anders, es ist
mein ganzer Lebensinhalt. Einen Augenblick später kam Clemens
und er mußte uns sehen, wir standen ja fast vor der Hörsaaltür. Ich
drängte Clementine ein wenig beiseite und ging Clemens entgegen,
aber er ging an mir vorüber, als erkennte er mich nicht, und schlug
mir die Hörsaaltür vor der Nase zu. Da ging ich mit Clementine fort
und trank mit ihr und mit Pierre Kaffee, aber ich hielt es nicht aus,
ich lief wieder zurück und kam gerade recht zum Schluß der Vorlesung, ich wartete im Korridor, aber Clemens ging wieder an mir
vorüber. Jetzt sehe ich keinen Weg mehr, Georg. Wir können Clementine nicht ins Haus nehmen, das weiß ich selbst, es ist zu spät.«
Auch ich sah keinen Weg mehr. Ich wünschte, Marie-Catherine
hätte sich nie in diese Sache eingelassen, die so heillos verfahren
war, schon seit zwanzig Jahren, ganz und gar und ohne jede Aussicht
auf eine Klärung, eine Ordnung. Warum sie nicht schlafen lassen?

Aber schlief sie? War nicht diese Clementine immer wieder aufgetaucht in der Nähe ihres Vaters seit Jahren, längst ehe Marie-Catherine begonnen hatte, die Fäden zu entwirren? Eine verwünschte Sache, wahrhaftig; ein Familiengespenst, das hier mitten unter uns hauste, das im Boden unter uns wühlte. Und diese Begegnung vor der Hörsaaltür hatte in einem einzigen Augenblick den so mühsam aufgebauten Frieden dieses Hauses wieder zerstört. Schon fürchtete sich Marie-Catherine vor der Heimkehr Clemens', schon fürchtete ich mich vor der Szene, die bevorstand, auch wenn ich nichts von ihr hören und sehen sollte, auch wenn sie sich in der Tiefe des ehelichen Schlafzimmers abspielte und nur die blassen, eingefallenen Gesichter der beiden am Morgen etwas davon verrieten. Ja, ich fürchtete mich. Warum eigentlich blieb ich in diesem Unglückshause? Ich hatte Geld genug, um in ein Heim zu ziehen, ich war Miterbe unsres großen Besitzes, und man mußte mir meinen Anteil in barem Gelde bezahlen, wann immer ich es wollte. Ruhe finden, ohne diese lächerliche Furcht vor einem unberechenbaren jüngeren Bruder leben, in Frieden arbeiten, in Frieden sterben können ... Was hielt mich hier?

Übrigens kam die gefürchtete Szene an diesem Tage nicht, denn es trat etwas ein, was uns für eine Weile so beschäftigte, daß wir alle Clementine zunächst vergaßen. Kaum hatte mich an jenem Vormittag Marie-Catherine verlassen, stürzte Frieda herein: »Die Gnädige ist krank, Herr Georg. Sie spricht nicht, sie stöhnt nur.« Da Mutters Schlafzimmer im ersten Stock lag, war es unmöglich für mich, zu ihr zu gelangen. So riefen wir beide nach Marie-Catherine, und während sie zu Mutter eilte, telephonierte ich dem Arzt, der sogleich zu kommen versprach. In der Zeit des Wartens auf Marie-Catherines Bericht erlebte ich einen höllischen Ansturm der widersprüchlichsten, einander überstürzenden Regungen, jede von derselben Intensität, von der nämlichen Wildheit sogar, mit dem gleichen Anschein vernünftiger Daseinsberechtigung. Es begann damit, daß ich mir sagte: »Wenn Mutter stirbt, was dann? Dann ist das Haus erlöst.« Schon wünschte ich mit finsterer Kraft ihren Tod; zugleich schämte ich mich dieser Regung, wußte aber inmitten der Scham, daß ich mich belog, wenn ich mich schämte, und daß ich wirklich und wahrhaftig diesen Tod herbeisehnte. Aber sofort wußte ich, daß, wenn Mutter tot war, Clemens sich ganz und gar an Marie-Catherine klammern und sie zwingen würde, die Rolle der Mutter zu spielen, so sie gänzlich verderbend, ihrem Wesen entfremdend. Auch würde ich dann keinen Platz mehr in ihrem Leben haben, so wenig wie ich neben Clemens Platz in Mutters

Leben hatte. So würde denn nichts gebessert, aber alles verschlechtert. Meine Eifersucht auf Clemens, bisher gezügelt, fast ganz besiegt, sprang mit neuer und böser Kraft auf. Mochte Mutter am Leben bleiben, meinetwegen. Aber er, Clemens, sollte sterben! Wie einfach wäre das alles. So wünschte ich Mutter und Bruder den Tod und schämte mich und fürchtete mich, zugleich kämpfte ich gegen das Böse an, das mich mit großen Wogen überrollte, und wußte, daß dies kein Traum war, keine Phantasie, nichts von einem flüchtigen Hirngespinst, sondern Wirklichkeit, die innerste Wirklichkeit meines Wesens. So also war ich. Entsetzt starrte ich in mich hinein. Das bin ich, sagte ich mir, das ist meine Wirklichkeit. Aber da war auch das andere: die Liebe zu Marie-Catherine. Aus Liebe nur haßte ich. Aus Liebe wünschte ich denen den Tod, die das geliebte Wesen in ihre Finsternis zu ziehen imstande und bereits am Werke waren, und wenn sie tot wären, würden Marie-Catherine, Simone und ich, vielleicht sogar Clementine, wer weiß, gerettet sein und in Frieden leben, in himmlischem Frieden. Liebe, Tod, Haß, brennende Sehnsucht ... wie lange dauerte der Kampf? Wie lange lag ich auf dem Grunde meines eigenen Wesens, unmeßbar tief unter Tag? Als ich auftauchte, war ich erschöpft, zerschunden, gealtert, und dennoch seltsam gekräftigt.

Marie-Catherine rief zur offengelassenen Tür herein: »Es ist ein leichter Schlaganfall, die rechte Seite ist gelähmt, aber nicht ganz. Wann kommt der Arzt? Gleich? Ich rufe Clemens und Babette an.«

Ein Schlaganfall. Das bedeutet langes Siechtum vielleicht. Nun, manche Leute erholen sich davon, werden uralt. Ein langes Krankenlager würde Mutter nicht ertragen. Möge sie davor verschont werden. Ach, möchte sie doch nicht leiden müssen ... Sie war mir eine harte Mutter, ungerecht und ohne Verständnis. Aber eine Mutter ist eine Mutter. Ich war nie böse zu ihr gewesen, wollte es auch jetzt nicht sein, wozu auch. Die Finsternis war von mir gewichen, der Haß aufgelöst, Mitleid überflutete mich. Da lag sie nun oben, diese einstmals hübsche Frau, diese gescheite, harte, ehrgeizige, diese vom Leben enttäuschte Frau, da lag sie nun hilflos, gelähmt, in aller Armseligkeit den letzten Dingen ausgeliefert. Arme Mutter, arme Betrogene. Wie hast du gelebt? Was hast du gelernt, was gewonnen in deinem Leben? Wer hat dich geliebt?

Der Arzt kam, Marie-Catherine ging mit hinauf. Um mir die qualvolle Zeit des Nicht-dabei-Seins zu vertreiben, suchte ich jene Mappe heraus, in die unsere Familienfotos eingeklebt sind. Die ersten Bilder: Die Großeltern, Eltern unseres Vaters, ein biederes,

liebenswertes, breitgesichtiges Paar, Kaufleute, tüchtig und zuver-
lässig. Die Großeltern mütterlicherseits: sehr viel feiner, nervöser,
hochmütig, reich, der Bankier mit seiner halbjüdischen, schönen
Frau; hier das Gesicht unserer Familie, lang, mit der zu engen Nasenwurzel, den strichdünnen zusammengewachsenen Brauen, dem
schmalen leidenden Mund, dem ein wenig zu schwachen Kinn; ein
zartes Gesicht; kaum zu denken, daß es soviel Kraft besaß, das robu-
stere Erbe von Vaters Seite völlig zu verdrängen. Hier Vater als
junger Mann, gutmütig-breit, harmlos, offen. Und Mutter als
junges Mädchen: hübsch, zart, aber mit scharfen Augen, mit heraus-
forderndem Blick, mit ganz schmalen, festgeschlossenen Lippen.
Hier das Hochzeitspaar: Vater einen Schritt hinter seiner Frau, von
ihrer großen Robe fast verdeckt, mit einem demütigen Lächeln;
Mutter den Kopf hoch gereckt, die rechte Schulter ein wenig nach
vorne gedreht, zum Angriff bereit, kein Lächeln im Gesicht. Und
hier: Mutter mit mir auf dem Schoß; wie sie mich hält, wie sie
mich steif abhält wie ein Ding, das ihr nicht zugehört; und ich tod-
ernst und artig. Dann ein Familienbild: Mutter thronend in der
Mitte, auf ihrem Schoß Clemens, eng an sie gedrängt, fast in ihren
Armen verschwindend; Babette an Mutters Knie gelehnt, mit
ängstlich-liebem Gesicht; und ich, hochaufgeschossen schon als
Zwölfjähriger, etwas abseits, am Rande der Gruppe, zu ihr hin gehalten nur durch die Hand meines Vaters, die leicht auf meiner linken
Schulter liegt; Vater selbst aber wirkt wie ein zufällig auf das Bild
geratener Fremder, der sich sichtlich unbehaglich fühlt in seiner Rolle
als Staffage. Mein Gott, was für ein Bild! Eiseskälte. Keines von uns
lächelt, und Mutter beherrscht alle; vielleicht hätten wir alle ge-
lächelt, hätte sie den Befehl dazu gegeben. Arme Mutter . . .
Da hörte ich Clemens; er war mit einem Taxi gekommen und hatte
sich nicht einmal Zeit genommen zu bezahlen, er schickte Frieda
hinaus und stürzte an meiner offenen Tür vorüber nach oben. Ich
legte die Mappe in den Schrank.
Endlich kam Marie-Catherine herunter. Sie mußte irgend etwas
holen, sie war eilig, und nur im Vorbeilaufen rief sie zu mir herein:
»Es ist wirklich ein Schlaganfall, aber sie wird sich erholen, es ist
nicht schlimm, sagt der Arzt. Wir lassen sie nachher hier herunter
tragen, damit sie näher bei uns ist, dann kannst du sie sehen. Wir
müssen eine Pflegerin nehmen. Übrigens: Babette ist verreist mit
ihrem Mann, niemand weiß, wo sie sind.«
Eine Weile später kam der Arzt zu mir herein. Er war unser Hausarzt, wir kannten uns lange.
»Ein kleines Schläglein«, sagte er tröstend, »das geht vorüber. Sie

werden Ihre Frau Mutter noch lange behalten. Ich wundere mich nur: sie hat nie zu hohen Blutdruck gehabt, und auch die Verkalkung ist minimal. Ich versteh's nicht. Nun, wie auch immer, es ist ein Schlaganfall mit leichter rechtsseitiger Lähmung, ganzseitig, und es wird eine Weile dauern, bis das behoben ist. Aber keine Sorge: wir schaffen's schon, und bei der Energie, die Ihre Frau Mutter hat ...« Er lachte. »Wissen Sie, wenn die den Tod so anschaut, wie sie früher euch Kinder angeschaut hat, wenn ihr unartig wart, dann macht er schleunigst kehrt.« Er gab mir die Hand und sagte: »Wenn nur Sie etwas von dieser Energie hätten! Sie könnten längst viel weiter sein. Sie müßten sich aufraffen, Gehübungen machen ...« Ich lächelte nur, und wir wußten beide, daß es keinen Sinn hatte, mir etwas vorzulügen; die Lähmung ging langsam, langsam weiter, bald würde ich keinen einzigen Schritt mehr machen können, wenn Mutter längst wieder im Haus herumtrippelte.

Aber zunächst schien es anders zu kommen. Man hatte eine Krankenschwester, eine Vinzentinerin, ins Haus genommen, eine kräftige Person, die auf ihren Armen Mutter die Treppe heruntertrug, als wäre es ein Bündel Kleider nur, und nun lag Mutter im Zimmer neben mir, in ihrem Salon, und im Schrankzimmer daneben schlief die Schwester. Sie und Marie-Catherine teilten sich in die Nachtwachen, und während des Tags konnte ich, durch die offene Tür, die Kranke beobachten. So war sie keinen Augenblick allein. Aber noch nahm sie keine Notiz von uns. Sie hielt die Augen geschlossen, und der Mund war jämmerlich schief. Doch selbst in ihrer Schwäche und Bewußtlosigkeit sträubte sie sich, von der Schwester gefüttert zu werden, sie stieß unwillige Laute aus, sobald sie den Löffel an ihren Lippen fühlte. Wenn Marie-Catherine an ihr Bett trat und sie ansprach, gab sie einen zufriedenen Laut von sich. Was geschah, wenn Clemens zu ihr kam, und er war stundenlang bei ihr, weiß ich nicht, denn er schloß jedesmal die Tür.

Nach drei Tagen schon begann sich eine leichte Besserung der Lähmung zu zeigen und schritt erstaunlich rasch voran. Nach einer Woche konnte der noch schiefe Mund schon wieder Worte formen, mühselig zwar, doch meist verständlich. Am zehnten Tag aber fieberte sie, das Fieber stieg am Nachmittag steil an; Lungenentzündung. Der Arzt ließ uns nicht im Zweifel darüber, daß Gefahr bestand, und er meinte, daß es wohl in Mutters Sinn wäre, wenn wir einen Priester holten; als er dies sagte, blickte er uns beinahe furchtsam an. Clemens erwiderte, daß Mutter seit vielen Jahren keine Neigung mehr gezeigt hatte, gemeinsame Sache mit der Kirche zu machen, und man müsse wohl sie selbst fragen, was sie wünsche, und dazu müsse man einen Augenblick abwarten, in dem sie bei Bewußtsein wäre. Ich hatte nicht vor, ihm zu widersprechen, aber plötzlich tat ich es. »Clemens«, sagte ich, »du irrst. Mutter hat die Beziehung keineswegs abgebrochen. Sie ging zur Kirche, wenn du nicht hier warst, und ich weiß einen Priester, den sie vielleicht gerne sähe.«

Clemens warf mir einen Blick zu, der Hochmut und Haß so unverhüllt ausdrückte, daß selbst der Arzt verlegen beiseite schaute.

»Nun bitte«, sagte Clemens, »bitte, wenn du es besser weißt . . .«

Marie-Catherine hatte bisher geschwiegen, nun aber sagte sie leise: »Ich kenne den Priester. Es ist wirklich so, Clemens, wie Georg sagt. Vielleicht wünscht Mutter es sehr.«

Clemens wandte nicht einmal den Kopf nach ihr. Mit eingezogenen Lippen, finster und rachsüchtig, starrte er zur Decke hinauf. »Nun schön«, sagte er schließlich, »da ihr alle Mutters Wünsche besser kennt als ich . . .« Er ließ uns stehen und ging hinaus. Wir blickten uns ratlos an. Da sagte die Krankenschwester: »Das Fieber ist auf 40,2, und die gnädige Frau ist sehr schwach. Bald kann es zu spät sein.«

Da kam aus Mutters Mund ein Wort, kaum verständlich, noch einmal und wieder. Marie-Catherine beugte sich über Mutters Gesicht. »Sie nennt einen Namen«, sagte sie, »ich verstehe nicht.« Aber dann hatte sie verstanden: »Willst du den Pater Franziskus, Mutter?« rief sie. Ein deutliches Nicken, und plötzlich kam ein klarer Satz, Wort für Wort, einzeln, mit Pausen: »Ich habe Angst.«

Wir schlugen alle die Augen nieder, und es blieb lange still. Als erste sprach Marie-Catherine. »Ich gehe den Pater holen, Maman.« Beim Hinausgehen warf sie mir einen Blick zu, einen Blick der Qual, der sagte: ›Siehst du, wie schwierig es ist, zu lieben? Wie ichs auch mache in diesem Haus: es ist falsch.‹ Aber sie ging tapfer fort. Der Arzt schaute ihr nach, und in seinem guten alten Gesicht drückte sich deutlich aus, was er dachte und fühlte. Er seufzte: »Also dann, Schwester, Sie wissen, was zu tun ist. Morgen früh komme ich wieder.« Zu mir sagte er: »Und Sie, Herr Doktor, schlafen heute nacht. Es hat keinen Sinn, daß auch Sie sich krank machen. Leben Sie wohl.«

Aber er ging noch nicht. Er kniff Mund und Augen zu und fuhr sich mit der Hand zwischen Kragen und Hals, als wäre ihm jener zu eng. »Tja«, sagte er schließlich, »so ist das also bei euch. Aber geht das denn?«

Ich wußte nicht genau, worauf er anspielte.

»Nun ja«, murmelte er, »wie sich das überschneidet. Wenn ich etwas sagen darf als alter, uralter Freund ...«

»Sagen Sie es.«

»Clemens war wirklich nie gesund, und seine Meninghitis damals, die ist nicht ganz ohne Folgen geblieben. Schön, ich weiß, die Gnädige hat ihn verwöhnt, maßlos, ja, meinetwegen, aber so ganz zu Unrecht nicht, wir haben alle gedacht, er würde früh sterben, aber er hats durchgerissen, nur eben: er ist arg nervös, und das ist eine Krankheit, mein Junge, eine echte Krankheit, gefährlicher als die Ihre, verstehen Sie?«

»Ja, aber welchen Rat wollen Sie mir damit geben, ganz deutlich gesagt?«

»Tja, nun ... also ganz deutlich: es ist zu spät, ihn zu erziehen. Laßt ihn so, wie er ist, und reizt dieses spinnwebdünne Nervensystem nicht, und ärgert euch nicht über ihn, auch wenn er noch so unausstehlich ist. Nur die Kleine da, entschuldigen Sie, die junge Gnädige, die ist zum Erbarmen, die reibt sich ja auf an ihm, und er reibt sich auf an ihr. Soviel Licht verträgt Clemens nicht. Der braucht seinen finsteren Kehrichtwinkel unter der Treppe, der braucht seine schwarzen, fensterlosen Keller mit Mäusen und Ratten, da hilft kein Ausmisten, vertreibt man ihn aus einem dieser dunklen Löcher, kriecht er in ein anderes. So ist das, verstehen Sie? Jetzt muß ich aber gehen.«

Fort war er, ehe ich auch nur einen einzigen Einwand hatte machen können, etwa den: ob diesem spinnwebdünnen Nervensystem es nicht zur Kräftigung diente, einmal nicht geschont, nicht verzärtelt zu werden, sondern genau wie unser aller keineswegs robustes Nervensystem dem rauhen Wind ausgesetzt, der aus Knaben Männer macht. Aber das »Zu spät« des alten Arztes klang laut nach in meinen Ohren. Zu spät für dies, für vieles, für alles in diesem Haus ... Was hatte der alte Mann über Marie-Catherine gesagt? »Soviel Licht«, hat er gesagt und »die Kleine«. Wie seltsam er beides gesagt hatte: mit Zärtlichkeit, beschützerisch, aber auch mit Respekt, mit Bewunderung. »Soviel Licht ...« Und all dies Licht nur dazu, damit es verschlungen wird von der Schwärze dieses alten Hauses? Welch fürchterliche Verschwendung! Und von Clemens hat er gesagt: »Der braucht seine finsteren Winkel, seine fensterlosen Keller ...« Er braucht sie. Wozu? Gedieh er nur in solchen Kellern, wie Champignons etwa? War die Finsternis sein Boden? Sog er daraus seine Kraft? Brauchte er also auch die unaufgelöste, ungesühnte Kraft an Clementine?

Mutter stöhnte laut, die Schwester eilte an ihr Bett, aber das Stöhnen war schon wieder vorüber, Mutter schlief. Sie schlief fest, als der Priester kam, ein Franziskaner. Der also war es: ich erinnerte mich seiner aus der St.-Anna-Kirche, in der wir Erstkommunion hatten vor undenklichen Zeiten. Eine unvergeßliche Gestalt, groß und breit, mächtig ausschreitend, schwerfällig fast und doch behende, mit weißem Haar und leuchtenden blauen Augen, ein Bauernkind aus dem Bayrischen Wald, von der böhmischen Seite; er hätte Russe sein können, vielleicht stammten seine Vorfahren daher. Mutter hatte von ihm erzählt, er sei so arm gewesen, daß er bis zu seinem zehnten Jahr nie Lederschuhe getragen habe und auch im Winter in Holzpantoffeln zur Schule gelaufen sei. Man steckte ihn ins Priesterseminar, wohin sonst mit einem gescheiten, armen Wäldlersohn, aber vor den niederen Weihen erklärte er plötzlich, er wolle nicht Priester werden, sondern Jurist, und dann wolle er das Geld für den Freiplatz zurückzahlen. In der Tat studierte er Jura mit großem Erfolg, man weiß nicht, wer ihm das Geld gab, er hungerte jedenfalls; dann aber machte er rasch Karriere, nach wenigen Jahren war er schon in der Regierung. Als er seine Seminarschulden abbezahlt hatte, ging er ins Kloster, mit fünfunddreißig Jahren, studierte Theologie, und blieb im Kloster. Bald war er der Beichtvater aller Prominenten der Stadt; es sprach sich herum, daß er ›etwas Besonderes‹ sei, doch vermochte niemand genau zu sagen, was es war. Er konnte grob sein, aber auch liebevoll, streng und plötzlich wider Erwarten großzügig, und man liebte ihn. Er blieb zeitlebens im gleichen Kloster, im gleichen Beichtstuhl, und die Zeit, die er in diesem Beichtstuhl verbrachte, wurde immer länger und länger, und er selbst wurde unmerklich älter und alt; sehr alt war er jetzt, an die achtzig vielleicht, doch war er immer noch hünenhaft groß und mächtig, er ging aufrecht wie eh und je, nur sein Haar war weiß und der Bart ebenfalls, und sein armseliger Habit war voller Flecken, er sah es nicht, und seltsamerweise störte es niemand. Das also war Pater Franziskus.

Als er mit Marie-Catherine ins Zimmer trat, sah sie neben ihm aus wie ein Kind, und wie ein Kind behandelte er sie auch: liebevoll väterlich. Es war sofort zu sehen, daß die beiden sich längst kannten. Nun ja, wie auch nicht. Marie-Catherine ging zwar um Clemens' willen nicht zur Kirche, wenn er zu Hause war, aber wie hätte sie diese Art von Leben ertragen ohne ›geistlichen Beistand‹!

Pater Franziskus trat an Mutters Bett, aber sie schlief so fest, daß er sie nicht wecken wollte. »Ich habe Zeit«, sagte er. Seine Stimme war eine Überraschung: das Alter hatte ihr nichts genommen von ihrer Schmiegsamkeit. Die Stimme eines Verführers und einer alten böhmischen Kinderfrau, eine Stimme, geeignet, unruhige Kranke einzuschläfern und Sünder leise, leise aufzuwecken … »Ich kann gut warten«, sagte er.

»Also«, fuhr er fort, »was tun wir jetzt? Mein kleines Beichtkind hier hat mir gesagt, daß die Frau Mutter mich wünscht, aber daß der Herr Professor böse ist. Nun, wir müssen jetzt vernünftig abwägen. Der Friede in einem Haus, in einer Ehe, in einem Verhältnis zwischen Mutter und Sohn ist wichtig. Es ist aber auch wichtig, daß man einer Kranken den vielleicht letzten und entscheidenden Wunsch erfüllt, was immer die Umgebung dazu sagt. Was ist wichtiger? Ich frage Sie im Ernst. Glauben Sie nicht, daß ich von Berufs wegen auf alle Fragen eine klare Antwort hätte. Wer so alt ist wie ich, der hat gelernt zu sehen, daß das Leben sehr, sehr schwierig ist und daß man ganz behutsam sein muß mit Urteilen und gar mit Verurteilen. Man kann nur lieben, lieben, und versuchen, Vernunft, Gesetz und Liebe zusammenzubringen. Ich weiß nicht, ob die Frau Mutter sterben wird. Wenn wir es wüßten, dürfte ich nicht zögern. Es ist Liebespflicht, eine Seele so sicher wie möglich über den dunklen Fluß zu führen. Aber wenn es noch nicht so weit ist, wenn die Seele noch nicht abberufen ist, dann wäre es vielleicht gut zu warten, bis der Herr Professor versteht, bis er einverstanden ist …« Er blickte uns mit seinen leuchtenden Augen wartend an.

Ich sagte schließlich: »Der Arzt ist sehr besorgt. Er hat den Rat gegeben, Sie zu holen, Pater. Was meinen Bruder anlangt, so ist es jetzt einerlei, was Sie weiterhin tun, da Sie schon gekommen sind. Und ich meine, daß Mutter immerhin das Recht zur freien Äußerung eines Wunsches hat.«

Der alte Pater hörte mir mit schiefgelegtem Kopfe aufmerksam zu, so aufmerksam, als wollte er etwas hören, was weit hinter meinen Worten lag, was von den Worten übertönt wurde. Dann nickte er langsam. »Freilich, freilich«, sagte er, »aber wie, wenn wir eine Seele verlieren, indem wir eine retten?«

Ich sagte etwas schärfer, als ich wollte: »Man fängt nicht alle Fische, Pater.«

Ganz still erwiderte er: »Wie recht Sie haben, wie recht. Man fängt so wenige Fische, daß man manchmal nicht weiß, wozu man Fischer geworden ist.«

»Vielleicht taugt das Netz nichts mehr, Pater«, sagte ich.

»Ach«, erwiderte er leise, »ein altes, ein uraltes Netz, zweitausend Jahre alt. Es ist an vielen Stellen zerrissen. Die Fischer waren ungeschickt, sie waren grob vor lauter Ungeduld.«

Was war auf soviel Wahrhaftigkeit, auf soviel Demut zu sagen?

»Nun«, erwiderte ich leichthin tröstend, »vielleicht waren viele Fische der großen Mühe nicht wert. Allzu billige Fische, schlecht im Geschmack.«

Er schüttelte traurig den Kopf. »Es gibt keine zu schlechten Fische, Herr Doktor. Sie sind alle gut, jeder auf seine Weise … Und es hat einer schon einmal einen allzu hohen Preis für sie bezahlt, für jeden einzelnen, ehe er ihn ins Wasser setzte. Und wenn ihm auch nur einer verloren geht durch die Schuld der Fischer …« Er unterbrach sich und schaute mich voll an. »Sie denken, ich rede so, um in Ihrem Bild zu bleiben, ich rede sozusagen literarisch, es gibt ja auch eine literarische Theologie, nicht wahr. Aber Sie sollen das nicht denken. Was Sie so leichthin sagen, Herr Doktor, das ist für mich ein Schmerz, so wirklich wie für einen anderen das Zahnweh, Halsweh, Kopfweh. Mir liegt nichts an Worten, an Bildern, für mich ist dies mein Tagewerk, meine Wirklichkeit, mein Leben, ja mein Leben.« Leise fügte er hinzu: »Und mein Tod.«

Wir schwiegen, bis er, noch immer leise, fortfuhr: »Vierzig Jahre stehe ich im Dienst, Tausende von Bekenntnissen habe ich entgegengenommen im Dunkel meines Beichtstuhls, ich habe fast eine Mulde hineingesessen in das alte Holz, und die Kniebänke rechts und links glänzen schon von all den armen Knien. Was man da zu hören bekommt, wieviel Leid, wieviel Leid. ›Sünde?‹ fragt man sich. ›Was ist Sünde? Ist dies Sünde, was du da hörst? Ist es nicht nur Leid?‹ Und doch … Es ist etwas anderes. Wäre es nur Leid, was sie triebe zu kommen, so brauchten sie Trost, nichts als Trost. Aber was sie suchen in diesem alten, wurmstichigen Kasten aus Eichenholz, bei diesem alten Mann, den sie nicht sehen, das ist etwas anderes: das ist die Lossprechung. Was aber ist das? Ja, das fragt man sich als alter Priester, der täglich vier, fünf, sechs Stunden Beichte hört, was ist das? Was wagst du da, fragt man sich; weißt du denn noch, was du da tust, welche Gewalt du da ausübst. Wäre ich Richter drüben im Justizpalast, so könnte ich das nicht, so hätte ich keine Macht, allein, verstehen Sie, ganz allein zu entscheiden über Leben und Tod eines Angeklagten. Da hätte ich die Geschworenen. Aber da, in meinem dunklen Beichtstuhl, da spreche ich los, ich allein, da hole ich ganz allein einen Menschen mit einem Wort aus der Hölle heraus, wenn er es selbst will …«

Da er schwieg, sagte ich leise: »Und haben Sie nie, nie gedacht, was wäre, wenn dies alles nicht stimmte? Wenn dies alles nur Phantasie wäre, nur aus dem begreiflichen Wunsch der Menschen geboren, sich zu erleichtern und einen andern Menschen, Sie beispielsweise, zum Sündenbock zu machen?«

»Herr Doktor«, erwiderte er ruhig, doch gesenkten Hauptes, »was
wäre der Glaube eines Mannes ohne Zweifel und ohne Kampf?
Wie könnte ich den Unglauben verstehen, hätte ich dieses dunkle
Gewölbe nicht selbst betreten? Wer die Menschen liebt, der leidet
ihre Leiden, alle. Aber«, nun hob er seinen Kopf, »aber man erlebt
auch das andre mit: den Glauben, die Treue, die Reinheit. Oh,
denken Sie nicht, daß ich resigniert hätte im Alter. Im Gegenteil,
ganz und gar im Gegenteil! Ich war nie mehr und tiefer davon überzeugt als jetzt, nach soviel ganz genauer Erfahrung, daß der Mensch
gut ist. Hören Sie: der Mensch ist gut, er ist es trotz aller Finsternis,
trotz ... ja, trotz der Sünde, die Schwäche ist. Und darum«, jetzt
lächelte er wieder sein unbeschreibliches Lächeln, »darum macht es
gar nichts, wenn ein so alter Fischer wie ich nur mehr alte, müde
Fische fängt mit seinem alten, zerrissenen Netz. Die jungen, die
entkommen, flink und mißtrauisch, wie sie heute alle sind, die
wissen nur nicht, daß am Grund des Teiches ein viel viel größeres
Netz ausgespannt ist, das sich eines Tages hebt und in dem sie alle
gefangen sind.«
Seine Worte hatten mich berührt, doch konnte ich nicht umhin zu
sagen: »Pater, sprechen Sie damit nicht eine ganz kleine oder ganz
große Häresie aus?«
Er lächelte wieder. »Sie meinen, ich glaube nicht an Todsünde?
Nicht an die Hölle? Nicht daran, daß nur die katholische Kirche
die rechten Mittel zur Rettung kennte? Oh, ich glaube alles, ich
glaube an die Todsünde, ich glaube an die Hölle, ich glaube an
die Gnadenmacht der Kirche. Aber ich weiß, daß Gott die Liebe
ist.«
Plötzlich richtete sich sein Blick aufmerksam auf das Gesicht der
Kranken im Nebenzimmer. Noch schlief sie, doch formte ihr immer
noch jämmerlich schiefer, zahnloser Mund Worte, lautlos bewegte
er sich, während die linke, die nichtgelähmte Hand sich abwehrend
gegen einen unsichtbaren Besucher reckte. Jetzt kam ein Laut, ein
Wort, noch eines, geflüstert: »Nicht ... noch nicht ...« Der alte
Priester stand auf und ging an ihr Bett. Sie versuchte, noch immer
fiebernd und geschlossenen Auges, sich aufzurichten. »Nein«, flüsterte sie noch einmal und schlug nach dem Pater. Da er sich gerade
in diesem Augenblick über sie beugte, um sie besser zu verstehen,
traf sie ihn ins Gesicht. Davon kam sie zu sich, doch vermochte sie
noch nicht zu begreifen. »Nein«, flüsterte sie noch einmal, »noch
nicht ...« Da rief sie der Pater bei Namen, und sie schlug das linke
Auge zu ihm auf, das rechte gehorchte noch nicht. Als sie ihn erkannte, stieß sie einen Seufzer der Erleichterung aus, tief und ruhig.

Sie war jetzt ganz bei Bewußtsein. Marie-Catherine schloß leise die Tür, hinter der nun Mutter mit dem alten Priester allein war, dann sagte sie sorgenvoll: »Ich muß zu Clemens gehen. Er sitzt schon die ganze Zeit oben unter dem Nußbaum. Laß mich durch Frieda rufen, wenn man mich braucht. Wie er dort sitzt ... mein Gott ...«

Ich konnte ihr durchs Fenster nachschauen; so sah ich, was sich im Garten abspielte, und obgleich ich kein Wort hörte, konnte ich die Szene dennoch verstehen.

Obgleich Clemens die Schritte auf dem Kies gehört haben mußte, blickte er nicht auf. Die Ellbogen auf die Knie gestützt, die Stirn in beiden Händen, ganz gebückt, ganz klein geworden, so blieb er sitzen, und er bewegte sich auch nicht, als Marie-Catherine vor ihm stand und seinen Kopf zaghaft berührte. Keine Antwort, keine Bewegung. Sie blieb eine Weile ratlos stehen, ein wenig über ihn gebeugt. Vielleicht sprach sie leise zu ihm. Noch immer keine Bewegung. Da ließ sie sich kurzerhand ins nasse Gras nieder und kauerte sich neben ihn, so daß ihr Kopf auf seinen Knien lag. Er ließ es regungslos geschehen. Nach einer Weile begann sie, ein wenig aufgerichtet, doch noch auf den Knien, seine Hände, die sein Gesicht verhüllten, zu streicheln. Wie konnte er sie so leiden lassen. Eine kleine Bewegung, nur ein Nicken, ein Wort, und der Bann wäre gebrochen gewesen; aber nichts geschah, nichts. Schließlich stand Marie-Catherine auf und legte ihre Arme um ihn, so daß sie ihn ganz umfing, und sie senkte ihren Kopf, bis er auf dem seinen lag. Keine Antwort. Aber warum stand er nicht auf, wenn er ihre Gegenwart nicht haben wollte? Warum sagte er nicht: ›Geh fort, laß mich‹? Vielleicht sagte er schließlich doch: ›Laß mich in Ruhe‹, denn plötzlich sanken ihr die Arme, sie richtete sich auf, blieb noch einen Augenblick unschlüssig stehen und ging dann langsam, unendlich langsam fort. Hätte sie ein einziges Mal sich umgewandt, so hätte sie den Blick gesehen, mit dem er, zwischen seinen Händen hindurch, ihr Fortgehen verfolgte. Es war ein brennender Blick, voll von jener Art Unglück, für die es nur einen einzigen Namen gibt: Verzweiflung. Es war ein Blick der Leidenschaft, einer finster glühenden, hoffnungslosen, bösen, gierigen Liebe, die ob ihrer eigenen Ohnmacht verzweifelt und dennoch auf ein Wunder wartet, etwa das Wunder, daß Marie-Catherine sich noch einmal umwenden und zu ihm zurückkehren, ihn doch nicht allein lassen würde in dieser schrecklichen Kälte. In der Tat: sie wandte sich, schon nahe dem Haus, noch einmal um, aber im nämlichen Augenblick sprang er auf und floh zwischen den Sträuchern hindurch den Hang hinauf.

Marie-Catherine blickte ihm nach, unschlüssig, aber dann ging sie rasch ins Haus.

Kaum hatte sich die Tür hinter ihr geschlossen, wurde das Gartentor geöffnet, und Babette kam; sie war also endlich von der Reise zurückgekehrt und eilte, so wie sie angekommen war, zu uns. Aber sie konnte jetzt nicht zu Mutter. Noch immer war der alte Priester bei ihr.

»Ein Priester?« fragte Babette bestürzt. »Aber steht es denn so schlimm mit ihr?«

Ich konnte mich nicht enthalten zu sagen: »Du meinst also, Priester hätten nur einen Platz bei Sterbenden, wie?«

Aber sie hatte keine Zeit und keine Lust, mir zu erwidern. »So redet doch«, rief sie. »Was fehlt ihr? Ist es schlimm?«

Wir beruhigten sie, aber die Gegenwart des Priesters schien alle unsere Worte Lügen zu strafen. Sie fing an zu weinen, sie weinte wie ein Kind, laut und mit großen Tränen, die ihr über die gepuderten Wangen liefen und dort ihre Spuren zogen. Dazwischen rief sie: »Und ich war nicht da, ich war verreist, wir waren in Italien, oh, wir hatten es so schön, und sie liegt da und ist am Sterben . . .«

»Nein, zum Kuckuck«, sagte ich, »sie wird schon durchhalten, sie ist zäh.«

Aber sie weinte weiter, und wir ließen sie weinen, da es ihr offenbar wohltat und nötig war.

Was aber geschah hinter der verschlossenen Tür? Was wurde gesprochen zwischen der alten Frau und dem alten Priester? Langsam kam die Dunkelheit, wir machten kein Licht, es begann zu regnen, der Herbstregen schlug gegen die Scheiben, und Clemens war noch immer im Garten.

Endlich öffnete sich die Tür, und im Rahmen stand die dunkle, riesige Gestalt des Franziskaners, im Schein der Kerzen, die man neben dem Krankenbett aufgestellt hatte.

»Kommen Sie«, sagte der alte Priester, »Ihre Frau Mutter möchte Sie jetzt alle sehen. Sind Sie alle da? Ich kann Sie im Dunkeln nicht erkennen.«

»Nein«, sagte Marie-Catherine leise, »mein Mann fehlt. Ich gehe ihn holen.«

Schon eilte sie in den Garten.

Im stärker gewordenen Rauschen des Regens hörten wir die flehende, suchende Stimme. Endlich eine Antwort aus der nassen, dunklen Tiefe des Gartens, und schließlich kamen sie beide, durchnäßt und von Kälte geschüttelt.

Nun gab der Priester den Weg ins Krankenzimmer frei. Die

Krankenschwester, die inzwischen durch die andere Tür eingetreten war, hatte Stühle ans Bett gerückt, einen zuviel, warum einen zuviel? Unvergeßlich dieser leere Stuhl, so seltsam zwischen uns und Clemens, der den seinen aus dem Licht der Kerzen weg in den Schatten eines Schranks gezogen hatte.

Ich hatte erwartet, daß Mutter nun friedlich daliegen würde, erlöst, beruhigt, nachdem sie, das war anzunehmen, dem Priester alles mitgeteilt hatte, was sie bedrückte. Da die Kerzen brannten und ein Kreuz zwischen ihnen stand, hatte sie wohl eine Beichte abgelegt, eine Lebensbeichte. Aber sie war keineswegs beruhigt. Ihr linkes Auge war schreckhaft weit aufgerissen, die knochenmagere linke Hand bewegte sich unausgesetzt auf der Decke und in der Luft, es waren fahrige, fuchtelnde Bewegungen. Ich war enttäuscht: so hatte denn der alte Priester ihr nicht den Frieden gebracht, der von ihm zu erwarten war? Wozu war er gekommen?

»Ihre Frau Mutter«, begann er schließlich, »hat mich gebeten, Ihnen etwas zu sagen, Ihnen allen, und mit aller Deutlichkeit.«

Ein Laut und eine heftige Bewegung vom Bett her lenkten unsere Augen auf die Kranke.

»Ich«, sagte sie mühsam, »ich selbst will es sagen.« Sie konnte kaum sprechen, die Worte fielen einzeln und zischend aus dem halbgelähmten, zahnlosen Mund. Aber sie beharrte mit eigensinniger Anstrengung darauf, selbst zu sprechen. Manche Worte blieben unverständlich, manches war zu erraten, das meiste aber doch zu verstehen, und niemand von uns hat später je zweifeln können an der Klarheit dessen, was sie sagte.

»Clemens muß seine Tochter anerkennen.«

Ihr Blick suchte Clemens. Endlich fand sie ihn. »Clemens«, sagte sie laut und fest.

»Ja, Mutter?«

Aber sie wiederholte nur noch lauter: »Clemens!«

Er stand auf und trat an ihr Bett. »Was willst du, Mutter?« Aber wieder nur der Ruf: »Clemens!«

Das war fast ein Schrei. Clemens floh in seine dunkle Ecke zurück. Er zitterte. Es blieb lange Zeit still im Raum. Der Regen klopfte auf das Laub vor dem Fenster, die Kerzen knisterten, und Mutters Hand kratzte auf der Bettdecke. Plötzlich fing sie wieder an zu sprechen:

»Marie-Catherine, komm her. Geh nicht von ihm. Versprich.«

Marie-Catherine beugte sich über die rastlose Hand ihrer Schwiegermutter und küßte sie. »Sei nur ruhig«, sagte sie dicht an ihrem schwerhörigen Ohr, »ich bleibe, ich bleibe. Alles ist gut.«

»Und Babette«, sagte die Mutter, ohne Marie-Catherines Hand loszulassen, die sie krampfhaft ergriffen hatte. »Du ... ach, keine Sorge.« Das war alles. Ich dachte, nun käme die Reihe an mich, aber ich schien für sie nicht dazusein. Plötzlich aber schrie sie laut: »Nicht sterben. Ich habe Angst.« Das Fieber hatte sie von neuem überfallen, und alles, was sie nun sprach, war unverständlich. Die Schwester gab ihr rasch eine Spritze. Der alte Priester stand auf. »Gehen wir hinaus«, sagte er. »Ich habe Ihnen noch etwas zu sagen.« Marie-Catherine vermochte ihre Hand kaum aus der Hand der Kranken zu lösen, mit solcher Kraft wurde sie gehalten.

»Bleiben Sie bei ihr«, sagte der Priester. »Ich sage Ihnen später alles.« Niemand machte Licht im Nebenzimmer, so standen wir alle in dem schwachen und unruhigen Schein der Kerzen, der durch die halboffene Tür fiel.

»Ich muß um Vergebung bitten«, sagte der alte Priester, »daß ich hier vor Ihnen allen etwas ausspreche, was besser nur zwischen zwei Menschen gesprochen werden sollte. Aber es ist der Wunsch Ihrer Frau Mutter, daß ich Sie alle bitte zusammen zu helfen, jenen Schatten, der auf der Familie liegt, zu überwinden. Ich brauche nicht deutlicher zu werden. Ihre Frau Mutter sagt, sie trage die Schuld an allem, sie habe ihre Kinder falsch erzogen, sie sei schuld, daß Sie alle sich von der Kirche, ja von der Religion abgewendet haben, daß Sie unglücklich sind. Nun, daran mag Wahres sein, daran mag einiges Einbildung sein, aus der Todesangst geboren, aber ...«

Plötzlich gab er den sachlichen Ton auf, zu dem er sich bisher gezwungen hatte, um seiner Erschütterung Herr zu werden; nun aber überflutete ihn sein Gefühl: »Ach meine Lieben«, rief er, »ich kenne euch alle so lange. Ich habe euch getauft, bei mir habt ihr eure ersten Sünden gebeichtet, dieses Ohr hier hat sie alle gehört, und aus dieser Hand habt ihr zum erstenmal den Herrn empfangen. Dann seid ihr fortgegangen und nie mehr gekommen. Aber da seid ihr jetzt, alle drei, großgeworden, und ich sehe euch doch als Kinder. Verzeiht mir uraltem Manne, verzeiht mir den scharfen Blick: wie seid ihr doch unglücklich! Auch du, kleine Babette, auch du, meinst du, ich wüßte es nicht, wie tapfer du angehst gegen die Trunksucht deines Mannes und gegen deine eigene geringe Meinung von dir selbst, die man dir anerzogen hat in diesem Haus! Und du, Georg, wie warst du still und kühn zugleich, wie tapfer war dein Herz, und wie hat man dich leiden gemacht hier! Und du, Clemens, mit deinen großen Gaben, wie bist du verzweifelt, wie schwimmst du auf der letzten morschen Planke im Meer, und schon wollen deine Hände nicht mehr, die Eiseskälte erreicht fast schon dein Herz, und was für ein zartes, liebevolles Herz war das, und wie hat man es verdorben, vergiftet, wie hat man ihm Selbstsucht eingeimpft von frühester Kindheit an. Ihr Schattenkinder! Und hättet doch nichts gebraucht als Liebe. Ja, auch du, Clemens, denn was du bekommen hast, das war nicht Liebe, du weißt es. Ach, was ihr nicht bekommen habt, das sollt ihr jetzt geben. Woher nehmen? Und doch könnt ihr es! Das ist ein Geheimnis: gebt, und schon im Geben habt ihr Liebe. Fangt damit an. Liebt dieses fremde Mädchen, das zu euch gehört. Eure Mutter will es. Gehört dieses Mädchen nicht zu euch? Eine Last wird sie euch sein, doch diese Last wird euch erlösen.« Er schwieg erschöpft, dann sagte er: »Das ist es, was euch eure Mutter sagen läßt. Sie sagte: ›ehe es zu spät ist‹. Hört ihr? ›Ehe es zu spät ist.‹ Und jetzt verzeiht mir, haltet es meinem hohen Alter zugute, daß ich soviel geredet habe und daß mich die Bewegung überkommen hat. Wenn ich euch lächerlich erscheine oder aufdringlich, so bedenkt, daß unsereiner dafür geboren und geweiht ist, sich lächerlich zu machen in den Augen der Welt. Verzeiht mir, Kinder. Jetzt gehe ich. Wenn ihr mich brauchen solltet, so ruft mich. Gott gebe, daß ihr mich brauchtet eines Tages.«

Niemand begleitete ihn hinaus. Ich hätte es gerne getan. Ich fürchtete mich vor dem Augenblick, in dem die Türen hinter ihm zugefallen und wir mit Clemens allein sein würden. Da rief Babette: »Bei dem Regen können wir ihn doch nicht gehen lassen. Er hat nicht einmal einen Schirm. Hört doch, wie es gießt.« Sie eilte ihm nach.

»Nun«, sagte Clemens, und seine Stimme zitterte vor Hohn und Schwäche, »du hast gehört. Das ist ja eine Verschwörung.« Er versuchte ein Gelächter, aber es blieb ihm im Halse stecken. »Wie der Alte uns analysiert hat! Nicht übel. Aber war dir auch nur ein Wort neu von dem, was er sagte? Wissen wir das nicht alle längst? Was hilfts, davon zu reden? Es ist zu spät. Zu spät für alles. Was hat er gesagt? ›Nur Liebe brauchtet ihr.‹ Hast du gehört? Also merkt er, daß sie«, er machte eine kleine Handbewegung ins Nebenzimmer, zu Marie-Catherine hin, »die da drüben mich nicht liebt. Das also hat der alte Schlaukopf auch herausgebracht. Nun weißt du es. Das Orakel hat gesprochen. Was nun?«

Niemals hatte er so mit mir gesprochen. Ich scheute mich zu antworten, aber ich wagte es dennoch.

»Clemens«, sagte ich leise, »du irrst, das ist ein Trugschluß. Du willst ja nur nicht geliebt werden. Sie liebt dich, du aber ...«

Er unterbrach mich: »Falsch. Ich liebe sie, und sie liebt mich nicht. Du bist ein Narr, wenn du das nicht siehst. Meinst du, eine Frau wie die liebt einen, der so ist wie ich: ein Wrack, ein Greis schon mit fünfzig, schon mit fünf! Sie liebt mich wie eine Kinderärztin ihre Patienten, nein, wie ein Psychotherapeut seinen schwierigsten Klienten, verstehst du? Aber genügt das? Würde es dir etwa genügen? Sie opfert sich für mich. Ich will dir sagen, wen sie liebt: das Imaginäre, das, was sie Gott nennt. Um seinetwillen erträgt sie mich. So ist es, genau so, widersprich nicht, ich weiß es besser als du. Aber ich will diese Art von Liebe nicht. Mag sie nur wieder gehen, mag sie mich verlassen, warum nicht, ich werde sie nicht halten . . . Im Gegenteil! Sie soll gehen . . .«

Marie-Catherine schien zu fühlen, was vorging. Plötzlich befreite sie sich aus Mutters knochigem Griff und eilte zu Clemens. »Was ist denn?« flüsterte sie. »Was ist mit dir?«

»Nichts«, sagte er, »mich friert.«

»Ich mache Tee«, rief sie, »du bist ja naß, zieh dich um inzwischen, Maman schläft jetzt.«

Clemens stand auf. An seinen Schuhen klebten noch Klumpen nasser Gartenerde, sein Anzug war feucht, er hatte in der Zimmerwärme leicht zu dampfen begonnen. »Zieh dich um«, sagte auch ich. »Du erkältest dich.« Er lachte spöttisch: »Wie besorgt doch mein großer Bruder plötzlich ist. Weshalb? Eine tüchtige Erkältung, eine schöne Lungenentzündung, hohes Fieber, man weiß nichts mehr von sich . . . und dann . . . Was könnte ich mir Besseres wünschen?«

›Schauspieler‹, dachte ich. Und doch war diesem törichten, unwürdigen Spiel ein so bitterer, ein so herzzerreißender Ernst beigemischt, daß ich mich meiner zornigen Verachtung sogleich schämte.

»Clemens«, sagte ich, »wollen wir nicht vernünftig sein?« Er ging hinaus und zog sich um. In sauberen Schuhen, einem frischen Hemd und seinem besten Hausanzug kam er wieder. Auch Babette kam. Sie hatte den alten Priester bis zum Taxistand begleitet und ihm Geld für die Fahrt gegeben. Sie als einzige hatte daran gedacht. Sie selbst war im Regen zurückgelaufen. Ihre Augen waren vom Wind und vom Weinen gerötet.

Schließlich saßen wir alle am Tisch, das Licht brannte, wir tranken Tee und aßen Brote, die Marie-Catherine zurechtgemacht hatte, da Frieda fortgegangen war, Medizin zu holen, und wenn jemand durchs Fenster hereingeschaut hätte, so hätte sich ihm das Bild einer friedlichen Bürgerfamilie geboten, die inmitten des angestammten schönen alten Hausrats behaglich den Tee nimmt. Was für gute Schauspieler wir doch waren, selbst Babette. In Stunden des alleräußersten Elends hatte sich diese unsere Art noch immer bewährt. Es war wohl Mutters Erbe, das hier plötzlich durchschlug. Marie-Catherine, auf ihre stille Art, durchschaute das Spiel und störte es nicht. Doch durften in solchen Zeiten unsere Nerven nicht auf eine zu lange Probe gestellt werden. Wir wußten es alle, darum waren wir froh, daß Babettes Aufbruch der gestellten Szene bald ein Ende setzte.

Clemens ging in sein Zimmer, Marie-Catherine bereitete sich für die Nachtwache bei Mutter vor, und ich, schlaflos, versuchte zu überlegen, was nun zu geschehen hatte und in welcher Form wir Mutters Wunsch, Clementine zu »lieben«, erfüllen konnten, ohne eine heillose Katastrophe heraufzubeschwören. Welcher Wahnsinn! Niemals würde sich einem von uns ein Weg zeigen, der gangbar für uns war, für uns und für Clementine, denn auch sie mußte ihn gehen wollen und können, und sie war stolz und schwach und trotzig in einem. Was stand uns noch bevor! Mutter täte gut daran, sich fortzustehlen, ehe die große Katastrophe kam. Wie leicht erschien mir in jener Nacht das Sterben, wie leicht im Vergleich zu der wüsten Aufgabe, diese nie verjährte, diese fressende alte Schuld abzutragen. Ich fühlte übrigens in dieser Nacht keineswegs den edlen Wunsch, mein Teil zu übernehmen an dieser Schuld. Was ging mich diese Geschichte an? Clemens hatte eine Frau geschwängert, ein Kind kam, er gab Geld, nun gut, was gehts mich an? Bin ich der Hüter ... Aber dieses Wort, dieses Wort! Gegen Morgen, im ersten Morgengrauen, war ich bereit, zähneknirschend bereit, das mir geheimnisvoll zubemessene Teil der Schuld und Sühne mitzutragen. Mochte denn diese Clementine ins Haus genommen werden, mochte denn die Katastrophe kommen, wenn es nicht anders ging. Vielleicht reinigte der scharfe Blitz die erstickend dumpfe Luft dieses Hauses.

Mutter starb keineswegs, sie lag noch einige Wochen zu Bett, dann trippelte sie bereits wieder durchs Zimmer, dann durchs Haus. Das linke Bein schleifte ein wenig nach, der linke Arm war noch ungeschickt, und der Mund blieb schief. Dies gab dem kleinen, verrunzelten Gesicht ein seltsames Aussehen, weniger lächerlich als böse verbissen. Weit schlimmer war es, daß das linke Auge plötzlich erblindet war. Der Sehnerv sei gelähmt, sagte man uns. Da sie ohnehin nicht mehr gut sah, war zu fürchten, daß sie bald ganz blind sein würde. Sie selbst wollte es nicht wahrhaben. »Ich sehe doch«, rief sie. »Könnte ich sonst mit Georg noch Schach spielen?« In Wahrheit unterschied sie nur mehr Weiß und Schwarz; sie tastete jede Figur ab, ehe sie sie bewegte, und mit der linken Hand befühlte sie die winzigen Erhöhungen, welche die einzelnen Felder des Brettes, das eine alte Intarsienarbeit war, abgrenzten; viele Male schob sie statt eines Bauern einen Läufer oder die Dame vor. In der ersten Woche korrigierte ich leise und schweigend, dann aber spielten wir so, wie Kinder spielen, die keine Ahnung haben, wie ein Turm und wie eine Königin bewegt werden darf. Irgendwann erklärte ich, sie habe gewonnen oder verloren, bisweilen aber, um sie nicht mißtrauisch zu machen, sagte ich: »Gib auf deine Dame acht« oder: »Du spielst aber kühn« oder dergleichen. Sie war sonderbar vergnügt bei diesen Spielen, und ich weiß heute noch nicht, ob sie nicht den Schwindel durchschaute und nur über meine freundliche Plumpheit lachte, mit der ich sie zu beruhigen glaubte, während in Wirklichkeit sie mich überlistete.

Sie sprach nie mehr ein Wort über jene Angelegenheit, die ihr auf dem Krankenbett so wichtig gewesen war. Niemand sprach darüber. Sie schien nun endgültig begraben. Auch Marie-Catherine schwieg. Mit Clemens aber ging eine seltsame Veränderung vor sich. Er, der vorher kaum je Menschen sehen, nie ausgehen, keine Besuche empfangen, bei keiner Festlichkeit erscheinen wollte, immer mit der Begründung, er habe zu arbeiten und keine Zeit für »das Pack«, das ihn »anekle«, er war nun plötzlich versessen darauf, Menschen um sich zu haben. Das Buch, zu drei Vierteln fertig, blieb unvollendet liegen, er hat es tatsächlich niemals zu Ende geschrieben, es erschien so wie es war, nach seinem Tode. Mit der gleichen sonderbar müden und zähen Intensität, mit der er vordem an diesem Buch gearbeitet hatte, stürzte er sich nun auf Menschen. Schon am frühen Morgen begann er zu telephonieren. Da die Telephonglocke in der Diele vernehmlich läutete, wenn er angerufen wurde, aber nur kurz anschlug, wenn er von sich aus wählte, wußten wir genau, daß er uns belog, wenn er uns seufzend mitteilte, daß »schon wieder jemand sich eingeladen« habe für den Abend. Anfangs hatte Marie-Catherine zwei- oder dreimal in ihrer Einfachheit und Arglosigkeit gefragt: »Aber warum hast du dann angerufen, wenn du den Besuch nicht haben willst?« Er gab ihr keine Antwort, und so begriff sie alsbald und schwieg.

Sie sagte auch nichts, wenn Clemens fünf, sechs Leute zum Abendessen einlud; da Frieda allmählich alt wurde, aber kein anderes Mädchen neben sich duldete, mußte Marie-Catherine in der Küche mithelfen. Sie tat es mit Selbstverständlichkeit, und so, daß Clemens, der dies haßte, nichts merkte. Eines Tages wagte sie zu sagen, daß

diese vielen Abendeinladungen sehr kostspielig seien, da soviel getrunken werde. Mit seltsamer Sanftmut antwortete er: »Nun gut,
so lassen wir es. Freilich: diese Unterlassung wird uns mehr kosten
als die Einladungen.« Da sie ihn fragend anblickte, erklärte er, daß
ein Mann in seiner Stellung an Ansehen verliere, wenn er nicht ein
halbwegs großes Haus führe. Marie-Catherine sagte verwundert:
»Jetzt, plötzlich? Früher, als ich es vorschlug, sagtest du, ah bah,
was für bürgerliche Ansichten. Aber gut, ich verstehe deinen
Standpunkt. Nur vielleicht, wenn es viele Leute sind, könnte man
sie erst für die Zeit nach dem Abendessen einladen?«
»Wie du willst«, antwortete er leise mit gefährlicher Fügsamkeit,
und Marie-Catherine beeilte sich zu sagen: »Nein, bitte, tu, wie du
es für gut hältst.«
Es blieb alles beim alten.
Die Menschen, die während dieses Winters in unser Haus kamen,
waren verschiedener Art. Daß sich einige der Kollegen von der
Hochschule und einige von Clemens' Hörern darunter befanden,
war natürlich. Aber wozu die andern? Wozu der verwachsene,
pensionierte Bibliothekar? Wozu der Theologiestudent? Wozu die
Buchhändlerin? Wozu die alte Bildhauerin? Wozu der ungemein
dicke Herr, der ehemals Brauereibesitzer war und nun nichts mehr
tat? Nach und nach fand ich die Gründe heraus. Der kleine Bibliothekar hatte eine Spürnase für vertrackt aufzufindende Bücher oder
Buchstellen; der Theologiestudent war Spezialist für gewisse histo-
rische Fragen, auf die Clemens bei der Arbeit an seinem Buch gestoßen war; die alte Bildhauerin kam, um Studien für eine Porträt-
plastik von Clemens zu machen; die Buchhändlerin war die Tochter
eines Antiquars, sie überließ ihm wertvolle Bücher zu Spottpreisen;
der ehemalige Brauer besaß eine Bibliothek, die er einmal in Bausch
und Bogen, im Rausch und unbesehen, wie er sagte, was freilich
keineswegs stimmte, irgendwo gekauft hatte; es befanden sich
philosophische Werke in Erstdrucken darunter, die Clemens ihm
nach und nach abzuhandeln verstand. Und so hatte ein jeder in
dieser sonderbaren, scheinbar so zufällig zusammengewürfelten
Gesellschaft seine ganz bestimmte, von Clemens zugewiesene Rolle;
jeder rechnete es sich zur Ehre, diese Rolle zu seiner Zufriedenheit
zu spielen, und keiner war sich dessen bewußt, daß er nur benutzt
wurde, und selbst wenn es einer von ihnen einmal dachte, wie vermutlich der dicke Brauer, so bedeutete das nichts, denn sie alle
waren ebenfalls Gewinner; die Abende waren interessant. Meist las
Clemens aus seinem Buche vor, und obgleich es durchaus nicht
leicht zu verstehen war, gaben sich alle höchst begeistert. Bisweilen

las er in tiefem Ernst und mit teuflischem Vergnügen Stellen vor, die ganz und gar sich überschlagender Unsinn waren und keineswegs in dem Buche standen, und niemand wagte eine Frage zu stellen oder auch nur die Brauen hochzuziehen. Marie-Catherine konnte nicht umhin, unter ihren gesenkten Augenliedern zu mir her zu schielen, und sie unterdrückte nur mühsam ihr aufquellendes Gelächter, aber dennoch sah sie gequält aus, manchmal errötete sie sogar beim Anblick all der andächtigen, arglosen Gesichter, und sie warf Clemens einen flehenden Blick zu, aber dieser Blick reizte ihn nur noch stärker. Ich selbst war belustigt; bisweilen beneidete ich Clemens um seinen Geist und Witz, um diese brillante Fähigkeit des Improvisierens, des Spielens, des Gehens auf dem hohen Seil. Es gab Abende, besonders solche, an denen viele junge Leute anwesend waren, da er geradezu hinreißend war, ein Schauspieler, der sogar seinen alten Bruder in Bann zu schlagen verstand. Kein Wunder, daß sich die Leute zu diesen Abenden drängten. Freilich hätte keiner gewagt, auch nur leise die Bitte zu äußern, eingeladen zu werden. So blieb Clemens in der Tat nichts anderes übrig, als des Morgens schon reihum zu telephonieren, um sich einer entsprechenden Anzahl von Zuhörern und Zuschauern zu versichern, mit denen er seine Abende füllen konnte. Einigemale äußerten Gäste den Wunsch, Marie-Catherine möchte doch auf dem Cembalo spielen. Bisweilen waren die Bitten so dringend gewesen, daß Marie-Catherine wirklich sich zu spielen entschloß, obgleich sie sagte, es fehle ihr die Übung, und ihre Hände seien steif. In der Tat: ihre feinen, flinken Finger waren zerschunden von der Gartenarbeit und gerötet von der Arbeit in der Küche, und sie verbarg sie gern. Aber wenn sie schließlich spielte, war sie alsbald in alter Form. Doch konnte weder mir noch ihr noch den Aufmerksameren unter den Gästen verborgen bleiben, daß Clemens sich dabei seltsam verhielt. Er war nicht ohne Stolz auf seine Frau, aber es mißfiel ihm dennoch, wenn sie spielte. Er wechselte viele Male seine Stellung, seine Augen wanderten ruhelos durch das Zimmer, seine Finger zupften am Sessel, an seinem Anzug, an seinen Haaren, kurzum: er war überaus nervös und er wurde es immer mehr, je länger das Spiel dauerte; einigemale wurde er bleich vor Ungeduld, und einmal stand er sogar auf und ging hinaus, ganz und gar unfähig, sich weiter zu beherrschen. Von diesem Tage an spielte Marie-Catherine nicht mehr, soviel man sie auch bat. Ich konnte es mir nicht versagen, einmal das Gespräch darauf zu lenken, als ich mit Clemens allein war.

»Warum spielt Marie-Catherine nicht mehr?«

»Das weiß ich nicht.«

»Aber Clemens!«

»Nun, sie ist nicht mehr in Form, sie übt zu wenig.«

»Aber sie spielt nach wie vor ausgezeichnet.«

»Nicht mehr wie früher.« Plötzlich rief er gequält: »Aber begreif doch: wie kann ich zulassen, daß sie spielt, da sie nicht mehr so gut spielt wie früher?«

Nun, wenn dies der Grund war . . . Ich schwieg. Ich kannte meinen Bruder gut genug, um zu wissen, daß es wirklich einer seiner Gründe war, denn er war besessen von der Idee der Makellosigkeit in jeder künstlerischen Leistung; jedes Weniger marterte ihn. Aber ich kannte ihn so gut, daß ich wußte: dies war der tiefste der Gründe nicht. In seinem armen, unausgesetzt von Schmerzen gequälten Kopfe hatte sich eine Vorstellung festgesetzt, zäh, hartnäckig, brennend: die Vorstellung von der vollkommenen Liebe, der vollkommenen, naturgegebenen Harmonie, einer Harmonie, die so gesichert, so unantastbar, so von sich aus beständig war, daß es keiner Mühe bedurfte, sie zu wahren. Armer Clemens. Jede liebevolle Anstrengung Marie-Catherines, sich ihm anzupassen, es ihm recht-zumachen, schürte seinen Brand. Das eben war es, was er haßte: daß sie nicht so absolut eines Geistes mit ihm war, um keiner dieser Anstrengungen, dieser sanften Zugeständnisse, dieser ›Opfer‹ zu bedürfen. Sie sollte ihn so lieben, daß nicht sie oder er mehr etwas wünschte, sondern daß sie beide zugleich wortlos das gleiche wünschten. Ein Fleisch, ein Geist. Es war die Vorstellung eines idea-listischen Sechzehnjährigen. Hätte man ihm dies gesagt, hätte man ihm gesagt, daß er mit der Unvollkommenheit alles Geschaffenen zu rechnen habe, daß nichts, nichts in dieser unsrer Welt errungen werde, ohne daß man einen hohen Preis bezahlte, hätte man ihm gesagt, daß dies das Los aller Menschen sei, so wäre er aufgefahren, verletzt und empört: »Das Los aller Menschen? Was gehen mich ›alle Menschen‹ an? Ich glaube nicht daran, daß es ein Gesetz gibt, das für alle gilt. Ich will die Vollkommenheit der Liebe, ich!« Mehrmals in früheren Jahren hatten Gespräche dieser Art zwischen uns mit diesem Schrei des verwundeten Hochmuts, der ohnmäch-tigen Auflehnung geendet. Jetzt schwiegen wir.

Von jenem Abend an versuchte Marie-Catherine öfters unter irgend-einem Vorwand nicht an den Einladungen teilzunehmen, aber auch dies reizte Clemens, und so fügte sie sich meist, wenngleich nicht allezeit. Sehr bald zeigte sich, daß ohne sie nicht das rechte Leben aufkam. Obgleich sie nie viel sprach, oft fast nichts, war doch sie es, auf die alles insgeheim zu beziehen schien. War ihr Platz leer, so war Clemens lustlos; er las schlecht, seine Anekdoten waren glanzlos und gequält, bisweilen glitten sie ihm ins Zweideutige, ins beinah Obszöne ab, und ich sah, daß er dabei litt, obgleich es ihm ein finsteres Vergnügen bereitete, vor allem den Theologiestudenten und die kleine Buchhändlerin zu erschrecken. Bisweilen errötete der dicke Brauer, der in all seiner Leibesfülle das Herz eines gutartigen, sensiblen Kindes bewahrt hatte. Ich habe eine Anzahl jener Anekdoten notiert, aber ich kann jetzt beim Wiederlesen nicht finden, daß sie so sehr unpassend waren. So muß es denn wohl die Art gewesen sein, mit der Clemens sie vortrug, was sie so anrüchig, so beklemmend zuchtlos erscheinen ließ, vor allem, wenn er selbst hemmungslos lachte. Dieses fast lasterhafte Lachen aus dem schmerzlich gebogenen, dem so fein gezeichneten Mund war unerträglich. Manchmal entstand danach eine lange Stille, die niemand zu brechen imstande war außer Clemens selbst, und er tat es höchst geschickt, seine Autorität mit einem Schlag wiederherstellend, indem er, scheinbar aus heiterem Himmel, ein Thema anderer Art anschnitt und sofort so glänzend darüber sprach, daß seine Zuhörer glauben konnten, er habe die peinliche, ja wüste Szene nur vorgeführt, um sie alle auf die Probe zu stellen. Ich weiß freilich nicht, wie sie darüber sprachen, wenn sie außerhalb unsres Hauses und unter sich waren.

Wenn Marie-Catherine anwesend war, spielten sich solche Szenen nicht ab oder nur in harmloser Art, die eher komisch als peinlich wirkte, obgleich sie auch dann eine eigentümliche Stimmung der Unsicherheit, des Unbehagens schufen. Meist jedoch entspannen sich in ihrer Gegenwart ernsthafte und fesselnde Gespräche. Seltsam, mir damals unerklärlich, war, daß diese Gespräche sich meist auf das Religiöse hin bewegten, obgleich Marie-Catherine dazu niemals den Anstoß gab, ja das Einschlagen dieser Richtung vielmehr zu vermeiden suchte; doch es war fast nie aufzuhalten. Manchmal schien der Abend zu Ende gehen zu wollen, ohne daß jenes Gebiet auch nur berührt worden war, schon stand der eine oder andere auf, um sich zu verabschieden, da sagte plötzlich jemand geheimnisvoll gereizt dennoch irgendein Wort, auf das hin das Gespräch noch einmal aufflammte; und schon brannte lichterloh, was so sorgfältig beiseitegeschoben worden war. Clemens hörte eine Weile überlegen lächelnd zu, dann begann er, in irgendeinem Buch zu blättern, oder er ging hinaus, die Gäste sich selbst und Marie-Catherine überlassend; doch schien mit seinem Weggehen Lust und Eifer zu solchen Gesprächen jäh zu erlöschen, und die Gäste gingen alsbald. Manchmal aber nahmen diese Gespräche, im Beisein Clemens', Wendungen, die mich eine Katastrophe fürchten ließen. Eines der schrecklichsten Gespräche dieser Art begann auf denkbar harmlose Weise. Gerade an jenem Abend waren besonders viele Gäste da, fünf schon bei Tisch, darunter zwei Kollegen Clemens' und der Rektor einer französischen Universität. Sieben Leute waren später noch hinzugekommen. Während des Essens hatte ein ziemlich offizieller Ton geherrscht; auch Clemens war ruhig und sachlich, er zeigte sich von seiner besten Seite, und wie sehr verstand er, für sich einzunehmen! Nach dem Essen kamen der Theologiestudent und der verwachsene Bibliothekar, der Antiquar und seine blasse Tochter. Später trafen noch der ehemalige Brauer und die Bildhauerin ein, und sie kamen mit so lärmender, ansteckender Heiterkeit, als wäre nicht ein Paar alter Leute, sondern ein Schwarm von Vögeln eingefallen. Sie kamen von einer Tauffeier. Ein befreundetes Ehepaar hatte Zwillinge bekommen.

»Neun!« rief der Brauer. »Denken Sie: jetzt haben sie neun Kinder. Ein Kegelspiel. Alle Neune.«

»Nun«, sagte irgend jemand, »wenn sich die Eltern so viele Kinder leisten können . . . ?«

»Leisten, sich leisten«, rief der Brauer, »was heißt denn das? Man leistet sich doch nicht Kinder, wie man sich ein Auto und einen Fernsehapparat leistet.«

»Aber«, warf jemand ein, »wenn man so viele Kinder in die Welt setzt, muß man doch wissen, ob man sie ernähren, kleiden, ausbilden kann. Es ist unverantwortlich, Kinder zu zeugen, wenn man arm ist.«

»Aber, aber«, rief der Brauer, »was für ein garstiges Lied! Wissen Sie, wieviel Kinder wir zu Hause waren? Dreizehn. Ich bin das zwölfte. Und wissen Sie, was meine Eltern waren? Ganz kleine Leute. Was denn von Beruf? Das raten Sie nicht. Mein Vater war Portier in einer Brauerei. Von dem, was er verdiente, hätte er sich mit knapper Not fünfe leisten können. Aber dreizehn hatte er, und diese dreizehn wollte er auch wirklich. Er wollte Leben in die Welt setzen, weil er fühlte, daß das von ihm erwartet wurde. Er lebte gern, obwohl er es hart genug hatte. Aber er war einverstanden mit dem Leben, dem seinen und allem Leben und allem Lebendigen. Und darum wollte er Leben zeugen, zur Freude, zum Schmerz . . .«

Jemand warf halblaut ein: »Das war vor dem Ersten Weltkrieg.«

»Ja«, sagte der Brauer einfach, »ja freilich. Aber wenn mein Vater gewußt hätte, daß vier von seinen Söhnen dazu bestimmt waren, alsbald hinzusterben, weit weg, im Krieg, an der Front, meinen Sie, er hätte sie dann nicht gezeugt?«

»Ich hoffe nicht«, sagte jemand scharf. Es war Clemens.

»Sie irren«, sagte der Brauer. »Sie irren. Man zeugt immer Leben für den Tod. Ob der Tod früher oder später kommt, was für einen Unterschied macht das? Und ist es denn sinnlos, für den Tod zu zeugen? Ist denn der Tod nichts? Etwas Großes ist der Tod, etwas ganz Großes.«

Marie-Catherine schaute ihn mit leuchtenden Augen an, und er erwiderte ihren Blick mit einem Lächeln.

»Aber ich frage Sie«, sagte einer von Clemens' Kollegen, »wenn Sie nun in der konkreten Situation wären zu wissen, das Kind, daß Sie in die Welt setzen, werde an den Folgen einer Atombombe langsam und schrecklich dahinsiechen?«

»Mein Herr«, antwortete der Brauer, »das ist freilich eine schwere Frage. Aber wissen wir denn, daß dies geschehen wird? Wir haben Angst, ja natürlich. Wir überlegen hin und wieder, ob es Sinn hat, Leben fortzuführen, das doch nur elend zugrundegehen wird. Doch das überlegen wir nur in Stunden, in denen wir denken. Aber wenn einen Mann die Lust ankommt zu zeugen, denkt er dann? Er denkt nicht. Er gehorcht.«

»Wem?« fragte jemand. Da der alte Brauer den Sprecher, es war der Antiquar, nur rätselhaft schweigend ansah, antwortete ein andrer an seiner Stelle, es war wieder der Professor: »Wem er gehorcht? Nun, seinem blinden Trieb natürlich.«

»Nein«, rief der Brauer, »so einfach ist das nicht. Wenn ein Mann immer dann zeugen würde, wenn der blinde Trieb ihm befiehlt, da würde das Land von Bastarden wimmeln. Es gibt Schranken, mein Herr. Aber innerhalb dieser Schranken, da ist's Gehorsam, zu zeugen.«

»Also ohne Überlegung, ob er es verantworten kann, ein Leben in die Welt zu setzen?« fragte das blasse Mädchen und wurde rot. »Ohne Überlegung, ob die Frau die neue Last tragen kann?«

Der alte Brauer sagte still: »Auch die Frau gehorcht. Sie sind ›ein Fleisch‹.«

»Die Frau gehorcht«, wiederholte der Professor. »Haben Sie alle gehört: die Frau gehorcht! Sie haben aber ehrenwerte altmodische Ansichten, mein Herr.«

Der alte Brauer wandte sich schwerfällig nach ihm um und sagte mit Würde: »Herr Professor, diese ehrenwerten altmodischen Ansichten scheinen mir moderner als alle sogenannten modernen. Es wird eine Zeit kommen, bald wird sie kommen, da wird man wieder gehorchen wollen, nicht blind gehorchen, nein: einsichtig, freiwillig, fromm, ja fromm gehorchen.«

Das blasse Mädchen, jetzt hochrot vor Eifer, rief: »Aber ich verstehe nicht. Das überfordert doch den Menschen! Einerseits soll er dem Leben gehorchen, dem Auftrag, Leben weiterzugeben. Andrerseits aber soll er die volle Verantwortung übernehmen dafür, daß das Leben, das er weitergibt, auch wirklich gelebt werden kann; das heißt doch, er muß sich, ehe er Kinder in die Welt setzt, fragen, ob er sie ernähren, kleiden, ihnen genügend Wohnraum und eine gute Erziehung und Ausbildung geben kann. Wenn er sich sagen muß, nein, ich kann es nicht, nicht mit aller Sicherheit, dann ...«

Jetzt unterbrach sie der alte Brauer: »Sicherheit«, rief er, »Sicherheit! Sicherheit gibt es nicht. Es gibt nur Vertrauen.«

»Vertrauen?« fragte der Professor scharf. »Ja, ich weiß, es gibt bei den Bauern hierzulande ein Sprichwort: ›Gibt Gott das Häslein, gibt er auch das Gräslein.‹ Aber gibt er den fünfzig oder wieviel kleinen Chinesen, die täglich verhungern, auch ihr Gräslein?«

Der Brauer wandte sich wieder langsam nach ihm um: »Mein Herr«, sagte er. »Gott würde es tun, wenn wir ihm nicht in die Hand fallen würden. Sie wissen das genau. Es gäbe genug Gräslein auf der Erde, wenn sie richtig verteilt würden. Ich lasse, mit Verlaub, Ihren Einwand nicht gelten.«

Marie-Catherine hatte sich an dem Gespräch nicht direkt beteiligt, aber sie hatte es dem Rektor, der zu wenig Deutsch verstand, übersetzt. Jetzt mischte sich der Franzose ein. »Meine Damen, meine Herren«, rief er, »wir haben doch die Geburtenkontrolle. Ist dies nicht die Lösung Ihres Problems? Man zeugt Leben, gewiß, man gehorcht also, aber man gehorcht mit Vernunft und unter Wahrung der persönlichen Freiheit.«

»Tja«, sagte der streitsüchtige Professor, »das sagen Sie so. Aber die Kirche, die Kirche?«

Nun fühlte sich der Theologiestudent angesprochen. Schüchtern warf er ein: »Oh, in gewissem Sinne ... bis zu einem gewissen Grade schließt sich die Kirche dieser Meinung an. Sie erlaubt eine gewisse Beschränkung.«

Der Brauer sagte schlicht: »Da tut die Kirche nicht ganz recht. Immer, wenn die Kirche sich anpaßt, verliert sie an Boden. Mit jener Erlaubnis spielt sie dem Menschen unsrer Zeit ein Argument in die Hand, das er bald gegen sie selbst gebrauchen wird.«

»Wieso?« fragte jemand.

»Nun«, antwortete der Brauer, »sie bestärkt ihn damit in seiner Angst.«

»In seiner Angst?« Niemand verstand, was er sagen wollte.

»Aber sehr einfach«, erwiderte er ruhig. »Man wird sich sagen: wenn schon die Kirche Bedenken gegen zuviele Kinder hat, wird es wohl richtig sein, solche Bedenken zu haben. Also ist es nicht gut, viele Kinder zu haben. Also?«

»Nun«, warf der Professor ein, »und wo liegt da der Fehler?«

»Der Fehler, mein Herr«, sagte der Brauer, »liegt da, genau da, wo einem Mann zwischen die Lust, Leben zu zeugen, und die Ausführung dieser Lust die Angst eingeschoben wird.«

Der streitsüchtige Professor rief: »Und ist sie nicht begründet, diese Angst?«

»Mein Herr«, sagte der Brauer, »die Angst gehört zum Leben wie die Lust, es kommt nur auf den Akzent an. Muß man nicht Angst haben bei allem, was man tut, wenn man bedenkt, daß jede kleine Tat der geheime Anstoß zu hundert andern ist? Aber die Angst muß aufgehoben werden im Vertrauen. Man zittert, aber man wirft zitternd sein Herz voraus und springt nach.«

»Er redet wie ein Pfarrer«, rief die Bildhauerin.

Der alte Brauer sagte: »Ich habe nie gehört, daß Pfarrer etwas vom Reiten sagen und verstehen. Man muß reiten können, um zu wissen, wie das ist: einen breiten Graben sehen, Angst haben, und dann mit Lust springen. Mit Lust! Und im Springen weiß man, daß man ankommen wird. Das ist's, verstehen Sie? Aber heutzutage scheuen alle vor dem Graben. Mit andern Worten: es freut niemand mehr, zu leben und Leben zu zeugen.«

Jemand lachte.

Der Brauer blickte sich nach dem Lacher um. »Glauben Sie denn, sagte er, »daß ich von dem Augenblickchen rede, in dem man das bißchen fleischliche Lust spürt? Das ist's nicht, wovon ich rede. Das ist nichts, rein gar nichts. Die Lust, von der ich rede, ist etwas anderes. Ich habe es schon gesagt, aber wer versteht mich denn? Die Lust meine ich, dem Gesamtbestand an Leben, diesem Reichtum, von sich aus etwas hinzuzufügen, eine neue Hoffnung, eine neue Verheißung.«

»Eine neue Seele«, sagte der Theologiestudent leise, und noch leiser fügte er hinzu: »Eine neue Möglichkeit zum vollkommenen Menschen, zum Heiligen.«

Aber das hörte nur ich, der dicht neben ihm saß.

Der streitsüchtige Professor sagte: »Was für eine beneidenswerte Philosophie. Freilich, wenn man sich dann diese Bereicherung des Gesamtbestands des Lebens näher besieht, fragt man sich, ob sich der Aufwand an Sperma und Lust und Hoffnung gelohnt hat.«

»Mein Herr«, sagte der Brauer mit Ernst, »dieses Urteil maße ich mir nicht an. Wir überschauen den großen Plan nicht, in dem wir unsern winzigen Platz haben.« Dann fuhr er lebhaft fort: »Aber das eigentliche Problem liegt anderswo.«

»Wo denn, Ihrer Meinung nach?«

»Darin, daß es keine Väter mehr gibt. Mit dem hoffnungsvollen Zeugen ist's nicht getan. Die kurze fleischliche Erfahrung macht einen Mann nicht zum Vater. Das wird getan und vergessen. Ein Akt, sagt man. Was ist ein Akt? Dazu gehört doch wohl ein Wissen von dem, was da geschieht. Die meisten ahnen es nicht. Man zeugt ohne Geist. Man zeugt wie ein Tier aus jenen Gattungen, wo sich die Männchen dann nicht mehr um die Brut kümmern. Man kommt, zeugt, geht. Im Vorübergehen sozusagen. Was daraus entsteht, schaut man mit Bestürzung an, mit schlechtem Gewissen. Das also existiert nun, stellt Forderungen, schaut mich an, klagt mich an. Wenn ich ein rechter Vater bin, nehm ich's an mein Herz, für alle Zeiten, mit aller Hoffnung, mit Hoffnung sogar wider alle sogenannte Erfahrung, und dann stehe ich ein dafür, bis es ganz und gar auf eigenen Füßen läuft und noch länger, denn einmal nämlich werde ich gefragt: Wo ist dein Kind? Und da möchte ich eine klare Antwort geben können, verstehen Sie? Aber ...« In diesem Augenblick sagte Marie-Catherine leise zu Clemens: »Das Telephon, hörst du. Gehst du hin?«

Es hatte nicht geläutet. Ich verstand. Doch Clemens, bleich und gespannt, sagte hastig. »Geh du.« So ging sie hinaus, und als sie wieder kam, sagte sie: »Es war nichts Wichtiges.« Clemens wandte nicht einmal den Kopf nach ihr. Sie schaute ihn angstvoll an und ließ ihn in der Folge nicht mehr aus den Augen. Während sie in der Diele war, hatte das Gespräch eine noch bedrohlichere Wendung genommen.

»Sehen Sie«, hatte der Brauer gesagt, »da ist die Frage der unehelichen Kinder. Früher gab es die auch, immer gab es die. Gehen Sie in eines unserer Dörfer und lassen Sie sich vom Pfarrer Einblick in die Kirchenbücher geben. Da wimmelt es von unehelichen Kindern, genau gesagt freilich, von vorehelichen, denn irgendwann einmal hat der Bauernsohn, endlich selbst Bauer auf dem Hof geworden, das Mädchen mitsamt Kind doch geholt. Und wenn nicht: so ein uneheliches Kind ist doch nicht verlassen gewesen, es ist aufgewachsen in der Gemeinschaft, es hat zwar nicht sein eigenes kleines warmes Nest gehabt, aber das große Nest war doch da. Aber heute: freilich, man muß bezahlen, man kann sich nicht drücken, dafür gibt es Gesetze, aber was ist das? Mit Geld sich loskaufen von der Vaterschaft, ja gibt es denn das? Was für eine Gesellschaftsordnung!«

»Besser als nichts«, sagte jemand. »Besser wenigstens bezahlen als ganz verleugnen.«

»Nein«, rief der Brauer, »nein! Wer sein Fleisch gänzlich verleugnet, behält ein schlechtes Gewissen, und das ist recht so. Wer dafür bezahlt, glaubt sich freigekauft und ist beruhigt.«

»Aber«, fragte das blasse Mädchen, »was sollte man denn tun, wenn aus irgendeinem Grund eine Heirat unmöglich ist? Es kann doch auch einem verheirateten Mann passieren ... Was dann?«

»Dann«, sagte der Brauer zornig, »geht man jedes Jahr zu Weihnachten mit einem Korb voller Geschenke zu Mutter und Kind und spielt Vater oder Onkel, je nachdem, den großmütigen, ehrenwerten, der seine Pflicht kennt und übt. Das ist es ja, daß es so schwierig ist, diese Frage zu lösen. Es darf eben keine außerehelichen, keine unehelichen Kinder geben, weil man das Unglück, das man anrichtet in dem einen kurzen Augenblick, gar nie nie mehr gutmachen kann.«

Nun aber tat Clemens, totenbleich, den Mund auf: »So«, sagte er leise, »und was, wenn ein Bursche von sagen wir zwanzig Jahren regelrecht verführt worden ist, mit aller Berechnung, damit er ein Kind zeuge, mit dessen Hilfe man ihn dann sein Leben lang erpressen kann?«

Alle Blicke waren ihm zugewandt. Auch Marie-Catherine starrte ihn an, gelähmt vor Bangen.

Der Brauer sagte ruhig: »Auch dann.«

Da niemand etwas darauf erwiderte, blieb es eine Weile ganz still, und bald brachen die Gäste auf, als letzter der Brauer. Er blieb eine Weile bei Clemens stehen, schaute ihn an und sagte: »Lieber Professor, Sie sind schrecklich überarbeitet. Wollen Sie sich nicht einmal mit Ihrer Frau in unser kleines Landhaus am Tegernsee zurückziehen? Es steht leer. Wenn Sie uns die Freude machen wollen, so rufen Sie uns an, und alles wird geordnet.«

»Alles wird geordnet«, wiederholte Clemens und starrte den Brauer an. »Alles wird geordnet? Ja freilich. Ich danke Ihnen.« Der Brauer ging in tiefer Kümmernis hinaus. Clemens eilte sofort grußlos in sein Zimmer.

Am nächsten Morgen ging er ohne Frühstück fort, viel zu zeitig für seine Vorlesung. Vermutlich irrte er, wie schon so oft, in den regenfeuchten Flußauen umher. Marie-Catherine war blaß. Ihren sonst so ruhigen Händen entfiel alles: der Kaffeelöffel, das Buttermesser, ein Stück Brot. Simone beobachtete ihre Mutter sorgenvoll. Plötzlich sagte sie halblaut: »Er hat dich wieder gequält.«

Marie-Catherine schrak aus ihrer Erschöpfung auf. »Was redest du da. Wer soll mich denn gequält haben?«

Die Kleine schaute sie eine Weile stumm an, dann sagte sie trocken: »Wenn du doch endlich aufhören würdest, mich für ein kleines dummes Kind zu halten.«

Marie-Catherine strich ihr über das Haar: »Dafür halte ich dich schon lange nicht mehr. Aber gerade darum: sei jetzt still.«

Nach dem Frühstück schlüpfte Simone in mein Zimmer. Sie warf sich an meine Schulter und verbarg dort ihr Gesicht, heftige Worte im dicken Stoff meiner Jacke erstickend. Endlich verstand ich: »Ich möchte heim. Mami und ich sollen heimfahren. Ich will nicht mehr hierbleiben.«

Nach und nach, Satz für Satz, entlockte ich ihr, was geschehen war. Die Kleine, gewohnt, daß ihre Mutter abends an ihr Bett kam, hatte tags zuvor vergeblich darauf gewartet. So war sie denn aufgestanden, um nach ihr zu sehen. Aus dem Zimmer ihrer Mutter aber drang ein Gespräch, und dieses Gespräch hatte die Kleine mitangehört. Sie hatte selbstverständlich nicht viel davon behalten, nur jene Bilder, die sich ihrem entsetzten Gehirn und ihrem tief erschrockenen Herzen eingeprägt hatten. Clemens hatte geschrien, man jage ihn wie in einem Kesseltreiben, schon hinge den Hunden die Zunge aus dem Maule nach dem Wild, und auch Marie-Catherine gehöre zu der Meute. Sie jage ihn mit ihren unerbittlichen Augen, die das Todesurteil über ihn gesprochen hätten. Aber ihn ekle das alles an, vor allem der alte Pfaffe, dem sie aus der Hand fräße und der sie gelehrt habe, ihn, Clemens, als armen Sünder zu betrachten, den sie retten müsse. Marie-Catherine sei kaum zu Worte gekommen, er habe sie immer überschrien, nur einmal sei es still geworden und da habe man gehört, daß Marie-Catherine weinte und weinend sagte: »Warum gehst du im Teufelskreis? Immer nur dein Leiden, und es gibt doch soviel Leiden in der Welt und soviel wichtigere Dinge.« Aber Clemens habe wieder geschrien: »Was geht mich anderer Leute Leiden an. Ich kann nicht helfen, ehe nicht vorher mir geholfen ist. Aber mir ist nicht mehr zu helfen, da du es nicht kannst. Das Spiel ist verloren.« Dann sei er aus dem Zimmer gestürzt, die Treppe hinauf in die Dachkammer, in der er schlief.

»Onkel«, rief die Kleine, »sag mir, was das alles bedeutet. Was hat Mami denn Clemens Böses getan, daß er so zornig auf sie ist?«

»Sie hat ihm nichts Böses getan, Simone, im Gegenteil. Clemens ist krank, er ist erschöpft von vieler Arbeit, er ist nervös, und solche Menschen bilden sich Dinge ein, die gar nicht wirklich sind.«

Simone hörte mir begierig zu, aber sie war keineswegs zufrieden mit meiner Erklärung. Was aber sollte ich ihr sagen. Wie konnte ich zu diesem Kinde sprechen über das schreckliche Geheimnis des Zusammenpralls von Gut und Böse, wie vom Mißverstehen der Liebe, vom unerfüllbaren Anspruch zwischen Mensch und Mensch, wie vom Schatten der Schuld.

Später am Tage kam Marie-Catherine, noch immer bleich, übernächtigt, todmüde. Sie kam, um mein Zimmer aufzuräumen. Das tat sie nicht nur, um Frieda zu entlasten; es war auch und vor allem ein Vorwand, einige Zeit allein mit mir zusammen zu sein. Die schönste Stunde meines Tages. Ich konnte zusehen, wie sie den Boden polierte, den Staub von den Möbeln wischte, die Blumenstöcke goß. Daß sie mein Bett machte, bereitete mir anfangs große Verlegenheit, aber auch daran gewöhnte sie mich.

An diesem Morgen jedoch sagte ich: »Meine Liebe, laß das heute. Du bist müde, du fühlst dich nicht wohl, ich sehe es. Ein bißchen Staub, ein paar Falten im Leintuch, was schadet es?«

Aber sie lächelte ihr sanftes, eigensinniges Lächeln und tat, was sie für ihre Pflicht hielt und was sie so gerne tat. Wir hüteten diese Morgenstunden als unseren köstlichen Besitz und wir vermieden es, ihre Heiterkeit zu stören; vor allem Marie-Catherine wachte darüber, daß keine unserer Schwierigkeiten in diesen Stunden zu Worte kam. An diesem Tage aber brachte sie selbst die Rede auf jenes Gespenst, das sich inmitten unserer Familie niedergelassen hatte.

»Glaubst du«, sagte sie, »daß der Brauer etwas von Clementines Existenz ahnt? Glaubst du, er brachte das Gespräch gestern abend mit Absicht auf dieses Thema?«

»Ist er dazu nicht ein wenig zu arglos, zu spontan?«

Aber Marie-Catherine meinte, ich unterschätzte ihn. Er habe eine überfeine Witterung für Schatten und Probleme. Zudem kenne er Clemens schon sehr lange. Möglicherweise habe sich Clementine an ihn gewandt.

»Aber wozu denn? Was verspricht sie sich davon, diese Wahnsinnige?« rief ich.

»Nichts«, antwortete Marie-Catherine. »Nichts mehr. Sie weiß nicht mehr, was sie erreichen will. Zuerst wußte sie es: sie wollte Clemens zwingen, ihr Vater zu sein.«

»Clemens zwingen! Als ob man ihn jemals zu irgend etwas hätte zwingen können. Und nun gerade dazu! Er, der sich selbst haßt, wie sollte der sein eigen Fleisch lieben in einem Kinde!«

Marie-Catherine fügte hinzu: »In einem Kinde, das er im Zorn gezeugt hat, mit Tränen der Scham und Wut darüber, verführt worden zu sein zu diesem lächerlichen Augenblick der Lust. Das sind seine eigenen Worte, und ich glaube ihm. Es war aussichtslos für Clementine, sich einen Vater zu erkämpfen, zu erschleichen, zu erpressen. Eines Tages erkannte sie das, und nun faßte sie einen neuen Entschluß: den, der ihr Vater nicht sein wollte, zu vernichten, langsam, vorsätzlich, mit tausend kleinen Giften. Aber was sie in Wirklichkeit zerstören will, das ist nicht Clemens; das ist sie selbst. Das Fleisch, den Geist, diese ganze vom Vater geleugnete und von ihm verworfene Person will sie vernichten.«

»Aber woher weißt du das alles? Siehst du sie denn?«

»Ach, um das zu wissen, brauchte ich sie nicht zu sehen. Aber ich sehe sie tatsächlich. Ich gehe jede Woche einmal zu ihr und lasse sie reden. Mehr hat sie im Augenblick nicht nötig, und mehr kann ich jetzt nicht für sie tun. Aber weißt du, was ihr neuester Plan ist? Sie nimmt Schauspielstunden. Warum, wozu? ›Wenn ich berühmt bin, wird er mich anerkennen‹, sagt sie.«

»Aber das ist ja Liebe«, rief ich.

»Natürlich ist das Liebe.«

»Und wohin wird das führen?«

Wir wußten beide keine Antwort auf diese Frage.

Mit jenem Tage begann eine traurige Zeit in unserem ohnehin traurigen Hause. Clemens hatte plötzlich aufgehört, Gäste einzuladen. Das Telephon schwieg. Er blieb abends zu Hause, saß in seinem Zimmer und tat, als ob er arbeitete, aber die Blätter des Manuskripts auf seinem Schreibtisch vermehrten sich nicht um ein einziges, wie Marie-Catherine kummervoll erzählte; Broschüren waren unaufgeschnitten, sogar Briefe blieben ungeöffnet liegen. Bisweilen hatten wir Angst, er würde auch seine Vorlesungen vernachlässigen, aber er hielt sie nach wie vor, und, wie wir erfuhren, hatte sich die Zahl seiner Hörer sogar vermehrt. Was aber tat er an den Abenden in seinem Zimmer, allein? Wenn Marie-Catherine wagte, bei ihm einzutreten, öffnete er rasch ein Buch und tat, als läse er, und es gelang ihm sogar, den Ausdruck eines angestrengten Gesammelt-seins vorzutäuschen, das durch ihren Eintritt jäh gestört worden war. Auf ihre besorgten Fragen antwortete er zerstreut und ohne den Wunsch zu verbergen, sie möge sogleich wieder gehen. Einmal aber habe er, so erzählte Marie-Catherine bewegt, ihr Handgelenk umfaßt, sie ein wenig an sich gezogen, und gesagt: »Ach, wenn du wüßtest, wenn du wüßtest . . .« Doch habe er dann geschwiegen, und, als sie ihn drängte, nur gesagt: »Ich möchte dich so gerne glücklich wissen. Wenn du es nicht mehr aushältst bei mir, dann geh, geh, ehe es zu spät ist für dich.« Sie habe ihm entsetzt den Mund zugehalten. Dann aber habe sie, in plötzlichem Bangen, ihm in die Augen gesehen und gefragt: »Möchtest du, daß ich gehe? Bist du es, der es nicht mehr erträgt?« Da habe er stumm den Kopf geschüttelt und wiederholt: »Wenn du wüßtest . . .« Dann aber habe er sie von sich fortgeschoben, fast sei es einem Stoße gleichgekommen: »Geh jetzt, geh!« Als sie sich an der Tür nach ihm umwandte, habe ihr geschienen, als sei sein Gesicht von Tränen überströmt, doch in dem Augenblick, in dem er ihre Bewegung, zu ihm zurückzueilen, bemerkte, habe er zornig gerufen: »Geh doch, geh endlich!«

»Was meinst du«, fragte ich sie, »was ist es, von dem er da redet, wenn er sagt ›wenn du wüßtest‹? Ahnst du es?«

»Ja«, sagte sie, »ja, ich ahne es. Er will sagen: wenn du wüßtest, wie fürchterlich es für mich ist, leben zu müssen, wie mühsam ich mich von Tag zu Tag, von Stunde zu Stunde weiterschleppe, mich fragend: wozu denn, wozu denn dies alles?«

»Aber«, fragte ich, »verstehst du es eigentlich? Worüber klagt er? Was fehlt ihm? Hat er nicht, was ein Mann haben will?«

Plötzlich, ganz plötzlich brach sie in Tränen aus. Sie machte nicht den geringsten Versuch, ihrer Herr zu werden. Am Fenster stehend, den Blick von mir abgewandt, weinte sie lautlos und lange.

»Komm«, sagte ich schließlich, »komm, dieser Tränen ist Clemens nicht wert.« Aber sie schüttelte den Kopf.

»Georg«, sagte sie, »du darfst deinem Bruder nicht Unrecht tun. Du weißt nicht, was Leiden ist.«

»Ach so«, warf ich, ein wenig bitter, ein, »ich verstehe nichts von Leiden, das meine zählt ja nicht.«

»Nein«, sagte sie, »da hast du recht, und du weißt nicht, wie recht du hast. Du bist krank, das ist schwer, schrecklich schwer, und doch wiegen alle deine Schmerzen, die äußern und die innern, zusammen nicht so viel wie Clemens' Leiden. Schau: du leidest, aber du lebst doch, du bist mitsamt deinem Leiden eingeordnet oder soll ich sagen: eingebettet ins Leben. Du bist hier angekettet, ja, aber du bist dennoch frei, du hast deine eigenen Gedanken, deine Gefühle, deine Erlebnisse, du hast, wenn du willst, im Herzen die ganze Fülle des Lebens. Du kannst das Leben sehen, anfassen, riechen, schmecken, hören. Bei all deinen Leiden sind tausend Möglichkeiten zum Leben, zum Glück sogar. Sag, ist es nicht so?«

»Nun ja, freilich . . .« Ich konnte es mir nicht versagen, leise hinzuzufügen: »Du bist ja da.«

Sie nahm es mit einem kleinen, dankbaren Lächeln hin. Dann fuhr sie fort: »Aber bei Clemens ist das anders, weißt du es denn nicht? Ach, wie kann ich es dir nur erklären. Bei uns zuhause war ein

Weinbauer, er war einer unsrer Nachbarn, er war reich, hatte ein schönes Haus, Kinder, eine gute Frau, alles was du willst. Eines Tages zog er hinunter in den Keller, nicht zum Wein, nein, nur in einen Winkel mit alten Kisten, alten Fässern und Abfall, und da blieb er, da hauste er. Warum? Er hatte den Wahn, das Haus gehörte ihm nicht, Frau und Kinder gehörten ihm nicht, nichts mehr gehörte ihm. Man wollte ihn herausholen mit Bitten, mit Drohungen, mit Gewalt. Sogar der Pfarrer und der Bürgermeister kamen. Sie riefen beim Kellerloch hinunter: Komm heraus, François, komm heraus! Aber sie hörten von tief unten seine Stimme: Ich kann doch nicht, seht ihr denn nicht, daß ich nicht kann. Man mußte ihn lassen, wo er war, und da unten starb er dann auch. Man hat gesagt, er sei verrückt. Vielleicht war er es. Vielleicht war er es aber nicht, wer weiß.«

»Und so, meinst du, sei Clemens? Aber warum nur, warum? Wenn ich mein Schicksal ertragen kann, ohne ins Kellerloch zu kriechen, warum dann nicht auch er?«

»Siehst du«, rief sie, »das ist es: warum du, warum nicht er. Wenn ich dich jetzt frage, woher du die Kraft hast, nicht ins Kellerloch zu kriechen, was wirst du dann antworten? Irgend etwas wirst du antworten, aber es wird nicht das Richtige sein, denn den wirklichen Grund weißt du nicht. Ich will ihn dir sagen: deine Kraft liegt in deiner Hoffnung.«

»Hoffnung?« rief ich verwundert. »Aber worauf denn? Glaubst du, ich sei so töricht, auf Heilung zu hoffen?«

»Aber nein«, sagte sie, »nein. Du hoffst gar nicht auf irgend etwas. Deine Hoffnung, das bist du selbst. Diese Hoffnung braucht kein Ziel, sie ist das Ziel. Deine Hoffnung liegt darin, daß du einverstanden bist . . .«

Ich unterbrach sie: »Einverstanden? Ich bin keineswegs einverstanden damit, krank zu sein, gelähmt, unfähig . . .«

»Ach, sei doch nicht so eigensinnig«, sagte sie; »du rebellierst natürlich hin und wieder, aber was besagt das schon? Im Grunde bist du einverstanden mit allem, mit dem ganzen Ineinander oder scheinbaren Gegeneinander von Leben und Tod. Du bist mitten darin, du fühlst, daß du dazugehörst. Aber er, Clemens, er gehört nicht dazu, verstehst du? Er hat keine Hoffnung. Sag ihm: alles wird noch gut, du bist nur übermüdet, du mußt in Erholung gehen, eine große Reise machen, vielleicht in einer anderen Stadt wohnen, vielleicht eine andere Frau nehmen, oder was immer; versuch, ihm das zu sagen! Er wird dich nur traurig ansehen, denn: was bedeutet ihm das alles? Sein Zustand, das weiß er, wird durch nichts geändert, durch niemand. Alles, was sich ihm anbietet, fällt durch ihn hindurch wie Mehl durch ein Kornsieb; da bleibt nichts. Nichts, verstehst du. Versuch, dir das doch vorzustellen: nichts ist da, was ihn freut, nichts was begehrenswert wäre, nichts was ihn befeuert. Wenn du es einmal begriffen hast, nicht mit dem Verstand, sondern mit deinem ganzen Wesen, dann weißt du, wie es Clemens zumute ist. Wenn ich manchmal denke, er brauche eine andere Frau, so ist das nicht richtig, denn daran hängt nicht sein Leiden. Er könnte noch zwei, drei andere Frauen sich nehmen; keine würde ihm helfen. Kein Mensch ist so stark, daß er das Gewicht dieser Traurigkeit aufwiegen könnte. Dazu wäre eine andere Kraft nötig.«

Sie warf mir einen scheuen Blick zu, einen fast flehenden Blick, der mir verbot, die Frage zu stellen, die mir auf der Zunge lag: ›Und du glaubst, daß von jener Seite, von der du da so verhüllt sprichst, eine Hilfe zu erwarten wäre? Und du glaubst, daß Clemens von jener Seite Hilfe annehmen würde? Niemals, niemals, meine Kleine. Du kennst unsere Familie nicht; du kennst unsere Verstocktheit nicht und nicht unsern Abscheu vor der Kirche, der wir unsre vertrackte Erziehung verdanken und unsere finsteren Leiden. Niemals wirst du einen von uns dahin bringen zu glauben, daß jene Institution eine Kraft sei, die uns angeht. Eben jene Institution, meine Liebe, hat uns den Blick verstellt auf den, an den wir vielleicht glauben könnten . . . ‹

Aber ich sagte dies alles nicht, und auch Marie-Catherine zeigte kein Verlangen, das Gespräch, das die schmerzende Stelle in uns beiden und in unserer Beziehung getroffen hatte, fortzusetzen.

Doch wurde am gleichen Tag die gleiche Wunde noch einmal berührt, von einer anderen Hand, die, obgleich alt und zitternd, dennoch hart genug war, zuzuschlagen, wann immer es ihr paßte. Wir saßen bei unserem allabendlichen Schachspiel, das freilich immer wunderlicher, immer schauriger wurde. Mutter sah nun fast nichts mehr, gab es aber nicht zu. So saß sie, den ganz klein gewordenen, grauen, fast kahlen Schädel dicht über dem Brett; die knochigen, unsicheren Finger der linken Hand mit dem schlotternden Ehering tasteten das Spielbrett ab, die der rechten die Figuren, und da sie sich dennoch oft irrte, war an ein wirkliches Spiel nicht mehr zu denken. Dennoch überraschte sie mich bisweilen mit ganz richtigen, höchst geschickt angelegten Zügen, die mich glauben machen konnten, sie stelle sich nur halbblind aus irgendeinem Grund, in irgendeiner besonderen Absicht. Vielleicht aber hatte sie nur eben bessere und schlechtere Tage. An jenem Abend mußte sie besonders gut in Form sein; sie spielte eine Weile fast fehlerlos.

Plötzlich aber schob sie das Brett von sich weg. »Ich mag nicht mehr«, sagte sie.

»Du magst nicht mehr? Aber du bist ja im Vorteil. Noch fünf, sechs Züge, und ich bin matt.«

»Ach was«, sagte sie verdrossen. »Du läßt mich ja nur gewinnen. Damit die alte Frau eine Freude hat, denkst du. Widersprich nicht. Meinst du, ich sei blöde geworden? Ich habe keine Lust mehr mitzuspielen.« Sie begann, die Figuren in das Kästchen zu legen, Weiß und Schwarz durcheinander, und sie schloß den Deckel mit einem scharfen Knall. »Also«, sagte sie dann, »was ist?«

»Das frage ich dich. Warum spielst du nicht mehr und warum diese Frage? Ich verstehe dich nicht.«

Sie warf mir aus ihren blinden, trüben Augen einen zornigen Blick zu. Sie hatte seit ihrer Krankheit die Angewohnheit, zuerst ihren zahnlosen Mund stumm zu bewegen, ehe sie sprach. Schließlich war es soweit: »Du kennst sie ja besser als ich, du bist ja so viel mit ihr zusammen. Also, was für eine ist sie eigentlich?«

»Sprichst du von Marie-Catherine? Und wenn, warum in diesem Ton?«

»In gar keinem Ton. In welchem sollte ich denn sprechen. Ich habe dich etwas gefragt.«

Wie dünn und scharf ihre Stimme geworden war. Hatten wir uns jemals vor dieser Stimme gefürchtet? Noch aber versuchte sie, mir Furcht oder doch Gehorsam abzunötigen. »Ich habe dich etwas gefragt, also sprich jetzt.«

»Ich weiß nicht, worauf du zielst. Du kennst sie doch selbst.«

Sie fuchtelte ungeduldig in der Luft. »Du weißt, was ich meine. Aber ich kann dich auch ganz genau fragen: wie ist sie zu Clemens, was geht vor zwischen ihr und ihm?«

»Sie ist gut zu ihm«, sagte ich ruhig. »Das weißt du doch selbst. Sie tut alles, wovon sie meint, es könnte ihm Freude machen.«

»So«, rief sie, »tut sie das? Und warum schläft denn Clemens allein im Dachzimmer, warum ißt er nichts, warum arbeitet er nicht, warum spricht er nicht? Kannst du mir das sagen?«

Ich beherrschte mich mühsam. »Höre«, sagte ich, »du tust gerade so, als wäre Marie-Catherine dafür verantwortlich. Als gäbe es keine anderen Ursachen dafür, daß ein Mann schlechter Laune ist.«

»Schlechter Laune«, rief sie. »Das ist keine schlechte Laune. Das ist… das ist … kurz und gut: er ist unglücklich in dieser Ehe.«

»In dieser Ehe«, rief ich zornig. »Schon wieder die Ehe. Ich sage dir, daß ein Mann auch andere Gründe haben kann, sich unglücklich zu fühlen.«

»Zum Beispiel?« Sie stellte diese Frage in einem Ton, der erraten ließ, daß sie ihr Urteil bereits gefällt hatte, unwiderruflich.

»Zum Beispiel, wenn eine Arbeit stockt, wenn man unzufrieden ist mit dem bereits Geleisteten; oder wenn man Ärger an der Hochschule hat; oder wenn man einfach überarbeitet und nervös ist.«

»Aha«, sagte sie rätselhaft.

»Was heißt das?« fragte ich. »Was willst du damit sagen?«

»Nichts, als daß du zu Marie-Catherine hältst.«

Jetzt fuhr ich auf. »So«, sagte ich, »jetzt ist es heraus! Bin ich es also, der schuld ist an Clemens' Unglücklichsein? Wie?«

Sie schaute ungerührt und stumm vor sich hin.

Ich sagte leise: »Reize mich nicht zu sehr, sonst könnte es sein, daß auch ich einiges sage, was nicht angenehm klingen würde in deinen Ohren.«

Angriffslustig murmelte sie: »So sag es nur.«

Ich hatte wenig Lust zu streiten. »Laß gut sein«, sagte ich, »was nützt es, alte Dinge auszugraben.«

Aber sie hatte sich offenbar längst vorgenommen zu sprechen, und so war sie jetzt nicht davon abzubringen, doch begann sie nun von einer anderen Seite, vorsichtiger.

»Meinst du, Clemens ist krank?«

»Das halte ich durchaus für möglich.«

»Und was . . . ?«

»Bin ich ein Arzt? Warum geht er nicht zum Arzt?«

»Er war neulich bei einem.«

»Nun, und?«

»Nichts. Er sei gesund.«

»Was also?«

Sie warf mir wieder einen ihrer hinterhältig scharfen Blicke zu. »Er ist also nicht krank. So ist etwas anderes da, was ihn quält.«

»Nun gut«, sagte ich, »da du selbst davon sprichst: warum ist noch nichts geschehen in jener Sache, die nicht nur ihn quält?«

Sie tat zuerst, als verstünde sie nicht, dann sagte sie: »Ah bah, das ist es nicht. Er hat ja versucht . . . Nun, kurz und gut, das ist es eben nicht.«

»Bist du so sicher?« fragte ich.

»Sicher«, bestätigte sie, »ja, sicher. Übrigens war es unnötig, diese Sache aufzurühren.«

Nun konnte ich mich nicht enthalten, mit Schärfe zu sagen: »Dann verstehe ich nicht, warum dir so sehr daran gelegen war, die ›Sache‹ gutzumachen, als du krank warst und zu sterben glaubtest.«

»Fieber«, sagte sie ungerührt. »Im Fieber. Ich weiß übrigens nichts davon.«

»So also ist das«, sagte ich, und der Ton, in dem ich es sagte, traf sie, das war deutlich zu sehen, doch faßte sie sich sofort.

»Das ist jetzt unwichtig«, sagte sie. »Clemens' Unglück muß mit Marie-Catherine zusammenhängen.«

»Sehr wohl«, sagte ich, »kann das zusammenhängen. Nur sehe ich nicht, warum Marie-Catherine schuld sein soll. Weißt du, woran mich das erinnert? Einmal, wir waren Kinder . . .«

Sie unterbrach mich scharf. »Ach was, ich weiß schon, worauf du hinauswillst.«

»Höre es dir ruhig an«, sagte ich. »Einmal hatte Clemens eine Schale zerbrochen, eine Obstschale, ich erinnere mich genau, sie hatte am Henkel grüne Porzellanblätter, stimmt es? Du kamst herein, die Schale lag am Boden, Clemens, Babette und ich standen bei den Scherben. Du warst sehr zornig. Georg, schriest du, das warst du. Nein, sagte ich, und Babette rief: Nein, wir waren es nicht, Clemens war es. Da riefst du: Aber eins von euch hat ihn gestoßen oder erschreckt, er wirft nie etwas hinunter, wenn man ihn nicht erschreckt. Nun, ich sehe, du erinnerst dich. Babette und ich bekamen Ohrfeigen. War es so? Sag nein, wenn du kannst!«

Es war grausam von mir, die alte Frau daran zu erinnern, aber es war nötig.

»Dummes Zeug«, murmelte sie. »Jede Mutter kann sich irren.«

»Irren«, sagte ich, »ja, irren, so kann man das nennen. Aber irre dich, bitte, jetzt nicht mehr. Marie-Catherine tut, was sie kann, um Clemens zufriedenzustellen. Hast du einmal, ein einzigesmal bedacht, was sie für ihn aufgegeben hat? Immerhin eine künstlerische und eine wissenschaftliche Karriere, immerhin Erfolg, Freiheit, eigene Arbeit. Was tut sie denn in diesem Haus? Sie spült ab, sie macht mein Zimmer sauber, sie bügelt, sie jätet Gartenbeete aus. Ist dir denn nicht klar, daß sie immerhin an der Sorbonne ihren Doktor gemacht hat? Spricht jemand davon? Spricht sie auch nur einmal davon? Erinnert Clemens sich jemals daran? Und was hat sie davon, wenn ich schon eine so triviale Frage stellen will, was hat sie davon?«

Sie schwieg beleidigt, und ich fuhr fort: »Glaubst du, er dankt es ihr mit einem einzigen Gedanken, einem Wort, einem Blick? Es ist für ihn das Selbstverständliche, daß eine Frau sich ihm widmet, mit Haut und Haar. Er ist der Herr, das entscheidet. Und zeigt Marie-Catherine vielleicht, daß sie leidet? Sie zeigt es mit keinem Wimperzucken. Meinst du etwa, sie sei glücklich?«

Der alte Mund mahlte heftig. »Nun also«, sagte sie schließlich, »du gibst selbst zu: diese Ehe ist schlecht.«

»Mein Gott«, rief ich, »bist du nicht klüger? Ist eine Ehe schlecht, wenn sie nicht eben glücklich ist?«

»Das verstehe ich nicht«, murmelte sie eigensinnig, und ich muß gestehen, daß ich es ihr im Augenblick auch nicht hätte erklären können, was genau ich meinte. So schwiegen wir beide eine Weile.

Plötzlich aber sagte sie, völlig anderen Tones, leise und verzagt: »Aber warum ist Clemens so? Vielleicht ist es, weil er so gar nicht . . .«

»Nun, was?«

Sie seufzte, sie stöhnte fast: »Weil er keine Religion hat.«

»Nun«, rief ich mißmutig, »ich habe auch keine, und bin dennoch nicht unglücklich.«

Sie schaute mich schief an. »Nein, bist du nicht . . . ?«

»Nein, zum Teufel«, rief ich. »Selbst auf die Gefahr hin, daß es dich maßlos enttäuscht: ich habe keine Religion und ich bin auch nicht unglücklich.«

»Keine Religion«, murmelte sie kaum hörbar. »Du nicht, Babette nicht, Clemens nicht . . .«

Plötzlich stand sie auf und eilte hinaus. Sie tat mir auf eine ingrimmige Weise leid. Warum hatte ich sie gequält? Was half es denn jetzt noch? Es war zu spät, viel zu spät.

Einige Tage nach diesem Gespräch fuhr Clemens zu einem Kongreß nach Wien. Er nahm jetzt jede Einladung an, während er früher häufig absagte. Ich muß gestehen, daß ich froh darüber war. Ich war froh um seinetwillen, denn solche Reisen befreiten ihn, wenn auch nur flüchtig, von seiner Qual. Aber ich war auch froh um unser aller willen. Das Haus atmete auf, war er fort. Dann zog ein Geist von Heiterkeit ein, so rasch, als hätte er nur auf der Lauer gelegen, um den rechten Augenblick abzupassen, über die Schwelle zu springen. Diesmal war es jedoch anders. Irgend etwas bereitete sich vor, ich konnte nicht ahnen, was es war, bis Marie-Catherine es mir sagte. Es kostete sie viel, davon zu sprechen.

»Georg«, sagte sie, »Maman und ich verreisen. Aber sorge dich nicht, wir fahren nicht weit, wir sind abends wieder da. Du wirst es natürlich nicht verstehen, es für lächerlich und abgeschmackt halten, aber das muß mir jetzt gleichgültig sein. Der Einfall kommt von Maman. Bitte, schweig zu ihr darüber. Nicht wahr, du sagst ihr kein kränkendes Wort? Du weißt einfach gar nichts!«

»Aber du brauchst mir überhaupt nicht zu sagen, was ihr vorhabt.«

»Doch. Jemand im Hause muß doch wissen, wo wir sind. Also höre:

Maman will nach Altötting. Sie sagt, das ist ein Wallfahrtsort. Wir haben ein Mietauto genommen, es wird gleich kommen. So, nun leb wohl, und schweig. Versuch nicht zu begreifen. Nimm es einfach hin.«

Das sagte sie so, als wäre es nichts, und ließ mich zurück in einem wahren Wirbel von Auflehnung, Ratlosigkeit, Schrecken und Zorn. Also, diese beiden ... Und ich glaubte, Mutter wäre schlecht zu sprechen auf Marie-Catherine. Statt dessen macht sie sie zur Mitverschworenen, zur Kampfgefährtin gegen Clemens, gegen mich auch ... Im Notfall ist ihr jedes Mittel recht. Eine Wallfahrt, was für ein absurder, mittelalterlicher Gedanke. Eine Wallfahrt zu welchem Zweck? Um Clemens zu retten? Wovor? Wie mochte die Bitte lauten, die die beiden dort vorbrachten im Glauben, erhört zu werden? ›Mach Clemens und Georg wieder katholisch?‹ Oder wie sonst? Wie ekelhaft, wie töricht. Daß Mutter es tat, nun gut, nun gut. Aber sie, Marie-Catherine, das war unerträglich. Und Altötting, dieser Wallfahrtsort der kleinen Leute ... Man hat uns einmal, als wir Kinder waren, dorthin mitgenommen. Ich erinnerte mich: eine kleine Kirche auf einem großen freien Platz. Rings um die Kirche ein gedeckter Gang mit Votivtafeln, mit abgelegten Krücken, mit großen hölzernen Kreuzen. Eine Frau, ein schweres Kreuz dieser Art auf den Schultern, rutschte kniend auf dem rauhen Pflaster um die Kirche, tief gebeugt, langsam, unerträglich langsam. Ich schämte mich dieser indezenten Lust an der Demütigung, am Zurschaustellen der Demütigung. Das Innere der Kapelle allerdings gefiel mir. Es war dunkel, das Gold des Altares strahlte, Kerzen brannten und knisterten, und der Weihrauch duftete stark. Aber ich ging bald hinaus und wartete draußen an der frischen Luft auf die andern. Warum, zu welchem Zweck waren wir damals dorthin gefahren? Wofür hatten die Eltern gebetet? Ich kann es mir nicht denken. Und dahin nun fuhren die beiden. Ich versuchte, den Tag zu verbringen, ohne an sie zu denken. Ich arbeitete, ich plauderte mit Simone, ich schrieb Briefe. Vergeblich: meine Gedanken folgten wie jagende Hunde der Spur dorthin. Wie fremd war mir Marie-Catherine mit einem Schlage geworden. Da war sie nun Mutters Partei; Partei gerade in dieser Sache. Wie konnte eine Frau wie sie, so gescheit, so sensibel, so gesund, ja, so durch und durch gesund und klar, plötzlich ... aber wieso plötzlich? So war sie doch von eh und je! Sie hatte es nur scheu verborgen. Ja, ohne Zweifel: sie war fromm, einfältig fromm wie eine Bäuerin. Aber wie um alles in der Welt paßte denn das zusammen: ihre Klarheit, ihre ganze moderne Bildung, und diese Einfalt, dieser Glaube an

Wallfahrten, an Wunder ... Aber wieso denn nicht? Verbarg sie nicht auch ihre Bildung? Wußte ein Mensch aus der ganzen Bekanntschaft, daß sie promoviert hatte, und worin? In Philosophie! Zeigte sie je ihr Wissen? Versuchte sie je zu glänzen? Was ich jetzt ihrem Geheimnis auf der Spur? Doch diese Spur, wohin führte sie? Was für ein Ziel verfolgte diese Frau? Worauf kam es ihr an? Man läßt doch die offene Tür zu einer bedeutenden Karriere nur dann unbenutzt, wenn man eine andre Pforte offen sieht, hinter der sich weit Verlockenderes bietet. Aber was, was denn nur?

Der Tag nahm kein Ende. Es war erst Vormittag. Nun waren sie angekommen. Nun knieten sie dort. Ich sah sie beide, Mutter winzig, verrunzelt, die dünnen Lippen eifrig bewegend, und neben ihr Marie-Catherine. War es denn möglich, daß sie für Clemens betete? Daß sie an jenes Wesen, das man dort verehrt, die Bitte richtete: ›Hilf ihm, mach ihn weniger unglücklich, gib ihm Kraft, seine Schuld zu sühnen ...‹ Sprach sie so? Und glaubte sie daran, glaubte sie in der Tiefe ihres Wesens daran, daß ihre Bitten erhört würden? Nun, vielleicht, da Gedanken mächtig sind, bewirkt ein solch heftiges Wünschen irgend etwas, eine Änderung im Sinne ihrer Bitten, vielleicht. Möglicherweise, nein, sicher betete sie auch für mich. Was aber wollte sie für mich erflehen, da Heilung zu erbitten unsinnig wäre? Dies alles war unerträglich zu denken. Mich verlangte danach, zu hassen, wo ich nicht mehr lieben wollte.

Clemens, der gesagt hatte, er bliebe längere Zeit in Wien, kam schon nach drei Tagen ganz unerwartet. Er sah so elend aus, daß wir ihn für krank hielten, und er selbst erklärte, er wolle zum Arzt gehen. Er tat es bereits am nächsten Tag, das heißt, er sagte, er würde es tun, und er sagte, als er nach Hause kam, er habe es getan; der Arzt habe ein nervöses Magenleiden festgestellt. Da er keine Medizin und auch kein Rezept mitbrachte, rief Marie-Catherine schließlich arglos den Arzt an. Er war überrascht, denn Clemens hatte ihn keineswegs aufgesucht. Marie-Catherine fragte Clemens noch einmal, bei welchem Arzt er gewesen sei, und er, nicht ahnend, daß sie angerufen hatte, nannte denselben Arzt. Wir wußten nicht, was wir von dem Vorfall denken sollten, behielten die Wahrnehmung aber für uns. Marie-Catherine meinte, Clemens habe uns nur beruhigen wollen, indem er vorgab, einen Arzt aufzusuchen; er wisse wohl selbst am besten, daß er nicht wirklich krank sei. »Er braucht nur Erholung«, sagte sie. »Ich werde ihm vorschlagen, mit mir und dir und Simone in meine Heimat zu fahren, was meinst du?«

»Zunächst, meine Liebe, meine ich, daß der Vorschlag gut ist. Aber ob Clemens will? Das ist die Frage. Und was mich anlangt, so sieh bitte davon ab, denn ich, Krüppel der ich bin, wäre nur eine Last.«

»Ach was«, sagte sie freundlich-ungeduldig, »du und eine Last! Wir fahren erster Klasse, da sitzt du bequem, und für eine Nacht nehmen wir Schlafwagen.« Sie ergriff meine beiden Hände mit beschwörender Geste: »Du mußt, mußt mitfahren, ich brauche dich, und auch dir wird es dort gefallen, auch für dich wird die Sonne schön und heilend sein. Mutter geht inzwischen zu Babette.«

»Hast du denn mit Mutter schon gesprochen?«

»Der Vorschlag kommt von ihr.«

»Wie, sie hat wirklich gesagt, Clemens soll ohne sie fahren?« Marie-Catherine lächelte. »Warum nicht? Auch Mütter werden älter und weiser.«

Clemens machte Einwände aller Art, aber schließlich, des Widersprechens einfach müde, gab er nach, freudlos, gleichgültig, mürrisch-ergeben. So fuhren wir denn wirklich zu Beginn der Semesterferien ab, und vermutlich hat selten eine Familie so sehr vor einer Reise gebangt wie wir vor der unsern, Simone ausgenommen, die selig war. Aber zunächst verlief alles erstaunlich gut, und wir kamen müde, aber nicht ohne glückliche Erwartungen in Arles an. Von dort holte uns ein riesiges, uraltes Auto ab, in das man meinen Rollstuhl heben konnte, da vorsorglich ein Sitz herausgenommen worden war, und so fuhren wir denn durch jene Landschaft, die Marie-Catherines Heimat war: eine Hochebene am Fuße hoher, kahler Berge, die große Ebene selbst hier und dort das grauweiße Knochengerüst der Landschaft aufzeigend, die Wiesen versengt von der Sonne. »Es hat vier Monate keinen Tropfen geregnet«, sagte der Mann, der uns fuhr. Man sah es: das Land war erstorben unter der Glut. Jetzt ging es gegen Abend, und vom Meer her kam ein Wind, ein Hauch nur, Spur eines Windes, und doch stark genug, den schwer über den Wiesen liegenden Duft von Lavendel, Staub, Heu und trockenen Kräutern aufzustören und mit dem frischeren Geruch des Salzes zu durchdringen.

»Da«, rief Simone plötzlich, »da!« Sie zeigte in die Ferne. Dort lag auf einem Hügel ein Haus, ein großer Gutshof, dahinter in der Senke ein Dorf. »Das ist es«, rief nun auch Marie-Catherine, und die Freude ließ sie strahlen. Der Hof lag wie ein Schloß, wie eine Burg auf einem Hügel, und plötzlich war die Landschaft nicht mehr nackt und nicht mehr tot; hier gab es Weingärten, einen Ölhain auch; eine Platanenallee, den Weg tief verschattend, lief den Hügel hinauf zum großen Eingangstor. Dort standen Marie-Catherines

Großeltern. Sie warteten. Marie-Catherine stürzte in ihre Arme. In diesem Augenblick, ich fühlte es scharf, kehrte sie heim und vergaß uns. Hier war sie, die sie war. Arme Marie-Catherine, wie konntest du leben in der Verbannung, da du doch hierher gehörtest, in dieses alte starke Haus, zu dem rauschenden Hofbrunnen, den Schafherden mit den dürren, duftenden Kräutern in der verfilzten Wolle, zu den Bienenstöcken, die einsam in den Lavendelfeldern stehen, zu den Weingärten, zu dem silbernen Ölhain, zu den verfallenen Mäuerchen, zu dem klaren, blendenden, starken Licht, zu den strahlenden Nächten, zu den beiden Alten, die das Gut allein hielten, da von ihren Kindern keines mehr lebte: weder Marie-Catherines Mutter, die in Paris gestorben war, noch drei Söhne, die der Krieg geholt hat, einer, der bei der Résistance war, blieb verschollen. Diese beiden Alten, was für ein Paar! Die Großmutter, von baskischer Herkunft, noch immer schön im Alter, verschlossen, stolz, mißtrauisch, klug; der Großvater ein echter Provençale: heiter, offen, doch heftig auch und bisweilen unberechenbar in seinen Einfällen.

Es war nicht leicht für uns, hier zu leben. Dies war eine Welt, die zu stark für uns war. Sie nahm keine Rücksicht auf uns, da sie nichts Schwaches kannte. Schon das Licht, es war zu heftig, die Helle betäubte, erschlug uns. Clemens und ich hielten uns tagsüber in den Zimmern auf, deren dicke Mauern die Kühle wahrten. Aber Marie-Catherine und Simone, die waren draußen, die hielten diesem Lichte stand, sie waren seine Geschöpfe. Simone sahen wir kaum, sie war bei den Mägden, bei den Hirten, bei den Bienenstöcken, bei den Dorfkindern. Marie-Catherine half in den Gärten, wenn sie nicht kochte. Diese Küche! Einmal war ich einige Stunden dort. Eine Halle war es, mit gewölbter Decke, rauchgeschwärzt. Jetzt freilich hatte man kein offenes Feuer mehr, aber auch noch keinen elektrischen Ofen. Es war ein riesiger Herd mit Kupferkesseln, und man heizte mit Rebholz. Unvergeßlicher Duft. Die Großmutter mußte für zwei Dutzend Menschen kochen, zur Zeit der Weinlese für mehr, und wie sie zu kochen verstand! In ihren Gerichten war der Geschmack der Landschaft. Marie-Catherine half ihr, und sie war ganz in ihrem Element. Warum war sie denn nicht hiergeblieben? Warum hatte sie nicht einen der schönen Burschen hier geheiratet, hatte zehn Kinder, war glücklich? Warum hatte sie studiert, warum war sie zu uns gekommen, warum mußte sie im Nebel leben, in Tränen, gequält von einem Gelähmten, einer verbohrten alten Schwiegermutter, einem verquerten, nervösen Gelehrten, der ihr Mann war und ihr Kinder versagte ...

Die Alten verhielten sich zu uns wie zu Gästen, die zu ehren man sich bemüht. Sie behandelten uns mit jener Art von unbewußter Herablassung, die sonst nur Leuten von altem Adel eigen ist. Sie suchten keine Vertraulichkeit, aber sie ließen in uns nicht den Gedanken aufkommen, daß wir etwa Fremde wären.

Doch eines Abends kam die alte Frau zu mir, als ich schon glaubte, alle im Hause schliefen. Sie brachte mir einen Krug frischen Wassers für die Nacht und eine Schale Pfirsiche. Das war nur ein Vorwand, ich fühlte es sofort. So bot ich ihr denn Platz an, und sie blieb. Wir sprachen dies und das, von der Ernte, von Simone, die sie am liebsten hierbehalten würde, »die arme Kleine«, und ohne daß ich fragte, erzählte sie mir, wonach ich übrigens niemals noch gefragt hatte: wer Simones Vater war. Ich muß gestehen, ich hatte gedacht, sie sei ein uneheliches Kind, obgleich mir dies bei Marie-Catherines strenger Art nicht wohl möglich und nur durch die Verwirrung der Kriegsjahre erklärbar schien. Freilich erfuhr ich nicht eben viel von der alten Frau, die nicht allzu gesprächig war; nur dies: Marie-Catherine war verlobt gewesen mit einem Arzt, einem Pariser Armenarzt. Er war, wie Marie-Catherine auch, bei der Résistance gewesen. Als man ihre Gruppe aushob, waren die beiden jedoch nicht in Paris. So entkamen sie zunächst, aber man kannte den Namen des Mannes, und es gab keinen Zweifel, daß er alsbald, wo immer er sich verbergen mochte, gefunden würde. In der Tat erhielt er eines Tages eine geheime Warnung. Er, und mit ihm Marie-Catherine, floh in ein Dorf, und der Pfarrer versteckte sie. In dieser Nacht wurden sie getraut, im kleinen armseligen Zimmer des Pfarrers, kirchlich nur, versteht sich, »aber«, so rief die alte Frau stolz, »darauf kommt es an, nicht auf das Papierchen vom Bürgermeister«, und danach schliefen sie zusammen als ein rechtmäßiges Ehepaar, und in dieser einen einzigen Nacht, die ihnen gegönnt war, wurde Simone gezeugt. Am Morgen verhaftete man das Paar. Doch wurde Marie-Catherine später freigelassen, denn es fehlte jeglicher Beweis. Auch glaubte man, ihres einwandfreien Deutschs wegen, sie gut gebrauchen zu können. Doch sie verstand es, zu verschwinden. »Simone ist hier geboren«, sagte die alte Frau mit Stolz und Würde, »hier auf ihrem eigenen Grund und Boden, denn ihr und ihrer Mutter gehört dies alles, wem denn sonst. Sie ist reich.« Nachdem wir eine Weile geschwiegen hatten, begann sie von neuem: »Dies alles hier gehört Marie-Catherine.« Sie schaute mich forschend an.

»Nun«, sagte ich lächelnd, »sie ist auch ohne dies in Deutschland keine arme Frau.«

Die alte Frau tat dies mit einer kleinen Handbewegung ab. Das war es nicht, was sie wissen wollte. Sie blickte eine Weile in ihren Schoß, dann warf sie den Kopf zurück: »Wenn sie dort drüben nicht glücklich ist, so kann sie hierher kommen.«

»Aber warum«, fragte ich, »warum sagen Sie das? Warum sollte sie nicht glücklich sein?«

Wieder schwieg sie eine Weile, dann sagte sie ruhig: »Ich weiß alles.«

»Was alles? Ich verstehe Sie nicht.«

»Nun«, sagte sie, »man hat Augen, Ohren, fünf Sinne, sechs Sinne . . . Mir wäre lieber, Sie wären ihr Mann.«

»Aber ich bitte Sie: ich, ein Krüppel!«

Sie schaute mich mit ihren großen Augen offen an. »Das würde nichts machen«, sagte sie; »Sie sind gut. Aber er, er ist . . .« Sie unterbrach sich: »Ich will nicht sagen, daß er nicht gut ist. Das Wort paßt nicht für ihn. Nicht gut, nicht böse ist er.« Sie seufzte, dann fragte sie beinahe scharf: »Wie ist er? Sagen Sie es mir. Zu Ihnen habe ich Vertrauen.«

»Kann ich über meinen Bruder sprechen?« fragte ich. »Darf ich es?«

Sie sagte schlicht und bestimmt: »Ich zwinge Sie nicht. Es ändert ja auch nichts an der Sache. Nur eben: ich liebe Marie-Catherine, sie ist mein Kind, verstehen Sie.«

Nun seufzte auch ich. »Hören Sie«, sagte ich, »es ist schwer, Ihnen zu antworten. Mein Bruder ist ein ungewöhnlicher Mensch, höchst begabt . . .«

Sie unterbrach mich mit einem unwilligen Laut, der deutlich genug besagte: »Das ist es nicht, was ich wissen will; das ist ohne jede Wichtigkeit für mich.«

Ich fuhr fort: »Er ist der jüngste von uns dreien, ich möchte sagen, der letzte einer alten Familie. Er ist nervös, sehr zart, sehr verletzbar, und er ist schwermütig, verstehen Sie?«

Sie gab keine Antwort, sie schaute mich nur erwartungsvoll an.

»Er ist gut zu Marie-Catherine«, sagte ich, »er liebt sie.«

»Nein«, sagte sie scharf. »Er liebt sie nicht. Das ist es.«

»O doch«, rief ich. »Er liebt sie auf seine Weise.«

»Auf seine Weise«, sagte sie spottend. »Aber eine Frau muß man auf ihre Weise lieben. Das Kind ist nicht geliebt.« Jedes Wort einzeln betonend wiederholte sie hartnäckig: »Ich sage Ihnen, das Kind ist nicht geliebt. Das sieht ein jeder. Sogar unsre Mägde sagen das.«

Ich gab es auf, Clemens zu verteidigen. Wir schauten uns schweigend an.

»Was wird nun?« fragte sie schließlich.

Was sollte ich antworten? Wußte ich es denn?

»Warum haben sie keine Kinder?« fragte sie weiter.

Auf diese Frage glaubte ich die Antwort zu wissen: »Sehen Sie«, erwiderte ich, »wir sind, wie ich schon sagte, eine alte Familie. Auch meine Schwester bekam kein Kind, obwohl sie bei vielen Ärzten war und gerne eines gehabt hätte, eines oder viele. Wir denken, unser Erbe ist eben erschöpft. Einmal stirbt jede Familie aus.«

»Nein, aber nein«, widersprach sie heftig. »Unsere Familie daheim in Saint Girons ist auch alt, uralt, und wir haben untereinander geheiratet und da ist nichts von Inzucht. Das ist nicht eine Sache des Blutes, das ist eine Sache der Courage.«

»Ja«, warf ich ein, »aber diese Courage zu haben oder nicht zu haben, ist eben Sache des Blutes. Wer schwach ist, hat keinen Mut.«

Sie wiegte, geschlossenen Auges, den Kopf hin und her, als wollte sie sagen: ›Was für ein Gerede! Kein Wort hat Hand und Fuß. Das alles gefällt mir nicht. Und Sie, mein Lieber, reden gegen Ihr besseres Wissen. Hätten Sie etwa nicht den Mut? Nun also, was reden Sie dann.‹

Sie stand auf. »Aber«, sagte sie, plötzlich mich mit du ansprechend, »du gibst mir acht auf meine Kleine, hörst du. Wenn er sie zu sehr quält ... ich sage: zu sehr, verstehst du, denn jeder Mann quält seine Frau, und sie soll es ertragen, das gehört dazu und sie will es auch; aber wenn er es zu sehr tut, auf diese vertrackte Art, diese ungesunde, diese ... nun kurzum: diese Art, die mir nicht gefällt, dann schick sie mir, schick sie mir heim, hörst du? Versprich es mir.«

»Aber ich bitte Sie, wie kann ich das! Sie ist doch seine Frau! Ich habe nichts zu sagen, ich ...«

Sie schnitt mir das Wort ab. »Du kannst es. Auf dich hört sie. Dich hat sie gern. Sei still, ich weiß. Wenn du nicht wärest ... Also, du versprichst es?«

Ich versprach es, obwohl ich wußte, daß dies ein Versprechen war, das man nicht halten konnte.

Ich sah übrigens nicht ein einziges Mal, daß sie mit Clemens sprach, und er ging ihr offenbar mit voller Absicht aus dem Wege. Mit dem Großvater dagegen ging er zwei-, dreimal spazieren, abends durch die Weingärten, sie rauchten Pfeife und redeten, wie Männer reden, so wenigstens sah es aus. Aber beim dritten Male ließ Clemens den Alten plötzlich stehen und lief dem Hause zu. Der Alte blickte ihm verwundert nach. Was damals geschehen war, habe ich nie erfahren. Aber tags darauf begann Clemens, über seine alten Kopfschmerzen zu klagen. Marie-Catherine schlug ihm vor, ans Meer zu fahren, und so fuhren sie denn. Es stellte sich heraus, daß Marie-Catherine einen Führerschein besaß und den alten, riesigen Wagen sehr wohl zu fahren verstand. Ich blieb zu Hause, auch Simone hielt ich hier, vielleicht war es gut so, vielleicht auch nicht, wer konnte es wissen. Als sie abends zurückkamen, sagte Clemens, seine Kopfschmerzen seien unerträglich, der Wagen ratterte zu sehr, und das Klima sei mörderisch. Er blieb tagelang im Zimmer, nur bei den Mahlzeiten sahen wir ihn. Marie-Catherine schien in diesen Wochen den Mut gefunden zu haben, ihr eigenes Leben zu leben. Sie ließ ihn im Zimmer, während sie nach wie vor im Garten, in der Küche, im Waschhaus half, braun, gesund, heiter.

Wir waren an einem Sonntag angekommen, die Woche war vergangen, und nun war es wieder Sonntag. Was würde geschehen? Alle auf dem Hofe gingen zur Kirche, das war selbstverständlich. Von mir erwartete man nicht, daß ich mich im Rollstuhl hinfahren ließe, aber was würde Clemens tun? Nun, er ging mit. Marie-Catherine erzählte mir, er sei tatsächlich ohne ein Wort der Widerrede mitgegangen, ja, er sei ihrer Bitte fast schon zuvorgekommen, und er sei auch wirklich während der Messe geblieben. »Ich bin so glücklich«, sagte sie, doch fügte sie sogleich hinzu: »Du mußt nicht denken, ich sei so töricht zu glauben, er sei hingegangen, weil es ihm Freude machte. Er ist gegangen, weil er mir den Schmerz ersparen wollte, Erklärungen abgeben zu müssen.«

Wie sie mich rührte in ihrer Dankbarkeit. Und wofür war sie dankbar? Mein Gott: für ein Nichts, für eine selbstverständliche Pflicht der Höflichkeit des Gastes. Arme Kleine, verwöhnt warst du wirklich nicht. Warum war ich so herzlos, ihr diese Freude zu versagen? Sollte ich nicht von mir aus eines Tages erklären, sie begleiten zu wollen? Aber sie würde die Absicht durchschauen, sie wiese das fragwürdige Geschenk mit aller Bestimmtheit zurück. Von mir erwartete sie derlei nicht, nur von Clemens. Aber warum nicht auch von mir? Lag ihr soviel weniger an mir? Ich fragte mich damals auch, ob es mir eigentlich schwer fiele, in die Kirche, in die Messe zu gehen. Mein Verstand sagte, es hätte nichts auf sich, und aus Liebe zu Marie-Catherine getan wäre es wohl leicht; aber augenblicklich erhob sich ein starker Widerstand in mir, eine Art Abscheu, der nicht der Kirche und der Messe galt, wohl aber meiner Bereitschaft, meine Grundsätze über Bord zu werfen und etwas zu tun, was Verrat an mir selbst, Untreue gegen mein Wesen wäre. Durfte Liebe so weit führen, daß man um ihretwillen sich selbst untreu wurde? Aber war nicht auch Marie-Catherine sich selbst untreu? Verzichtete sie zu Hause nicht darauf, zur Kirche zu gehen, um Clemens nicht zu ärgern? Was war dann dies? Solcherlei Gedanken bereiteten mir großes Unbehagen und störten mein etwas ungreifbares Glück, das in diesem hellen heißen Augustlicht überraschend gedieh. Ich konnte stundenlang untätig im Hofe sitzen, im tiefen Platanenschatten, beim übermoosten Brunnen, der selbst in der Sommerhitze überreich quoll; durch das große Tor hindurch sah ich die Allee und die graue staubige Straße, die den Hügel hinab und dann weithin sichtbar über die Hochebene lief und schließlich steil zwischen roten Felsen bergan stieg, nach Les Baux hinauf, dem wüsten Ruinenfeld einer ehedem befestigten, geschleiften, verlassenen und nun wieder spärlich besiedelten Stadt. Ich war in der Tat glücklich hier, und meinetwegen hätte ich für immer bleiben können.

Clemens aber wurde von Tag zu Tag unglücklicher. Er litt. Er litt an Kopfschmerzen, seinem alten Übel, er litt an der Sommerhitze, am schweren Knoblauch- und Lavendelduft der Gärten, an der klaren Einfachheit des bäuerlichen Lebens, an der Freiheit, die Marie-Catherine sich hier genommen hatte, an meinem stillen Behagen, an den scharfen Blicken der alten Frau, am Gesang der Mägde, am Geruch der schwarzen Zigaretten, an allem, selbst der Wein bereitete ihm Übelkeit, obgleich er nirgendwo reiner sein konnte als hier; er litt daran, daß niemand sonderlich Notiz nahm von ihm; er entbehrte Zuhörer, er entbehrte auch die Bibliothek, er entbehrte die Großstadt, vielleicht entbehrte er auch Mutter, es war wohl möglich. So wunderte ich mich nicht, daß er eines Morgens erklärte, er führe für einige Tage nach Paris, und er blieb dabei, obgleich man ihm sagte, daß er niemand dort anträfe um diese Zeit, daß die Stadt von Fremden bevölkert und das Klima unerträglich schwül sei. So brachte ihn Marie-Catherine denn mit dem riesigen Auto nach Arles. Die Tage, die seiner Abfahrt folgten, waren unbeschreiblich schön. Es ist sehr häßlich von mir, dies so rundheraus zu sagen, aber es ist die reine Wahrheit. Alle waren plötzlich heiter, und Marie-Catherine war ein junges Bauernmädchen, flink und übermütig. Auch die Großeltern wurden plötzlich gesprächiger, und eines Abends kam sogar der Alte zu mir, einen Krug Wein in der Hand und also bereit zu einem längeren Schwatz. Doch merkte ich alsbald, daß er in einer ganz bestimmten Absicht gekommen war. Es fiel ihm schwer, damit herauszurücken, und er zögerte es hinaus, bis er genügend Wein getrunken hatte. Dann begann er, verlegen lächelnd: »Meine Frau hat mich geschickt. Sie meint, wir Männer untereinander könnten das einmal besprechen. Ich bin nicht sehr

geschickt zu solchen Sachen. Aber sie will es, was kann man dagegen machen.«

»Und was ist es, was wir zwei besprechen sollen?«

»Eine Weibersache eigentlich. Aber sie meint, sie als Frau könnte
sich irren. Es läßt ihr nämlich keine Ruhe, das, was sie neulich gesagt
hat: daß Sie die Kleine zurückschicken sollen, wenn es zu hart für
sie würde. Und nun hat sie nachgedacht und wieder nachgedacht,
und nachts, was glauben Sie, hat sie mich aufgeweckt, um darüber
zu reden. Sie meint, kurz und gut, daß die Kleine vielleicht nicht
recht wäre für Ihren Bruder, daß sie ihn nicht richtig zu nehmen
verstehe. Die Kleine war als Kind recht eigensinnig, nicht laut, das
nie, sie ging still ihren Weg und sagte ja und tat, was sie wollte,
ganz genau das. Sie war aber brav sonst, und auch später, im Sacré-
Cœur und an der Universität, und dann von Deutschland aus haben
wir nie etwas gehört über sie, was anders gelautet hätte. Aber eben:
ein Dickkopf war sie und viel zu ernst, manchmal nur übermütig,
meist aber, als sei sie kein Kind, nun ja, sie hatte nicht Vater und
Mutter, und wir Alten sind vielleicht auch nicht gerade sehr geschickt gewesen mit ihr. Sie war ein ganz besonderes Kind, wir
haben Angst gehabt, denn solche Kinder sterben früh, aber sie blieb
leben, und Sie wissen ja, wie leicht sie studiert hat, einfach so, wie
unsereiner Wein trinkt und plaudert, so hat sie gelernt und nie Auf-
hebens davon gemacht. Schon als Kind hat sie angefangen, Orgel
zu spielen in der Kirche, und Aufsätze hat sie gemacht, daß man sie
vorgelesen hat, aber nie ist sie stolz gewesen. Wissen Sie, ich glaube,
sie war einfach fromm. ›Ein Gotteskind‹, hat meine Frau gesagt,
›und ganz behütet‹. Denken Sie nur: in Paris, im Krieg, und alles
ging gut aus, und dann in Deutschland im Gefängnis und beim
Brand. Aber das will ich ja alles gar nicht sagen. Ich bin ein alter
Schwätzer. Ich will sagen, daß sie ein wenig eigenartig ist, die
Kleine, und nicht jedermanns Geschmack. Ich habe nämlich mit
ihrem Mann einmal geredet, so um sechs Ecken, Sie verstehen, und
er hat gesagt, sie sei unglücklich bei ihm, er wisse selbst, daß sie
eigentlich hierher gehöre in die Sonne und ins freie Land, sie sei wie
eine Wildbiene, die sich in einen Keller verirrt hat. So sagte er. Ich
weiß nicht, ob es wahr ist, so wie er es sagt. Aber ich meine, daß
Ihr Bruder leidet. Es gibt so verschwiegene, sonderbare Leiden, die
ein Mann haben kann, man kann sie nicht recht nennen; das Gemüt
ist es, das krank ist, und da quält man andere, man will es nicht,
tut einem leid, man quält sich selber damit am meisten, und doch
kann man's nicht ändern. Nun sagen Sie selbst: ist die Kleine gut zu
ihrem Mann oder macht sie vieles verkehrt? Ich hätte das ja nicht

gefragt, aber meine Frau, Sie wissen ja, die will es erfahren. Und man möchte doch gerecht sein, nicht wahr.«

Was sollte ich den guten, klugen Alten sagen, den beiden, denen die Sorge um ›ihr Kind‹ das Herz bedrückte und die doch ›gerecht‹ sein wollten, klar sehen, unparteiisch urteilen. Und ich, der ich Partei war, was mußte ich, was durfte ich sagen, ohne weniger tapfer, weniger gerecht zu sein als die beiden Alten? So sprach ich denn, so gut ich es vermochte, von unsrer Familie, von Clemens' Kindheit, von seinen Krankheiten, seiner Schwermut, und nach und nach entstand das Bild eines Mannes, der, wenngleich schwierig und schwermütig, so doch liebenswert war, würdig einer Frau wie Marie-Catherine, die ihn liebte, die er liebte ... Was sagte ich da? Glaubte ich, was ich sagte? Sprach ich, bezwungen vom klaren Wein, von der sternhellen Nacht, von der Aufrichtigkeit des Alten, die Wahrheit, jene Wahrheit, die ich mir sonst verhüllte?

»Ja ja«, sagte der Alte nach einer Weile, »Liebe, das ist so ein Ding ... Es gibt Liebe und Liebe, und ein Dritter weiß nie ...« Und dann fügte er hinzu: »Und was ist schon Glück, nicht wahr, was ist das schon. Man lebt, man tut was man tun soll, man umarmt, man zeugt, man arbeitet, man verdient Geld, wird Bürgermeister oder was sonst, bekommt einen Orden oder auch keinen, man wird alt, man stirbt. Was ist Leben, was ist Glück ... Und dann steht man drüben und wird gefragt, ja was denn? Ob man glücklich war? Nein, das nicht, ganz und gar nicht. Ob man gut war zur Frau, gut und streng zu den Kindern, gut und streng und gerecht zu den Dienstboten, gut zu den Armen, gut zu den Toten, und das ist alles, und was sagt man dann? Ja, was? Und das Glücklichsein, das ist ein Rauch, den der Wind wegbläst, das ist das Wasser in der Wagenspur, das der Mistral auf zwei, drei trocknet, als wäre da nie was gewesen ...«

Er stand auf, legte mir die harte Hand auf die Schulter: »Lassen wir die beiden. Die Kleine wird's schon recht machen, das Gotteskind.«

Von der Schwelle her rief er: »Was sag ich jetzt meiner Frau? Daß die Kleine brav ist und eine gute Frau und alles recht macht, wie? Und daß auch ihr Mann recht ist, er auch, ja, das sage ich.« Aber der schwere Seufzer, den er danach ausstieß, besagte etwas anderes. ›Es ist schlimm‹, so hieß das, ›schlimm, aber was will man machen.‹

Drei Tage später kam ein Telegramm aus München. Clemens war nur ganz kurz in Paris geblieben und dann heimgefahren, dies berichtete er uns, und er hatte hinzugefügt: »Bleibt, solange es euch freut.«

Von diesem Augenblicke an war Marie-Catherines Heiterkeit erloschen, und schon am nächsten Tag erklärte sie, daß es Zeit sei, nach Hause zu fahren. Die alte Frau nickte schweigend, sie fand das in Ordnung, die Frau gehörte dahin, wo ihr Mann war. Der Alte aber schickte einen seltsamen Blick zu mir herüber.

Simone weinte, aber als man sie fragte, ob sie hierbleiben wollte, schüttelte sie entschieden den Kopf. Mich fragte niemand; nun, es hätte ja auch keinerlei Sinn gehabt. So fuhren wir denn den langen Weg zurück, recht schweigsam, einander mit Blicken tröstend, und ganz einig, eine Familie, in der eines die Gedanken des andern zu erraten vermag. Auf dieser Reise gehörte Marie-Catherine mir. Wenngleich ihre Sorge Clemens galt, so war sie doch bei mir, ganz bei mir, für lange lange Zeit zum letztenmal. Obschon ich müde war und Schmerzen hatte, fand ich mich in ein zartes, hauchdünnes, doch brennendes Glück gehüllt, das mich wünschen ließ, diese Fahrt möchte kein Ende nehmen, nie, nie, niemals.

Doch wie sollte sie dauern, wie sollte ein nur geliehenes Glück dauern. Wir langten an, und alsbald umfing uns wieder der alte Schatten. Es kam sogar ein recht übler Schlag, und er kam völlig unerwartet.

Wir hatten sehr lange nichts von Clementine gehört, sie hatte uns nicht mehr behelligt, wir hätten beinahe annehmen können, sie habe ihr wahnwitziges Vorhaben aufgegeben. So saßen wir denn eines Nachmittags, Ende September, im Garten und tranken Tee. Es war eine jener wenigen schmerzlosen Stunden, in denen sogar Clemens selbstvergessen friedlich die sanfte Sonne und unser leises Geplauder hinnahm, wie er denn überhaupt seit Marie-Catherines so pünktlicher Heimkehr eine gewisse Befriedigung kundtat, oder, um es genauer zu sagen: sein schlechtes Gewissen darüber, ihr jene schönen Wochen so gewaltsam beschnitten zu haben, durch eine Art wehmütiger Freundlichkeit zu besänftigen suchte.

Plötzlich bemerkte ich an Clemens eine nervöse Unruhe, ohne daß ich irgendeine Ursache zu sehen vermochte. Er lauschte angestrengt nach der Straße hin, auf der, hinter der hohen Mauer unseres Gartens, Spaziergänger aus den Flußauen zur Stadt heimkehrten. Ich muß annehmen, daß Clemens eine ungewöhnliche Fähigkeit besaß, Widriges vorauszuahnen. Und dieses Widrige kam. Plötzlich zog jemand am Glockenstrang. Schon dies war aufregend, denn dieser Glockenstrang war derart unter dem Efeu neben dem Gartentor verborgen, daß nur jene ihn fanden, die zur Familie gehörten. Alle andern Leute drückten auf die Klingel.

»Geh du hin, Simone«, sagte Marie-Catherine, sprang aber, sich eines andern besinnend, auf, um selbst ans Tor zu eilen, vor dem eine Frau stand. Keines von uns konnte aus der Entfernung und zwischen den engen Gitterstäben hindurch erkennen, wer es war, aber keines von uns konnte daran zweifeln, daß es niemand anders als Clementine war. Marie-Catherine ließ sie ohne weiteres ein, sie konnte ihr nicht gut das Tor vor der Nase zuwerfen. So kam denn Clementine langsam und geradewegs auf uns zu, während Marie-Catherine ihr folgte, die Hände in einer Gebärde des Schreckens und der Ergebung auf die Brust gedrückt. Mutter fragte: »Wer kommt?«, doch gab ihr niemand Antwort, und sie schien die Wahrheit zu ahnen.

Ich hatte Clementine nie gesehen. Sie besaß eine Art von durchsichtiger Schönheit, die einen wohl zu rühren vermochte. Obgleich jedermann sonnverbrannt war in diesem heißen Sommer, war sie vollkommen blaß geblieben. Das leichte, wehende Haar, das schmale Gesicht und die großen Augen, die unsrer Familie eigentümlich sind, all das war bei ihr ins fast Unnatürliche übersteigert. Da sie den Gang der ehemaligen Tänzerin hatte, kam sie beinahe schwebend auf uns zu. Es war beängstigend, und niemand von uns bewegte sich, nur Mutters Mund mahlte heftig. Clemens blickte ihr mit einer Art furchtsamer Neugier entgegen.

»Guten Tag«, sagte Clementine artig. »Ich sehe, ich störe. Darf ich mich solange auf die Bank dort oben setzen, bis Sie Ihren Tee getrunken haben? Ich möchte hernach gerne zehn Minuten mit dem Herrn Professor sprechen.«

»Willst du nicht eine Tasse Tee mit uns trinken?« fragte Marie-Catherine freundlich, doch ihre Stimme zitterte.

»Danke«, erwiderte Clementine, »danke, ich störe hier nur.«

»Nein«, sagte plötzlich Clemens laut, »Sie stören keineswegs, wieso denn. Simone, bist du so lieb, der Dame eine Tasse zu holen?«

Clementine starrte ihn fassungslos an. Offenbar hatte sie einen ganz anderen Empfang erwartet; vielleicht war sie geradezu enttäuscht, daß die Szene so ganz undramatisch sich anließ. Sie setzte sich, aber da ihr das Konzept verdorben war und ihre Feindseligkeit auf pure Höflichkeit stieß, da man sie weder hinauswies noch verleugnete, wußte sie nichts zu reden. Das tat statt ihrer Marie-Catherine, der es gegeben war, in solchen Lagen auf eine besonders hilfreiche Weise zu plaudern. So sprach sie denn über den Garten, über die Reise, über ihre Heimat; selbst Clemens warf einige Sätze ein, auch ich redete, nur Mutter schwieg beharrlich, obgleich wir laut genug sprachen, daß sie der Unterhaltung folgen konnte. Wir saßen ziemlich lange beim Tee, die Sonne verschwand, es wurde kühl, und schließlich sagte Clemens mit einem Blick auf seine Uhr: »Ich muß jetzt leider gehen, ich habe eine Vorlesung.« Er stand auf.

Da stand auch Clementine auf. »Nein«, sagte sie leise, »es ist nicht wahr, ich kenne Ihren Vorlesungsplan, Sie haben jetzt keine Vorlesung, Sie haben Zeit für mich.«

Clemens beherrschte sich. »Wenn Sie glauben, daß es außer den planmäßigen Vorlesungen keine anderen Verpflichtungen für mich gibt ... Ich habe nämlich ein Seminar, das steht nicht auf dem Plan.« Er lächelte. »Ich muß wirklich gehen. Sie hatten jetzt eine Stunde Zeit, mit mir zu sprechen. Das dürfte wohl genügen.«

»Clemens«, sagte Marie-Catherine kaum hörbar warnend, doch er schickte sich schon an, ins Haus zu gehen. Da aber vertrat ihm das Mädchen den Weg; sie sprang ihm geradezu mit einem Satz vor die Füße. »Sie werden jetzt mit mir sprechen«, flüsterte sie, »oder Sie werden später bereuen, es nicht getan zu haben.«

»Eine Erpressung?« sagte er, schon wieder lächelnd.

»Ach, Worte, Worte«, rief sie, »immer haben Sie Worte. Mit Worten ziehen Sie sich aus den Affären. Mit Worten wollen Sie leben ...«

Clemens schob sie beiseite, um weiterzugehen. Aber von neuem warf sie sich ihm in den Weg. »Nein«, rief sie, »heute entgehen Sie mir nicht. Ich habe Sie lange genug geschont. Sie haben nichts getan, nichts. Ich habe gewartet, Tage, Wochen, Monate. Ich war bereit, beim geringsten Entgegenkommen Ihrerseits abzulassen von Ihnen, von meinem Plan. Aber Sie kamen nicht. Nun aber bin ich gekommen und bin da. Nun wollen wir sprechen.«

»Bitte«, sagte Clemens scharf, »setzen wir uns.« Er ging zum Teetisch zurück und setzte sich.

»Hier?« fragte das Mädchen. »Hier? Ist das Ihr Ernst? Wollen Sie, daß alle hören, was ich zu sagen habe? Schicken Sie wenigstens das Kind fort.«

Simone stand sofort auf. »Ich gehe schon«, sagte sie, »aber ich finde Sie sehr unhöflich, Fräulein.« Sie ging.

Clementine blieb stehen, obwohl man sie aufforderte, sich zu setzen.

»Nun?« fragte Clemens.

»Nun!« rief das Mädchen. »Wie Sie das sagen! Als wäre ich eine Studentin, der Sie eine Prüfung abnehmen! Nun: beginnen Sie ... Ja, ich werde beginnen, jetzt, sofort. Ich nehme an, daß alle, die hier sitzen, wissen, daß ich von Rechts wegen hierher gehöre und daß der, den ich mit ›Herr Professor‹ anspreche, mein leiblicher Vater ist. Schauen Sie ihn und mich an und zweifeln Sie dann noch, wenn Sie können. Er leugnet es ja auch nicht. Er will nur nichts zu tun haben mit mir, seinem Zufallsprodukt. Er will mich hinwegschweigen, er steckt den Kopf in den Sand und hofft, das Ding, das unerwünschte, würde verschwinden. Aber nein, es verschwindet nicht. Schauen Sie mich nur an! Da stehe ich, Fleisch und Blut von dem Ihren, ja, obgleich Sie Ihren Samen, wie Sie mir schon erklärten, nur widerwillig, nur verführtermaßen hergaben. Gleichviel, ich bin da, bin Ihre Tochter, und ich warte.«

»Worauf?« fragte Clemens kalt.

Marie-Catherine stand rasch auf, legte ihren Arm um Clementine und sagte: »Es ist verkehrt, was du tust. Das hat ja keinen Sinn. Setz dich, trink Tee, beruhige dich.«

Aber Clementine schüttelte sie ab. »Nein«, rief sie, »jetzt will ich weiterreden. Er soll es hören. Er soll ganz genau vorauswissen, was geschehen wird: wenn er mich jetzt nicht sofort als seine Tochter anerkennt, werde ich ihm einen kleinen Denkzettel geben, den er nicht mehr vergessen wird, bis zu seinem Tode nicht, und wenn es ein Jenseits gibt, wird ihm dieser Zettel vorgehalten werden eine Ewigkeit lang, und er wird seine Augen nicht abwenden können davon.«

»Clementine!« bat Marie-Catherine.

Da stand Mutter auf. »Ich verstehe euch nicht«, rief sie mit ihrer dünnen, scharfen Stimme, »warum laßt ihr euch das bieten? Das ist Hausfriedensbruch. Werft sie hinaus!«

»Ja«, rief Clementine, »ja, das ist der rechte Ton ... liebe Großmutter! ›Werft sie hinaus.‹ Ich gehe ohne hinausgeworfen zu werden. Zuvor aber soll dieser da etwas hören. Es wird geschehen, was ihm geschehen ist: Ich werde ein Kind bekommen, von irgend jemand, und ich werde dieses Kind auf diese Schwelle dort legen und dann gehe ich hin und bringe mich um. Das Kind wird dieser da haben müssen. Ich sage euch: mit meinem Tod auf seinem Gewissen wird er es nicht wagen, das Kind abzuschieben. Diesmal wird er büßen. Das Kind wird ihn mit meinen Augen ansehen, solange er lebt. Das ist's, was ich zu sagen habe. Jetzt gehe ich, ohne daß man mich hinauszuwerfen braucht. Neun Monate also hat dieser Herr noch Zeit, sich zu besinnen.«

Sie ging. Marie-Catherine schien ihr nacheilen zu wollen, aber sie ließ es.

Clemens schüttelte den Kopf. »Sie ist verrückt«, sagte er eisig. »Was soll das alles? Nun gut, ich habe, von ihrer Mutter verführt, dieses Geschöpf in die Welt gesetzt, ich habe dafür bezahlt, obgleich die Mutter niemals gewagt hat, eine Anerkennung der Vaterschaft von mir zu verlangen. Aber dieses Wesen hat sich in den Kopf gesetzt, meine Tochter sein zu wollen. Ehrgeiz, eine kranke Art von Ehrgeiz. Und diese theatralische Drohung, wie ekelhaft. Marie-Catherine, da du so enge Beziehungen zu ihr hast, bringe ihr bei zu begreifen, daß weder Tränen noch Drohungen mich bewegen können, sie hier zu mir ins Haus zu nehmen und als Glied unsrer Familie zu betrachten.«

Marie-Catherine sagte zögernd: »Aber sie wird diese Drohung ausführen, Clemens, sie wird es tun. Was dann?«

»Dann wird man wohl den Vater des Kindes feststellen können, der für das Kind zu sorgen hat. Es dürfte Pierre sein, wenn ich mich nicht täusche.«

»Aber wenn sie sich wirklich das Leben nimmt?« rief Marie-Catherine.

»Bah«, sagte er, »das sind Drohungen.«

Er wandte sich plötzlich an mich. »Georg, du bist Jurist. Wie siehst du den Fall?«

Ich blieb so ruhig wie möglich. »Ich bin Jurist, ja«, sagte ich, »aber ich bin der Ansicht, daß es sich hier um keine juristische Angelegenheit handelt, sondern um eine menschliche, um eine Angelegenheit der selbstverständlichen menschlichen Anständigkeit.« Als Clemens auffahren wollte, fuhr ich fort: »Warte. Ich nehme an, du bist besten Willens, alles so zu machen, wie man es von einem Manne, wie du es bist, erwarten kann. Du weißt jedoch nicht wie, und in der Tat: ich weiß es auch nicht, es sei denn, man ließe einfach das Herz sprechen.«

Er schaute mich überrascht und mißtrauisch an, wandte aber dann seine Augen sofort ab.

»Ja«, sagte ich, »ich meine, was ich sage: das Herz. Das Herz macht folgenden Vorschlag: du springst über deinen Schatten, über dich selbst hinweg, über deinen Eigensinn, deinen Stolz, und du gehst zu deiner Tochter, sprichst freundlich mit ihr, gestehst deine Schwierigkeiten, bittest sie, dir zu helfen, die Sache zu überbrücken. Sie ist weich, leicht zu lenken, und unglücklich. Sie liebt dich, versteh, sie liebt den Vater, der sich ihr verwehrt, sie sehnt sich danach, einmal ›Vater‹ sagen zu dürfen. Und du, Clemens, du wirst ihr diesen Wunsch erfüllen. Ein Mann kann das.«

Er schaute mich wieder flüchtig an mit jenem mißtrauischen Blick. »So redest du«, sagte er, »weil du nicht ich bist. Vielleicht bin ich kein Mann in deinem Sinne. Ich ärgere mich ganz einfach darüber, daß die Tochter jener Frau, die mich ganz und gar gegen meinen Willen ins Bett gezogen und den gänzlich Unerfahrenen verführt und überrumpelt hat, nun plötzlich Rechte zu haben glaubt und mir Pflichten zuerkennt. Ich wollte dieses Kind nicht, es ist nicht das meine, es ist mir abgelistet worden, ich wehrte mich sogar, es war eine erbärmliche Szene. Zuletzt, aus purem Mitleid und aus Abneigung gegen ihre Tränen, gab ich nach. Und nun soll dieses Kind das meine sein? Sag selbst: ist das gerecht, ist das auch nur natürlich?«

»Was du sagst«, warf ich ein, »klingt logisch. Aber du vergißt zweierlei: Erstens, daß du damals nicht hättest mitgehen sollen, nicht bis an den Rand des Bettes, wenn du nicht im Sinne hattest, die Folgen auf dich zu nehmen. Zweitens, daß das so entstandene Leben, ob du willst oder nicht, aus deinem Samen stammt und also Teil an dir hat. Das ist die Logik des Lebens, wenn du willst. Ich würde dir raten, das Ganze in Überwindung aller deiner berechtigten Einwürfe im Guten zu regeln. Es wird ganz leicht sein, wenn du Marie-Catherine gewähren läßt. Sie kann das wohl besser als wir alle.«

Clemens stand jählings auf. »Genug für heute«, sagte er, »ich habe wirklich an der Hochschule zu tun. Ich bin verspätet. Ruf mir ein Taxi, Marie-Catherine.«

Mutter und ich blieben allein zurück.

Mutters schiefer Mund mahlte heftig.

»Nun«, sagte ich, »was hältst du jetzt von dieser Angelegenheit?« Sie seufzte. Ihre Lippen begannen zu zittern. Sie tat mir leid, aber ich mußte sie jetzt, in dieser Stunde, dazu bringen, sich wirklich dieser Sache zu stellen; darum sagte ich unerbittlich: »Du siehst, so geht es nicht weiter. Wir müssen etwas tun. Um Clemens' willen, hörst du, muß etwas geschehen.«

Sie seufzte wieder, es war schon mehr ein Ächzen. »Ja, was denn?« fragte sie, und zum ersten Mal sah ich sie gänzlich ratlos. »Wenn er nicht will, dann können wir nichts tun.«

»So bring ihn dazu, es zu wollen!« rief ich. »Er hört doch auf dich.« »Nicht mehr«, sagte sie, »nicht mehr.«

Damit ging sie ins Haus. Die Lage war also verzweifelt geworden. Ich muß gestehen, daß mir die Drohung des Mädchens unheimlich war. Dieses Geschöpf hatte alles auf eine einzige Karte gesetzt: einen Vater zu haben. War es nicht möglich, ihn für sie selbst zu gewinnen, so wollte sie ihn für ihr Kind erzwingen. Dafür war ihr kein Preis zu hoch. Dafür war sie sogar zu sterben bereit. Es war Wahnsinn und gewiß lag in diesem Wahnsinne Wahrheit, aber es blieb dennoch Wahn.

Der Spätherbst war mir noch nie günstig. In jenem Jahr aber war es besonders schlimm. Es war ein sehr nebliger Herbst gewesen, viele sonnenlose Wochen hatten das Haus feucht gemacht, und ich hatte Schmerzen in allen Gliedern, Schmerzen von einer Art und Heftigkeit, welche mich schließlich fürchten ließen, die Lähmung könnte auch auf die noch gesunden Teile meines Körpers übergreifen. So war ich denn gezwungen, eines Tages, Anfang Dezember, einen Arzt rufen zu lassen, nicht unsern Hausarzt, denn ihn hielt ich nicht dafür zuständig, sondern den Internisten einer Klinik, in der ich vor Jahren gelegen hatte. Man sagte mir am Telephon, er käme gegen Abend.
Doch wer dann kam, das war nicht der Erwartete. Es war ein Fremder. Er war mir ein Fremder, als er eintrat. Er war es fünf Minuten später schon nicht mehr.
Er war sehr groß, breit, aber dennoch schlank, und die wenigen Schritte, die er von der Tür bis zu meinem Bett machte, verrieten mir schon vieles. Er hatte eine Art zu gehen, die zugleich bestimmt und sehr still war, ich meine nicht nur leise, sondern gleichsam von innen her still; sie war zielsicher, aber ohne dies zu betonen, eher dessen sich unbewußt; dabei hatte dieses Gehen einen verhaltenen Schwung, ich möchte sagen, etwas Wehendes, eine gelassene, heitere Leidenschaftlichkeit. Das Gesicht lernte ich erst später kennen. Damals sah ich nur die Augen hinter den Brillengläsern: weder helle noch dunkle, kluge, aufmerksame, aber ebenfalls stille Augen. An jenem ersten Tage war das Gesicht ziemlich blaß und müde. In der Tat war er oft müde und schien dann abwesend, war aber augenblicklich ganz gegenwärtig, wenn man ihn ansprach. Ich schätzte ihn auf etwa mein Alter, Mitte Fünfzig, eher jünger. Alles in allem war er das, was man einen ›gut aussehenden Mann‹ nennt.
»Es tut mir leid«, sagte er mit einer etwas belegten Stimme, deren Sanftheit höchst anziehend war, obgleich sie eigentlich zu der eindrucksvollen Größe der ganzen Gestalt nicht recht paßte, »es tut mir leid, daß Ihr Arzt nicht kommen kann, er ist erkrankt,

schwer sogar, und er hat mich gebeten, ihn zu vertreten. Ich bin sonst Leiter einer Klinik in Afrika, in der Nähe von Tanganjika. Aber«, fügte er lächelnd hinzu, »ich verstehe mich schon auch auf europäische Krankheiten.«

Er untersuchte mich, dann sagte er mit einem Blick durchs Fenster, gegen das ein trübseliges Gemisch aus Schnee und Regen schlug: »Diese Gegend hier ist nicht gut für Sie. Könnten Sie nicht einige Zeit in den Süden?«

Ehe ich irgendeine Antwort geben konnte, öffnete sich die Tür, Marie-Catherine kam herein, verwundert, einen Fremden bei mir zu finden; sie wollte sich zurückziehen, aber ich rief sie, und sie kam näher. Da geschah etwas: der Doktor und Marie-Catherine sahen sich an. Ich fand die Art, in der sie sich ansahen, erschreckend: ich sollte eher sagen, sie starrten sich an, wenn dieses Wort nicht etwas zu Grobes, zu Hartes bezeichnete. Sie schauten sich in die Augen und ließen den Blick dort ruhen, selbstvergessen, hingerissen, endgültig. Es tat mir weh, dies sehen zu müssen, und ich fand kein Wort, den Zauber zu brechen. Das also war der Mann, der dieser Frau bestimmt war. Ich wußte es eher als die beiden, die sich, schon aneinander gebunden, vergeblich mühten zu begreifen, was ihnen geschah. Wie lange dauerte dieser Blick ...

Marie-Catherine faßte sich als erste: »Ich möchte nicht stören«, sagte sie, und dabei zitterten ihre Lippen.

Später einmal haben wir über diesen kleinen Satz gesprochen: »Ich möchte nicht stören.« Ja, Marie-Catherine, du wolltest es nicht, und doch tatest du es. Wie sehr hast du uns alle aufgestört, deinem Wunsche entgegen. Was hast du mir getan, und was hast du jenem Manne getan, der da stand, als könnte er sich nicht mehr bewegen.

»Du störst nicht«, sagte ich. »Dies ist der Vertreter von Doktor Waldt, er kommt übrigens aus Afrika, dort leitet er eine Klinik. Und dies, Herr Doktor, ist meine Schwägerin, eine Provençalin, aber sie spricht deutsch wie eine Deutsche, sie hat hier studiert.«

Der Arzt sah sie immer noch an. Jetzt bemühte er sich, etwas zu erwidern, aber es gelang ihm nicht, er brachte nur ein kleines Lächeln zustande, das mich rührte.

»Oh«, rief Marie-Catherine, »er gibt Ihnen einen Steckbrief. Als wäre das wichtig zu wissen für Sie! Aber, nicht wahr, mein Schwager hat Rheuma, oder fanden Sie etwas anderes?«

Nun erlangte er seine Fassung wieder. »Ja, es ist Rheuma«, sagte er. Als sie seine Stimme hörte, es war zum ersten Mal, schloß sie, gänzlich unbewußt, ihre Augen, nur ganz kurz, aber so wie man tut, wenn man nichts als eben hören will; sie lächelte sogar dabei. Er beugte sich über den Tisch und begann schweigend, das Rezept auszuschreiben. Dann gab er das Blatt Marie-Catherine, oder, genau gesagt, er drückte es ihr, seiner sonstigen Sanftheit entgegen, beinahe heftig in die Hand, und, schon im Hinauseilen, sagte er: »Ich komme morgen abend wieder. Messen Sie die Temperatur, für alle Fälle.«

Marie-Catherine blieb stehen, wo sie war, als wäre sie allein. Sie war blaß geworden. Die Hand mit dem Rezept hielt sie genau wie in dem Augenblick, da er es ihr aufgedrängt hatte.

»Kind!« sagte ich leise. Sie wandte langsam den Kopf nach mir wie eine Träumende. Sie zwang sich zu einem Lächeln, zu einem Wort. »Also nichts Schlimmes«, sagte sie mit Anstrengung. »Freilich: auch Rheuma tut weh. Ich laufe gleich zur Apotheke.«

Ich widersprach nicht. Sie brauchte jetzt Luft und Alleinsein, ich hatte begriffen. Draußen konnte sie sicher noch die Spuren seiner Autoreifen im nassen Schnee erkennen. Wie abscheulich weh es tat, dies zu denken.

Ich versuchte mir einzureden, ich sei ein Narr. Es war Narretei, aus diesem Vorfall derart ernsthafte Schlüsse zu ziehen. Es war doppelte Narretei, eifersüchtig zu sein. Was war denn geschehen: zwei Menschen, einander fremd, waren überrascht voneinander, sie gefielen sich, waren beeindruckt. Nun gut, das war natürlich. Der Doktor war von imponierendem Aussehen, und Marie-Catherine, nun, sie war anziehend genug, um die Blicke eines Mannes zu fesseln. Was weiter? Aber es gelang mir nicht, mich zu betrügen. Ich wußte, was ich wußte. Es gab keinen Irrtum. Mir war, als schöbe man den Deckel meines Sarges langsam über mir zu. An Clemens dachte ich zuletzt, und fast mit Schadenfreude, so etwa: ›Jetzt sieh zu, daß du sie behältst; jetzt gib dir Mühe, jetzt steht alles auf dem Spiel, und du bist, mein Lieber, ein schlechter Verlierer.‹

Als Marie-Catherine zurückkam, gerötet vom raschen Gang, schien sie schon wieder ganz die, die sie immer war: heiter und ruhig. Aber mich ritt der Teufel, ich mußte von dem Doktor sprechen: »Wie gefällt dir dieser Mann?«

»Oh«, sagte sie, »wie kann ich das wissen. Ich habe ihn keine fünf Minuten gesehen.« Aber ich sah mit Genugtuung und Schmerz, daß ihre Lippen zitterten.

»Er leitet eine große Klinik in Afrika«, fuhr ich fort.

»Das hast du schon gesagt«, erwiderte sie seltsam tonlos.

Ich konnte nicht aufhören, von ihm zu sprechen. »Mir gefällt er«, sagte ich. »Ein gut aussehender Mann, nicht wahr?«

Sie antwortete nicht, sie machte sich am Tisch zu schaffen.

»Er hat eine angenehme Art«, fuhr ich fort, »er ist sehr klar und bestimmt.«

Keine Antwort. – »Nun«, sagte ich, »er wird ja nicht lange bleiben, wenn er nur zur Vertretung da ist.«

»Möglich.« Sie kam mit der Medizinflasche zu mir. »So«, sagte sie, »jetzt reibe ich dich ein.«

»Du hast jetzt mit der nämlichen sanften Autorität gesprochen wie der Doktor«, sagte ich, mich und sie quälend. »Du wärest eine gute Ärztin geworden oder eine gute Arztfrau.«

Sie schwieg, und schweigend massierte sie mir Arme und Schultern.

»Wenn ich länger krank sein werde, nehme ich mir eine Pflegerin«, sagte ich.

Sie widersprach nicht, aber sie schaute mich aufmerksam an, sie schaute mich mit der gleichen gesammelten Aufmerksamkeit an, wie es vorher der Doktor getan hatte.

»Was schaust du mich so an?« fragte ich aufsässig. Sie strich mir rasch mehrmals über die Stirn. »Da«, sagte sie lächelnd, »das ist gratis, es gehört nicht zur Behandlung.«

Ich ergriff ihre Hand. »Du«, sagte ich leise, »du, ich möchte, daß du glücklich wärest.«

»Aber Georg«, rief sie, »was redest du denn! Wie bist du denn!«

»Ach«, sagte ich leise, »du könntest mich wohl verstehen.«

Langsam zog sie ihre Hand aus der meinen. »Ich bin noch nicht fertig«, sagte sie. »Nun die linke Schulter.«

Es war unerträglich, sie als meine Krankenwärterin zu sehen. Jener andere . . . Wenn sie ihn so berührte . . .

In der Nacht litt ich wahrhaft höllische Martern. Ich sage ›höllisch‹, und ich weiß, was ich sage. Denn ist es nicht Höllenart, einen Mann zum Krüppel zu machen, ohne ihm die Männlichkeit zu nehmen, die Männlichkeit im Begehren und im Geiste!

Wie lang der nächste Tag war. Es schneite, regnete, schneite. Den ganzen Tag hindurch brannte das elektrische Licht. Simone, die fühlte, daß ich traurig war, blieb den Nachmittag über bei mir, ließ sich bei der Lateinaufgabe helfen, obgleich sie dieser Hilfe nicht bedurfte, und spielte mir auf ihrer Blockflöte vor. Sie saß dabei auf gekreuzten Beinen, mehr ein Hirtenknabe als ein Schulmädchen, und plötzlich fragte sie mich: »Was ist denn heute mit dir?«

»Nichts«, sagte ich, »nur etwas Schmerzen habe ich.«

»Nein«, erwiderte sie, »das meine ich nicht. Du siehst aus, als wäre dir eiskalt.«

Ja, meine Kleine, so in der Tat war mir zumute, eiskalt, seit ich gesehen hatte, wie Marie-Catherine immer wieder ans Fenster lief, um zu sehen, ob nicht jemand käme, jemand, der doch deutlich gesagt hatte: »Morgen abend komme ich wieder.« Es ist ja noch nicht Abend, Marie-Catherine!

Schließlich kam er denn, und diesmal war es Simone, die ihm die Tür öffnete, von Marie-Catherine beordert. Hatte ich eigentlich erwartet, daß Marie-Catherine nicht zugegen sein würde? Konnte, mußte ich von ihr nicht verlangen, daß sie diesem Manne aus dem Wege ging? Als der Doktor sie nicht im Zimmer fand, drückte sein Gesicht Enttäuschung aus, wie es denn überhaupt durch eine leise Veränderung seines Mundes, ein kaum merkliches Abwärtsbiegen der Mundwinkel sogleich zum Tiefschmerzlichen sich zu wandeln vermochte. Aber dann kam sie. Wie sie sich anschauten! Als kennten sie sich seit Ewigkeit. Keine Verlegenheit mehr, kein Bangen. Das war Freude, offene, strahlende Freude. Doch gelang es ihnen nicht, ein Gespräch zu beginnen, und Marie-Catherine ging auch sehr bald wieder, um mich mit dem Doktor allein zu lassen. Er war augenblicklich ganz Arzt. Ohne mir den Puls gefühlt oder das Thermometer gesehen zu haben, sagte er: »Etwas Fieber. Wieso das? Außer dem Rheuma steckt noch etwas in Ihnen. Ich möchte Sie lieber in der Klinik haben.«

»Nein«, rief ich eigensinnig, »nein, ich möchte hierbleiben.« Aber wie töricht, sagte ich mir augenblicklich, wie dumm: denn wenn ich hierbleibe, kommt er ja immer wieder her und sieht sie. Zu spät: mein Nein war so bestimmt gewesen, daß ich es jetzt wohl nicht mehr widerrufen konnte. Mochte denn das Schicksal seinen Lauf nehmen.

»Gut«, sagte er, »aber zur Untersuchung muß ich Sie dort haben. Morgen früh acht Uhr, nüchtern, geht das? Drei Stunden brauche ich Sie. Kann Sie jemand begleiten?«

»Natürlich«, sagte ich, »meine Schwägerin wird es tun. Sonst habe ich niemand.« Warum sagte ich das? Es klang wie eine Klage. Rasch fügte ich hinzu: »Mein Bruder hat Vorlesungen. Er ist Lehrer an der Hochschule.«

Er nahm es zur Kenntnis, dann ging er, ohne daß Marie-Catherine sich noch einmal gezeigt hatte. Eine Weile später kam Simone zu mir. Sie strahlte: »Du, der Doktor hat mit mir geredet. Er hat mich gefragt, ob ich deine Tochter bin. Denk doch: das hat er gemeint!«

Sie lachte, brach aber plötzlich ab und schaute mich bestürzt an: »Warum bist du traurig?«

»Ich bin doch nicht traurig. Immer fragst du mich, warum ich traurig bin, und ich bin es doch nicht. Aber wäre es so schlimm, wenn du meine Tochter wärst?«

»Nein«, rief sie, »nein. Ich hätte es gern. Aber das weißt du doch. Du mußt so etwas nicht sagen.«

»Und was hat der Doktor noch gefragt?«

»Nun, ich habe ihm gesagt, daß mein Vater tot ist und daß ich die Tochter der Frau bin, die er gesehen hat, und daß wir sonst keine Kinder haben. Dann hat er gesagt, er habe keine Kinder, das heißt, ich habe ihn gefragt, ob er Kinder hat. Nein, hat er gesagt, keine eigenen, aber viele kranke Kinder, fast lauter schwarze. Er hat gesagt, er kann mir einmal Photos zeigen, wenn ich will.«

»Bringt er sie mit?«

»Ich weiß nicht, er ist dann gleich fortgegangen und hat nichts mehr gesagt. Aber er gefällt mir, Onkel Georg. Er hat mit mir geredet, wie man eben redet, nicht so herablassend freundlich wie sonst die Erwachsenen. Er ist ganz ernst, das hab ich gern an einem Mann.«

»So, das hast du gern ›an einem Mann‹«, wiederholte ich.

»Ja«, sagte sie, »du bist auch ernst.«

»Und Clemens?«

Sie schwieg.

»Also, der Doktor gefällt dir«, fuhr ich fort. »Gefällt er deiner Mutter auch?« Ich schämte mich dieser Frage, aber ich konnte sie nicht zurückhalten.

»Sicher«, rief die Kleine mit aller Überzeugung, dann sagte sie nachdenklich: »Ich möchte auch einmal Ärztin werden, Onkel, und nach Afrika gehen. Ich könnte doch in die Klinik zu dem Doktor gehen, nicht wahr?«

»Geduld«, sagte ich, »Geduld. Erst das Abitur, mein Fräulein. Bis dahin sind noch wie viele Jahre?«

»Ach du«, unterbrach sie mich. »Das ist doch gleichgültig. Wichtig ist nur, daß man weiß, was man will. Und ich weiß jetzt, daß ich Ärztin werden will.«

In der Tat: wie sie so dastand, ein Schulmädchen noch mit zu kurz gewordenem Röckchen, mit festen Beinen und klaren Augen und diesem bestimmten, eigenwilligen Mund, war sie bereits ernstzunehmen; sie würde ohne Zweifel werden, was sie werden wollte.

»Seit wann weißt du es denn, Simone?«

»Immer. Das heißt, nur so dunkel. Aber wie heute der Doktor

mit mir geredet und gesagt hat: Klinik, Afrika, Kinder, Schwarze, da hab ich es gewußt, ganz plötzlich, und jetzt weiß ich es eben weiterhin, das ist doch klar, nicht?«

Ja, es war klar. Vieles, alles war klar. Dieser Doktor, sanft und still und gesammelt, war wie der Wolf über Nacht eingebrochen in unsere Hürde. Das Kind mitsamt der Mutter hat er geraubt. Mit drei Worten hat er sie über den Zaun gelockt, schon sind sie gesprungen, schon folgen sie ihm. Verfluchtes Leben.

Aber nun war es Zeit, daß Clemens ins Bild gesetzt wurde. Wo war er? Warum kam er nicht, wenn der Doktor da war? Welcher Instinkt, welches Vorgefühl gebot ihm, diese Begegnung zu vermeiden?

Die Untersuchung in der Klinik brachte kein erschreckendes Ergebnis, aber immerhin eines, das ernstzunehmen war: eine Gelbsucht. Sie sollte mich viele Wochen im Bett festhalten, und sie machte es nötig, daß der Arzt jeden zweiten Tag kam. So schien denn alles unvermeidlich, ausweglos, vorbestimmt. Seltsamerweise geschah zwischen dem Doktor und Marie-Catherine nichts. Nichts, außer daß, sobald und solange sie sich sahen, eine Art argloser, strahlender Begeisterung sie beide erfüllte und daß sie mir von einem zum anderen Male mehr wie ein seit eh und je verbundenes Paar erschienen.

Eines Tages war auch Clemens zugegen, als der Doktor, früher als sonst, kam. Auf diesen Augenblick hatte ich gewartet, vor ihm hatte ich gezittert. Da waren sie also versammelt, die drei Partner in diesem Spiel, dessen Ausgang ich damals so genau zu kennen glaubte, daß ich schon begonnen hatte, jene Fäden, die mich mit Marie-Catherine verbanden, abzuschneiden, einen nach dem andern, vorsorglich, damit dann der Schmerz der endgültigen Trennung nicht allzu heftig sein würde. Aber wie sehr hatten mich meine Sorge, meine Angst getäuscht. Wie anders kam alles. Doch zunächst schien es, als behielte meine Angst recht.

Der Doktor trat ein, wie immer, still, gesammelt, mit seinem sanften Schwung. Er sah nicht sogleich Clemens, der am Fenster stand; er hätte ihn wohl auch nicht sogleich gesehen, wenn er dicht vor ihm gestanden hätte, denn er sah nur Marie-Catherine. Sie begrüßten sich mit den Augen, ohne sich die Hand zu geben. Eine tiefere Vertraulichkeit war nicht denkbar. Clemens, sofort alarmiert, ließ die beiden nicht mehr aus dem Blick. Er begrüßte den Doktor höflich und sagte dann zu Marie-Catherine: »Komm, wir lassen den Doktor besser allein mit Georg.« Wie besitzerisch er sprach. Nie sonst schlug er einen solchen Ton an. Marie-Catherine war sofort bereit, ihm zu folgen. Aber täuschte ich mich, als ich ein kleines Lächeln in ihrem Gesicht sah? Und täuschte ich mich, daß der Doktor es bemerkte? Unvermutet sagte er: »Aber ich brauche die gnädige Frau. Sie assistiert mir immer. Sie ist die geborene Ärztin.« Täuschte ich mich, oder war wirklich eine Art von Übermut, von leichter Herausforderung in seiner sanften Stimme? Männer unter sich, dachte ich und mußte lächeln. Sind sie nicht doch alle wie die Hähne? Eine Frau taucht auf, und schon sind sie verändert, selbst so einer wie der Doktor... Aber wieso dachte ich ›selbst so einer wie der Doktor?‹ Welche Ausnahmestellung hatte ich ihm denn bereits eingeräumt? Warum sollte er nicht sein, wie alle Männer sind? Aber er war eben nicht, wie alle sind. Doch wie, wie war er? Niemand von uns wußte, ob er verheiratet war, geschieden, verwitwet. Nichts derlei wußten wir von ihm. Nie ist mir ein Mann begegnet, verschlossener, verschwiegener als er. Gab es denn niemanden, der mir etwas über ihn hätte erzählen können? Mir schien damals nichts wichtiger, als zu erfahren, wer er war. Sollte ich nicht ihn selbst fragen? Doch es war noch nicht an der Zeit.

Nun, damals also half Marie-Catherine, wie immer, mich aufzurichten. Sie war wirklich sehr geschickt darin. Sie hatte auch bereits gelernt, mir Spritzen zu geben. Er zeigte es ihr ein einziges Mal, und schon konnte sie es, und sie bereitete mir nicht den geringsten Schmerz dabei. Es bestand keine Veranlassung, daß an jenem Abend nicht der Doktor selbst mir die Spritze gab, aber er hieß es sie tun, und er betrachtete sie dabei voller Stolz. Warum tat er dies? Mußte Clemens es nicht sehen? Tat er es, damit Clemens es sah? Oder war er nur unerfahren, war er so überaus arglos, daß er nicht denken konnte, der andere würde fühlen, wie hier bereits Liebe im Spiele war? Oder war er so überaus verliebt, daß er nicht mehr fähig war, seine Handlungen zu prüfen und zu lenken? Oder war es ihm bereits gleichgültig, was irgend jemand denken mochte? Waren die Würfel bereits gefallen? Was überhaupt war zwischen den beiden schon gesprochen worden? Vielleicht trafen sie sich heimlich... Dieser Gruß nur mit den Augen, war er nicht das Zeichen, daß sie sich schon geeinigt hatten?

Ich beobachtete Clemens. Er schaute die beiden an, er faßte sie in einem einzigen Blick zusammen, er war blaß geworden, aber in seinem Gesicht war keine Spur von Zorn, von Eifersucht, von Furcht; nichts als eine unendliche Trauer, eine unendliche Müdigkeit drückte sich aus. So blickt man dem schon Verlorenen nach, dem Zweig, den die Strömung davonträgt. Sinnlos, zwecklos,

ihm nachzuspringen; kein Schwimmer holt ihn ein. Aber Clemens'
Kraft reichte nicht aus zuzusehen; er stand plötzlich auf und ging
hinaus; er ging ohne ein Wort des Grußes, der Erklärung. Die
beiden schienen es nicht einmal zu bemerken. Sie waren allein
auf Erden. Wie grausam ist die Liebe. Sie ist wie das Leben: wo
Leben ist, wird getötet. Wer stark ist, tötet, wer glücklich ist,
macht andere leiden. Immer lebt eines auf Kosten des andern.
Diese beiden siegreich Liebenden töteten mit einem Schlag zwei
Leben, und sie töteten in aller Unschuld. Ist Leben jemals schuldig?
Kann man Liebende, solche Liebende anklagen, verdammen? Sie
leben, sie lieben, sie haben recht. Ich sah: dies war keine Verliebtheit,
die kommt, brennt und erlischt; das war die Liebe, die wirkliche
starke Liebe, die Liebe von jener Art, die alle Wasser der Welt
nicht zu löschen vermögen.

Ich hätte gerne gewußt, ob die beiden selbst denn schon erkannt
hatten, was ihnen geschehen war. Sie waren so heiter, so unbe-
fangen. Nichts von wilden Wünschen, von vorweggenommenem
Schuldgefühl. Sie liebten sich in aller Unschuld. Aber in diesem
paradiesischen Stande vermag eine so heftige Liebe nicht zu bleiben.
Bald würde es sich entscheiden müssen, wohin der Weg führte.
Für mich gab es damals keinen Zweifel, wie die Entscheidung lauten
würde. Meine Gewißheit wurde von einem zum andern Male
stärker. Wie rasch diese Liebe entstand, oder nein, so sollte ich nicht
sagen, vielmehr: wie rasch sie sich entfaltete; sie war ja von allem
Anfange da, sie wurde nicht, sie war da. Ich lernte begreifen, daß
Liebe ein Sein ist, eine Liebe wie diese jedenfalls. Eine solche Liebe
bedarf keiner Zukunft, sie braucht nichts zu erwarten, zu erbitten,
zu hoffen. Sie hat in jedem Augenblicke, wessen sie bedarf, denn
sie braucht nichts als sich selbst. Nicht einmal die leibliche Gegenwart des Geliebten ist nötig. Ich sah, ich spürte mit jedem Nerv,
daß Marie-Catherine bei ihm war, wenn er fern war, und sie war
nicht stärker bei ihm, wenn er neben ihr stand.

Drei Wochen waren auf diese Weise vergangen. Jeden zweiten
Tag war der Doktor gekommen. Ich war sehr krank, aber dies
war mir ganz und gar unwichtig. Ich verbrachte die Zeit damit,
diese Liebe zu betrachten. Ich tat es, müde wie ich war, neidlos,
furchtlos; ich hatte ja meine Segel bereits eingezogen. Was war
meine Liebe zu Marie-Catherine neben dieser andern Liebe!

Eines sehr späten Abends trat Clemens bei mir ein. Seiner Art
gemäß, nicht sofort zur Sache zu kommen, sprach er von diesem
und jenem, und ich wartete geduldig, aber ich wartete mit Angst.
Er sah schlecht aus. Die Falten rechts und links seines Mundes hatten

sich verschärft. Er sprach so lange von anderen Dingen, daß ich, ohnehin erschöpft von der Krankheit, meiner Müdigkeit kaum Herr werden konnte, aber ich bezwang mich, es ihm nicht zu zeigen, damit er nicht, es bemerkend, fortginge, ohne gesprochen zu haben. Schließlich begann er, ohne mich anzuschauen, in einem Buch blätternd.

»Georg«, sagte er, »tu mir einen Gefallen. Es ist eine ganz leichte Sache. Du stehst doch sehr gut mit Marie-Catherine, nicht wahr. Sag du ihr, daß ich einverstanden bin, wenn sie fortgehen will.«

»Fortgehen? Wieso? Sprich deutlicher.«

»Du brauchst dich nicht zu verstellen. Du bist genau im Bilde. Es bedarf keiner besonderen Beobachtungsgabe oder Einfühlung, um zu wissen, was geschieht. Sag du ihr, daß sie frei ist. Sie soll sich nicht hier abquälen. Sie soll fortgehen, ohne daß ein häßliches Wort gefallen ist. Aber sie soll gleich gehen, morgen, übermorgen. Ich ertrage das nicht länger, hörst du!«

»Aber Clemens«, sagte ich, »das ist doch ein voreiliger Schluß. Wer weiß, ob die beiden überhaupt an derlei denken. Warte doch ab. Vielleicht bildest du dir nur ein, daß zwischen den beiden etwas spielt, was gegen dich gerichtet ist.«

»Das Ganze«, rief er, »ist gegen mich gerichtet! Siehst du nicht, wie sie verändert ist, wie sie strahlt, wie sie lebt! Sie ist ein einziger Vorwurf gegen mich: ›Warum hast du das nicht gekonnt?‹ Ja, Georg, warum? Und warum kann es jener?« Er stöhnte. »Diese beiden, sie gehören zusammen, sie sind nicht zu trennen, fühlst du das denn nicht? Laß ihn zurückgehen nach Afrika und sie hierbleiben, sie werden dennoch beisammen sein, ein Paar. Wozu sollte ich erst kämpfen. Ich würde sie niemals besitzen, niemals.«

Wie recht er hatte. »Ja, Clemens«, sagte ich, »das mag schon so sein, wie du sagst. Aber besteht denn die Möglichkeit, daß sie einander heiraten? Ist er denn unverheiratet?«

»Ja, er ist es, er war nie verheiratet, aber selbst wenn ers wäre: was wäre die alte Bindung gegen diese.«

»Woher weißt du eigentlich etwas von ihm?«

Er warf mir einen schiefen Blick zu, der mir nicht gefiel.

»Nun, es kennen ihn doch einige Leute hier.«

»Wieso ist er überhaupt hier? Da du schon soviel weißt ...«

»Er war krank. Malaria und Überarbeitung. Er ist eigentlich hier, um sich auszukurieren. Aber offenbar läßt man ihm keine Zeit dazu, und es gefällt ihm wohl so. Er scheint einer von denen zu sein, die nur leben, wenn sie arbeiten. Drüben in Afrika hat er eine große Klinik, er hat sie auch gebaut. Er hat einen guten Namen in der

Medizin, man hat ihm schon einige Professuren angeboten, aber er geht nicht weg von drüben. Alles in allem, du siehst, mein Lieber, genau das, was Marie-Catherine braucht: das Ideal eines Mannes.«

Er sprach äußerst bitter, und es bereitete ihm eine selbstquälerische Wollust, von diesem Manne zu sprechen, so zu sprechen.

»Nun also«, fuhr er fort, »was sollen wir alle uns quälen. Sprich du mit ihr.«

»Clemens«, sagte ich, »du verlangst etwas von mir, was ich dir abschlagen muß. Siehst du nicht, daß das deine Sache ist, nicht die meine?«

»Nein?« fragte er hinterhältig. »Nein, gehts dich nichts an?«

»Was soll es mich angehen? Sie ist deine Frau, nicht die meine.«

»Meine Frau sagst du. Nun ja . . .«

»Hör auf«, rief ich, »das ist deine Sache, und es ist deine Schuld oder dein Verhängnis. Laß mich aus dem Spiele.«

»Als ob du nicht mit in diesem ›Spiele‹ wärst, mein Lieber. Meinst du, ich weiß nicht, daß auch du . . .«

»Clemens!«

»Also gut. Entschuldige. Aber mir kommt die Situation jetzt doch recht komisch vor: zwei Brüder, eine Frau, ein dritter Mann . . . Ein Komödienstoff.«

»Clemens«, sagte ich, »quäl dich doch nicht so. Also, wenn es dir hilft: ja, ich habe sie sehr gern, sie ist mein Trost gewesen all die Jahre. Ob es Liebe ist, weiß ich nicht. Das ist auch nur ein Wort, nichts weiter. Wenn sie fortgeht, bin ich allein. Soll ich wünschen, daß sie geht?«

»Und du willst sie nicht glücklich wissen?«

»Ist das der Grund, warum du sie fortschickst? Clemens, Clemens, du belügst dich und mich.«

»Also gut: ich belüge mich und dich. Also gut: ich will nicht ihr Glück, ich will sie nur fort wissen, nur nicht mehr sehen müssen, wie sie glücklich ist mit diesem andern. Also gut: das ist's, was du hören willst, nicht wahr? Das entspricht dem Bilde, das du von mir hast. Aber du irrst: ich will wirklich, daß sie glücklich wird, endlich. Sie hat es hier nicht gut gehabt, ich weiß.«

Bei einer Wendung fiel plötzlich das Licht auf sein Gesicht. Es war naß von Tränen.

»Mein Gott, Clemens«, sagte ich, »was für ein Stern steht über diesem Haus . . .«

»Ja«, sagte er, »es wäre besser, wir alle wären tot.«

Ich widersprach nicht. Er ging langsam hinaus. Ich war sicher, daß er den Mut nicht aufbringen würde, mit Marie-Catherine zu sprechen, und daß dieser seltsame Zustand noch lange dauern konnte. Aber einmal würde ja meine Gelbsucht vorüber sein, und dann würden diese Besuche aufhören. Was dann? Dann würde diese Liebe sich meiner Beobachtung entziehen. Dann würde sie aus dem hellen, unschuldigen Lichte hinweggetragen. Wohin? Ich konnte nur wünschen, meine Krankheit möchte noch lange dauern. Weihnachten kam. Immer hatte ich dieses Fest gefürchtet, alle fürchteten wir es, bis Marie-Catherine und mit ihr das Kind Simone ins Haus kamen. Seither war es besser, wir gaben uns um Simones willen alle Mühe, zu feiern oder so zu tun, als feierten wir. In diesem Jahr wurde der Christbaum in meinem Zimmer aufgestellt. Marie-Catherine schmückte ihn am Nachmittag. Ich sah ihr zu, von einer Spritze besänftigt, schläfrig, friedlich. »Nächstes Jahr«, dachte ich, »wird sie keine Tanne schmücken, vielleicht eine Palme, oder was sie da unten haben. Sie wird ein Kind erwarten . . .«

Plötzlich fühlte ich Marie-Catherines Hand auf meiner Stirn, auf meinen Augen. »Was ist denn, was ist denn?« sagte sie leise. »Was redest du da?«

»Was rede ich denn? Ich habe doch nicht geredet, kein Wort.«

»Doch, du hast geschlafen und im Traum gesprochen.«

Ich erschrak. »Was habe ich denn gesagt?«

»Soll ich es dir sagen? Es war nicht sehr fröhlich, mein Lieber.«

»Wie auch!« sagte ich bitterer, als ich wollte, noch nicht ganz wach. »Was habe ich gesagt?«

Sie fuhr fort, meine Stirn mit den Fingerspitzen zu streicheln. Ich schloß die Augen.

»Du hast gesagt: Geh nicht fort. Wenn du gehst, bin ich ganz allein. Geh nicht. Clemens sagt, du sollst es tun. Du sollst mit dem Doktor gehen. Aber geh nicht, geh nicht. Das hast du gesagt, Georg. Aber was soll das? Was hast du denn geträumt?«

»Geträumt?« sagte ich. »Geträumt, Marie-Catherine? Das ist kein Traum.«

»Aber Georg«, rief sie, »aber Georg! Hast du Fieber, oder was ist denn mit dir?«

Ich hielt ihre Hand fest. Noch immer geschlossenen Auges sagte ich: »Kleine, meine liebe Kleine, vorher, vorher habe ich geträumt, ehe der Doktor in unser Haus kam. Ich habe geträumt, du bliebest immer bei mir. Aber jetzt bin ich aufgewacht.«

»Du erschreckst mich. Wovon sprichst du denn?«

»Marie-Catherine, du hast mich nie belogen. Du kannst nicht lügen. Was aber soll ich jetzt denken von dir? Du verstehst mich doch, wie?« Jetzt schlug ich meinen Blick auf. Sie war ganz blaß, und ihre

Augen waren feucht. Langsam rannen ein paar Tränen über ihr Gesicht.

»Ach Georg«, sagte sie, »warum rührst du daran.«

»Höre«, sagte ich, »ich kenne dich. Du willst bleiben, weil du hier eine Pflicht übernommen hast. Du lässest niemals etwas im Stich, also auch uns nicht. Aber, hör gut zu jetzt, Kind: wir haben unsern Stolz, wir wollen kein Opfer, verstehst du?«

Sie starrte mich an, dann entzog sie mir ihre Hand. »Ja«, sagte sie heiser, »ich verstehe. Aber ihr irrt! Ich hatte niemals Gelegenheit zu erwägen, ob ich bleiben oder gehen möchte. Dies steht nicht zur Frage. Ist das klar genug?«

»Für den Augenblick, meine Liebe, für den Augenblick. Aber eines Tages wirst du vor die Wahl gestellt werden. Nun, sprechen wir nicht mehr darüber, bis jener Tag gekommen sein wird.«

Sie ging langsam zum Christbaum zurück, um ihn fertig zu schmükken. Wie traurig ihre Bewegungen jetzt waren. Warum, warum hatte ich so zu ihr gesprochen? Jetzt hatte ich ihrer Liebe, ihrem unschuldsvollen Glück einen Stachel eingedrückt. Welcher Teufel hatte mir eingegeben, dies zu tun. Wie schlecht der Mensch ist!

»Verzeih«, sagte ich. »Verzeih, Marie-Catherine.«

Ohne zu mir zu kommen, wie ich es so brennend wünschte in diesem Augenblick, sagte sie nichts als: »Aber ja, Georg.«

Der Abend wurde nicht gerade heiter, und selbst Simone war nicht in festlicher Stimmung. »Schade«, sagte sie zu mir, »daß ich nicht mehr glaube, das Christkind bringt die Geschenke. Wie schade, daß man erwachsen werden muß. Aber freilich: es muß eben sein.«

Ja, Simone, es muß eben sein. Auch mir fällt es schwer, erwachsen zu sein. Erwachsensein, was heißt denn das? Es heißt wissen, daß keine Wunder geschehen. Es heißt wissen, daß man vergeblich gehofft hat. Es heißt, der Schwermut endgültig ausgeliefert sein. Aber ich, habe ich nicht immer noch eine Spur von Hoffnung herübergerettet aus der Kindheit? Hoffnung auf irgend etwas Unnennbares, etwas das irgendwann sich in irgendeiner Weise erfüllen wird? Clemens freilich, er ist erwachsen, er hat seine Träume begraben. Er ist fertig. Wie er dasaß an jenem Heiligabend! Marie-Catherine hatte ihm ein Buch geschenkt, einen Erstdruck von Racine, ein kostbares Werk. Darin blätterte er jetzt, zerstreut, müde, unendlich traurig. Mutter hatte ein neues Schachspiel vor sich, das Marie-Catherine in Frankreich gefunden hatte: ein Brett, in das man die Figuren stecken konnte, so daß sie nicht mehr umfielen, und die Figuren sehr groß, sehr leicht blind zu unter-

scheiden; die weißen Felder hatte Marie-Catherine mit Nadel-
stichen aufgerauht, so daß Mutter sich nicht mehr irren konnte.
Da saß sie nun und spielte mit Simone, die gar nicht gerne spielte,
die es aber tat, um ihr Freude zu machen. Mir hatte Marie-Catherine
einen Plattenspieler geschenkt, auf eine Art Krankentischchen
montiert, so aufzustellen, daß die Platte über die Bettdecke reichte
und ich den Apparat ganz mühelos bedienen konnte. Die Platten
lagen in einem schmalen Fach darunter, auch sie sorgfältig ausge-
wähltes Geschenk: die letzten Beethovenquartette, die ich liebte.
›Zum letzten Male‹, sagte ich mit finsterem Eigensinn, ›zum
letzten Male ist sie hier, zum letzten Male hat sie den Baum hier
geschmückt, zum letzten Male hat sie mir ein Geschenk gemacht.‹
Nun, auch dieser Abend ging vorüber. Der Januar kam, ich durfte
immer noch nicht außer Bett sein. Meinetwegen konnte ich mein
Leben lang krank bleiben. Vielleicht, so dachte ich bisweilen,
wäre ich längst gesund, wollte ich es nur. Aber wie konnte ich es
wollen, da von diesem Tage an die Besuche des Doktors aufhörten!
Noch immer stand diese Liebe unter meinem Schutz, unter meiner
Aufsicht, noch wußte ich alles, was geschah.
Aber eines Abends, Anfang Januar, schien mir der Doktor verändert,
und auch Marie-Catherine war anders. Was war es? Irgend etwas
war geschehen. Irgend etwas war meiner Beobachtung entgangen.
Zwischen den beiden hatte sich etwas ereignet. Das strahlende Licht
war erloschen. Einmal fing ich einen Blick auf, mit dem der Doktor
auf Marie-Catherine schaute; das war der Blick eines Mannes, der
kämpft, der sich hart an der Kandare hält. War es jetzt so weit?
War der Zustand der schwerelosen reinen Liebe zerstört worden?
Ohne Zweifel: in den beiden war die Leidenschaft erwacht. Jetzt
würde es hart auf hart gehen.
Eines Nachmittags, kurz darauf, war Clemens zu mir gekommen,
um sich nach meinem Befinden zu erkundigen, und wir hatten uns
über dies und das unterhalten, friedlich, nicht eine unsrer Wunden
berührend, einander schonend und aller Kämpfe müde. Es schneite,
ein besänftigendes Dämmerlicht sickerte zwischen den schnee-
beladenen Zweigen hindurch. Wie alt wir geworden waren,
Clemens und ich. Mir schien dieses Altwerden nicht ohne Reiz.
Nichts mehr wünschen, ganz still sein, abgeschlossen haben, die
sanfte Neigung des letzten Wegstücks hinabgleiten, langsam,
langsam, ganz einverstanden, unendlich müde.
Da kam Marie-Catherine, im Mantel noch, schneefeucht, atemlos,
außer sich. Sie hatte wohl Clemens um diese Stunde nicht bei mir
vermutet. Seine Gegenwart in diesem Augenblick verwirrte sie.

Schon nahm sie ihre Unruhe zurück, dann aber faßte sie, man sah es, den Entschluß, dennoch zu sprechen; mochte er es hören, ja es war wohl gut so, daß er zugegen war. Clemens, wie immer vorausfühlend, wenn sich etwas gegen ihn richtete, wollte gehen. »Ich hänge deinen Mantel in den Flur«, sagte er hastig.

»Laß nur«, erwiderte sie mit Bestimmtheit. Schon war sie draußen, den Mantel ablegend, und kam wieder herein. Aber es fiel ihr nicht leicht anzufangen. Sie warf einen beschwörenden Blick auf Clemens, als bäte sie um Verständnis, Geduld, Vergebung für das, was sie sagen mußte.

»Ich war bei Clementine«, begann sie leise. »Es ist so weit, sie erwartet ein Kind.«

Clemens wurde augenblicklich ganz eisige Abwehr, Marie-Catherine sah es, aber sie sprach ruhig weiter: »Sie sagt nicht, wer der Vater ist. Pierre ist nicht mehr in der Gärtnerei, ich war schon dort, er ist überhaupt nicht mehr in der Stadt, er hat sich nach Frankreich zurückgemeldet, ich erfuhr es bei der Polizei. Nun, das ist jetzt auch gleichgültig. Ihr geht es schlecht. Ich wollte einen Arzt holen, aber sie will keinen. Sie ist im dritten Monat.«

Wir schwiegen. Was sollten wir sagen. Marie-Catherine schaute uns flehend an.

»Was nun?« fragte sie leise.

Wir schwiegen weiterhin.

»Aber so sagt doch ein Wort!« rief sie.

Clemens hob seine Hand und ließ sie wieder fallen. »Was willst du hören?« fragte er.

»Georg!« flüsterte sie. Aber ich schlug die Augen nieder.

»Nun«, sagte sie, »dann muß ich euch wohl an das erinnern, was sie damals gesagt hat. Sie hat ihren Plan nicht aufgegeben, wie ihr seht. Sie hat mir gesagt, diesen Nachmittag, vor zwei Stunden: ›Ihr habt es so gewollt. Ich habe euch gewarnt. Ihr habt es nicht geglaubt. Jetzt habt ihr alles weitere euch selbst zuzuschreiben.‹«

»Sie ist verrückt«, sagte Clemens kalt.

»Ja«, erwiderte sie, »ja, sie ist wahnsinnig geworden vor Leiden.«

»Vor selbstgewähltem, selbstgesuchtem Leiden, vergiß das nicht«, sagte er.

»Ach Clemens«, rief sie, »es ist nicht selbstverschuldet, du weißt das wohl. Sie hat sich verbissen in den Wunsch, einen Vater zu haben, dich zum Vater zu haben. Ist das eine Schuld, sag selbst? Ist es nicht natürlich, ist es nicht berechtigt? ... Clemens, ich frage dich! Sprich doch!«

»Du weißt ja alles besser«, erwiderte er mit trockener Bitterkeit. »Ich bin der Schuldige, natürlich.«

»Ja«, rief sie, »ja, du bist es.«

Er sprang auf. »Das sagst du mir, du!« Er warf ihr einen fürchterlichen Blick zu.

»Ja!« wiederholte er. »Was gehts dich überhaupt noch an? Was kümmerst du dich noch um mich?«

Sie hielt seinem Blick so ruhig stand, daß er den seinen abwandte.

»Was willst du damit sagen?« fragte sie mit einer stillen, klaren Würde, die jeden beschämt hätte. Doch Clemens war viel zu tief verzweifelt, um sich noch in der Hand zu haben.

»Diese Frage wirst du wohl selbst am besten beantworten können«, rief er.

»Nein«, erwiderte sie ruhig und fest. »Ich bitte dich, mit einfachen Worten zu erklären, was du sagen willst.«

Er hatte begonnen, im Zimmer hin und her zu laufen, und so, im Gehen, sagte er: »Du hast doch bereits abgeschlossen mit uns allen hier. Du bist so weit, daß du das Leben hier nicht mehr erträgst. Du hast uns ja schon den Abschied gegeben.«

Jetzt sprang auch Marie-Catherine auf und stellte sich ihm in den Weg. »Clemens«, sagte sie, aufs äußerste beherrscht, »ich glaube, du sprichst hier nur deinen eigenen Wunsch aus. Anders kann ich deine Rede nicht verstehen. Ich habe nicht vor, dich, euch zu verlassen, es sei denn, du wünschtest es so. Ich habe dich schon einmal gefragt und ich frage dich jetzt vor Georg noch einmal: willst du, daß ich gehe?«

Er antwortete nicht, er schob sie beiseite und nahm seine rastlose Wanderung wieder auf.

»Von mir ist jetzt nicht die Rede«, sagte er, »es geht um dich. Warum schleichen wir um die Sache herum wie die Katze um den heißen Brei? Ich habe mich bereits abgefunden damit, daß du zu . . . nun, zu jenem gehörst.«

»Clemens!« rief sie warnend.

»Ich gebe zu«, fuhr er fort, »daß dir das überraschend kommt. Vielleicht hast du selbst noch nicht einmal einen klaren Plan, vielleicht habt ihr beide euch noch nicht ausgesprochen. So höre es von mir: du und er, ihr seid ein Paar, und was Gott verbunden . . .«

»Clemens!« rief sie entsetzt, »Clemens, sei still, sei still, du weißt nicht, was du redest.«

»Doch, meine Kleine«, sagte er hart, »doch, ich weiß recht gut, was ich sage. Ich gebe dich frei, jetzt schon, denn über kurz oder lang wirst du diese Freiheit wohl zu gebrauchen wissen.«

Er blieb stehen. »Komm her«, sagte er. Sie tat es widerstrebend, doch gehorsam wie ein Kind. Er legte seinen Arm um ihre Schultern. »Ich kenne dich soviel besser als du denkst. Ich will dir jetzt alles erklären, was du selbst noch nicht begreifst. Höre gut zu: Du hast mich nie geliebt, sei still, ich weiß es, du weißt es auch. Du hast mich geheiratet, weil ich dein Mitleid herausgefordert habe. Nein, sag nichts, ich habe recht. Mitleid ist eine Form der Liebe, ja, ich weiß, das willst du doch sagen, nicht wahr? Aber schau, an dieser Form habe ich keinen Geschmack. Ich bin noch nicht ganz so am Ende, daß ich vom Mitleid einer Frau leben müßte. Deine Art der Liebe ist eine Beleidigung, meine Kleine. Kein Mann erträgt so etwas. Ich bin in deinen Augen kein Mann. Oh, schweig doch. Wie dein Bild von einem Manne ist, weiß ich jetzt, und in der Tat: du hast gut gewählt. Auch mir gefällt er. Aber wenngleich ich kein Mann bin wie er, bin ich immerhin noch soviel von einem Manne, daß ich es nicht ertrage, geduldet, bemitleidet, geschont zu werden. Wenn du noch etwas für mich tun willst, Marie-Catherine, dann schone meinen Stolz, indem du mich nicht mehr schonst, verstehst du? Verlaß mich. Das ist eine anständige Lösung.«

Er hatte bis jetzt in einer Art gesprochen, die ich an ihm nicht kannte. So hätte er mir gefallen können, wenn ich nicht gleichzeitig gefühlt hätte, daß er eine Rolle spielte, die er sich ausgedacht hatte. Und schon fiel er aus dieser Rolle. Er warf sich auf den Sessel, drückte sein Gesicht ins Kissen, eine alte Kindergebärde von ihm, und seine Schultern bebten.

Marie-Catherine schaute mich an, dann schaute sie Clemens an. Ihr Blick war klar, nicht ohne Gefühl, aber von einem kühlen Ernst, der mir neu war an ihr.

Eine Weile blieb sie so stehen, dann ging sie zu Clemens und legte ihre Hand auf seinen Arm. »Clemens«, sagte sie, »wollen wir dieses Thema nicht besser für den Augenblick ruhen lassen? Wir haben beide vergessen, daß es jetzt nicht um uns geht, sondern um Clementine. Was tun wir jetzt? Du hörst, ich sage ›wir‹, und so meine ich es auch.«

Clemens machte eine schwache Bewegung des Kopfes, blieb aber stumm: Sie sprach ruhig weiter: »Sie erwartet also das Kind. Nun ist die Frage: wie, wodurch können wir ihr helfen? Ich meine, es würde genügen, wenn du, Clemens, einmal zu ihr hingingest. Schon dies, zu erfahren, daß du dich um sie sorgst, wird sie am Leben erhalten. Das wirst du tun, nicht wahr?«

Jetzt hob er seinen Kopf. »Was weiter? Ich gehe einmal hin, gut, sie verlangt es ein zweites, ein drittes Mal, schon hat sie mich ganz in ihrer Gewalt.«

»Nun, und?« fragte Marie-Catherine mit einer neuen Art von Autorität. »Und was wäre dabei? So gehst du eben zehnmal, zwanzig Mal zu ihr, immer wieder. Ist das ein zu hoher Preis für ein Menschenleben?«

»Für dieses?« Clemens sprang auf. »Für dieses Leben? Ihre Mutter war eine Hure, und sie selbst, nun . . .«

»Nein«, sagte Marie-Catherine mit Festigkeit, »du irrst. Du brauchtest dich ihrer nicht zu schämen.«

»Also gut«, schrie Clemens, »dann hol sie hierher. Ja, ich meine, was ich sage. Hol sie hierher, heute noch. Mir ist es gleich, völlig gleichgültig, hörst du? Setz deinen Willen durch, gut.«

Er wollte hinauseilen. Sie hielt ihn zurück. »O nein«, rief sie, »so nicht, Clemens, so geht es nicht. Es darf dir nicht gleichgültig sein. Wie kann es, um alles in der Welt, dir gleichgültig sein! Und sie ist auch viel zu stolz, um so zu kommen, jetzt, ohne daß du selbst es ihr sagst. Nein, komm, geh mit mir, hol sie, und alles wird gut.«

Er riß sich wütend los und stürzte hinaus, die Tür zuschlagend, gleich darauf die Haustür, dann das Gartentor.

»O Gott«, flüsterte Marie-Catherine, die Hand auf den Mund gepreßt. Dann warf sie sich in den Sessel, in den nämlichen, in dem Clemens gesessen hatte. »O Gott«, wiederholte sie. »Was jetzt? Was jetzt? Und Clementine liegt da, elend und verzweifelt, mit dem Kind im Leib, und sie denkt nichts mehr als: noch sechs Monate, noch fünf, noch drei, noch einer, noch ein paar Tage. Wenn nichts mehr existiert für einen Menschen als die Zeit . . .«

»Marie-Catherine«, sagte ich, »wenn du sie in die Obhut von irgend jemand geben könntest, der sie beruhigen könnte? Gibt es niemand? Ich würde . . . verzeih, ich muß es sagen: ich würde dafür bezahlen.«

»Daran«, sagte sie, »habe ich auch gedacht. Aber sie will jetzt ihren Plan sauber zu Ende führen. Sie hat nun eine Art von strenger Zufriedenheit wie jeder, der weiß, was er will. Den Tod fürchtet sie nicht. Sie denkt: ›einschlafen, endlich einschlafen; das Kind lebt ja, im Kinde lebe ich weiter, im Kind werde ich vom Vater endlich angenommen.‹«

»Aber höre, das ist doch ein schrecklicher Irrtum. Clemens wird sich nicht um das Kind kümmern. In der Tat: was geht ihn dieses Kind an? Das ist Erpressung. Sag ihr das doch, sag ihr mit Härte, daß ihr Opfer oder wie man es nennen soll, Wahnwitz ist und ganz vergeblich. Vielleicht rettet sie das?«

»Du kennst sie nicht. Sie ist besessen von ihrer Idee. Es ist eine Idee, wirklich, hörst du, eine Idee; die Idee von ... wie soll ich sagen: von positiver Rache. Sie stirbt, aber sie gibt ihrem Vater ihr Leben, sie hinterläßt ihm die Möglichkeit zu sühnen, vielleicht zu lieben.«

»Dennoch Wahnsinn. Sie kennt Clemens nicht.«

»Aber Georg«, sagte sie leise, »wenn sie damit doch etwas erreichte? Wenn wirklich ein so großes Opfer nötig wäre, um bei Clemens die Mauer zu durchbrechen? Wie, wenn sie das einzig Richtige täte, wenn sie gar nicht aus blindem Trotz und Wahnwitz handelte?«

»Ach, Marie-Catherine, welch tiefsinnig konstruierte Gedankengänge!«

»Ich weiß«, erwiderte sie ruhig, »daß du mich nicht verstehst. Es ist töricht von mir, immer wieder von dir zu erwarten, daß du verstehst.«

»Du«, rief ich, »wie weh du einem tun kannst! Was kann ich denn dafür, daß ich dich hierin nicht begreifen kann. Was gäbe ich darum, dir folgen zu können, so denken zu können wie du!«

Es war zum ersten Mal, daß ich mich so preisgab. Sie schaute mich mit ruhiger, zarter Aufmerksamkeit an, ach, wieder war es ›sein‹ Blick.

Dann strich sie mir leicht über die Stirn und ging hinaus, mich meiner Verwirrung überlassend. Was hatte ich gesagt? »Was gäbe ich darum, so denken zu können wie du.« Hatte ich das wirklich gesagt? Und warum? War es denn wahr? Und wie meinte ich das? Wie dachte sie denn? Die Antwort auf diese Fragen war zu neu, zu schmerzhaft, als daß ich sie mir hätte geben wollen. So brachte ich denn Frage und Antwort auf das mir herkömmliche Maß: ›So denken können wie Marie-Catherine‹, das hieß doch wohl: an einen großen Plan glauben, in dem alles seinen Platz und Sinn und Wert hat. Nun ja: glaubte denn das schließlich nicht auch ich? Was weiter also? Wozu der Schmerz? Natürlich wußte ich, daß ich mich solcherart betrog. Aber ich ertrug einfach nicht noch mehr Qual. Mochte also alles so bleiben, wie es war.

Was aber, so rief ich mich selbst zur Sache zurück, was aber soll nun mit diesem verrückten Mädchen geschehen? Der Brauer, natürlich, der würde sie in sein Haus aufnehmen. »Das Kind an seine Brust nehmen«, so hatte er damals gesagt. Aber dann mußte man ihm doch alles sagen. Ging das an? Konnten wir Clemens so bloßstellen? Und wenn wir es verschwiegen? Unmöglich. Außerdem hat dieser dicke alte Mann einen Spürsinn für derlei.

Nein, so also ging es nicht. Und wenn wir diese Verrückte einfach, ohne Clemens weiter zu fragen, ins Haus holten? Er würde sich mit der Tatsache abfinden. Aber das wiederum würde der Stolz oder vielmehr der Eigensinn des Mädchens, nein: die vorgefaßte Absicht der Selbstzerstörung nicht zulassen. Was also? Immer wieder tauchte der Gedanke an den Doktor auf. Was aber erwartete ich von ihm? Daß er hinginge und dieser Wahnsinnigen den Kopf zurechtsetzte? Ja, in der Tat: ich glaubte, er könnte das. Wieso? Nun, weil er so war, wie er war. Aber mußte nicht Marie-Catherine selbst schon daran gedacht haben? Ich würde sie fragen, sobald sie wieder zu mir käme.

Sie kam erst abends, als ich nicht allein war, als Mutter bei mir saß, schachspielend. Wir hatten es aufgegeben, miteinander zu spielen, unter dem Vorwand, es ermüde mich zu sehr. Wir wußten beide, daß es ein Vorwand war und daß keines von uns daran glaubte. Es war wirklich unmöglich geworden, noch ein auch nur halbwegs regelrechtes Spiel zu spielen. Mutter sah fast nichts mehr, und die Angst, ich könnte es merken, machte sie so nervös, daß sie Fehler über Fehler beging. Seit sie jedoch allein spielte, mit einem unsichtbaren Gegner, der ihr soviel Zeit zu einem Zuge ließ, wie sie wollte, vertat sie sich selten. Ich beobachtete sie oft und staunte darüber, wie scharfsinnig sie spielte.

Marie-Catherine brachte mir Obst ans Bett, und endlich konnte ich sie leise fragen: »Wo ist Clemens?«

Sie legte, mit einem Blick auf Mutter, den Finger auf den Mund.

»Aber sie hört doch nichts«, sagte ich und hielt sie am Handgelenk fest. »Du«, flüsterte ich, »ich habe einen Einfall. Komm nachher zu mir, wenn Mutter gegangen ist.« Sie nickte.

Da kam plötzlich Mutters dünne, scharfe Stimme: »Wo, habt ihr gesagt, wo ist Clemens?«

»Wir haben von etwas anderem geredet, Mutter«, sagte ich.

»Ja«, erwiderte sie, »jetzt. Aber zuerst habt ihr von ihm gesprochen. Also, wo ist er?«

»Ich weiß nicht, Maman«, sagte Marie-Catherine. »Er geht oft allein spazieren.«

»Bei dem Wetter geht niemand spazieren«, sagte sie streng. »Nun, um so schlimmer, wenn du nicht weißt, wo er ist. Ich habe immer gewußt, wo mein Mann ist.«

Wir sagten nichts. Sie fuhr fort zu spielen, aber ich sah, daß sie die Figuren nur mehr willkürlich verschob. Kaum war Marie-Catherine gegangen, als sie schon begann: »Warum redet niemand mit mir? Warum habt ihr ein Geheimnis vor mir?«

»Ein Geheimnis? Was meinst du?«

»Das eben frage ich dich. Du weißt sehr wohl, daß ich schlecht sehe und schlecht höre. Aber ich bin noch nicht so alt, daß ich nicht fühlen könnte, wenn etwas geschieht rings um mich, was man vor mir verbirgt.«

Ich schwieg.

»Also«, sagte sie, »wenn du es mir nicht sagst, will ich es dir sagen: ihr seid alle vollkommen verrückt, ja, du auch, mein Lieber. Sei ruhig, ich werde es dir sofort erklären. Erstens: Clemens ist verrückt, weil er sich einbildet, seine Frau liefe ihm davon mit diesem Doktor.«

»Was redest du da, Mutter!«

»Ich rede, was ich weiß. Ich habe diesen Doktor gesehen. Natürlich liebt er Marie-Catherine, das hängt ihm ja aus den Augen heraus. Ja, ja, so schlecht ich sehe, derlei sehe ich doch noch. Und sie liebt ihn natürlich auch. Aber ist das ein Grund davonzulaufen? So etwas trägt man eben mit Haltung, dann geht es vorüber. Ihr seid alle so schrecklich romantisch. Du wirst sehen: Marie-Catherine läuft nicht fort, ich kenne sie besser als ihr. Und der Doktor verschwindet wieder zu seinen Negern. Der zweite Verrückte bist du, weil du auch verliebt bist in sie. Sei nur still, das ist keine Schande, und es tut niemand weh außer dir.«

»Mein Gott, Mutter, wie grausam du bist und weißt es nicht einmal.«

»Grausam? Ich bin nur deutlich und klar. Die dritte Verrückte ist das Mädchen. Ein Kind zur Welt bringen, es hierhertragen, auf die Schwelle legen, dann hingehen und sterben, wenn das nicht romantisch ist . . .«

»Mutter«, rief ich, »wirst du es auch dann noch Romantik nennen, wenn sie wirklich tot ist und wenn Clemens also schuldig ist an diesem Tod?«

»Sagte ich nicht, daß auch du verrückt bist? Ich habe dieses Mädchen einmal gesehen, das genügt. Wer anderen Menschen die Schuld an der eigenen Untauglichkeit zum Leben gibt, der zählt nicht. Warum hat sie keinen ordentlichen Beruf? Warum . . .«

Jetzt unterbrach ich sie zornig: »Warum, fragst du? Ich will es dir sagen: weil sie keinen Vater hatte, der sich darum kümmerte. Nun: welche klare runde Antwort hast du jetzt schon wieder bereit?«

»Nicht so heftig«, sagte sie. »Überleg selbst: wenn Clemens sich um sie gekümmert hätte, meinst du, sie wäre anders? Clemens ist kein Vater. Er kann keine Tochter erziehen. Ich war lange

Zeit traurig, daß Marie-Catherine kein Kind bekam. Aber jetzt bin ich froh. Dies nebenbei.«

»Mutter«, sagte ich scharf, »da du so klaren Verstandes bist und alles weißt wie der liebe Gott selbst, warum gehst du dann wallfahrten?«

»Was?« rief sie. »Was sagst du?«

»Es muß mir ja schließlich auffallen, wenn ihr einen Tag weg seid. Nur zum Vergnügen fährst du ja wohl nicht über Land. Also!«

»Das ... das ist etwas anderes. Das widerspricht nicht dem klaren Verstand.«

»Nein«, sagte ich, »nein. Es verträgt sich so gut damit, wie sich das Beten und Wallfahrten verträgt mit einem grandiosen Mut, die Schuld am Tod eines Menschen auf sich zu nehmen.«

»So«, rief sie, »so denkst du! Jetzt ist's aber genug. Was weißt denn du von mir? Soll ich auch noch klagen? Und hätte ich keinen Grund dazu? Ist mir nicht alles zerbrochen? Jawohl. Ich habe keine Illusionen, mein Lieber. Auch nicht über Clemens, verstehst du? Er ist geworden, was er hat werden können; mehr nicht. Und du bist mehr geworden, als ich gedacht habe, aber du kannst nichts anfangen damit. Und Babette, nun, die zählt nicht. Und diese Ehe zwischen Clemens und Marie-Catherine, ja, ich habe sie gewollt von je. Ich habe gehofft, diese Frau würde Clemens zu dem machen, von dem ich geträumt habe. Aber sie hat etwas anderes aus ihm gemacht. Ich weiß noch nicht was. Vielleicht hat sie ihn zugrunde gerichtet. Jedenfalls, mein Lieber, lebe ich hier mit meinen rund achtzig Jahren in einem Trümmerhaufen. Und klage ich etwa? Und wie, meinst du, ist mir zumute, wenn ich nachts nicht schlafe? Mit wem kann ich da reden? Nun: mein Leben lang hab ich Angst gehabt vor euch. Jetzt aber sage ich es: wenn ich nicht schlafen kann, bete ich den Rosenkranz. Ja, verzieh nur dein Gesicht. Wenn du auch beten könntest, brauchtest du nicht zu klagen.«

»Klage ich? Hast du je gehört, daß ich etwas über mein Schicksal gesagt habe? Ich klage, wenn überhaupt, darüber, daß die andern nicht glücklich geworden sind und auch, wie es scheint, nicht werden sollen. Wenigstens zweien von uns allen hätte ichs gegönnt ... Höre: du bist sehr klug, kalt und klug, darum frage ich dich etwas: Warum um alles sollen Marie-Catherine und der Doktor nicht mitsammen glücklich werden?«

»Warum? Weil der nicht heiratet, mein Lieber.«

»Was heißt das? Woher weißt du das?«

»Ich weiß gar nichts. Aber das habe ich im Gefühl.«

»Ich verstehe nicht. Was hindert ihn?«

»Ich sage dir doch, daß ich nichts weiß.«

»Was für ein seltsamer Mensch bist du.«

»Seltsam?«, rief sie. »Ich bin nicht seltsam. Ich habe nur mehr Mut als ihr, die Dinge so zu sehen, wie sie sind. Eine einzige Illusion in meinem Leben habe ich mir gestattet. Das ist vorbei.«

»Nein«, sagte ich, »jetzt sagst du nicht die Wahrheit. Du hast nämlich noch eine Illusion, die hegst du in deinem Allerinnersten, die versteckst du wie eine Katze die Jungen, die man ihr wegnehmen und ersäufen will. Du hast sie so gut versteckt, daß du selbst beinahe nichts mehr von ihr weißt.«

»Das wäre?«

»Du hoffst, es würde Marie-Catherine gelingen, Clemens … nun, wie sagt man? ›In den Schoß der Kirche zurückzuführen‹, und mich auch, als Zugabe.«

»Ja«, sagte sie tapfer und eigensinnig, »du hast recht. Nur nenne ich das keine Illusion, sondern, du hast es selbst eben gesagt, eine Hoffnung. Und die nimmt mir keiner meiner Söhne, der eine nicht mit seiner angeblichen Verzweiflung, der andre nicht mit seiner scharfen Zunge. Und jetzt will ich dir noch etwas sagen, aber schrei mich nicht an: du wärst nämlich froh, wenn du diese Hoffnung hättest, weil du viel zu gescheit bist, um nicht zu wissen, daß man sie braucht.«

»Ich schreie gar nicht. Beinahe hast du ins Schwarze getroffen, aber du trafst haarscharf daran vorbei. Ich ›brauche‹ keine Hoffnung, nicht diese jedenfalls. Aber wenn diese Hoffnung auf etwas zielt, was wirklich Wahrheit ist, dann möchte ich hoffen, nur um eben diese Wahrheit zu erkennen. Das ist ein winziger Unterschied, nicht wahr?«

»Wie stolz du bist«, sagte sie. »Aber nun bin ich müde. Gute Nacht.«

Kaum war sie gegangen, kam auch schon Marie-Catherine. »Georg«, flüsterte sie, »Clemens ist schon längst zu Hause. Simone hat ihn heimkommen hören, sie hat es mir eben gesagt. Er ist schon vor drei Stunden gekommen, er ist den Hang heruntergelaufen und durch die Kellertüre ins Haus gegangen, ›geschlichen‹ hat Simone gesagt, und wie ich jetzt eben in sein Zimmer schaue, liegt er im Bett, ausgekleidet bereits, mit dem Gesicht zur Wand, schlafend. Oder jedenfalls tat er so, als schliefe er. Was sagst du dazu? Durch die Kellertür! Und wir sorgen uns. Aber vielleicht wollte er nur unsern Fragen und Blicken entgehen. Mein Gott, wie er sich quält.«

»Sich?« rief ich. »Dich quält er!«

»O nein«, sagte sie. »Aber lassen wir das. Ich bin froh, daß er da ist.

Vielleicht war er bei Clementine. Aber was wolltest du mir heute noch sagen? Welchen Einfall hast du gehabt?«

»Setz dich ein wenig zu mir, näher, so, ja, damit ich leise sprechen kann. Ich bin müde, weißt du. Also höre. Ich habe natürlich ein wenig Angst, mit dir darüber zu sprechen, weil, nun, weil wir damit ein vielleicht zu heißes Eisen anrühren. Aber es geht jetzt nicht um uns, sondern um Clementine. Ich dachte ... ach, ist das schwierig! Besonders wenn du mich so ansiehst. Weißt du, wie du mich anschaust? Wie der Doktor. Ihr habt denselben Blick.«

Sie wurde glühend rot. »Nun, was ist es denn, das so schwierig zu sagen ist?«

»Eben das. Jetzt bin ich ganz verwirrt. Also: Ich dachte, ob du nicht dem Doktor sagen könntest, daß er mit Clementine reden solle. So wie ich ihn kenne, hat er großen Einfluß auf Menschen. Er hat das, was Clementine an Clemens sucht: das Väterliche, die Autorität und die Wärme ... Mein Gott, Marie-Catherine, was habe ich denn gesagt, das dir wehtut?«

»Nichts«, sagte sie hart.

»Aber, Kleines, komm her, was ist denn ...«

Sie zitterte wie jemand, der friert, und sie bemühte sich vergeblich, es nicht zu zeigen; sie kam auch nicht so nahe zu mir, daß ich sie in meine Arme hätte nehmen oder auch nur ihre Hand hätte ergreifen können. Sie saß, ohne mich anzusehen, ganz aufrecht und hielt den Kopf gerade, aber ihr Gesicht, ich werde es niemals vergessen können: es war scharf gezeichnet vom Schmerz und von der alleräußersten Anstrengung, ihn zu ertragen.

»Ja«, sagte sie plötzlich, »ich habe auch schon daran gedacht.«

»Woran?«

»Wovon du zuerst gesprochen hast. Aber dann müßte man ihm ja alles erzählen. Aber wie kann ich über Clemens sprechen, so sprechen?«

»Vielleicht geht es anders. Du bringst Clementine zum Doktor oder ihn zu ihr, und er soll sie zum Sprechen bringen. Glaubst du, sie wird es tun?«

»Ich weiß nicht. Ich glaube, die Zeit, in der sie es hätte tun können und wollen, ist vorbei. Jetzt will sie nichts anderes mehr, als ihren Plan zu Ende führen. Sie klagt nicht mehr, sie sitzt da und denkt an die Zeit, die noch vor ihr liegt. Wenn du noch nicht weißt, Georg, was Verzweiflung ist, dann solltest du sie dir ansehen. Man ist nicht verzweifelt, solange man noch klagt und spricht, denn solange man das tut, erwartet man noch Trost. Wenn man aufhört zu klagen, wenn man langsam, langsam zu Stein wird, dann, Georg, dann ist man verzweifelt.«

»Und doch, Marie-Catherine, und doch . . . Ich weiß nicht, ich glaube, daß der Doktor Zugang findet zu ihr. Er hat sogar mir Vertrauen eingeflößt mit seiner ruhigen Kraft . . .« Sie unterbrach mich fast schroff, ganz und gar nicht ihrer Art entsprechend: »Nun ja, er ist eben Arzt, vermutlich ein guter Arzt.«

Es mußte scheinen, als wäre es ihr äußerst peinlich, über ihn zu sprechen, und dennoch fühlte ich, daß sie darauf brannte, es zu tun, doch fürchtete sie, dabei ihre Haltung zu verlieren. Aber bei mir, bei wem sonst, durfte sie weinen! Und doch: gerade bei mir wollte sie es sich nicht gestatten. Was wollte ich eigentlich? Woher nahm ich das Recht, in ihren Schmerz eindringen zu wollen? Aber ich spürte doch, wie sie wollte, daß ich spräche. »Marie-Catherine?«

Sie schaute mich an, nahm aber den Blick sofort wieder zurück.

»Darf ich reden, Marie-Catherine?«

Sie erwiderte kein Wort.

»Kind«, sagte ich leise, »ich kann das nicht mitansehen. Du quälst dich ja zu Tode. Muß das sein, sag! Gibt es denn keinen Ausweg?«

Sie schwieg weiter.

»Nimm die Decke«, sagte ich, »du frierst.«

Sie gehorchte schweigend.

»Verzeih, Marie-Catherine, wenn ich etwas sage, was ich nicht sagen oder fragen dürfte. Aber: wäre es denn nicht für alle Teile besser, wenn du und der Doktor . . .«

Sie schüttelte kurz den Kopf.

»Aber warum denn, Kind, sag doch, warum, ich versteh dich nicht. Ist es nur wegen Clemens?«

Wieder nur eine schwache Bewegung des Kopfes.

»Oder glaubst du, du dürftest uns alle hier nicht verlassen?«

Sie schwieg weiter, aber mir war, als versuche sie, etwas zu sagen, nur gelang es ihr noch nicht.

»Schau«, fuhr ich fort, »es ist doch sinnlos für dich, hierzubleiben. Du erschöpfst deine Kraft für nichts. Dein Opfer ist vergeblich. Clemens nimmt es nicht an, er wird nur immer störrischer, immer mehr verhärtet, das siehst du doch. Und ich, ich werde dich auch dann nahe haben, wenn du weit fort bist. Ich werde viel ungestörter bei dir sein können, wenn du nicht hier bist, und wenn ich dich glücklich weiß. Siehst du es denn nicht ein, daß es für uns alle eine Erleichterung wäre? Ist die klarste Lösung nicht immer die richtige, die einzig richtige? . . . Sag doch etwas. Denke ich falsch?«

»Nein«, sagte sie leise und heiser, »auf deine Art denkst du richtig, aber auf die meine . . . Ja, vielleicht sogar auf die meine auch, vielleicht, ich weiß es nicht . . .«

»Nun also!« rief ich.

Sie senkte ihren Kopf. »Du vergißt den, auf den es ankommt«, flüsterte sie.

»Aber ich verstehe nicht. Er liebt dich! Was also könnte ihn hindern, da er doch nicht verheiratet ist, nicht geschieden, also frei.«

Sie atmete schnell wie ein Tier, das man in die Ecke getrieben hat, aus der zu entrinnen unmöglich ist, aber sie sagte nichts.

»Er will dich nicht heiraten?« Ich erschrak, daß ich es gewagt hatte, diese Frage zu stellen.

»Will!« rief sie. »Als ob es darum ginge.«

»Mein Gott, wie soll ich dies alles verstehen. Du willst, er will, du bist frei, sobald du es willst, er ist frei . . .«

»Nein!« rief sie, dann verbarg sie ihr Gesicht in den Händen, doch sie weinte nicht; regungslos blieb sie so sitzen, als wäre sie erstarrt vor Schrecken über das Wort, das ich ihr entrissen hatte. Ich begriff, daß ich sie jetzt nichts weiter fragen durfte. Schon zuviel glaubte sie verraten zu haben. Doch begriff ich nichts. ›Nicht frei‹, wieso denn ›Nicht frei‹? Er war weder verheiratet noch geschieden noch war er Priester oder Mönch. Welchen Grund, um alles in der Welt, gab es denn noch für einen Mann, nicht zu heiraten, wenn er die Frau gefunden hatte, die er liebte? Wieso war er nicht frei? Hatte er ein Eheversprechen gegeben, das ihn noch band? Oder war er krank, so daß er um der Kinder willen nicht heiraten wollte? Oder hatte er etwa eine Verletzung aus dem Krieg davongetragen? Aber was bedeutete das schon. Man mußte ja nicht unbedingt Kinder haben. Genügt es denn nicht, mitsammen zu leben, zu arbeiten? War eine Liebe wie die zwischen den beiden nicht zwingender Grund genug, zu heiraten oder doch eben mitsammen zu leben? Alle diese Gedanken überstürzten sich in meinem Kopfe sekundenschnell.

»Und wenn er frei wäre?« fragte ich, »was dann? Würdest du ihn heiraten?«

Sie hob ihr Gesicht aus den Händen, aber sie schaute mich nicht an; sie schüttelte den Kopf. Dann sagte sie: »Frag jetzt nicht weiter. Ich kann dir nichts sagen. Wenn du nicht begreifst . . . Aber schau: es gibt eine Art von Liebe, die . . .« Sie stockte. Ich sagte statt ihrer: »Die nicht gelebt werden kann?«

»Oh, gelebt, gelebt wird sie schon.« Sie wurde von neuem glutrot.

»Ach so«, rief ich, »ja, ich verstehe. Ihr tut gut, diese Liebe vor der Verwirklichung, ich meine vor der Alltäglichkeit zu bewahren.«

»Nein«, sagte sie, »das ist es nicht. Was für eine Liebe wäre das, die Angst hätte vor dem Alltag. Nein, Georg, all dies trifft es nicht. Laß dir jetzt genügen zu wissen, daß er nicht frei ist zu tun, wie er möchte, und daß ich bei Clemens bleiben will, solange es irgend geht, ich meine, solange er nichts anderes bestimmt.«

»Aber höre!« rief ich. »›Solange er nichts anderes bestimmt‹, sagst du. Aber bist du denn angewiesen darauf zu warten? Ob er dich behält oder fortschickt? Das kann doch nicht im Ernst deine Haltung sein! Dazu bist du doch zu stolz.«

»Darum handelt es sich nicht. Es geht darum, daß ich bleiben muß, solange Clemens glaubt, mich zu brauchen.«

»Mein Gott, Marie-Catherine, was für ein Mensch bist du. Hast du denn keinen eigenen Willen mehr, keine Wünsche, keinen Haß, nichts mehr von all dem, was doch in dir stecken muß? Wenn ich dich so anschaue: wie jung du noch bist!«

Sie unterbrach mich fast unwillig: »Aber das alles ist doch nicht wichtig.«

»Marie-Catherine«, sagte ich, und Zorn stieg in mir auf, »willst du dir unbedingt Gewalt antun, daß nichts mehr bleibt von dir selbst? Denn das, zum Teufel, scheinst du zu wollen.«

Sie war ein wenig zusammengezuckt bei diesem Wort, aber sie schaute mich offen an, und ihr Blick, klar und frei, beschämte mich.

»Georg«, sagte sie, »es ist besser, wir sprechen von derlei Dingen nicht. Nur eines möchte ich sagen: Ich habe gar keine Absicht oder wie du es nennen willst. Ich bin eben, wie ich bin. Du mußt gar nichts Besonderes suchen hinter meiner Art, mich zu geben. Mir ist es natürlich, so zu sein.«

»Nein«, rief ich, »dreimal nein. Es ist dir nur zur zweiten ›Natur‹ geworden, wie man so sagt. Aber das ist keine Natur mehr, das ist . . . nun ja, lassen wir es, du hast recht. Das Unerträgliche an der Sache ist für mich, daß ich dich begreife und doch nicht begreife.«

»Du begreifst viel besser, als dir selbst recht ist. Aber, mein Lieber, wir haben ganz vergessen, wovon wir eigentlich sprechen wollten. Ich werde also versuchen, den Doktor zu Clementine zu bringen oder sie zu ihm, und wir wollen sehen, was er erreicht.«

Plötzlich ging die Tür auf und Simone, im Nachthemd und verwirrt, schlüpfte herein. »Mama«, flüsterte sie, »komm doch. Clemens sitzt oben auf der Treppe vor deinem Zimmer, im Schlafrock.

Er war an deiner Tür, und wie er gesehen hat, daß du nicht im Zimmer bist, hat er sich auf die Treppe gesetzt, ich habe die Stufen knarren hören, er sitzt jetzt schon lange da, ich bin die Hintertreppe hinuntergeschlichen. Komm doch.«

Marie-Catherine eilte sofort hinaus. Simone kam an mein Bett. »Onkel Georg, ich habe Angst. Ich weiß nicht, was alles geschieht in diesem Haus, aber ich spüre doch, daß nichts mehr in Ordnung ist.«

»Geh jetzt zu Bett, Simone, und morgen oder übermorgen werde ich versuchen, dir dies alles zu erklären. Ich bin müde.«

Sie gehorchte augenblicklich.

Was aber spielte sich da oben auf der Treppe und in Marie-Catherines Zimmer ab? Ich schlief nicht in dieser Nacht, ich lauschte, dann las ich bis zur Morgendämmerung, zuletzt schlief ich doch noch ein, und ich erwachte erst davon, daß etwas im Zimmer leise klirrte. Marie-Catherine war gekommen, um Ordnung zu machen.

»Guten Morgen«, sagte sie und lächelte, »ich war schon zweimal hier, aber du hast so tief geschlafen. Ich bringe dir jetzt gleich das Frühstück.«

»Nein, warte«, rief ich, »damit eilt es nicht. Sag: war es schlimm heute nacht?«

»Ja«, sagte sie, »aber nicht so sehr für mich.«

»Was war mit Clemens?«

»Er war wirklich ›dort‹ gewesen.«

»Und?«

»Zu spät.«

»Was heißt das?«

»Eben ›zu spät‹. Ich habe schon seit einiger Zeit gefürchtet, daß es zu spät sein würde, wenn er endlich hinginge. Sie kann jetzt nicht mehr zurück. Ich sagte dir doch: sie hat ihren festen Plan, und den läßt sie jetzt ablaufen, Tag um Tag, und darin kann sie nichts mehr stören, wie es scheint. Clemens war sogar gut zu ihr, jedenfalls hat er ihr manches versprochen; er wollte sie öfters besuchen. Aber sie hat ihn einfach reden lassen und kein einziges Mal geantwortet, so als hätte sie ihn überhaupt nicht gehört, als wäre er gar nicht da. Schließlich hat er es nicht mehr länger ertragen, und da ist er dann den ganzen Weg nach Hause zu Fuß gelaufen. Darum war er so erschöpft.«

»Und jetzt?«

»Er geht natürlich nicht mehr hin.«

»Aber ʼsie ist doch wirklich wahnsinnig. Hätte sie nicht jetzt das erreicht, was sie so lange hat haben wollen?«

»Versteh doch: es war zu spät. Alle Dinge haben ihr Maß, und was darüber geht, schlägt um ins Gegenteil.«

»Und wie nimmt Clemens es?«

»Ich weiß nicht recht. Es ist nicht so wichtig für ihn, scheint mir. Es ist sozusagen nur der letzte oder der vorletzte Tropfen, der den Krug zum Überfließen bringen wird. Er hat selbst gesagt: ›Über kurz oder lang muß etwas geschehen.‹«

»Aber was soll denn geschehen?«

»Das, glaube ich, weiß er eben selbst nicht. Denn wenn er es wüßte, würde er es eben tun oder geschehen machen. Das ist das Fürchterliche seiner Lage, daß er jeden Morgen denkt: ›Heute muß etwas geschehen, was diese Lage ändert‹, und daß sie sich wieder nicht ändert, und so fort, Tag um Tag. Das ist die Hölle für ihn. Er wartet immer darauf, daß irgend etwas eingreift in dieses verworrene Gewebe und mit einem Schlage alles ordnet und ihn befreit.«

»Weißt du«, rief ich, »warum er sich nicht selbst befreit?«

»Weil er«, sagte sie, »es nicht wagt, aus Angst, sich und andern einen allzu großen Schmerz zuzufügen. Er denkt, käme der Eingriff von außen, wäre er ohne Schuld.«

»Ohne Schuld, ohne Schuld! Als ob es ihm darauf ankäme, andern nicht wehzutun!«

»Doch, Georg. Er hat Angst, jemand wehzutun, weil er Angst hat, daß dieser Schmerz auf ihn zurückfallen wird.« Sie wurde rot, als sie dies sagte.

»Du kennst ihn sehr gut, meine Liebe«, rief ich. »Du kennst ihn und verteidigst ihn noch?«

Ich erschrak über mein eigenes Wort, als ich ihre Blässe sah, aber ich fuhr, meiner selbst nicht Herr, fort, sie zu quälen.

»Diese Nächstenliebe, diese Art von Generosität, die es sich leisten kann, die Fehler anderer lächelnd zu übersehen . . .« Sie versuchte, mich zu unterbrechen, gab es aber sofort wieder auf.

»Und dazu diese Art des Sich-Distanzierens, die sich als Sanftmut gibt, als Rücksichtnahme, als Mangel an Leidenschaften, dieses ganze Spiel des Sich-Auslöschens . . .«

Nun war in ihren Augen nicht mehr Entsetzen zu lesen, sondern Besorgnis. Der Blick des Doktors . . .

»Ach was«, sagte ich, plötzlich ernüchtert und erschöpft, »hör nicht auf mich. Ich rede zuviel, weil ich zuviel denke, wenn ich allein bin. Leider habe ich nichts Besseres zu tun, als über derlei nachzudenken.«

»Ja«, sagte sie, »ich fürchte, du hast recht: Du denkst zuviel, und vor allem zuviel über mich, und damit nimmst du mir meine Unbefangenheit.«

Sie hatte recht. Aber wie konnte ich verhindern, daß meine Gedanken sich mit ihr beschäftigten, unablässig und bohrend? Warum gibt sie mir Rätsel auf? Warum dieses Geheimnis um ihren Doktor?

Plötzlich wandte sich mein Zorn gegen ihn, und gegen ihn allein. Warum, verdammt noch einmal, nahm er sie nicht in seine Arme, wie es natürlich wäre? Warum kämpfte er nicht um diese Beute, die ihm doch zugedacht war? Warum schlug er Marie-Catherine in seinen Bann, ohne daraus irgendeine Folgerung zu ziehen?

Als er gegen Abend kam, war ich so zornig auf ihn, daß ich mich nur mit Anstrengung zur Höflichkeit zwang. Er fühlte es sofort.

»Eine schlechte Nacht?« fragte er. Ich leugnete.

»Nun«, sagte er friedfertig, »das Wetter. Es taut. Der Föhn . . . Ich vertrage ihn auch schlecht. Er macht müde und gereizt. Alle Kranken in der Klinik spüren ihre Schmerzen an solchen Tagen doppelt. Aber Sie haben ja Fieber. Der Puls! Was ist denn passiert? Wir wollen messen.«

»Unnötig«, sagte ich.

Er schaute mich aufmerksam an. Ach, dieser Blick!

»Unnötig«, wiederholte ich. »Es geht vorüber. Ich bin nur zornig.«

»Zornig?«

Er steckte mir das Thermometer unversehens gelassen in die Achselhöhle, ohne daß ich weiter mich zu wehren versuchte. Er würde auch mit einem Tobsüchtigen fertig werden.

»Zorn ist oft gut«, sagte er, »aber nicht gerade bei Gelbsucht. Also bitte, nach Möglichkeit nicht weiter zornig sein.« Er lächelte sein verdammtes, herzbezwingendes Lächeln, das ihm einen Charme gab, der alle Frauen in die Knie zwingen mußte. »Vielleicht«, fuhr er fort, »wäre es gut, wenn Sie sich den Zorn von der Leber, ja tatsächlich ›von der Leber‹ reden würden. Ich habe übrigens heute Zeit, ich bin frei diesen Abend.«

»Sie meinen«, sagte ich aufsässig, »daß ich mich bei Ihnen ausspre-chen sollte.«

Er lächelte wieder. »Warum nicht? Wir kennen uns nun schon lange.«

»Nein«, rief ich, »wir kennen uns gar nicht, das heißt, ich kenne Sie nicht.«

»Aber wieso? Nun freilich: da gibt es eigentlich wenig zu kennen. Ein vielbeschäftigter Arzt ist wie ein Schrank: man macht die Schubladen auf und findet Medikamente und Karteiblätter, aber nicht den Arzt. Das meinen Sie doch?«

»Ja, so etwa. Aber da Sie offenbar wünschen, daß ich spreche, werde ich es tun, denn ich nehme an, Sie wissen, worüber ich sprechen will.«

»Nein«, sagte er gelassen, »das weiß ich nicht.« Er zog das Thermo-meter heraus. »Achtunddreißig, nun ja. Also: ich weiß es nicht, aber das macht nichts, Sie werden es mir ja gleich sagen.«

Er knüpfte mir den Schlafanzug wieder zu. Wie er das tat! Mit raschen, geschickten Händen, auf diese gleichgültige Handlung konzentriert, und doch abwesend, als lauschte er auf etwas. Mochte er lauschen! Marie-Catherine war zum Einkaufen gegangen. Das war wohl Absicht gewesen. Sie mußte doch wissen, daß er um diese Stunde kam. Ging sie ihm aus dem Wege? Der Gedanke machte mich so wütend, daß ich alle Hemmungen übersprang.

»Doktor«, sagte ich, »zwei Dinge möchte ich mit Ihnen besprechen. Eins davon ist vergleichsweise leicht zu sagen.« Er zuckte ein wenig zusammen und schöpfte tief Atem, als fürchtete er, danach es nicht mehr tun zu können.

»Es ist«, fuhr ich fort, »eine heikle Sache. Kurz und gut: wir haben eine Bekannte, die ein Kind erwartet. Wir möchten, daß Sie sie untersuchen.«

Er schaute überrascht auf. »Ich bin kein Gynäkologe.«

»Das ist nebensächlich. Es geht nicht um diese Untersuchung. Es geht um eine Aussprache. Dieses Mädchen, ja, es ist ein Mädchen, zweiundzwanzig, glaube ich, nicht verheiratet, ist im dritten Monat schwanger. Sie hat das Kind mit Vorsatz empfangen, um damit jemand auf eine höchst subtile Weise zu erpressen. Sie will das

Kind zur Welt bringen, es diesem jemand, der nicht der Vater des Kindes ist, hinterlassen und sich dann das Leben nehmen. Eine verrückte Geschichte, nicht wahr.«

Er hatte mir mit seiner stillen Aufmerksamkeit zugehört. »Was will sie damit erreichen?«

»Kurz gesagt: daß ihr eigener Vater, der sie, seine uneheliche Tochter, niemals anerkannte, an diesem Kind, seinem Enkelkind, sühnt, was er an ihr verbrochen hat.«

»Was für eine großartige Idee«, sagte er ernst. »Großartig, aber freilich ... Nun, und was soll ich dabei tun?«

»Sie sollen mit dem Mädchen sprechen, es von diesem unseligen Plan, dem Selbstmord, abbringen.«

»Sie erwarten viel von mir.«

»Ja«, sagte ich nachdrücklich, »das tue ich.«

»Und wie soll das vor sich gehen?«

»Meine Schwägerin wird Ihnen das Mädchen bringen.«

Wieder dieser aufmerksame Blick, der schon alles durchschaut zu haben schien. Ich habe nie klarere Augen gesehen als die seinen.

»Gut«, sagte er dann, »gut. Ich bin bereit. Und was ist das zweite, das Sie mir sagen wollten, das, was Sie so zornig macht?«

Obgleich er so unendlich bereitwillig schien, spürte ich doch eine scheue Abwehr in ihm, fast eine Bitte, ihn zu schonen. Aber nun konnte ich nicht mehr zurück.

»Seltsamerweise bin ich nicht mehr zornig«, sagte ich, »da der Gegenstand meines Zornes vor mir sitzt.«

Er schien keineswegs bestürzt oder auch nur überrascht. Er lächelte ein wenig, doch freilich war dieses Lächeln verschieden von seinem gewohnten. Es war schmerzlich, und ich hätte bei seinem Anblick schon erraten können, daß mich dieses Gespräch nicht weiterführen, sondern, im Gegenteil, in noch tiefere Verwirrung stürzen würde.

»Ich muß Sie um Verzeihung bitten«, begann ich, »wenn ich mich in ihr Leben eindränge. Aber: Sie wissen vielleicht, daß ich ... daß mir meine Schwägerin nahesteht, und ich bin sehr in Sorge um sie.«

Sein Gesicht hatte sich ganz und gar verschlossen, und obgleich er noch immer höflich zuhörte, mußte ich fühlen, daß ich gegen eine Wand sprach, aber da ich nun einmal begonnen hatte, fuhr ich fort: »Sie wissen vielleicht, was ich sagen möchte. Aber Sie machen es mir furchtbar schwer.« Er sagte kein Wort. Ich nahm einen neuen Anlauf: »Meine Schwägerin befindet sich in einer schwierigen Lage. Ich weiß nicht, ob Sie wissen, daß ihre Ehe schlecht ist, und da ich sie nun seit Jahren beobachte, darf ich mir wohl das Urteil erlauben, daß sie nie mehr besser werden wird, im Gegenteil. Ich möchte die Schuldfrage nicht aufwerfen, aber doch sagen, daß mein Bruder ein äußerst schwieriger Mensch ist. Ich bin überzeugt, daß er die Ehe lösen will, von sich aus. Er hat meiner Schwägerin bereits nahegelegt, sie möchte doch ›gehen‹. Ist Ihnen das bekannt?«

Er antwortete mit nichts als mit einem schwer deutbaren Blick und einer schwachen Handbewegung.

»Und jetzt . . . Aber muß ich denn weitersprechen? Können Sie mir denn nicht mit einem Wort entgegenkommen?«

»Nein«, sagte er ruhig, aber mit ungewohnter Strenge.

»So darf ich also nichts weiter darüber sagen?« fragte ich bestürzt. Er antwortete nicht.

»Herr Doktor«, sagte ich, »ich verstehe, daß Sie es ablehnen, wenn ein Dritter sich einmischt. Aber ich bitte Sie zu bedenken, daß ich Marie-Catherine sehr lieb habe. Verstehen Sie denn nicht? Wenn Sie sie glücklich machen können . . . Sie ist frei, mein Bruder will sie nicht mehr. Wenn Sie . . .«

Jetzt stand er auf. »Nehmen Sie es mir nicht übel«, sagte er, schon wieder sanft, aber diesmal war seine Stimme unsicher, »wenn ich Ihnen darauf nicht antworte. Das kann eines Tages Ihre Schwägerin selbst tun. Freilich wird Ihnen die Erklärung, fürchte ich, seltsam erscheinen, aber . . . Nun, jedenfalls dürfen Sie versichert sein, daß unsere Entscheidung . . .« Er zögerte, und zum ersten Mal, seit ich ihn kenne, wurde er rot, als ihm bewußt wurde, wieviel er mit diesem Wort verraten hatte: ›unsere Entscheidung‹. Aber dann sprach er den Satz rasch zu Ende: »Nun, daß alles klar ist. Ich darf Sie wohl bitten, nicht mehr davon zu sprechen.«

Er ging. »Daß alles klar ist«, hatte er gesagt. Mir freilich war nichts klar, außer dem einen, und dies zu wissen war immerhin wichtig: daß es zwischen den beiden eine Aussprache gegeben hatte, die mit einer klaren Entscheidung abgeschlossen worden war. Diese Entscheidung hieß also: an eine Ehe war nicht zu denken, an keine Art von gemeinsamem Leben. Aber warum, aber warum! Was immer der Grund sein mochte: soviel wußte ich jetzt sicher, daß kein äußeres Hindernis bestand, es konnte nur ein inneres, ein höchst subtiles inneres, genau gesagt: ein geistiges sein. Sie schlugen sich die Ehe nicht eben nur aus dem Sinne, wie man so sagt, sondern sie leisteten einen klaren Verzicht. Was mochte dieser Verzicht sie kosten! Gab es ein Gut in der Welt, das einen derartigen Verzicht aufwog?

Wieviel Kraft mich die Unterredung mit dem Doktor gekostet

hatte, bemerkte ich daran, daß ich einen Rückschlag meiner Krankheit erfuhr. Mehrere Tage hatte ich Fieber, war gleichgültig gegen alles, selbst die Gegenwart Marie-Catherines nahm ich kaum wahr. Auf diese Weise entging mir, was sich in jenen Tagen abspielte. Ich erfuhr es erst nachträglich.

Eines Vormittags, aus meinem Dahindämmern auffahrend, bemerkte ich, daß Marie-Catherine elend aussah; auch waren ihre Augen gerötet. Sie hielt ihr Gesicht mit merklicher Absicht so, daß ich es nicht sehen sollte. Auch gab sie sich besonders heiter. Es war unerträglich.

»Marie-Catherine«, rief ich, »warum spielst du Theater? Bei mir brauchst du nicht fröhlich zu sein, wenn dir sterbenselend zumute ist.«

Sie schenkte mir ein schwaches Lächeln. »Ich weiß«, sagte sie, »aber was hilft es zu klagen.«

Als ich sehr in sie drang, sagte sie schließlich leise und zögernd: »Es ist allzu häßlich, als daß ich es sagen könnte.«

»Clemens?« fragte ich.

Sie nickte schwach.

»Aber rede doch, ich bitte dich. Du darfst das nicht so in dich hineinfressen.«

Sie seufzte. »Es wird nicht besser davon, wenn ichs erzähle. Aber weil ich weiß, daß du dich noch viel mehr quälst, wenn du eine Sache nur ahnst, ohne sie genau zu wissen, darum sage ich es dir. Also: Clemens hat mir eine Szene gemacht, die nicht schön war. Er ... mein Gott, ich weiß es nicht sicher, aber ich muß es annehmen, nach dem, was er mir heute nacht gesagt hat: er läßt mich und den Doktor überwachen.«

Das war keine Überraschung für mich. »Woraus schließt du das?« fragte ich.

»Er hat gesagt, er wisse, daß ich mich mit dem Doktor heimlich außer Hause treffe.«

»Und ist das denn wahr?«

»Es ist wahr. Wir treffen uns hin und wieder bei Pater Franziskus, aber nur bei ihm, und nur ganz selten.«

Das war mir neu, und es war mir nicht lieb. So hatte ich denn einen beträchtlichen Widerstand zu überwinden, ehe ich weitersprechen konnte.

»Und«, fragte ich, »was schließt Clemens daraus?«

»Das, was er schon weiß oder zu wissen glaubt: daß zwischen dem Doktor und mir eine Verbindung besteht ... Nein, sei ruhig, fahre nicht auf. Er ist selbst so klug oder bereits so gut unterrichtet, daß er weiß, daß wir nichts ›Verbotenes‹ tun, er kennt mich ja wohl genügend. Aber darauf zielt er ja auch gar nicht.«

»Aber was kann er denn dabei finden, wenn du dich dort mit dem Doktor triffst?«

»Ach, du verstehst doch«, sagte sie, »nicht wahr, du verstehst?«

»Du meinst, daß es Clemens nicht erträgt, daß du dich, nun, sagen wir: geistig mit einem andern verstehst?«

Sie nickte.

»Ja«, fuhr ich fort, »das ist freilich unerträglich für einen Mann wie ihn, der Anspruch darauf erhebt, eine Frau zu bilden, nach seinem Bild zu formen und sie auf solche Weise zu besitzen und zu beherrschen. Clemens ist seltsam darin: er hält nicht viel von sich, und dennoch ist ein großer Anspruch in ihm. Und da kommt also nun ein andrer Mann, dem mühelos gelingt, was ihm nie gelang: dich zu formen.«

Ich beobachtete sie bei diesem Wort; sie nahm es gelassen hin, sie widersprach nicht, denn sie stimmte damit überein, sie anerkannte den Doktor als ihren Meister.

»Aber warum«, sagte Marie-Catherine, »warum läßt er uns beobachten? Ich habe ihm gesagt, daß ich zu dem Pater gehe und daß auch der Doktor dorthin kommt, übrigens ist meist auch der Brauer dort, und einige unserer Bekannten; ich wollte, daß auch Clemens mitginge, denn wir haben interessante Gespräche, oder vielmehr: ich sollte nicht sagen ›interessante‹, denn sonst meinst du, es seien irgendwelche intellektuellen Diskussionen, die haben wir auch hin und wieder, aber sie sind nicht das Wichtige; ich sagte das alles Clemens, aber er erklärte, er habe keine Zeit für derlei. Er hat mir mit keinem Wort verboten hinzugehen. Er hat vielmehr gesagt: ›Es ist gut, wenn du Leute hast, mit denen du über Dinge aus deiner Welt reden kannst.‹ Ich begriff natürlich und sagte, ich wolle nicht mehr hingehen, aber er bestand sogar darauf, und ich ging wieder hin. Aber warum diese Überwachung? Man wird ja nichts finden, was unrecht ist.«

Ich konnte nicht umhin zu sagen: »Täusche dich nicht, Kind. Ich bin Jurist. Ich weiß, was derlei bedeutet.«

Sie schaute mich erstaunt an. »Aber was?«

»Nun, er sucht eben Gründe.«

»Gründe? Wofür?«

»Kurz und gut: Scheidungsgründe.«

Sie wurde noch blasser, als sie ohnehin war. »Aber wozu das? Er braucht mir doch nur zu sagen, ich soll gehen. Wenn ich sehe, daß es ihm ganz ernst ist damit, dann gehe ich. Wozu denn derlei Umwege?«

»Du kennst Clemens weniger, als ich dachte«, sagte ich. »Er will Entscheidungen, die nicht er selbst treffen muß. Hast du je ein klares Ja oder ein klares Nein von ihm gehört? Spricht er je direkt von dem, was er will?«

»Aber Georg«, rief sie, »wäre das möglich? Er läßt mich beobachten, um Scheidungsgründe zu finden und mich dann eines Tages damit zu überraschen? Bedenke doch, wie töricht! Ich bin ja mit dem Doktor nicht allein.«

»Nun, vielleicht erwartet oder hofft er, doch noch etwas zu finden, was gegen dich spräche.«

»Unmöglich, Georg!«

»Kind, du bist keine Juristin. Weißt du denn nicht, wie Anwälte arbeiten? Sei sicher, er hat einen guten, einen gerissenen.«

Plötzlich sagte sie, als hätte sie mir nicht zugehört: »Gestern hat Clemens mir einen Traum erzählt. Er hat dreimal dasselbe geträumt, in einer Nacht. Er war in einer Art von Tempel oder Kirche eingeschlossen, es war ein achteckiger Raum mit acht Türen, die standen alle offen. Ich war bei ihm. Schließlich wollte er bei einer der Türen hinausgehen, da wurde sie zugemacht, von außen, so daß er nicht sehen konnte, wer sie schloß. Und dann sah er auch die Tür nicht mehr. Sie war zur Mauer geworden, es gab keine Türrahmen mehr, keine Klinke, so als wäre da nie eine Tür gewesen. Er wunderte sich und ging zur nächsten Tür, und wieder dasselbe: man schloß sie, und sie war nicht mehr da. Und so alle acht Türen. Er wandte sich nach mir um, und da war auch ich nicht mehr da. Er schrie nach mir und er rief, er wolle hinaus, man solle gefälligst aufmachen, er sei doch der und der. Von draußen antwortete eine Stimme: ›Wo haben Sie Ihren Paß?‹ Er rief, daß den seine Frau habe. Die Stimme sagte: ›Dann müssen Sie eben warten, bis Ihre Frau wiederkommt und den Paß bringt.‹ Er rief: ›Wann kommt sie denn?‹ Das wußte niemand. Er schrie: ›Aber wenn sie nicht kommt, darf ich dann nie wieder hinaus?‹ Die Stimme antwortete: ›Wenn Sie Ihren Namen abgelegt haben.‹ Da wachte er auf, schlief aber sofort wieder ein und träumte den gleichen Traum noch einmal, und wieder wachte er auf, diesmal hielt er sich gewaltsam wach, er machte sogar Licht, aber als er wieder einschlief, träumte er diesen Traum zum dritten Mal. Da sprang er aus dem Bett und lief zu mir. Aber da war ich gerade bei dir, und so setzte er sich auf die Treppenstufen und wartete auf mich.«

»Und hast du ihm seinen Traum gedeutet?«

»Das durfte ich wohl nicht wagen«, sagte sie. »Aber ich glaube, er hat es schon selbst getan, auf seine Weise. Er sagt, aus diesem Traum ersähe ich selbst, was ich einst für ihn gewesen war und noch sei. Er sagt, daß er, als er mich heiratete, alles auf diese eine einzige Karte gesetzt habe; er habe verloren, das Spiel sei aus. Als ich wieder und wieder fragte, ob ich gehen solle, sagte er nein. Hörst du, Georg, er sagte nein!«

»Ach Kind, das bedeutet nichts bei ihm. Wenn du doch von dir aus die Scheidung einleiten wolltest!«

»Aber ich bitte dich: womit sollte ich die Klage begründen?«

»Wie töricht du manchmal bist. Hast du etwa keinen Grund?«

»Nein«, sagte sie. Sie sagte es ganz einfach, aber plötzlich hatte ihre Stimme einen Unterton von Bestimmtheit, ja von Autorität, der mich betroffen machte. Auch dies hatte sie mit ihrem Doktor gemein: dieses lange geduldige Nachgeben, um dann bei einem bestimmten Punkt ganz unerwarteterweise »nein« zu sagen und das Gespräch abzuschneiden. Sie ging dann auch sehr bald hinaus. Ich nahm mir übrigens kurz darauf vor, sie, wenn ich wieder halbwegs gesund wäre, zu bitten, mich zu einer jener Zusammenkünfte mitzunehmen. Ich hatte mehrere Gründe dafür, deren wichtigster freilich der war, den ich vor mir selbst als den unwichtigsten bezeichnete: ich wollte teilhaben an jener ›Welt‹, die die ihre war, ihre und ihres Doktors. Ich wurde denn auch sehr rasch gesund. Mochte es der beginnende Frühling sein, mochte die Krankheit einfach ihren Bogen durchlaufen haben, oder mochte die Aussicht auf jene Zusammenkünfte die Heilung etwas gewalttätig beschleunigen, kurz und gut: ich war eines Tages so gesund, wie ich es in meiner Lage eben werden konnte.

Eines Nachmittags durfte ich zum ersten Mal ins Freie. Man schob meinen Stuhl vor das Haus in die Sonne. Marie-Catherine arbeitete in meiner Nähe. Sie pflanzte Primeln in ein Beet. Der Geruch der feuchten warmen Erde war stark und gut. Simone und Frieda trugen die dürren Äste zusammen, die, von den Winterstürmen und der Schneelast gebrochen, den Hang bedeckten. Mutter saß an einem der offenen Fenster, mit ihrem Schach beschäftigt. Manchmal entfiel ihr eine Figur, dann rief sie nach Marie-Catherine, die sofort kam und dann jedesmal ein wenig bei ihr blieb, die Arme auf die Fensterbank gestützt, heiter plaudernd. Wer sie so sah, der mußte denken, sie sei eine Frau, die nichts entbehrte. Später kam Simone zu mir, einen kleinen Strauß Veilchen in der Hand, die ersten, noch ganz kurzstielig, kaum aufgeblüht, aber schon duftend, und für mich gepflückt. Sie blieb bei mir, halb auf der Lehne meines Rollstuhls sitzend. Ich neckte sie ihrer zerrissenen Hosen und zerzausten Haare wegen, aber sie war nicht in der rechten Stimmung zu lachen, sie hatte etwas auf dem Herzen, und schließlich fing sie an, davon zu sprechen, leise, damit ihre Mutter nichts hören konnte. Sie ging sofort in medias res, als hätte sie nur wenig Zeit und müßte sich äußerst kurz fassen. Sie begann mit einer Frage:

»Was hältst du von Clemens?«

Was sollte ich darauf antworten! »Wie meinst du das? In welcher Hinsicht, oder sagen wir: warum fragst du das?«

»Weil ich wissen möchte, was er mit Mami und mir vorhat.«

»Wieso? Was soll er denn vorhaben?«

»Ach«, sagte sie, »er ist so sonderbar. Denk dir: gestern hat er mich von der Schule abgeholt. Das hat er noch nie getan, und ich weiß nicht, woher er überhaupt wußte, wann der Unterricht aus ist. Er hat zwar gesagt, es sei purer Zufall, daß er mich getroffen habe, aber er hat ja schon auf der anderen Straßenseite gewartet, als ich die Treppe hinunterkam. Dann ist er schnell weitergegangen, und an der Ecke hat er gewartet und mich angesprochen und gefragt, ob wir zusammen heimgehen könnten. Ich habe mir sofort gedacht, daß er etwas will, und so war es auch. Er hat angefangen, mich nach der Schule auszufragen, aber das tat er nur so, ohne Interesse. Dann ging es weiter: ob ich gern hier sei, ob ich nicht lieber anderswo wäre, in Arles etwa oder sonstwo. Nein, habe ich gesagt, wozu soll ich mir wünschen, anderswo zu sein? Das Wünschen hilft doch nichts. Ich bin hier, und gut so. Wenn ich anderswo wäre, dann wäre es auch gut. Da wußte er nicht mehr weiter, und er fing es anders an: ob ich den Doktor gut kenne. Welchen Doktor, habe ich gefragt. Nun, den, der immer zu Onkel Georg kommt. Ach so, habe ich gesagt, den meinst du. Und dann habe ich einfach nicht geantwortet. Das hat ihn geärgert und er hat gefragt, ob er dich gesund gemacht hat. Scheint so, habe ich gesagt. Und dann wollte er wissen, ob auch Mami zu ihm in die Sprechstunde gehe. Warum, habe ich gesagt, die ist doch nicht krank, warum soll sie zu ihm gehen. Ach so, hat er gesagt. Ich hätte am liebsten gesagt: also, was willst du eigentlich wissen? Aber ich habe mich noch beherrscht, er sollte nur reden. Und dir, hat er gefragt, dir gefällt er gut? Wer? Der Doktor. Mein Gott, habe ich gesagt, er hat vier- oder fünfmal mit mir drei Sätze geredet. Eigentlich waren es mehr, aber man sagt eben so: ›drei Sätze‹, das ist nicht gelogen, nicht wahr? Und dann wollte er wissen, ob

Mami ihn gut leiden könne. Da habe ich gesagt: Das mußt du sie selbst fragen. Da war er beleidigt. Wir sind eine Weile so nebeneinander hergelaufen, und sicher hat er gedacht: wegen dieser dummen, kleinen, eigensinnigen Gans laufe ich den ganzen Weg zu Fuß und erfahre nichts. Schließlich, wir waren schon gleich an der Brücke, hat er die Geduld verloren, ich habe es gemerkt. Da hat er einen letzten Versuch gemacht: Also mir, fing er an, mir gefällt dieser Doktor sehr. So, habe ich gesagt, aber warum interessiert er dich eigentlich so? Interessiert er mich denn? hat er gefragt. Es scheint so, habe ich gesagt. Da gab er es denn schließlich auf, zu fragen und zu bohren. Aber weißt du, Onkel Georg, ich bin doch kein dummes Kind mehr, ich merke, daß er ein bestimmtes Ziel verfolgt. Warum will er wissen, ob der Doktor Mami gefällt? Da steckt doch irgend etwas dahinter? Und Mami hat so oft geschwollene Augen, sie wäscht und pudert sich, aber ich merke es doch, und wenn Clemens sie anschaut, dann hat er etwas im Blick, ich weiß nicht ... Wenn ich Mami wäre, ich würde mir das alles nicht gefallen lassen. Hast du nicht gemerkt, daß er sie immer daheim läßt, wenn er ausgeht? Kein einziges Mal nimmt er uns in ein Theater oder Konzert mit. Manchmal habe ich schon gedacht, er hat eben eine andere Frau.«

»Simone!« sagte ich. »Was für eine Idee!«

»Warum ist das so aufregend?« fragte sie trocken. »Das ist bei vielen Männern so. Der Vater meiner Freundin Annette hat auch eine andere Frau.«

»So?« sagte ich. »Ist das so? Ich weiß nicht.«

»Nein? Aber ich weiß. Schau, wir sind einunddreißig in der Klasse, siebzehn Buben und vierzehn Mädchen. Von den Buben erfährt man nicht soviel, aber von dreien weiß ich, daß ihre Eltern geschieden sind, und von uns Mädchen kommen nur drei aus einer richtigen Familie. Das ist heutzutage eben so. Und deshalb würde es mich nicht wundern, wenn Clemens auch eine andere Frau hätte, aber dann, meine ich, wäre er glücklicher, oder wie soll ich sagen, jedenfalls nicht so finster. Aber mir scheint, daß er denkt, Mami mag ihn nicht, und sie möchte viel lieber den Doktor.«

»Simone!«

Warum sagst du immer ›Simone, Simone‹, als ob ich weiß Gott was Entsetzliches gesagt hätte? Das ist doch alles ganz natürlich. Ich will dir sagen, aber nur dir: wenn ich Mami wäre, ich hätte den Doktor lieber. Aber sag nicht schon wieder ›Simone, Simone‹! Gewöhn dich daran, daß ich kein Kind mehr bin und daß ich sehe, was ich sehe, und höre, was ich höre.«

»Was siehst, was hörst du denn, Kind?«

»Warum fragst du so? Du weißt doch alles besser als ich. Neulich hast du mir versprochen, alles zu erklären. Aber jetzt brauchst du es nicht mehr zu tun. Seitdem Clemens so mit mir gesprochen hat, verstehe ich es schon aus mir selbst.«

Sie begann meine Hand zu streicheln. »Du bist ja auch traurig über all das.«

»Ja«, sagte ich, »freilich bin ich traurig, wenn ich sehe, wie Menschen sich quälen.«

»Clemens quält Mami«, flüsterte sie leidenschaftlich, »aber Mami ist immer gut zu ihm.«

»Das ist es ja«, sagte ich, »das verstehst du vielleicht nicht. Gerade daß sie so ist, wie sie ist, so gut, so geduldig, das quält ihn.«

»Weil sie ihm überlegen ist, meinst du, das mag er nicht?«

»Vielleicht so. Aber noch anders: du mußt begreifen, daß, wenn Mami und der Doktor sich wirklich gut verstehen . . .« Sie unterbrach mich: »Sag, Onkel Georg, wie ist das: wenn man verheiratet ist, darf man sich dann mit keinem andern Menschen gut verstehen?«

»Ja, siehst du, das ist das Schwierige. Man darf es schon, natürlich. Aber wenn man sich mit einem andern Mann besser versteht als mit dem eigenen, dann, was meinst du, was dann ist?«

»Dann«, sagte sie, »ja, das kommt darauf an. Clemens mag das nicht. Vielleicht mag das keiner.«

»Siehst du«, sagte ich.

»Ja, aber, was will er denn? Warum gibt er sich keine Mühe, sich mit Mami ebenso gut zu verstehen?«

»Das liegt in keines Menschen Macht, Simone. Alle menschlichen Beziehungen sind Geheimnis.«

»Das versteh ich nicht ganz. Man kann sich doch Mühe geben.«

»Glaubst du, Clemens gibt sich keine?«

»Ich glaube nicht . . . Aber«, fügte sie, plötzlich betroffen, hinzu, »aber vielleicht nützt es nichts. Aber dann, Onkel, dann haben ja alle recht, die sich scheiden lassen, oder einen anderen Menschen daneben haben, mit dem sie sich besser verstehen? Dann sollte Mami ganz einfach Clemens stehen lassen und zum Doktor gehen? Denn was hilft es, beieinander zu bleiben, wenn man sich zwar bemüht, gut zueinander zu sein, aber sich doch nicht wirklich gern haben kann?«

Was sollte ich darauf antworten? »Nun«, sagte ich, »du bist doch katholisch, Simone. Du hast gelernt, daß die Ehe ein Sakrament ist und unauflöslich.«

»Ach ja«, flüsterte sie, »ich weiß. Aber wenn ein Teil bleiben, der andere gehen will, was dann?«

»Mein Gott, Simone, wie du fragst. Ich bin doch kein Priester, kein Religionslehrer! Wenn es auf mich ankäme, Kleine, so würden solche Ehen ganz still gelöst werden, damit neue, glücklichere entstehen könnten.«

»Aber warum ist die Kirche so dagegen? Will sie denn nicht, daß die Menschen glücklich werden?«

»Höre, Simone, warum gehst du mit diesen Fragen nicht zu einem Priester, sagen wir beispielsweise zu Pater Franziskus?«

»Ach weißt du, bei denen weiß man immer schon von vornherein, was sie sagen. Sie müssen ja etwas Bestimmtes sagen, das, was sie gelernt haben. Ich habe gedacht, so jemand wie du, der könnte einfach vernünftig darüber reden.«

Meine kleine Französin, meine der Vernunft ergebene, nüchterne, aufklärerische Simone.

Zum Glück unterbrach uns hier Marie-Catherine. »Simone, hörst du nicht? Frieda hat schon dreimal nach dir gerufen. Du sollst ihr helfen, die Äste wegtragen.«

Simone warf mir einen ergebenen Blick zu, und seufzend gehorchte sie; aber sie kam noch einmal zurück und flüsterte mir zu: »Du, wenn Clemens uns fortschickt, gehst du dann mit uns?«

»Simone!« rief Marie-Catherine, und so wurde ich der Antwort enthoben. Was hätte ich sagen sollen? Und was würde ich tun, wenn diese Trennung wirklich eines Tages geschehen sollte? Konnte ich dann noch in diesem Hause bleiben? Ohne Marie-Catherine, ohne Simone, allein mit Clemens und der so alt gewordenen Mutter? Was für ein trostloses Lebensende erwartete mich. Nein, Simone, ich werde nicht hierbleiben. Jedes Altersheim wird mir ein freundlicheres Asyl sein als dieses Haus ohne euch beide. Aber konnte, durfte ich Mutter allein lassen? Schon senkte sich die Schranke über die Straße, die mir freie Fahrt zu geben versprochen hatte. Mein Gott, genügte es denn nicht, daß ich an den Rollstuhl gefesselt war? Mußte ich auch noch der letzten kümmerlichen Freiheit beraubt werden? Nun, es war noch nicht so weit, noch war keine wirkliche Entscheidung gefallen. Doch freilich: kannte ich Clemens nicht gut genug? Wenn er sich einer Sache oder eines Menschen entledigen wollte, so ruhte er nicht, bis es ihm gelungen war. Und hatte er nicht recht auf seine Weise? Was war dieses Leben noch wert, so wie es jetzt war für uns alle? Kann von uns gefordert werden, daß wir in dumpfer Ergebung in diesem finstern Keller dahinsterben? Aber was würde sich ändern, wenn

Marie-Catherine fort wäre? Ich dachte an Simones trockene Frage: »Hat Clemens eine andere Frau?« Niemals hatte ich mir diese Frage gestellt. Er war äußerst verschlossen. Er verstand es, seine Geheimnisse zu verbergen. Wohin ging er, wenn er abends ausging? Marie-Catherine wußte es nicht. Es lohnte sich nicht, ihn zu fragen, da er doch nicht die Wahrheit sagen würde. Warum, zum Teufel, sollten sich nicht Scheidungsgründe finden lassen, die Marie-Catherine befreiten? Warum sollte ich nicht mit den gleichen Methoden arbeiten wie Clemens? War es nicht leicht zu erfahren, wohin er ging? Was für ein Vergnügen, ihn eines Tages überführen zu können... Selbstverständlich wies ich diesen Gedanken mit Abscheu zurück, aber er kehrte mehrmals wieder. Doch bewahrte mich eine gewisse angeborene Anständigkeit davor, den Plan auszuführen.

Einige Tage danach kam überraschend der Doktor zu mir, überraschend, weil er seine Besuche mit dem Fortschritt meiner Genesung natürlich eingestellt hatte. Er schien sehr eilig zu sein und wollte nicht einmal den Mantel ablegen. »Ich bin nur gekommen, um Ihnen zu sagen, daß ich bei jenem Mädchen war. Ihre Schwägerin brachte mich hin, und wir hatten ein recht vernünftiges Gespräch zu dreien. Das Ergebnis: sie versprach uns mit Handschlag, daß sie sich das Leben nicht nehmen werde.«

Er erzählte es ohne eine Spur von Triumph, eher bedrückt. »Und«, fragte ich, »Sie glauben, daß sie das Versprechen halten wird?«

»Ich hoffe es«, sagte er, »aber ich fürchte, sie denkt in Winkelzügen. Sie denkt: gut, ich werde weder Gift nehmen noch den Gashahn aufdrehen, aber ich werde sterben wollen, und dann werde ich eben bei der Geburt eines natürlichen Todes sterben. Sie ist fasziniert von der Idee des Todes. Schade um das Mädchen. Die Energie, die sie jetzt auf Zerstörung verwendet, könnte man verwandeln. Man darf sie nicht mehr aus der Hand lassen. Ihre Schwägerin hat einen starken Einfluß auf sie.«

Als er von Marie-Catherine sprach, überzog sich sein Gesicht mit einer leichten Röte, und plötzlich schien er es nicht mehr eilig zu haben, er setzte sich sogar, aber als er saß, wußte er offenbar nicht mehr, warum er noch hatte bleiben wollen. Er sah übrigens sehr schlecht aus. Ich sagte es ihm, aber er tat die Bemerkung mit einer kleinen Handbewegung ab. Dann sprach er wieder von Clementine, obgleich er, das fühlte ich, von Marie-Catherine reden wollte.

»Wenn das Mädchen eine richtige Arbeit hätte«, sagte er, »dann wäre vieles besser. Tänzerin, das ist kein Beruf für sie, zumal sie keine gute ist. Wenn sie am Leben bleibt, werde ich ihr vorschlagen, mitsamt dem Kind zu mir nach Tanganjika zu gehen.«

»Und was soll sie da tun?«

»Das wird sich zeigen. Sie ist intelligent und sensibel. Man könnte sie in der Krankenpflege ausbilden.«

»Aber Doktor! Dieses Mädchen, das die Arbeit scheut, das derart unordentlich ist . . . !«

»Das ist sie nur, weil sie nicht sieht, warum und wofür sie anders sein soll. Sie braucht nur, was wir alle brauchen und was sie nie bekommen hat: Wärme. Das heißt: was sie nie bekommen hatte, ehe sie Ihre Schwägerin kennenlernte.« Wieder wurde er rot, diesmal stärker, und er rührte mich. »Nun ja«, sagte ich rauh und verlegen, »meine Schwägerin ist ein guter Mensch.«

Er nahm es schweigend hin, dann stand er plötzlich auf, um sich rasch zu verabschieden. Als er schon an der Tür war, rief ich ihn zurück. »Doktor«, sagte ich. »Sie müssen mir noch einen Rat geben.«

Er kam sofort und bereitwillig wie immer, und sein Gesicht nahm den Ausdruck gesammelter Aufmerksamkeit an, der ihn so anziehend machte.

»Ich weiß nicht«, begann ich, »ob Ihnen Marie-Catherine oder Clementine, jenes Mädchen, erzählt hat, wer der Vater des Kindes ist.«

»Nein, das ist auch nicht nötig.«

»Und wissen Sie, wer Clementines Vater ist?«

»Das«, sagte er, »dürfte wohl unter die ärztliche Schweigepflicht fallen, da man es mir anvertraut hat, als ich die Funktion des Arztes ausübte.«

»Nun, Doktor, daß ich es weiß, dürfte natürlich klar sein. Jetzt frage ich Sie: soll man jenen Vater fortan unbehelligt lassen oder ihn immer wieder mit seiner Schuld konfrontieren?«

»Erstens«, antwortete er ruhig, »würde ich nicht das Wort ›Schuld‹ gebrauchen. Was wissen wir schon von einem andern Menschen, und was berechtigt uns zu richten? Zweitens glaube ich, daß das hartnäckige Hinweisen auf diese sogenannte Schuld den Betreffenden nur verstocken kann. Drittens meine ich, daß er von dieser und von andern Erfahrungen genügend gequält ist, und daß man ihn und alle seine Nöte nur mehr vertrauensvoll einem Höheren anempfehlen kann.«

Er war während dieser Rede nähergekommen und ich sah, daß kleine Schweißtropfen auf seiner Stirn standen.

»Doktor«, rief ich aus, »sind Sie krank?«

»Nein«, sagte er sanft, aber abweisend, »ich bin nicht krank.« Damit wandte er sich um und ging fort. An der Tür stieß er mit jemand zusammen. Ich hörte unterdrücktes Gelächter. Es war Simone. Wie selten wurde in diesem Haus gelacht! Und wie schüchtern nur wagte dieses Kinderlachen laut zu werden. Warum brachte ich die Kleine nie dazu, so zu lachen oder noch lauter, herzhafter? Und warum entlockte ich Marie-Catherine nur ein flüchtiges, freundliches, schmerzliches Lächeln? Was machte ich falsch? Müßte ich es nicht zuwege bringen, andere heiter zu stimmen? Wofür lebte ich denn überhaupt? Noch nie vorher hatte ich mir diese Frage mit solcher Dringlichkeit gestellt, und eine ganze schlaflose Nacht hindurch quälte ich mich damit ab, eine Antwort zu finden. Ja, wirklich, wofür lebte ich? Mußte man sich aber diese Frage überhaupt stellen? Bedeutete die Tatsache, daß man sich diese Frage stellte, nicht schon das Eingeständnis des Bankrotts? Lebte man denn noch wirklich, wenn man den Sinn dieses Lebens in Frage stellte? Fragte sich Marie-Catherine etwa? Sie lebte, ohne zu fragen, in der Fülle. Aber wieso verband sich mir die Vorstellung von ›Fülle‹ gerade mit ihr, die doch weiß Gott ein Leben des Verzichts zu führen hatte? Mangelte es ihr nicht an beinahe allem, was sonst das Leben einer Frau ›erfüllt‹? Vermochte man im Verzicht Fülle zu erleben? Ich war sicher, daß Marie-Catherine niemals irre wurde am ›Sinn‹ ihres Lebens; sie wußte ihn, oder vielmehr: sie lebte ihn, sie erfuhr ihn unaufhörlich. Was gab ihr diese Sicherheit in all ihrer Unsicherheit? War es ihr Christentum? Mußte ich denn am Ende einer Kette von Überlegungen immer wieder auf diesen Gedanken stoßen? Konnte ich überhaupt noch etwas von Bedeutung denken, was mich nicht mit Gewalt dorthin führte? Aber so leicht würde sich ein alter Skeptiker wie ich nicht täuschen lassen: was ich suchte, war nicht ein Glaube, schon gar nicht ›der‹ Glaube, sondern das Geheimnis Marie-Catherines. Diesem ihrem Glauben galt mein Interesse, eben weil es der ihre war. Hätte ich je von mir aus ein Bedürfnis gefühlt, mich mit derlei Fragen zu beschäftigen? Mir war es genug, mich mit dem Greifbaren, dem durch Vernunft Erfaßbaren zu beschäftigen: Geschichte, Volkswirtschaft, Kunstgeschichte, das war meine Welt. Wäre ich gesund, so würde ich vermutlich nie um einer Frau willen mich mit Fragen abgequält haben, deren Beantwortung sich der Vernunft entzog. Aber so ein Krüppel ist wie ein Tier im Käfig; es muß die Nahrung annehmen, die man ihm durch die Gitterstäbe zusteckt, als wäre es diejenige, die es sich selbst wählte. Aber wenn man es freiließe, würde es diese kümmerlichen Gaben verschmähen der Wildbeute wegen.

Am Abend vor jener schlaflosen Nacht hatte ich noch zwei Besucher. Zuerst kam Simone, einige Zeit nach ihrem Zusammenprall mit dem Doktor. Sie strahlte.

»Onkel«, rief sie, »der Doktor ist mit mir im Garten gewesen, ich habe ihm mein Beet gezeigt, dann sind wir auf der Bank unter dem Nußbaum gesessen, und er hat mir von Afrika erzählt. Wenn ich groß bin, geh ich zu ihm. Ich studiere Medizin und gehe zu ihm. Ich habe es ihm versprochen. Er sagt, man soll nichts versprechen, man wüßte doch nicht, ob man so etwas halten könne, es hinge von vielen Dingen ab. Da sagte ich: Sie können sich auf mich verlassen. Gut, hat er gesagt, ich glaube dir, ich erwarte dich. Das war ganz ernst, Onkel. Jetzt will ich viel fleißiger arbeiten in der Schule, vielleicht kann ich eine Klasse überspringen, dann bin ich ein Jahr früher fertig . . .«

Sie hat es übrigens wirklich geschafft, eine Klasse zu überspringen und ihr Abitur mit knapp achtzehn Jahren zu machen. So wird sie alles erreichen, was sie erreichen will, denn sie hat Tatkraft und sie hat das Glück, einem Stern folgen zu dürfen.

Nachdem Simone gegangen war an jenem Abend, kam Mutter zu ihrem Schachspiel. Dieser Besuch hatte sein bestimmtes Ritual. Zuerst stellte sie die Figuren auf, dann plauderte sie eine Weile mit mir, meist über Politik, denn sie hörte eifrig die Nachrichten im Rundfunk, dann spielte sie zwei Partien, wobei sie halblaut mit sich selbst sprach und bisweilen Figuren fallen ließ, so daß ich nach Frieda klingeln mußte, die stets mißmutiger kam, aber nichts mehr zu sagen wagte, seitdem Mutter sie einmal angefahren hatte: »Du denkst, die Alte sieht nichts mehr, soll sie aufhören zu spielen; und du denkst, die Alte hört nichts mehr, man kann über sie schimpfen vor ihren eigenen Ohren. Aber du irrst. Im übrigen bist du selber alt geworden und merkst es nur nicht.« Seitdem beschränkte sich Frieda auf ausdrucksvolle Seufzer und auf Blicke, die mich zum Bundesgenossen zu machen suchten.

Auch an jenem Abend schien das ganze Ritual abgespielt zu werden, aber plötzlich, die erste Partie war noch nicht zu Ende, räumte Mutter die Figuren ein. »Schluß damit«, sagte sie.

»Keine Lust mehr?« fragte ich.

»Lust!« sagte sie verächtlich. »Als ob ich Lust daran hätte. Ich spiele, um mein Gehirn in Bewegung zu halten, und dieses Gehirn brauche ich, um zu begreifen, was in diesem Hause vor sich geht. Aber ich höre auf, hier bei dir zu spielen.«

»Aber warum denn?«

»Weil«, sagte sie, »ich nicht so dumm bin zu übersehen, daß es dir lästig ist. Schweig, es ist so. Oder vielmehr, du denkst: die Alte glaubt, es macht mir Freude, wenn sie dahockt und mir auf ihre Art Gesellschaft leistet; die gute Alte, wenn sie wüßte, wie wenig mir an dieser Gesellschaft liegt.«

»Aber Mutter! Deinen Scharfsinn in Ehren, doch diesmal hast du weit daneben getroffen. Ich würde es sehr entbehren, verbrächtest du nicht deine Abende hier. Also bleib, spiel weiter, wenn du mich nicht böse machen willst.«

»Ja, weißt du«, sagte sie mit einem Ausdruck von List, »wenn man so alt ist wie ich, dann weiß man, daß man eigentlich sterben sollte.«

»Aber, aber!«

»Sei still. Natürlich gibt das keines von euch zu. Irgendwie hängt ihr auch an mir, so wie ihr an den Möbeln aus euerm Kinderzimmer hängt. Weißt du noch, wie ihr euch gewehrt habt, als ich sie verschenken wollte? Jetzt stehen sie im Dachzimmer, keiner kümmert sich darum, aber herschenken dürfte ich sie immer noch nicht, zumindest Clemens würde es nicht erlauben.«

Ich war etwas bestürzt, da ich nur den Vorwurf daraus hörte, wir kümmerten uns zu wenig um sie.

»Ach was«, sagte sie, »davon war nicht die Rede. Du hast nicht genau zugehört. Um mich braucht sich niemand zu kümmern. Ich habe genügend Beschäftigung. Ich kann gut allein sein. Ich war mein Leben lang allein.«

Sie sagte das ohne Bedauern; sie stellte es trocken und mit einer gewissen Befriedigung fest, dann fügte sie hinzu: »Ich gehe in einiger Zeit in ein Altersheim.«

»Das« sagte ich lächelnd, »hast du dir in eben diesem Augenblick ausgedacht.«

»So? Meinst du?« fragte sie, und warf mir einen ihrer schiefen Blicke zu.

»Du«, sagte ich, »du wirst hierbleiben, schon aus Neugierde, um zu sehen, wie das ausgeht, was sich in diesem Hause begibt.«

Sie murmelte: »Als ob das so interessant wäre zu sehen, wie ihr euch zugrunde richtet.«

»Dummheit!« rief ich. »Hier richtet sich keiner zugrunde, als, nun ja, als Clemens. Aber der richtet sich schon zugrunde, seit er zu denken anfing. Ist es nicht so? Man muß sich wundern, daß er's noch nicht wirklich zuwege gebracht hat.«

Ihr schiefer Mund mahlte heftig. Dann sagte sie eisig: »Du hast ihn nie leiden können.«

Ich schwieg darauf, wir schwiegen beide eine Weile. Dann begann sie von neuem: »Im übrigen, finde ich, nehmt ihr euch alle viel zu ernst. Ich gebe zu, daß ich in einem Punkt Clemens auch nicht mehr verstehe. Er hat sich diese Ehe anders vorgestellt. Nun gut. Wer hätte sich nicht eine Ehe vor der Hochzeit anders vorgestellt, als sie nachher sich zeigte! Man findet sich damit ab, basta. Man richtet sich ein, man paßt sich an. Wozu das Geschrei, wozu Tränen. Wenn ich an meine Ehe denke ...«

Ich lächelte und wagte zu sagen: »Du hast es auch leicht gehabt. Du bekamst keinen Widerstand zu fühlen.«

»Was weißt denn du!« rief sie. »Vielleicht hätte ich gerade diesen Widerstand gebraucht. Wie auch immer: ich habe kein Wesens daraus gemacht. Ihr aber tut, als müßte die Ehe etwas Vollkommenes sein und aus lauter Liebe bestehen.«

»Ihr!« rief ich. »Was redest du zu mir von Ehe. Das geht Clemens an, nicht mich.«

»Dich auch«, sagte sie eigensinnig. »Du bist genau so ein Narr wie er. ›Marie-Catherine‹, das ist dein Leben. Du merkst es nicht einmal. Laß mich nur reden. Warum beschäftigt ihr euch nicht mit Politik oder mit Dingen, die außerhalb eurer Gefühle liegen?«

»Weil«, sagte ich, »es ganz richtig ist, daß man zuerst die eigenen, die inneren Angelegenheiten ordnet. Das ist nämlich auch eine Wirklichkeit, meine Liebe, und durchaus wichtig, und diese Wichtigkeit reicht über das Private hinaus. Die Ehe, die Liebe, die Freundschaft, das sind geistige Aufgaben, Mutter!«

Sie seufzte: »Was für eine komplizierte Generation seid ihr doch. Alles macht ihr zu ›Aufgaben‹, zu ›Problemen‹. Zu meiner Zeit ...«

»Mutter, zu deiner Zeit ... Gewiß. Doch lassen wir das. Vielleicht wird die Generation von Simone einmal über uns lächeln. Aber was hilft es, dies zu denken? Wir stehen mitten in unsern Problemen und mühen uns mehr oder minder redlich, sie zu lösen oder ihre Unlösbarkeit anzunehmen.«

»Nun ja«, murmelte sie ungeduldig und verständnislos und ging.

Einige Tage später fand ich es an der Zeit, Marie-Catherine zu fragen, wann sie mich denn zu einer ihrer Zusammenkünfte mit dem alten Franziskaner mitnehme.

»Ach Georg«, sagte sie, »ich habe schon oft daran gedacht. Aber ich fürchte, du wirst enttäuscht sein oder doch sehr befremdet. Du findest dort vieles von dem, was dir so zuwider ist. Ich möchte nicht, daß du abgestoßen und verletzt wirst.«

»Also wann?« fragte ich.

»Freitag nachmittag«, sagte sie. Sie sagte es ebenso scheu wie rasch entschlossen, mit ebenso viel Widerstreben wie Vertrauen, und ich glaubte aus dieser Art der Gewährung zu lesen, wieviel ihr daran lag, mich nicht zu erschrecken, nicht zu verwunden, nicht zu verlieren. Bei all meiner Skepsis erlag ich doch häufig ihr gegenüber dem alten Leiden aller Verliebten, zu glauben, was man zu glauben wünscht oder zu glauben für lebensnotwendig hält.

Die drei Tage bis zu jenem Freitag verbrachte ich in einer seltsamen Unruhe. Ich sage ›seltsam‹, weil sie mir in keinem rechten Verhältnis zu stehen schien zu der Unwichtigkeit einer Zusammenkunft, bei der irgendwelche religiösen Probleme unter Gleichgesinnten erörtert werden würden. Bei meiner starken Neigung, Vernunftgründe allein gelten zu lassen, sagte ich mir: ich will einfach wissen, welche Rolle Marie-Catherine dort spielt, ich will wissen, wie sie sich ausnimmt in jenem Kreis braver Leute, die mit einem alten Franziskaner fromme Gespräche führen, und ich will Marie-Catherine zusammen mit ihrem Doktor sehen, denn er wird gewiß auch dort sein; ich will sie als ein Paar sehen inmitten der andern.

So glaubte ich denn, allein um Marie-Catherines willen dorthin zu gehen. Bisweilen meldete sich in mir eine andere Stimme, oder vielmehr, es meldeten sich deren zwei, die einander zu widersprechen schienen, und die doch dasselbe meinten. Die eine sagte: Geh hin, erweitere deinen Gesichtskreis, sträube dich gegen nichts, nimm das Fremde zur Kenntnis, setze dich damit auseinander, nimm lebendigen Anteil an jener geistigen Welt. Die andere sagte: Geh nicht hin, du könntest auf recht unbequeme Art gezwungen werden, gewisse Urteile zu ändern, auf jeden Fall wirst du beunruhigt werden; und stell dir deine Verzweiflung vor, wenn du finden müßtest, daß dir Marie-Catherines Welt verschlossen ist.

Was hier in so trockenen Sätzen steht, das war in der Wirklichkeit meines Lebens ein quälender Sturm, ich verlor den Boden unter meinen Füßen; in der Nacht von Donnerstag zum Freitag hatte ich das lebhafte und höchst unbehagliche Gefühl, mich auf einem schmalen Grat zu befinden und mich keinen Schritt bewegen zu können, weder vor noch zurück, von widrigen, abwechselnd von vorn und im Rücken angreifenden Windstößen gehemmt. So ging es mir denn gar nicht gut, als jener Nachmittag endlich gekommen war, doch ich sagte nichts davon. Marie-Catherine hatte ein Taxi bestellt, der Fahrer hatte schon seine Anweisungen, rasch und geschickt sah ich mich von seinen Armen ins Auto gehoben. Der

Rollstuhl wurde auf das Dach geschnallt, und die kurze Fahrt bis St. Anna war wirklich ohne Beschwernis für mich.

Da mein Transport einige Zeit kostete, kamen wir zu spät, das heißt, wir fanden die dort Anwesenden bereits mitten in einem Gespräch, dem ich zunächst nicht folgte, da ich damit beschäftigt war, die Leute anzusehen, die hier beisammen waren. Der Doktor war nicht da; dies enttäuschte mich maßlos. Der dicke Brauer war da und der bucklige Bibliothekar, sonst kannte ich niemand. Die übrigen waren höchst verschieden nach Alter und Beruf. Sie schienen sich bereits zu kennen. Sie alle hatten Marie-Catherine wortlos, aber mit großer Herzlichkeit in den Blicken begrüßt, auch der alte Pater hatte einen Augenblick mitten im Satz innegehalten und ihr zugelächelt.

Was gesprochen wurde, schien mir belanglos. Der alte Franziskaner erzählte von Leuten, denen es schlecht ging, und die Zuhörer machten zu jedem einzelnen Fall Vorschläge, wie abzuhelfen sei, und dann bekam jeder eine Aufgabe bestimmter Art zugeteilt. Es ging sehr nüchtern dabei zu. Das gefiel mir, aber, um die Wahrheit zu sagen, es enttäuschte mich. Was eigentlich hatte ich erwartet?

Plötzlich hörte ich den Pater sagen: »Aber ich muß Sie wieder und wieder warnen davor, zu denken, daß Sie etwas Besonderes leisteten. Es ist nichts weiter als selbstverständlich, und im übrigen ist es nie genug. Wir alle behalten noch soviel für uns zurück, wovon wir uns nicht trennen mögen, ja, was wir sogar vor Gott zu verbergen suchen. Schauen Sie: ein Mönch, nun, das ist einer, der auf alles verzichtet hat. So sagt man. Hat er's getan? Vielleicht, bei der Profeß. Nachher hat er das oder jenes Buch bekommen, er durfte es behalten, er hängt daran. Oder er hat ein Bild in der Zelle, nicht wertvoll, aber er hat es gern, es ist ihm teuer; wenn er's herschenken müßte, wäre es ein Verlust. Verstehen Sie, liebe Freunde? Es kommt nicht darauf an, ein Vermögen oder das evangelische Zehntel davon herzuschenken. Das fällt manch einem leicht, besonders wenn die verbleibenden neun Zehntel noch recht beträchtlich sind, oder wenn er leicht wieder ein kleines Vermögen sich erwerben kann. Es kommt darauf an, sich frei zu machen. Ein Mönch, der sein Heiligenbild um alles behalten will oder seinen schäbigen Rosenkranz oder seinen Blumenstock am Fenster, der ist genau so ein Geizhals wie der, der den Bettler nicht sehen will. Versteht ihr mich denn, Freunde?«

Da er eine Antwort zu fordern schien, sagte der Brauer: »Jawohl, Pater. Nur: das liefe also darauf hinaus, daß man das Gute tun soll um der eigenen Befreiung willen. Aber das, das können Sie doch nicht meinen. Sagen Sie: warum eigentlich müssen wir uns befreien? Wovon, wie, wozu?«

»Aber meine Lieben«, antwortete der Pater, »was fragt ihr mich so? Ihr wißt es doch selbst. Steht doch alles im Evangelium. Ist doch alles so einfach.«

Da verschiedene in ihn drangen, es doch klar zu sagen, erwiderte er: »Also denn, so fragen wir uns zuerst: wovon befreien wir uns? Nicht eigentlich von den Gütern der Welt, sondern vielmehr vom Hängen an diesen Gütern. Wenn wir uns befreien, eben um uns zu befreien, um durch diese Befreiung irgend etwas für uns zu erreichen, so begeben wir uns von einer Knechtschaft in die andere. Wir hängen nicht mehr an den Gütern der Welt, aber wir hängen an uns, und das ist das schlimmste allen Hängens. Ich kenne Leute, meine Lieben, sehr edelmütige, sehr fromme Leute, die glauben, sie hätten alles abgetan, auf alles verzichtet, alles verleugnet. Aber sie wissen nicht, daß sie es nur um ihrer selbst willen getan haben. Sie hängen an ihrer Tugend, und damit ist alles, was sie tun, nichts. Ja, ihr hört recht: es ist nichts! Da kann einer sein Leben lang sich gezüchtigt haben, gefastet, gebetet, alles verschenkt haben, und es ist rein gar nichts dabei herausgekommen. Ihr seht schon, worauf dies alles hinausläuft: sich von sich selbst befreien, das ist es, was wir lernen müssen. Und dann also: warum, wozu? Nun, das ist einfach, das ist so einfach, daß man dabei Blut schwitzen möchte, so entsetzlich einfach ist das: man befreit sich von sich selbst, damit Gott in uns wirken kann. Ja, das hört sich so leicht an, so billig wie ein Wandspruch in der Zelle eines braven Klosterbruders. Aber, meine Lieben, das ist ein ganz furchtbarer Satz, der kann die Erde zersprengen, der kann die Welt verwandeln.«

Er schwieg und umfaßte uns alle mit seinem klaren Blick.

Jemand sagte halblaut: »Das hieße also, daß man nichts mehr wünschen, nichts mehr wollen darf.« Eine Stimme erwiderte halblaut: »Das lehren auch die Buddhisten.«

»So?« antwortete der Pater: »Sagen sie das auch? Nun, wenn sie das sagen, sind sie Weise. Es gibt viele Weise außerhalb unserer Kirche, meine Lieben, vergessen wir das nicht. Alle auf solche Art Weisen der Welt gehören zusammen. Aber vergessen wir den Unterschied nicht. Wir Christen wollen nicht einmal weise sein!«

»Das geht zu weit«, sagte jemand verärgert. »Jetzt werden Sie uns gleich mit dem Beispiel von verrückten Heiligen kommen, dem verlausten Bettler Benedikt Labre etwa, oder irgendwelchen Leuten, die ihr Leben auf einer Säule stehend zubrachten.«

»Jeder wie er muß«, antwortete der Pater gelassen. »Sie müssen ja nicht. Gott läßt jedem die Freiheit, auf seine eigene Art heilig zu werden. Man kann heilig sein, ohne daß man sein Leben in irgendeiner Weise verschieden von dem der andern führt. Auf die innerste Meinung kommt es an, auf die Herzensrichtung, auf das Sich-Verlieren.«

»Sich-Verlieren?« warf der Bibliothekar ein. »Das leuchtet mir nicht ein. Für mich gilt immer noch der Satz Goethes, daß höchstes Glück der Menschenkinder die Persönlichkeit sei.«

»So?« sagte der Pater. »Das sagt Goethe? Da hat er recht.«

»Pater!« rief der Bibliothekar. »Sie können doch nicht sagen, er habe recht, wenn sie zugleich das Sich-Verlieren fordern.«

»Mein Lieber«, sagte der Pater, »Sie ahnen gar nicht, was für eine große Persönlichkeit man werden kann, wenn man keine werden will, sondern in aller Demut darauf verzichtet, irgend etwas zu sein außer ein kleiner, treuer, armer Diener Gottes.«

»Lieber Pater«, sagte der Brauer, »Sie haben ja recht, aber Sie reden hier zu Leuten, die, mit ein paar Ausnahmen vielleicht, ganz durchschnittlich gute Menschen sind und keine Heiligen, und auch nicht die Berufung haben, Heilige zu werden. Sie überfordern uns.«

»So? Tu ich das?« fragte der Pater. Er lächelte. »Woher wissen Sie das?«

Jemand rief: »Aber jetzt wissen wir immer noch nicht, warum wir Werke der Nächstenliebe tun sollen: wenn nicht um der eigenen geistigen Befreiung willen, so um Gottes willen. Aber da stolpere ich, Pater. Das bedeutet doch, den Nebenmenschen übergehen, ihn nicht wirklich sehen bei dem großen Sprung auf Gott zu, ihn nur benutzen als Mittel zur eignen Heiligung. Da stimmt doch etwas nicht, wie?«

»Ganz recht«, antwortete der Pater, »ganz recht, da stimmt etwas nicht. Man kann nämlich gar keinen so großen Sprung machen, daß man Gott erreichte, wenn man den Nebenmenschen überspringen will. Aber das ist doch ganz klar, nicht? Wer Gott liebt, der muß doch auch die Menschen lieben. Es gibt nicht zwei Arten von Liebe, denn Liebe ist Liebe.«

»Das ist gar nicht klar«, sagte jemand. »Man kann doch die Menschen lieben, ohne Gott zu lieben, ja ohne sich um ihn überhaupt zu kümmern, oder ohne ihn zu kennen.«

»Ja«, rief ein anderer, »das ist wahr. Ich habe bei einem Atheisten eine so große Nächstenliebe gefunden wie noch bei keinem Christen.«

»Und im atheistischen Rußland unsrer Tage«, warf jemand ein, »da findet man soviel Nächstenliebe wie nicht bei uns.«

»Richtig«, antwortete der Pater, »das ist ja auch ganz einleuchtend.«

»Wieso einleuchtend? Es beweist doch gerade das Gegenteil von dem, was Sie gesagt haben.«

»So?« sagte der Pater. »Tut es das? Ich meine doch nicht! Denn schauen Sie, was Rußland anlangt, so ist doch in allem Atheismus noch die große, verzehrende Liebe zum Absoluten da, man weiß es nur nicht mehr. Und bei dem Atheisten, von dem Sie sprechen, da ist's einfach so, daß jene Liebe, die er einmal Gott zugewendet hat und die er ihm nicht mehr zuwenden zu können glaubt, ein Ventil braucht; so liebt er denn seine Nächsten. In aller Nächstenliebe ist Gottesliebe, und darum sind alle, die ihren Nächsten aus Liebe Gutes tun, Gotteskinder, ob sie nun unsern Glauben haben oder nicht. Alles übrige mag Gott entscheiden.«

Jemand lachte ein wenig. »Sie machen es sich leicht, Pater, oder Sie sind ein Ketzer! Was sagt Ihre Kirche dazu?«

Irgendwer antwortete: »Die Kirche sagt dasselbe: alle wirklich guten Menschen bilden eine Gemeinschaft.«

»Nun«, rief der Pater, »ist das nicht schön gesagt? Kann die Liebe eine schönere Formel finden?«

Während dieser letzten Sätze war die Tür geräuschlos geöffnet worden. Zwei Menschen kamen herein und setzten sich dicht neben die Tür: der Doktor und Clementine. Noch ehe ich dazu gelangte, mich darüber zu wundern, wurde ich gefesselt von dem Blick Marie-Catherines, der dem des Doktors begegnete. Ihrer beider Augen blieben ineinander liegen. Was für ein Blick! Da war kein wildes Ineinander-Stürzen, kein verzehrendes Wünschen, kein anklagender Schmerz über den wodurch auch immer auferlegten Verzicht. Es war ein reines Eins-Sein, das die Gewißheit der Unzerstörbarkeit, der unendlichen Dauer in sich trug. Dieser Blick, diese Liebe gehörten einem Bereiche an, in dem das Vollkommene allein beheimatet ist. Aber damit möchte ich ganz gewiß nicht ausdrücken, daß es eine, wie man so sagt, nur ›geistige‹ Liebe gewesen sei. Nein, diese beiden Menschen waren ganz und gar leibhafte Wirklichkeit, und ihre Liebe war eine ganze, eine nichts auslassende, nichts verleugnende. Sie glich nicht gewissen Engelsdarstellungen auf mittelalterlichen Bildern, die den himmlischen Wesen nur Kopf und Flügel zubilligen, aber keinen Körper. Wenn der Doktor seine Marie-Catherine lange ansah, dann verdunkelten sich seine Augen, und ich hätte nicht Mann sein müssen, um zu erkennen, was das Eindringen dieser Dunkelheit bedeutete. Auch in Marie-Catherines Gesicht vermochte ich zu lesen, und ich erkannte die Zeichen der Sehnsucht. Und doch blieb beides, Verlangen nach Besitz und Verlangen nach Hingabe, in einem Zustand des reinen Schwebens, der nichts Erschreckendes mehr enthält. Über allem lag der Friede des stillen Triumphes über das Unzulängliche. Immer, wenn ich das törichte gängige Wort von der ›freien Liebe‹ höre, denke ich an jene Liebe, die, aufs martervollste gefesselt, dennoch wahrhaft frei war. Damals, im Anschauen jener beiden versunken, dachte ich: das nun wäre ›das ideale Paar‹; das wäre wahrhaft die Erfüllung unserer Sehnsucht nach dem Vorbild; das wäre der Beweis für den unausrottbaren, von den Millionen bitterster Erfahrungen nicht zerstörten Glauben an die Möglichkeit der echten, der ›großen‹ Liebe. Aber indem ich dies dachte, überfiel mich Qual, und ich lehnte mich auf; ich, der Zuschauer, rebellierte, die Betroffenen taten es nicht, nicht mehr. Warum sollte nicht gelebt werden, was so schön und klar gegeben war? Weshalb das geheimnisvolle, das messerscharfe Nein, das doch nichts als Unnatur war in all dieser natürlichen Fülle? Wer hatte das Recht, einen solchen, allem Leben ins Gesicht schlagenden Verzicht zu verlangen?

Ich hatte längst nicht mehr auf den Fortgang des Gesprächs geachtet. Plötzlich aber hörte ich Marie-Catherines Stimme. »Wie gut«, sagte sie, »daß es Menschen gibt, die uns unbequem sind und uns in unserer Einbildung, wir seien gut, erheblich stören.«

»Ja, wie gut«, erwiderte der Pater. »Der unbequeme Nachbar, das nämlich, hört gut zu, das ist Gott.«

Daraufhin entstand eine Pause, in der jeder sich bemühte zu begreifen, bis der Pater fortfuhr: »Ihr braucht es nicht ganz wörtlich zu nehmen, wenn ich sage, daß Gott sogar die Maske der alten sauren Betschwester annimmt, um uns Gelegenheit zu geben, ernst zu machen mit der Nächstenliebe. Ich sage, ihr braucht es nicht unbedingt wörtlich zu nehmen, aber es schadet nichts, wenn ihr so denkt wie meine Mutter, Gott habe sie selig, sie ist lange tot. Wenn da ein recht unliebsamer Besuch kam, ein grober Vetter oder eine bettelhafte Nachbarin, dann sagte sie: ›Kinder, seid gut, das könnte der Herrgott sein.‹ Seht, das ist Nächstenliebe. Darin ist nichts von Herablassung, nichts von Anpassung nach unten, das ist vielmehr der Blick nach oben, der Blick in den großen Zusammenhang. Das ist Liebe, das allein: den andern lieben, weil er Gottes ist, weil Gott in ihm ist.«

Jemand hatte einen kaum hörbaren Laut des Widerspruchs ausgestoßen, oder vielleicht war es nur ein Seufzer, der besagte: ›Ach, das übersteigt mein Begreifen.‹ Der Pater hatte ihn sofort aufgefangen. »Erscheint euch dies übertrieben, wie? Denkt ihr, so rede ich, weil ich ein alter Mönch bin, verkalkt und eingesponnen in meine Gebetbuchsprüche? Denkt ihr das? Ach, wenn ihr doch begreifen wolltet, ihr alle, daß das Christentum durchaus wie eine Überforderung erscheint, was sage ich: daß es eine Überforderung *ist*, ein ungerechter Angriff auf unsre Vernunft, auf unsre Menschenkenntnis, die wir in harter Erfahrung erworben haben. Wie kann man Menschen lieben, wenn man sieht, wie sie sind: geizig, eng, hämisch, betrügerisch, lügenhaft, hartherzig, feige, voller Mordwünsche, gierig, schmutzig, und dumm, ach, so dumm … Ja, wie kann man sie lieben, wenn man schon sich selbst nicht lieben kann, da man sich kennt in aller eignen Niedertracht. Und da soll man den Menschen lieben? Torheit, Torheit. Ja, wirklich: Christentum ist Torheit. Aber ich sage euch nichts Neues. Steht ja alles im Evangelium.«

»Aber Pater«, rief jemand entsetzt, »wenn Sie sagen, daß das Gebot der Nächstenliebe eine Überforderung darstellt, wie sollten wir es dann erfüllen?«

»Ach, meine Lieben«, sagte der Pater, »wie soll ich das wissen. Ist nicht alles, gar alles, was man von uns Menschen an Gutem erwartet, nichts als allzu hohe Erwartung? Schwach sind wir alle, und doch in aller Schwäche können wir's! Wir können die Liebe! Wir können das Gute! Das ist das Wunder, um dessentwillen es sich lohnt zu leben.«

In diesem Augenblick fiel mein Blick auf Clementine, oder vielmehr: mein Blick wurde angezogen von dem ihren. Ihre Augen glänzten, ihr Gesicht war auf erstaunliche Weise verändert. Es war wie erfrischt, wie verjüngt, gestärkt, erheitert. Und mit diesem Blick schaute sie zuerst den Doktor an, der ihn ernst und freundlich erwiderte, dann Marie-Catherine, die ihr zulächelte, und dann lächelte sie selbst. Was war geschehen?

In der Nacht nach jenen seltsamen Gesprächen wurde ich die Beute, ja wirklich, ich muß es so nennen: die Beute einer ungeheuren Erregung. Zunächst begann ich, ruhig zu überlegen, was ich an diesem Nachmittag gewonnen haben mochte, und was denn so seltsam erregend an diesen friedlichen Stunden gewesen war. Nun: ich hatte Worte gehört, die mir vernünftig und wahr und bisweilen ein wenig kühn klangen, und ich hatte verstanden, daß diese Worte den dort Versammelten hilfreich schienen. Ich hatte mich an der Gestalt des alten Franziskaners erfreut, der ohne Falsch war und der eine Eigenschaft besaß, die ich außer an Marie-Catherine, an der ich sie jedoch nicht vorbehaltlos liebte, an keinem andern Menschen sonst gefunden hatte: dieses geschmeidige Nachgeben bis zu einer fast unerlaubt weit gesteckten Grenze, dieses gelassene Vergessen des eigenen Wertes, dieses freudige Anerkennen andrer, fremder Wesenheit, diese, wie soll ich sagen, ja: diese fromme Sachlichkeit.

Ich hatte ferner mich verwundert gefreut darüber, daß Clementine aus ihrer tödlich eigensinnigen Starre gelockt worden war. Dies war offenbar dem Doktor gelungen; freilich wohl hatte er nur das letzte Wort gesprochen, das ihm Marie-Catherine großmütig zu sprechen überlassen hatte, nachdem sie viele viele Monate lang die Kraft und Wärme ihres Wesens an dieses Geschöpf gewendet hatte. Schon begann ich, dies bedenkend, mich zu ärgern. Nun würde es also scheinen, als habe der Doktor mit leichter Hand erreicht, was Marie-Catherine nicht hatte bewirken können, und niemand, am wenigsten Marie-Catherine selbst, würde den Irrtum richtigstellen; sie vielmehr würde sich freuen, daß ihm, dem Geliebten, das Werk gelang; und er, Mann, der er war, würde den Ruhm, wenn immer es einer war, für sich buchen. Was half es, daß ich mir sagte, aus mir spreche und denke die nackte Eifersucht . . .

Aber noch einmal an Marie-Catherines reinem Bild mich ordnend, nahm ich mich und dieses düstere Gefühl zurück, um anderes, minder Trübes, wenn auch nicht minder Schmerzendes sachlich zu bedenken, das, was neu war für mich: die Erfahrung davon, was Liebe sei. Ich hatte geglaubt, es lange schon zu wissen, und mir hatte geschienen, als gebe es darüber hinaus nichts zu erfahren. Liebe, so meinte ich, sei ein natürliches, mehr oder minder bewußtes Übereinstimmen zweier Menschen, ein warmes und ernstes Zueinanderstehen, ein klares Entschlossen-Sein zu einem über alle vergängliche Verliebtheit hinausreichenden Leben füreinander, auch dann noch, wenn man sich nicht mehr darüber täuschen kann, daß man weder im Fleische noch im Geiste wirklich ganz eins sein könne. So hatte ich gedacht, und das war nicht schlecht gedacht, und danach zu leben, war gewiß nichts Geringes. Aber nun: nun hatte ich Neues gelernt. Liebe ist mehr. Mehr als eine schöne und gefährliche Gegebenheit der Natur; mehr als ein tapferer, tiefernster Willensentschluß, aus dem von der Natur Geschenkten ein sittliches Werk zu machen; mehr noch auch als das schöpferische Vermögen und Verlangen, aus dem geliebten Wesen ein besseres, höheres zu bilden. Mehr. Was aber? Während ich mich bemühte, die vor mir flüchtende Antwort zu fassen und zu halten, fraß sich ein lang hintan gehaltener, ein eigensinnig unterdrückter Schmerz mit heißem und unaufhaltsamem Eifer bis zu meinem Bewußtsein durch, um es plötzlich ganz und gar zu übermächtigen. Diese Liebe, so wußte ich mit einem Male, diese Liebe ist nichts aus sich selbst und nichts für sich selbst Bestehendes, aber sie ist auch nichts, das man um eines Zweckes und Zieles willen besteht. Diese Art der Liebe ist nicht nur dazu da, daß Kinder gezeugt und Familien gegründet, daß Staaten und Ordnungen aller Art erhalten würden. Diese Liebe ist, ich schrieb es damals in mein Tagebuch, »ein Zeichen für etwas anderes, für eine andere Liebe; eine Verheißung, ein Gleichnis«.

Diese Worte erstaunen mich heute. Sie entsprechen nicht meiner damaligen, tatsächlichen Erfahrung, sie griffen ihr weit vor, und doch habe ich sie geschrieben, in jener Nacht. Vielleicht war ich nicht bei klarem Verstande, als ich sie niederschrieb. Vielleicht war ich in einem ekstatischen Traume befangen. Wie aber kam ich dazu, das zu wissen, was ich da schrieb? Aus den übrigen, in jener Nacht kaum leserlich hingekritzelten Sätzen vermag ich den Weg mir zu vergegenwärtigen. Es war ein finsterer Weg, der seinen Ausgang nahm von der Erinnerung an den langen Liebesblick, dessen Zeuge ich gewesen war. Diese beiden, sagte ich mir, diese beiden leisten also einen Verzicht . . .

Schon begann ich zu höhnen: Wo ist er denn, dieser heldenhafte, großartige Verzicht? Worauf wird hier verzichtet? Auf die Ehe? Was ist das schon! Ehe ist Mühsal, ist bürgerliche Ordnung, ist die Erfahrung vom raschen Hinwelken der Liebe. Auf die Ehe verzichten, bedeutet das nicht höchstes Raffinement? Ist es nicht feinste Selbstsucht? Ist es nicht das kunstvolle, das künstliche Verewigen der ersten schönen Blüte, der alles versprechenden unerprobten Jugend? Indem diese beiden ›verzichten‹, erhalten sie sich alles. So leben sie in einem schwebenden Traum, zu dem niemand Zugang hat als sie selbst. Ein höchst exklusives Leben ist das, was sich da als Verzicht gibt und die Flagge ernstester Verantwortlichkeit hißt. Freilich, sagte ich mir, ist es nicht Marie-Catherine, die das alles so will; der Doktor ist es, und auf ihn lud ich nun alle Schuld, all meinen Zorn, all meine Bitterkeit, meinen Haß und sogar meine Verachtung. Plötzlich aber bemerkte ich einen Riß in diesem bösen Gewebe von törichten Halbgedanken und trüben Gefühlen: es stimmte ja gar nicht, daß die beiden ein ›exklusives Leben‹ lebten, zu dem niemand sonst Zugang hatte. Im Gegenteil: es war diesen Liebenden ganz natürlich, alle in ihre Liebe hineinzuholen. War nicht ich in ihr und Clementine, sogar Clemens, ja, vielleicht er vor allem, auch Mutter, auch alle die Menschen, die ich heute gesehen hatte? Plötzlich mußte ich, widerwillig, erkennen, daß die Liebe dieser beiden so stark Liebenden längst nicht mehr nur ihrer beider Raub war, sondern vielmehr, daß, und dies sage ich am besten mit jenen Sätzen, wie ich sie damals aufschrieb, überwältigt von einem Pathos, das ich heute, in Worten, kaum mehr aufzubringen vermöchte, daß, so schrieb ich, »diese Liebe jenen beiden das Herz aufgerissen hatte mit beinahe tödlicher Macht, so daß es nun offensteht für alle, eine unheilbar offene Wunde, groß genug, um andern als tröstliche Zuflucht zu dienen. Dies ist das Geheimnis dieser Liebe, der ersten wahren Liebe, der zu begegnen mir vergönnt ist.«

Dies sind meine Worte von damals, und ihnen folgten jene, die ich schon wiederholt habe und hier noch einmal niederschreiben will: »Diese Liebe ist ein Zeichen für etwas anderes, für eine andere Liebe; eine Verheißung, ein Gleichnis.«

Aber zwischen diesem und den vorherigen Sätzen lag eine Spanne von Stunden, die Spanne zwischen Mitternacht und Morgendämmerung, und eben diese Stunden waren erfüllt von einem schauerlichen Kampfe. Mich hatte plötzlich eine Hand berührt, deren Vorhandensein ich so gerne nicht wahrhaben wollte. Ich sage ›eine Hand‹, weil ich es so empfand; es war nicht ein Gedanke, der mich ergriff, es war etwas, das so wirklich, ich meine so unleugbar wirklich war wie eben eine Hand und deren Berührung, eine Hand, die mich, so könnte ich sagen, an der Schulter berührte, zuerst zart, dann stärker, so, als drehte sie mich in eine andre Blickrichtung. Ich folgte erstaunt und unwillig, doch war ich zu sehr überrascht, um Zeit zu finden, mich sogleich zu wehren, und ich sah, was ich sehen sollte: daß nichts aus sich bestand, sondern alles nur in jenem einen einzigen Sinne, der das widerstrebend Ganze der Schöpfung zusammenhielt. Dann freilich begann ich, mich zu wehren, denn ich wollte nichts Neues lernen, nichts, was meine so mühsam errungene Lebensruhe stören konnte. Ich wehrte mich nicht in Worten, denn es ging nicht um Worte. Ich wehrte mich stumm mit meinem ganzen Sein, und dabei muß ich wohl mit den Fäusten gegen die Wand geschlagen haben, ganz buchstäblich, denn am Morgen war meine Bettdecke blutbefleckt, und auf meinen Knöcheln war verkrustetes Blut. Auch war mein Kopfkissen feucht von Schweiß. Aber dann, mit dem Rest meiner Kraft, schrieb ich jene Worte nieder, die mich heute so staunen lassen.

Der Tage, Wochen, ja Monate, die jener Nacht folgten, entsinne ich mich sonderbar undeutlich. Es geschah fast nichts in ihnen bis Mitte Juli. Clemens hatte zu Beginn der Ferien auf seine unberechenbare Weise verkündet, die Familie würde den Sommer im Gebirge verbringen; aber er hatte nichts getan, um den Plan auszuführen. Marie-Catherine hatte Prospekte besorgt von verschiedenen Orten, die ihm und uns gefallen konnten, doch gab er ihr keine Gelegenheit, mit ihm ernsthaft darüber zu sprechen, und niemand von uns glaubte an diese Reise, nicht einmal Simone. Wir taten gut daran, denn diese Reise kam tatsächlich nicht zustande; Mitte Juli erlitt Mutter einen zweiten Schlaganfall, leichter als der erste, doch war nicht daran zu denken, fortzureisen. Unser alter Hausarzt kam und tröstete uns wohlmeinend, aber er sagte doch, daß wir uns nun auf den Gedanken, Mutter zu verlieren, vorbereiten müßten; einen dritten Schlaganfall würde sie keineswegs überstehen. Diesen zweiten überstand sie rasch; sie verlangte weder den Priester noch sprach sie von Todesangst noch auch von Sühne; sie lag einfach da und wartete, bis sie wieder gesund und bei Kräften sein würde. Die schon einmal gemachte Erfahrung der Wiedergenesung gab ihr Mut, ja fast Leichtsinn, und bewahrte sie davor, sich uns in ihren Nöten preiszugeben. Nur eines war bemerkenswert: sie war unruhig, wenn Clemens oder Babette bei ihr waren, und sie gab unverhohlen ihrer Erleichterung Ausdruck, wenn sie gingen; sie wollte nur Marie-Catherine um sich dulden; auch nachts verlangte sie nach ihr, so daß Marie-Catherine schließlich ganz in Mutters Zimmer übersiedelte. Als Mutter wieder sprechen konnte, und dies war schon nach einer Woche, führten die beiden lange nächtliche Gespräche. Da ich wenig schlief, hörte ich ihr Murmeln und Flüstern, ohne etwas davon zu verstehen, so sehr ich mich, das muß ich gestehen, auch bemühte. Was um alle Welt sprachen die beiden damals, Nacht für Nacht? Ich sah jedoch, daß Marie-Catherine abmagerte und daß ihr Gesicht immer schmaler und blasser, ihre Augen immer schwerer wurden.

Doch ihre Heiterkeit blieb unverändert, vielmehr sie war noch gewachsen, noch mehr erhellt, bis eines Tages ein schwerer Schatten auf sie fiel. Es war Ende September, Clemens hatte noch Ferien, Mutter war wiederhergestellt, das Wetter versprach beständige Sonne, und so war es an sich durchaus nicht seltsam, daß Clemens eines Abends erklärte, er wolle am nächsten Morgen mit Marie-Catherine wegfahren, irgendwohin, ins Gebirge. Ich war dabei, als er es sagte, und ich war Zeuge der Szene, die dieser Eröffnung folgte. Im ersten Augenblick glänzten Marie-Catherines Augen freudig auf, und ich verstand, daß sie, die sich so gerne freute, bereit war, harmlos glücklich zu sein, wenn Clemens es ihr gestattete, ja anbot. Dann aber mochte es ihr genauso ergangen sein wie mir: der Ton, in dem Clemens sein Angebot machte, gefiel mir nicht, und auch sein Blick erregte mein und ihr Mißtrauen. Es war ein etwas schiefer, ein lauernder, ja ein boshafter Blick.

»Nun«, rief Clemens, als Marie-Catherine nicht sofort antwortete, »willst du nicht?«

Sie schlug die Augen nieder und schwieg.

»Nun?« drängte er.

Da schlug sie die Augen wieder auf und schaute ihn ruhig an. »Ich möchte sehr gerne, aber ich bitte dich, eine Woche zu warten. Geht das?«

»Warum?« Wie scharf seine Stimme klingen konnte. Doch Marie-Catherine ließ sich jetzt nicht beirren.

»Weil ich«, sagte sie tapfer, »in dieser Woche hier gebraucht werde, aller Voraussicht nach.«

»Gebraucht? Was soll das heißen?«

»Ich würde es dir lieber nicht sagen, Clemens, aber da du mich drängst: es ist Clementines wegen; die neun Monate sind um und ich möchte sie nicht allein lassen in diesen Tagen.«

Es war nie vorauszusehen, wie Clemens etwas aufnahm und beantwortete. Dieses Mal erwartete ich, daß er aufstehen und die Tür zuschlagend das Haus verlassen würde. Aber er tat nichts dergleichen. »Ja natürlich«, sagte er mit beängstigender Langsamkeit, »da braucht man dich freilich. Du bist ja die geborene Ärztin, nicht wahr, warum nicht auch die geborene Hebamme!«

Marie-Catherine war blaß geworden, aber sie sagte ruhig: »Dazu braucht man mich natürlich nicht. Aber es ist immer gut, wenn eine Frau zu solchen Zeiten eine andere zur Seite hat, die schon erfahren ist.«

»Natürlich«, erwiderte Clemens, »du hast recht, wie immer.« Nun drückte seine Stimme bereits unverhohlenen Hohn aus, der freilich nichts anderes war als schlecht getarnte Hilflosigkeit. Aber selbst wenn ich dies in Rechnung zog, machte mich sein Verhalten wütend, und wenn Marie-Catherines flehender Blick mich nicht streng in Zaum gehalten hätte, so wäre ich jetzt grob geworden. Es gelang mir, mich zu beherrschen, bis Clemens gegangen war. Als ich aber plötzlich eine Spur von Tränen in Marie-Catherines Augen sah, brach mein Zorn aus.

»Warum läßt du dir alles gefallen?« rief ich. »Hättest du denn nichts zu sagen gewußt, was einer Ohrfeige gleich käme, die er verdient hat?«

Sie schüttelte schweigend und traurig den Kopf.

»Nein?« rief ich. »Nein?«

Sie seufzte. »Du weißt es doch selbst«, sagte sie leise und ließ mich allein.

Am nächsten Morgen fuhr Clemens, noch ehe irgend jemand im Hause aufgestanden war, ohne Marie-Catherine fort. Er hatte einen Zettel auf den Tisch in der Diele gelegt: »Ich komme in drei, vier Tagen wieder.« Marie-Catherine zeigte ihn mir. Wir schauten uns schweigend an. Was sollten wir sagen.

Wie immer, wenn er fort war, breitete sich fast augenblicklich Friede im Hause aus, der sich bisweilen bis zu einer stillen Lustigkeit steigerte. Vor allem Simone, die sonst kaum zu bemerken war, so sehr hielt sie sich zurück, zeigte dann ihr zwar nie lautes und unvernünftiges, aber doch lebhaft heiteres Wesen.

Allein diesmal war es uns nicht vergönnt, länger als einen Tag auf unsre Weise glücklich zu sein, denn schon am nächsten Morgen wurde Marie-Catherine von der Klinik aus angerufen. Clementine sei dort und verlange dringend nach ihr. Eine Stunde später telephonierte Marie-Catherine mich an; sie sagte, es gehe Clementine schlecht und man dürfe nicht daran denken, sie jetzt allein zu lassen, bis die Geburt vorüber sei. So war ich denn den Tag über allein und meinen Ängsten überlassen. Diese Ängste galten nicht so sehr Clementine als vielmehr Marie-Catherine oder eigentlich uns allen, denn was immer ihr zustoßen würde, das würde uns alle betreffen. Ich wußte nicht genau, was ich fürchtete, aber eben dies, daß ich's nicht wußte, machte mich unsicher und aufs äußerste bang. Es wurde Nachmittag und es wurde Abend, und außer einem kurzen Anruf aus der Klinik, daß alles unverändert sei, geschah nichts. Es war, als verhielte unser künftiges Geschick seinen Schritt auf der Schwelle.

Doch schon in der Nacht darauf trat es ein. Ich konnte nicht einschlafen, ich wartete auf einen späten Anruf Marie-Catherines. Da hörte ich plötzlich im Zimmer nebenan einen Fall. Es konnte nur Mutter sein, die gestürzt war. Ich rief, aber es kam keine Antwort. Ich klingelte nach Frieda, aber es dauerte sehr lange, bis sie kam. Nie vorher war mir mein Gelähmtsein so entsetzlich wie in jenen endlosen Minuten.

Als Frieda die Tür zum Nebenzimmer öffnete, sah ich Mutter auf dem Boden neben dem Bett liegen, ein armseliges Bündel, das keinen Laut von sich gab. Frieda berührte sie und rief: »Sie lebt noch. Es ist nur ein Schlaganfall.« ›Nur‹ sagte sie, um mich und sich selbst zu beruhigen, aber als wir uns ansahen, wußten wir, daß wir beide das gleiche dachten: das ist das Ende. Frieda, obgleich selbst nicht mehr die jüngste, hob Mutter auf und legte die so gering gewordene Last aufs Bett. Dann rief sie den Arzt an, dann Babette, die jedoch verreist war, dann Marie-Catherine, und dann ließ ich mich von ihr ankleiden und im Rollstuhl an Mutters Bett fahren. Da saß ich nun wartend und hielt Mutters Hand, den Puls zählend und so ihr Leben überwachend, als könnte ich es halten.

Ihr linkes Auge stand einen Spalt weit offen, und ich wußte nicht, war nur das Lid gelähmt, so daß es sich nicht mehr zu schließen vermochte, oder war dieses Auge das einzige, das nicht gelähmt war an diesem armen alten Leibe. Ich versuchte zu erkennen, ob das halboffene Auge sich bewegte; es schien mir so, aber ich war nicht sicher. Vielleicht beobachtete es mich, vielleicht bemühte es sich verzweifelt, irgend etwas auszudrücken, einen Wunsch vielleicht, einen letzten.

»Mutter«, rief ich, »Mutter!« Aber nichts verriet mir, daß sie mich hörte. Ich wußte schließlich nicht einmal sicher, ob sie noch lebte. Ich vermochte ihren Atem nicht zu hören. Vielleicht waren dies die letzten Minuten, in denen wir beisammen waren, ich und diese Frau, die nie Wert darauf gelegt hatte, meine Mutter zu sein. War sie mir nicht vielmehr eine Feindin gewesen, unablässig bemüht, mich fühlen zu lassen, daß ich, mit Clemens verglichen, minderen Wertes war und also minder würdig ihrer Beachtung? Hatte sie jemals mich zärtlich berührt? Hatte sie mich jemals getröstet in meiner Krankheit? Jemals mich gestärkt? Jemals mich auch nur im geheimen geliebt? Niemals, niemals. Weshalb also sollte ich trauern jetzt, da sie starb? Was ging es mich an? Plötzlich schossen alle meine lebenslang unterdrückten feindseligen Gefühle gegen sie zusammen zu einem einzigen, das Haß war, Haß von einer Kraft, die tödlich sein mußte. Es tat gut, so zu hassen, es war ein sauberes, scharfes, starkes Gefühl, ganz und gar wahr. Es reinigte mich, daß ich endlich, endlich die Wahrheit zu fühlen wagte.

Aber, wie konnte es anders sein bei einem Menschen, wie ich es bin: schon im nächsten Augenblick erlosch mein ehrlicher guter Haß, und ein müdes Mitleid deckte ihn leise, doch vollständig zu. Wozu hassen? Wozu jetzt noch hassen? Wozu dieses armselige Bündel hassen, das so wehrlos dalag? Ich vermochte sie nicht zu lieben, nein, nicht einmal jetzt. Daß sie mich geboren hatte, war kein Grund für mich, sie zu lieben. Zu welchem Leben hatte sie mich gebracht! Aber ich war müde der Anklage, müde aller starken

Gefühle, müde aller Auflehnung. So ließ ich denn das Mitleid sprechen, dieses Gefühl, das ich nicht für das beste, nicht für das nobelste halte, das aber doch so angebracht ist den meisten Geschöpfen gegenüber. Arme Mutter ... Ich vergab ihr müde, was sie mir angetan hatte, sofern mir Vergebung zustand.

Endlich kam jemand. Ich hoffte, es würde Marie-Catherine sein. Aber es war der Arzt, doch welcher Arzt! Nicht unser Hausarzt, sondern Marie-Catherines Doktor. Es war keine Zeit, Fragen zu stellen. Er untersuchte Mutter flüchtig, dann schrieb er etwas auf einen Rezeptblock, aber es war kein Rezept. Er gab mir das Blatt: »Ich kann nichts mehr tun. Wie lange es dauern wird, weiß ich nicht, vielleicht Stunden, vielleicht einige Tage. Seien Sie vorsichtig im Sprechen, sie hört vielleicht, sie ist nicht ohne Bewußtsein.«

Während ich das Geschriebene überflog, war er noch einmal an Mutters Bett getreten, und ich sah, daß er seine Hände auf die ihren gelegt hatte, eine Gebärde, die in der Art, wie sie nur ihm eigen war, unendlich tröstlich erschien, und wirklich: Mutter antwortete mit einem sanften Seufzer. Dann sagte er zu mir: »Ihre Schwägerin kommt, sobald ich wieder in der Klinik bin. Es wird eine schwere Geburt, ich muß sofort zurück.« Schon im Hinausgehen sagte er: »Und lassen Sie Pater Franziskus rufen.«

Frieda ging sofort zum Telephon, und bald darauf hörte ich den Wagen des Doktors davonjagen. Jetzt erst eigentlich wunderte ich mich, wieso er und nicht unser Hausarzt gekommen war, mit dem Frieda doch, wie sie beteuerte, gesprochen hatte. Sollte denn dieser Doktor ganz und gar in unser Schicksal hineinverwoben, hineinverstrickt werden? Nun, im Augenblick war dies gleichgültig. Ich rollte meinen Stuhl dicht an Mutters Bett und nahm meine Wache wieder auf.

Ich hatte noch nie jemand sterben sehen, und nun sollte ich also dem Sterben meiner Mutter zuschauen. Sie war schon »auf dem Wege«, jenem »fürchterlich geheimnisvollen Wege«, so schrieb ich damals in mein Tagebuch, »den jeder gehen muß, und von dem keiner weiß, wohin er führt. Einige glauben es zu wissen, aber was sind Worte und Namen, was bedeutet schon ›Fegefeuer‹ oder ›Himmel‹ oder ›Gericht‹ oder ›Nirwana‹, ja was bedeutet schon ›Nichts‹? Es gibt kein Nichts, das ›nichts‹ wäre; es ist ja nur ›Nichts‹, weil es eben nicht jenes andre ist, das ›Etwas‹ ist; aber das ›Nichts‹ ist wohl auch ›etwas‹, und in dieses Nichts stürzen, bedeutet auch: irgendwohin gehen.« Wohin also ging meine Mutter? Geht jeder dahin, wohin er zu gehen glaubt, zu gehen wünscht? Da sie ›fromm‹ war (war sie es?), da sie jedenfalls an Himmel, Fegefeuer, Hölle glaube, würde sie bald sich an einem dieser drei Orte wiederfinden, je nach dem Urteil ihres Richters. Dieses Gericht muß es wohl geben. Man muß eines Tages wissen, wie man gelebt hat, wie man sich eingefügt hat in das, was ›die Welt‹ heißt, die Schöpfung, dieses Undurchschaubare, dem man einen Sinn und Plan zuschreiben möchte. Dieses Gericht also, ihm ging meine Mutter entgegen. Bald würde sie sehen, was sie bedeutete in der Schöpfung; bald würde sie sehen, was für Schaden sie gestiftet, was für Nutzen sie gebracht, und ob sie das Böse oder das Gute in der Welt vermehrt hat. Wie, wenn das Urteil sehr hart ausfallen würde? Dieser Gedanke ergriff mich. Arme Mutter! Ich wollte nicht, ich konnte nicht wollen, daß sie hart beurteilt würde. Ich jedenfalls zog meine Anklage zurück, noch war es Zeit. Ich begann in großer Hast alles Gute aufzuzählen, das diese Frau getan hatte. War sie nicht mildtätig gewesen, niemals geizig? War sie nicht gut zu Marie-Catherine? War sie nicht gut zu Simone? Und wenn sie nicht gut war zu mir, konnte es ihr als Böses angerechnet werden? Mußte man es ihr nicht verzeihen, da sie ja nur maßlos enttäuscht war über mich, den Schwachen, den sie, die Starke, geboren hatte? Wenn sie nicht gut war, so war sie es aus Unwissenheit, aus ihrem heftigen und starren Temperament, aus der in die Irre geleiteten Liebe zum Starken und Bedeutenden?

Plötzlich fand ich mich dabei, wie ich mit dem Richter feilschte und stritt: »Du kannst sie nicht verdammen, du kannst sie nicht hart bestrafen, du mußt sie verstehen, du mußt anerkennen, daß sie ihre Größe hatte . . .«

Ich schreibe dies so hin; aber diese Worte geben nichts wieder von dem Kampf, den ich ausfocht in dieser Viertelstunde bis zur Ankunft des Priesters. Was für ein Kampf war das? Gegen wen kämpfte ich? ›Der Richter‹, wer war das? Mutters Gewissen? Aber was bedeuteten schon Namen! Wie auch immer das hieß, was Mutter zu bestehen hatte: es war eine Macht, die wirklich war und mit der zu rechnen war. Plötzlich fand ich mich selbst vor diesem Richter, ich sah mein eigenes Leben, und mir schauderte. Wie sind wir denn, wir Menschen? Was für ein Recht haben wir, andere zu verurteilen? Was wissen wir denn von ihnen? Ein jeder sieht nur sich. Wer aber ist der andere? Wieviel Unrecht füge ich ihm zu, da ich ihm mindere Wichtigkeit und Wirklichkeit beimesse als mir selbst? Habe ich nicht ihm weggenommen, wovon ich lebe, was ich stolz mein Eigentum nenne und gegen ihn verteidige? Habe ich nicht, indem ich aus Trotz und Stolz einen so großen Abstand zwischen Mutter und mich legte, nicht ihr

Wesen mitgeformt, nicht ihre Starre mitverschuldet? Hätte ich sie mehr geliebt mit einer Liebe, der ihre Enttäuschung nicht standzuhalten vermochte, was wäre aus ihr geworden? Wenn Mutter nun vor ihrem Richter stehen würde, so würde ich mit ihr und ihretwegen gerichtet werden. Schon deutete ein unsichtbarer, fürchterlicher Finger auf mich.

Als der alte Pater eintrat, fand er mich ohnmächtig, und er ließ mich so, bis die Zeremonie der Letzten Ölung beendet war. »Es war besser so«, sagte er, als ich zu mir gekommen war, und er gab keine weitere Erklärung. Mutter lag friedlich da im Schein der beiden Kerzen, die noch brannten. Warum löschte man sie nicht? Ich fragte es, und schon wußte ich die Antwort: Mutter würde sterben, noch ehe sie niedergebrannt waren. So also stand es jetzt.

»Bleiben Sie so lange hier?« fragte ich den Pater. Es war eine Bitte. Er blieb. Es war Mitternacht. Der alte Mann mußte müde sein, aber er blieb aufrecht sitzen und hielt seine schönen klaren Augen auf die Sterbende gerichtet. Wir schwiegen. Frieda war eingeschlafen, und auch mir war nach Schlafen zumute.

Endlich kam Marie-Catherine. Sie flüsterte mir zu: »Es steht sehr schlecht mit Clementine.« Dann legte sie ihre Hände auf Mutters Hände, und sie tat es in derselben Art, wie ihr Doktor es getan hatte. Dies zu sehen war mir in jenem Augenblick schwerer erträglich denn je. Wie vorher beim Doktor, so seufzte auch jetzt Mutter sanft und getröstet. Doch plötzlich stieß sie einen rauhen Schrei aus, und, obgleich sie doch gelähmt war, bäumte sie sich auf, oder vielmehr: sie wurde hochgerissen von einer unheimlichen Kraft, so etwa, wie Fische, schon getötet, noch einmal hochschnellen. Marie-Catherine fing sie in ihren Armen auf und hielt sie, bis sie sich beruhigte; dann ließ sie sie sanft auf das Bett zurückgleiten. Ich hatte diesem fürchterlichen Kampf mit einem Gefühl beigewohnt, das mehr Neugierde als irgend etwas anderes war, und ich hoffte, nun sei alles vorüber. Aber sie lebte immer noch, doch hielt sie jetzt still unter Marie-Catherines Händen.

Stunde um Stunde verging. Marie-Catherine mußte in die Klinik zurückeilen. Ich vermochte nicht mehr zu leiden, nicht mehr zu kämpfen, ich war müde, ich wünschte, der Tod käme bald und er käme auch zu mir. Schließlich schlief ich ein und ich erwachte erst, als ich den Pater sagen hörte: »Es ist vorüber.« Er stand über Mutter gebeugt, ihre Hände haltend; so hatte er sie still über die Schwelle geführt. Keines von ihren Kindern war bei ihr gewesen in diesem Augenblick. So waren wir alle zuletzt noch einmal schuldig geworden vor ihr, und ihre lebenslange, so mühsam überspielte

Einsamkeit hatte nun jenes Siegel aufgedrückt bekommen, das dieses Los bestätigte. So also war das: man blieb jenem Gesetze unterstellt, das einem auferlegt wurde bei der Geburt. Da gab es kein Entrinnen.

Als der Pater gegangen war, schickte ich die vom Weinen erschöpfte Frieda zu Bett. Nun war ich allein mit der Toten, die meine Mutter gewesen war. Ihr kleines, verschrumpftes Gesicht hatte sich seltsam geglättet; es war fast das eines Mädchens, eines jungfräulichen Mädchens, streng und abweisend, ungeheuer gesammelt auf etwas, das sich ihr zu erkennen gab. Ich wandte mich bald ab, denn es erschien mir ungehörig, Zeuge dieser ihrer ersten wahren Begegnung mit sich selbst zu sein.

Plötzlich überkam mich ein tiefes Unbehagen, das etwas von einer peinlichen Verlegenheit an sich hatte, und auch von Ratlosigkeit, Überdruß und Verärgerung. Es dauerte eine Weile, bis ich diesen Zustand begriff: ich war hilflos vor dem, was geschehen war; ich war dem gänzlich Ungewohnten begegnet, dem unheimlich Fremden, dem Tod und dem, was er bedeutete; ich fühlte mich herausgerissen aus dem Bekannten, ausgeliefert, bedroht. Denn daß es dies gibt, das Sterben und das, was ihm folgt, das läßt sich nicht wie alles andre mit beharrlichem Denken einordnen in den Alltag, läßt sich nicht überschauen und beherrschen. Es macht unser Leben fragwürdig und, vielleicht, von vorneherein, von der Zeugung an, schon zunichte. Das ist eine Macht, die all unsrer menschlichen Macht Hohn spricht. Aber freilich: wenn man wüßte, daß diese Macht eine hohe, gute, weise ist! Wenn wir den Tod aus der Hand eines menschenliebenden Gottes empfingen als ein beseligendes Geschenk, auf das hin unser irdisches Leben nichts als eine lange, schwere Vorbereitung war? ›Man müßte dies glauben können‹, dachte ich, aber schon sah ich mich im Zustande der Abwehr, bereit zum äußersten Widerstand. ›Du‹, dachte ich, indem ich noch einmal die Tote ansah, ›du bist schuld an meinem Zwiespalt. Warum hast du mich mit deinem Kirchen-Christentum angesteckt! Warum bringe ich diesen Weihrauchgeruch nicht mehr aus meinen Kleidern, dieses Katechismuswissen nicht mehr aus meinem Kopfe? Warum, wenn ich doch nicht glauben, nicht wirklich Anteil nehmen kann?‹ Aber ich holte meinen Blick wieder zurück; ich war des Haderns unendlich müde.

Mit einem Male aber, als ich, gedankenlos vor Müdigkeit, so dasaß, kam es mir erst wirklich zum Bewußtsein, daß Mutter tot war. Fort. Für immer. Hatte ich nicht diesen Augenblick viele Male herbeigesehnt? Nicht, daß ich ihr geradezu den Tod gewünscht hätte. Aber ich hatte mir gewünscht, endlich frei zu sein. Mußte ihr Tod mir nicht sein wie das Öffnen der Kerkertür? Frische Luft, Weite, die freie Straße ... Nichts ist so, wie man es sich vorstellt. Wie war es? Ach, wie war es. Ich war plötzlich traurig, mir war trüb zumute, mehr noch: ich hatte Angst. Mir war eine Wand eingestürzt, eine Wand des Hauses, das mein Leben war. Diese Wand war meine Mutter gewesen. Diese Wand hatte mein Leben abgeschirmt nach jener Seite hin, die Tod hieß. Nun war sie gefallen, nun war nichts mehr zwischen mir und ihm.

War es unsinnig, so zu fühlen? Hatte ich denn im Ernst dieser Frau die Macht zugeschrieben, mich, uns vor dem Tode zu beschützen? Es muß wohl so sein. Diese kleine, magere Frau, diese starke, zähe Frau, die mich nicht liebte, die mir Feind zu sein schien, sie war mir dennoch Mutter gewesen. Sie war es gewesen, so wie die Welt uns Mutter ist: grausam, schrecklich bisweilen, und dennoch mit unbegreiflicher Wärme uns haltend und schützend in einer harten, aber notwendigen Ordnung.

Mutter war tot. Sie war wirklich tot. Und nun fühlte ich mich verlassen ganz so wie ein Kind, das im Straßengewühl die führende Hand verloren hat. Was für eine unerwartete Erfahrung für mich!

Im nächsten Augenblick durchdrang mich die wildeste Sehnsucht nach Marie-Catherine. Wo war sie so lange? Warum ließ sie mich allein in dieser fürchterlichen Stunde? Ich zürnte ihr, und in diesen Zorn mischten sich andere, dunkle, unnennbare Gefühle.

Im Morgengrauen kam sie endlich. Beim Anblick dieser bleichen, erschöpften Marie-Catherine zerstoben die Nachtgespenster. »Eine Tochter«, flüsterte sie, »Clementine hat eine Tochter, und beide leben.«

Dann trat sie ans Bett. Sie strich der Toten mit einer unendlich zarten Gebärde über die Stirn und blieb eine Weile so stehen, ohne daß ich ihr Gesicht sehen konnte. Dann kam sie zu mir. »Ach, mein Lieber«, sagte sie und legte ihre Arme um mich. ›Fester‹, dachte ich inbrünstig, ›fester! Halte mich fest, du, denn außer dir hält mich jetzt nichts und niemand mehr.‹ Sie mußte spüren, was in mir vorging, denn sie begann, mich murmelnd zu trösten, wie man Kinder tröstet: »Du bist ja nicht allein, nein, du bist nicht allein ...« Schon wollte ich mich der sanften Beruhigung willenlos gläubig überlassen, da durchfuhr mich scharf der Gedanke an ihren Doktor. ›Nicht allein? Wenn du wüßtest, wie fürchterlich allein ich bin.‹ Aber ich sagte nichts, und um nicht doch mit einem unbeherrschten Wort mich zu verraten, tat ich, als schliefe ich ein. Nach einer Weile löste sie behutsam ihre Arme von mir und setzte sich an Mutters Bett. Doch alsbald war sie eingeschlafen, und sie schlief, bis Frieda eintrat.

Über das, was ich in jenen Stunden erlebte, nahe der toten Mutter und der schlafenden Marie-Catherine, möchte ich schweigen. Ich ertrage es nicht, heute noch nicht, mich daran zu erinnern. Das Innerste des Menschen ist fürchterlich. Unselig der, dessen Blick sich dorthin verirrt, ohne daß er zuvor die große Ordnung geschaut hat, in der auch das Fürchterliche den ihm zugewiesenen Platz hat.

Der Morgen brachte Unruhen andrer Art. Wo war Clemens? Wohin sollten wir telegraphieren? Wir setzten die Todesanzeige in alle großen Zeitungen und ließen zudem eine Meldung durch den Rundfunk gehen. Vergeblich. Der Tag verging, der nächste und schließlich der dritte, und nur Babette und ihr Mann waren von der Reise zurückgekommen. So begruben wir Mutter, ohne daß Clemens zugegen war, und dies mußte wohl so sein. Ich fühlte weit mehr Schmerz darüber denn Genugtuung, und diese Genugtuung empfand ich nur im Gedanken daran, daß alles so schrecklich folgerichtig war. Am Tage darauf kam Clemens, ahnungslos, seltsam ahnungslos. Er fragte nicht einmal sofort nach Mutter. Er nahm ein Bad, lange, wie er es immer tat, und dann kam er erfrischt und sonderbar wohlgelaunt herunter, etwas Herausforderndes in Blick und Gang.

»Wo ist Marie-Catherine?«

Ich wußte es nicht genau, aber ich sagte: »In der Klinik.« Sein Gesicht verfinsterte sich, und seine Augen wurden unstet. »So«, sagte er kurz, und dann ging er zur Tür des Nebenzimmers. Ich wollte ihn vorbereiten, aber ich blieb stumm, gegen meinen Willen.

Mutters Zimmer war bereits in Ordnung gebracht, das heißt; das Bett war entfernt, der Raum wieder, wie ehedem, als Salon eingerichtet. Clemens trat ein. »Mutter«, rief er. ›Ja‹, dachte ich, ›ruf du nur, ruf immerzu.‹

Dann kam der Augenblick, den ich mir in diesen drei Tagen viele Male vorzustellen versucht hatte, aber in all diesen verschiedenen Bildern war ich niemals allein mit Clemens gewesen.

»Wo ist Mutter?« fragte er.

»Tot«, sagte ich.

Er nahm die Nachricht auf, wie man, ärgerlich, eine falsche Auskunft anhören muß.

»Also: wo ist sie?« fragte er nochmals.

»Begraben«, sagte ich.

»Tot? Begraben?« wiederholte er.

»Nun ja«, sagte ich. Wir sahen uns an.

»Nun ja«, wiederholte ich hilflos. Wir sahen uns weiter an. »Du warst ja nicht zu erreichen«, sagte ich schließlich. Sein Mund wurde hart und scharf.

»Nun«, murmelte ich, »jetzt ist es eben so. Es war ja zu erwarten. Sie liegt im Waldfriedhof, bei Vater.«

Er nickte, dann aber begann er den Kopf zu schütteln, und er schüttelte ihn viele Male, langsam, immer langsamer, aber er schien nicht mehr aufhören zu können; es schien keine andere Bewegung mehr für ihn zu geben als diese Geste der ratlosen Verneinung.

»Clemens!« rief ich schließlich. »Setz dich doch. Quäl dich nicht so. Sie mußte ja doch einmal sterben. Sie starb friedlich, ganz friedlich.«

Er zeigte mit nichts, ob er mich überhaupt gehört hatte. »Clemens!« rief ich noch einmal. Da kam er zu sich, und augenblicklich stürzte er aus dem Zimmer und aus dem Hause. Ich nahm an, er würde zum Friedhof fahren, und ich war heilfroh, daß diese Stunde vorüber war.

Was auf der Straße vor dem Hause geschah, das erfuhr ich erst später: Marie-Catherine, die beim Einkaufen gewesen war, kam eben zurück, als Clemens aus dem Gartentor eilte. Er schien sie nicht einmal zu sehen. »Clemens!« rief sie. Er starrte sie an, als wäre sie eine Fremde. »Wohin, Clemens?« fragte sie angstvoll; »komm doch erst herein, komm.« Sie versuchte, ihn zu halten. Er stieß sie beiseite, gegen die Mauer, die ihre Arme schrammte, und stürzte fort.

»Ach«, sagte sie, als sie es mir erzählte, »ich begriff ihn so gut.«

»Du«, rief ich, »zum Teufel, ja, du begreifst ihn und verzeihst alles, und denkst vielleicht, das sei richtig, statt daß du ihn einmal anschreist und sagst: wo bist du gewesen, wo, sag doch, wo warst du, als deine Mutter starb? Wo warst du, als deine Tochter am Sterben lag? Warum schleuderst du ihm dies nicht ins Gesicht?«

»Aber Georg«, sagte sie, »glaubst du denn im Ernst, daß solche Vorwürfe ihm helfen?«

»Helfen, helfen«, schrie ich, und alle Spannung der letzten Tage brach sich Bahn. »Helfen! Als ob dem irgend etwas helfen würde! Jetzt geht er hin und macht uns alle verantwortlich dafür, daß Mutter tot ist und daß sie starb, ohne daß er es ihr erlaubt hatte. Ach, geh mir zu. Ich habe es satt, und du, du solltest es endlich auch satt haben, satt, satt . . .«

»Ja, freilich«, sagte sie, »das sollte ich vielleicht, und vielleicht habe ich es wirklich satt. Aber was dann? Sollte ich fortgehen von hier, sag?« Sie lächelte ein wenig. »Siehst du«, sagte sie fast heiter, und dann fügte sie hinzu: »Alles nimmt seinen Lauf.«

Clemens kam erst am späten Abend zurück. Tagelang sprach er mit keinem von uns. Er ging frühmorgens aus dem Hause, hielt seine Vorlesungen und Seminare, aß in der Stadt und kam spät nachts zurück. Marie-Catherine ließ ihn gewähren, ohne eine Frage zu stellen. Sie erfüllte ruhig ihre täglichen Pflichten, und niemand konnte erkennen, was sie dachte oder fühlte. Auch zu mir war sie freundlich-verschlossen, und ich erfuhr nicht viel mehr von ihr, als daß Clementine schließlich wieder gesund war, daß die Kleine gedieh, daß beide nun im Haus des dicken Brauers wohnten und dort bleiben würden bis auf weiteres. Als sie dies sagte, »bis auf weiteres«, bemerkte ich, daran gewöhnt, auf jede ihrer Bewegungen, auf jede Veränderung ihres Tonfalls zu achten, daß sie zögerte, ehe sie es aussprach, und daß es sie Mühe kostete, es auszusprechen. Mein Gedächtnis hielt diese Beobachtung fest, und schon nach einigen Wochen erfuhr ich ihre Bedeutung.

Eines Tages fühlte ich mich nicht wohl, oder sagen wir: noch weniger wohl als sonst, und ich bat Marie-Catherine, den Arzt anzurufen. Sie tat es, und alsbald kam unser alter Hausarzt. Er gab mir eine Spritze, fand meinen Zustand befriedigend und ging wieder.

Ich war enttäuscht, übermäßig enttäuscht. »Warum«, fragte ich Marie-Catherine, »hast du nicht deinen Doktor gerufen?«

»Warum?« sagte sie leise. »Warum . . .«

»Nun?«

Sie sah mich still an. »Er ist fort.«

»Fort?«

»Wieder in Afrika.« Sie versuchte zu lächeln, aber es gelang ihr nicht. Sie wandte sich rasch ab.

Mir fiel nichts Besseres ein, als zu fragen: »Seit wann ist er fort?«

»Seit vierzehn Tagen«, sagte sie ruhig.

Seit vierzehn Tagen. Und sie hatte mir nichts gesagt. Sie hatte allein sein wollen mit diesem Abschied, mit diesem Schmerz. So schwieg nun also auch ich, und es war lange nicht mehr davon die Rede. Aber mit Simone durfte ich darüber sprechen.

Ich erinnerte mich daran, daß ich eines Tages Simone unter ihrem Nußbaum hatte sitzen sehen. Sie hatte ihr Gesichtchen an den rauhen Stamm gedrückt und die Arme um ihn geschlungen. Mir war diese Gebärde aufgefallen, sie machte mich besorgt. Als sie einige Stunden später zu mir kam, sah ich, daß ihre Augen rot waren und geschwollen. Doch auf meine Frage, ob und warum sie denn geweint habe, sagte sie nur kurz: »Geweint? Muß man denn geweint haben, wenn einem die Augen weh tun?« So erfuhr ich denn damals nichts. Jetzt aber, zwei Wochen später, wagte ich, sie noch einmal zu fragen.

»Damals, Simone, als du weintest, du weißt doch, da weintest du, weil der Doktor abgereist war, nicht wahr?«

Sie warf mir einen kurzen, verweisenden Blick zu, aber ich fuhr dennoch fort: »Es tut mir so leid, Simone. Er war ein guter Arzt, ein außerordentlich guter Arzt.«

Keine Antwort. Simone machte sich, von mir abgewandt, an den Blumenstöcken zu schaffen. Sie stocherte mit dem Finger in der Erde. »Viel zu trocken«, murmelte sie und griff nach der kleinen Gießkanne. Plötzlich aber gab sie ihre gespielte Haltung auf und kam zu mir, ja, sie stürzte zu mir her, warf sich in meine Arme und schluchzte. Ich hielt sie sanft und fest, litt mit ihr und wünschte dabei, es wäre Marie-Catherine, die in meinen Armen weinte.

Ich fragte mich freilich schon damals, ob Marie-Catherine denn überhaupt so sehr litt, wie ich meinte. Gewiß: sie war traurig, sie fühlte die räumliche Trennung, sie empfand kreatürlichen Schmerz. Aber das war wohl erträglich, mehr als erträglich: das war fast süß. Alle Trauer, die einer echten großen Liebe beigemischt ist, hat intensive Süßigkeit. Doch das, was in andern Verhältnissen das Getrenntsein so qualvoll macht, gab es bei diesem nicht: die Ungewißheit, ob denn die Liebe bestünde, ob sie die Trennung überdauerte, ob sie nicht sich verminderte, ob nicht Untreue sich einschliche. Ich bin sicher, daß weder Marie-Catherine noch ihr Doktor jemals auch nur den Schatten eines Zweifels kennenlernten. Was ihnen geschehen war, das bürgte für ewige Dauer. Auch war es so groß, daß es bereits den Wunsch nach ununterbrochenem Beieinander überstiegen hatte. Sie waren beisammen, wo immer auch der eine und der andere sich befinden mochte. Manchmal in der Folgezeit, wenn Marie-Catherine sich nicht von mir beobachtet fühlte, etwa wenn sie mein Zimmer aufräumte, war sie so abwesend, so sehr bei ihm, daß selbst ich seine Nähe spürte.

Die Monate nach jenem Abend verliefen ereignislos, und dennoch fühlte ich, daß etwas vorging in unserem Hause, daß etwas sich vorbereitete, ein Unheil besonderer und entscheidender Art.

In der Tat: es geschah etwas, das zwar freilich nicht so sehr überraschend war, vielmehr längst in der Luft gelegen hatte, das aber nun, da es Gestalt annahm, sich als überaus häßlich erwies, so häßlich, daß ich mich schäme, mich daran zu erinnern. Denn obgleich ich keineswegs der Schuldige war, so fühlte ich mich doch als Bruder des Schuldigen mit hineinverstrickt. Es war nicht nur mein Bruder allein, es war unsere Familie, von der Marie-Catherine gekränkt wurde. Kurz und gut: eines Tages hatte Simone von einer Mitschülerin erfahren, daß Clemens fast Tag für Tag zu deren Vater kam, schon seit etwa einem Jahr. Dieser Vater aber war Anwalt; er war der am meisten berüchtigte Scheidungsanwalt der Stadt. »Nun«, so konnte man damals fragen, wie ich es tat, als Simone mir das erzählte, »nun, und was weiter?« Simones Mitschülerin aber mußte wohl den privaten Gesprächen ihrer Eltern etwas entnommen haben, was ihr, der intelligenten Tochter eines Anwalts, genügte, um ihre Schlüsse zu ziehen. Und Simone wiederum war erfahren genug, um zu begreifen, was man ihr andeutungsweise zukommen ließ. Sie schleppte dieses Wissen einige Monate still leidend mit sich herum. Aber eines Tages ertrug sie es nicht mehr. Sie kam zu mir, bleich und seltsam erwachsen. Ohne alle Umschweife sagte sie, was sie wußte, und sie sagte auch, was sie vermutete. Ich erschrak, denn als Jurist begriff ich augenblicklich, was da vor sich ging: nicht mehr und nicht weniger, als daß mein Bruder die Scheidung betrieb, aber aus Mangel an Scheidungsgründen zu keinem Ergebnis kommen konnte; da er aber vermutlich nicht zwecklos täglich zum Anwalt ging, mußte er wohl mit dem Anwalt zusammen irgendein vertracktes, verteufeltes Spiel aushecken, und dieses Spiel konnte nur darin bestehen, daß Scheidungsgründe konstruiert wurden. Was konnte Marie-Catherine vorgeworfen, was als juristische Schuld zugesprochen werden? Es war unmöglich, derlei zu finden. Aber welcher gerissene Jurist beherrschte nicht die Technik des Aufstöberns, des höchst kunstvollen Kombinierens, des Verdrehens der Wahrheit, wenn sein Klient ihn dazu drängte!

Wie sehr ich mit meinen Überlegungen ins Schwarze getroffen hatte, erwies sich alsbald. Damals, nach Simones Bericht, war mir sofort klar, daß Marie-Catherine ebenfalls einen Anwalt nehmen mußte, um nicht aufs schmählichste übertölpelt zu werden, denn sie selbst war wehrlos. Als sie am Abend zu mir kam, sagte ich ihr, was ich wußte und was ich davon hielt. Sie schien nicht überrascht.

»Du weißt das«, rief ich, »und du läßt es dir gefallen?«

»Was sollte ich dagegen tun?« fragte sie.

Diese Antwort brachte mich wieder einmal in Zorn. »Was du tun sollst? Deinerseits die Scheidungsklage einreichen! Du hast Gründe genug, meine ich.«

»Aber wie kann ich die Klage einreichen, wenn ich mich gar nicht scheiden lassen will«, sagte sie.

»Du willst also, daß er dir zuvorkommt? Bedenke die Folgen!« rief ich.

»Das habe ich getan«, antwortete sie ruhig.

»Und?«

»Ich bin zu dem Entschluß gekommen, daß ich keine Ursache habe zu klagen, denn . . . Nein, unterbrich mich nicht! Denn in Clemens' Augen bin ich tatsächlich die Schuldige.«

»Du meinst des Doktors wegen? Aber meine Liebe, das magst du mit deinem höchst subtilen Gewissen als menschliche Schuld betrachten, aber juristisch ist es nun einmal keine, und es geht jetzt ums Juristische.«

Sie warf mir einen jener Blicke zu, unter denen man errötete.

»Nun ja«, sagte ich, »aber wenn du mit solch feinem Maß missest, dann hat Clemens noch weit mehr Schuld als du. Wie hat er dich behandelt . . .«

Sie unterbrach mich. »Nein«, sagte sie streng, »so geht das nicht. Niemand wird mich von der Wahrheit ablenken: ich kenne meine Schuld, sie liegt in meinem Versagen. Ich kenne auch Clemens' Schuld; es ist die gleiche. Wie sollte ich nun abwägen oder ausrechnen, wessen Schuld größer sei?« Als ich schwieg, fügte sie hinzu: »Du wirst dies eines Tages einsehen.«

»Aber«, rief ich, »soll denn dieser Zustand ewig dauern? Clemens quält dich, er quält sich, er läuft zum Anwalt, du bleibst bei Clemens, sag selbst, das ist doch die Hölle!«

»Das Fegefeuer«, sagte sie lächelnd, »nicht die Hölle. Aber auch aus dem Fegefeuer kann man leider nicht weglaufen, man muß warten, bis man weggerufen wird.«

»Also, das heißt, du wirst hierbleiben, bis es Clemens gelungen ist, ein recht hübsches Gebäude von Schuld deinerseits konstruiert zu haben.«

»Ach Georg«, sagte sie leise, »laß doch den Dingen ihren Lauf. Wenn etwas so schlimm verwickelt, so ganz und gar heillos aussieht, dann tut man am besten, gar nichts zu unternehmen, sondern alles ruhig in die Hände dessen zu legen, der es überschauen und ordnen kann.«

»Meinetwegen«, sagte ich eigensinnig, »meinetwegen also. Aber ich begreife nicht, daß du nicht die Scheidung von dir aus willst. Bedenke doch: dann wärest du frei!«

Sie schaute mich ruhig an. »Frei? Und wozu frei?«

»Nun«, rief ich beinahe wütend, »zunächst frei *von* etwas, nämlich von diesen Quälereien. Aber du wärest auch frei *zu* etwas: du könntest nach Afrika gehen, ja, schau mich nicht so an, als hätte ich etwas Unehrbares oder etwas gänzlich Abliegendes gesagt, ja, du könntest tun, was dein Schicksal ist. Geh, Kleine, geh, sobald du kannst!«

Sie hatte die Augen geschlossen und war plötzlich totenbleich geworden.

»Kind«, rief ich erschrocken und hilflos, »was ist denn. Mein Gott, setz dich doch . . .«

Aber sie hatte sich schon wieder in der Gewalt. »Du weißt doch«, flüsterte sie und schaute mich flehend an.

»Verzeih«, sagte ich zwar beschämt, doch rebellisch, »ich weiß; ja, ich weiß, aber ich verstehe nicht.«

»Und was verstehst du nicht?« fragte sie sehr leise.

»Daß diese Liebe nicht gelebt werden darf.«

»Sie darf gelebt werden«, sagte sie kaum hörbar.

»Nun, und?«

»Aber nicht so.«

»Nicht so? Was heißt das? Und wie denn?« Ich sah, daß ich sie quälte, aber ich konnte nicht zurück, ein Dämon trieb mich.

»Sprich doch«, drängte ich, »sprich endlich, sprich es aus, was du mir bisher verschwiegen hast.«

Jetzt schaute sie mich an, aufmerksam und scheu. »Warum mußt du es wissen?« fragte sie.

»Warum, warum«, rief ich. »Weil ich dich verstehen möchte, dich und deinen Doktor und das, was euch bindet und trennt. Aber du denkst, ich sei unfähig, es zu verstehen.«

»Nun gut«, sagte sie leise, doch entschlossen, »so höre. Aber ich warne dich: du wirst es verstehen und nicht verstehen. Es wird dir ein Ärgernis sein.«

»Sprich trotzdem.«

»Es gibt Menschen, die stärker lieben als andere; stärker und folgerichtiger.«

Ich starrte sie verständnislos an.

Es fiel ihr unendlich schwer, weiterzusprechen. »Viele Menschen lieben einen andern: Mann, Frau, Kinder, Freunde. Das ist recht, und es ist natürlich. Aber es gibt einige, die lieben über diesen Kreis hinaus, weit darüber hinaus.«

»Du meinst so, wie der Doktor seine Kranken liebt?«

»Noch mehr. Mehr und anders.«

Mir brach der Schweiß aus. »So hilf mir doch, zu verstehen.«
»Wenn du doch verstehen wolltest, ohne daß ich es ausspreche.«
»Wenn es dich quält, so laß es denn in Gottes Namen unausge-sprochen. Aber . . .«
»Kannst du dir einen jungen Mann vorstellen, den das Leid der Menschen bedrückt, beinahe zerstört? Der gegen Gott rebelliert, weil dieser Gott, der vorgeblich ein Gott der Liebe ist, soviel Leid zuläßt? Kannst du dir vorstellen, daß dieser junge Mann eines Tages einsieht, daß Gott den Menschen als Mitarbeiter braucht, und daß der junge Mann, sobald er das begriffen hat, zu seinem Gotte sagt: Mich erbarmen die Menschen; ich biete dir mein Leben an, aber du, du gib mir dafür die Kraft, ihnen zu helfen.«
»Du machst es mir verständlich wie einem Kinde. Aber du erklärst mir nicht das, was ich wissen will. Was hat dieses schöne Angebot mit dir zu tun?«
»Georg«, rief sie, »höre jetzt auf zu fragen. Du kannst begreifen, wenn du willst. Was heißt denn: jemand bietet sein Leben an? Das ist doch nicht nur eben ein Wort. Was ist denn das, was man anbietet? Was ist denn ›Leben‹ für einen Mann, der ein Liebender ist? Nun aber genug.«
»Nein«, schrie ich, »eben jetzt beginnt es erst. Das alles konnte gelten, solange er allein war. Jetzt aber ist er nicht mehr allein. Jetzt bist du in seinem Leben. Jetzt hat er Verantwortung für dich. Ich bin zwar ›unwissend‹, aber ich weiß doch, was Lieben heißt: für jeman-den Verantwortung übernehmen. Dein Doktor kann nicht über dich hinweg seinen Weg weitergehen, als wärest du nicht da.«
Sie schaute mich flammend an. »Du glaubst, das täte er? Du irrst!«
»Aber, Marie-Catherine, aber du hast geweint!«
»Ja«, sagte sie fest, »ich habe geweint. Wie sollte ich nicht weinen.«
Ganz leise fügte sie hinzu: »Ich werde noch lange weinen, und nicht ich allein.«
Damit ging sie hinaus.

Einige Tage nach dem Gespräch mit Marie-Catherine erlebte ich eine Überraschung recht peinlicher Art. Eines Abends kam Clemens zu mir. Es war das erste Mal seit Mutters Tod, daß er den Fuß über die Schwelle meines Zimmers setzte. Er war bleich und entsetzlich nervös, stolperte über den Teppich, stieß eine Vase vom Tisch und verbreitete unerträgliche Unruhe. Doch sprach er, wie es seine alte Art war, im Hin- und Hergehen von hundert anderen Dingen, ohne zur Sache zu kommen.

»Setz dich doch, bitte«, sagte ich.

Er tat es, aber schon nach kürzester Zeit sprang er hoch, um seine qualvolle Wanderung wieder aufzunehmen. Schließlich rief ich: »Aber nur um mir zu erzählen, wie schlecht deine Studenten arbeiten, bist du doch nicht gekommen. Was ist denn geschehen?«

»Geschehen?« erwiderte er. »Nichts. Was soll geschehen sein?«

Ich hatte noch eine Weile zu warten, bis er über die Lippen brachte, was er mir sagen wollte. Er begann mit einer Frage: »Du verstehst dich doch recht gut mit Marie-Catherine, nicht wahr? Hat sie dir gesagt, was sie vorhat?«

»Was hat sie denn vor?«

»Sie will sich scheiden lassen, um nach Afrika zu gehen.«

»Nein«, rief ich, »das ist nicht wahr. Sie will keineswegs nach Afrika gehen.«

Er warf mir einen lauernden Blick zu. »Nein? Nicht? Und das glaubst du?«

»Clemens! Weshalb kommst du zu mir? Was willst du von mir?«

»Nichts«, sagte er. »Gar nichts. Ich berichte nur. Marie-Catherine will sich scheiden lassen. Genau gesagt, sie hat die Scheidungsklage eingereicht. Das ist perfide.«

Ich mußte lachen. In der Tat: ich lachte ihm laut ins Gesicht. »Aber das wolltest du doch! Was regst du dich auf! Nun bekommst du die Scheidung, die du vergeblich zu erreichen versucht hast!«

Er starrte mich an. »Ich? Aber wieso denn?«

Nun hatte ich genug. »Du«, sagte ich, »hör jetzt auf, Theater zu spielen. Vor mir kannst du das nicht, jedenfalls nicht, ohne daß ich dich verachten lerne. Ich weiß, daß du seit einem Jahr . . .«

»Nein«, schrie er, »das ist nicht wahr! So ist es doch nicht.« Sein Ausruf klang so überzeugend schmerzlich, daß ich unsicher wurde. Ich schaute ihn scharf an. Er schien verstört, ja seiner nicht mehr ganz mächtig.

»Nein?« wiederholte ich, »nein? Es ist nicht wahr, daß du seit einem Jahr mit einem Anwalt arbeitest, um . . .«

»Nein!« schrie er. »Ich arbeite nicht mit einem Anwalt. Ich rede mit einem Freund und bitte ihn, mir zu helfen, gleich wie. Verstehst du denn nicht?«

»Nein«, sagte ich mit Härte. »Nein, das verstehe ich nicht.«

»Mein Gott«, rief er, »so gib dir eben ein bißchen Mühe. Es ist einfach so, daß ich dies alles nicht mehr ertrage. Es muß eine Lösung gefunden werden, irgendeine. Ich wußte keine, keine außer . . .«

»Außer?«

»Außer: einfach fortzugehen, für immer.«

»Wohin?«

»Dorthin, woher man nicht mehr zurückkommt.«

»So, das also hattest du vor.« Ich war gänzlich ungerührt. »Das wäre freilich eine Art Lösung«, sagte ich sachlich.

Er schaute mich schief und bestürzt an. »Nun«, sagte er schließlich, »ehe man so etwas tut, überlegt man natürlich hin und her. Und eines Tages suchte ich Rat eben bei einem Freund, der . . .«

»Der zufällig Rechtsanwalt und ein berühmter Scheidungsanwalt ist.«

Er zuckte die Achseln und schwieg verletzt.

»Also gut«, sagte ich, »und da riet dir der . . . der Freund zur Scheidung. Was für eine geniale Lösung, wie originell.«

»Georg«, sagte er gequält, »ich bin nicht gekommen, um mich beschimpfen und verspotten zu lassen. Es geht schließlich um Marie-Catherine.«

»Freilich«, sagte ich. »Freilich.«

Er wurde nicht klug aus mir, das machte ihn unsicher und drängte ihn in die Verteidigung. »Du hast doch miterlebt, wie unglücklich sie war an meiner Seite.«

»An deiner Seite«, wiederholte ich. »Du hast recht: sie war an deiner Seite, ›auf deiner Seite‹, wollte ich sagen.«

Er verstand mich nicht, und er fuhr fort: »Ich kann nicht die Verantwortung dafür tragen, daß dieses begabte Geschöpf hier einfach verkommt, daß all diese Talente ungenützt bleiben.«

Ich verbot mir zu sagen, was so nahe lag, und ich hörte schweigend weiter zu.

»Noch ist es Zeit für sie, sich ein neues Leben aufzubauen, nach Afrika zu gehen, zu . . .«

»Hör auf«, rief ich, »hör mit diesem Afrika auf. Sie geht nicht dorthin.«

Er lächelte tückisch. Mein Gott, wie bösartig er lächeln konnte! Und beinahe konnte man dieses Lächeln für schmerzlich-gütig halten, beinahe! Aber ich kannte es seit unsern Kindertagen.

Ich wiederholte laut: »Sie geht nicht dorthin, hörst du? Das würde dir natürlich so passen, nicht wahr, wenn sie es täte? Wie sehr behieltest du dann recht!«

»Nun«, erwiderte er beleidigt, »wir werden sehen. Aber wie auch immer: ich wollte ihr die Scheidung anbieten, obgleich . . .«

»Obgleich?«

»Herrgott«, rief er, plötzlich alle Fassung verlierend, »glaubst du denn, es sei mir gleichgültig, ob sie hier ist oder fort? Begreifst du denn gar nichts, du! Weshalb habe ich sie denn geheiratet? Habe ich sie nicht geliebt? Ja, ich habe sie geliebt, ich ... Doch lassen wir das. Es ist mir nicht gelungen, was ich vorhatte: eine Ehe, eine gute, normale Ehe zu führen mit ihr. Und damit ist mir alles zerbrochen. Ich selbst, was bin ich noch! Ich spiele meine alte Rolle weiter, es ist zum Speien, und mir ist wirklich unablässig speiübel davon. Was bin ich denn noch? Ein nervöser alter Mann, ein Wrack, geduldet im eignen Haus, wie ein Kranker behandelt von der eigenen Frau, mit dieser verfluchten Nachsicht, dieser verfluchten Sanftmut, die aus der Verachtung kommt. Glaubst du, ich wüßte nicht, daß sie mich verachtet?«

»Nein«, rief ich, »nein, du irrst.«

Aber er ließ mich nicht sprechen, er war im Zuge.

»Daß sie diesen andern liebt, lieben konnte, mußte, mußte, Georg, das ist der Beweis dafür, daß sie mich verachtet. Meinst du, ich wüßte nicht, was für ein Mensch dieser andere ist! Was kann ich dafür, daß ich nicht so bin? Bin ich schuld, daß ich so bin, wie ich bin? Warum bin ich überhaupt ... Menschen wie ich ...«

Nun warf er sich in den Sessel, und sein nervöses Weinen überkam ihn mit Gewalt.

Als ich ihm eine Weile zugesehen hatte, sagte ich schließlich nüchtern: »Aber ich verstehe dich nicht: warum hast du, wenn dir an Marie-Catherine liegt, nie den Versuch gemacht, sie zu halten?«

Er blickte erstaunt auf. »Zu halten? Wodurch?«

»Nun: indem du dich ein wenig ihr angepaßt hättest. Wäre es dir nicht möglich gewesen, dich für jene Dinge zu interessieren, die nun einmal ihre Welt sind?«

Er murmelte müde: »Du weißt selbst, daß es nur Heuchelei hätte sein können.«

»Nein«, sagte ich. »Man kann aus Liebe Anteil nehmen an etwas, das für einen andern Bedeutung hat, ohne daß man selbst schon diese Bedeutung für sich erkennt.«

»Wie du redest«, sagte er. »Wie du redest ...« Dann schaute er mich scharf an. »Hast du es etwa getan?«

»Ja«, antwortete ich, »ich habe es getan, und ich habe nicht weniger Widerstände in mir als du.«

»So«, sagte er böse, »so, du also ...« Plötzlich lachte er laut und heftig. »Ist das nicht komisch«, rief er, »ist das nicht zum Schreien komisch: sie ist meine Frau, und du liebst sie, du verstehst sie, du wärst der rechte Mann für sie gewesen, wenn nicht dieser andere gekommen wäre, gesund und ein Mann, um uns beide auszustechen, hinwegzufegen ... In was für einem hübschen, grotesken Stück haben wir da mitgespielt, Bruder! Es war Zeit, daß es zu Ende ging. Vorhang zu.« Er konnte nicht aufhören zu lachen. Es war ein schreckliches Lachen, das mir kalte Angst einjagte. Ich begriff: mein Bruder war an der Grenze angelangt; hier begann die echte Verzweiflung. Diesem Ausbruch war eine Art Wahnsinn beigemischt, der auf Zerstörung gerichtet war.

»Clemens«, sagte ich flehentlich, »laß das doch jetzt. Du bekommst die Scheidung, du bist frei, du wirst dich erholen, du wirst dein Leben wieder nach deinem Geschmack leben . . .«

Während ich redete, schaute er mich unverwandt an. Plötzlich unterbrach er mich. »Narr«, sagte er, »du weißt selbst, daß es für mich nichts mehr zu erwarten gibt. Was immer geschehen wird: es ist nichts, nichts, nichts, hörst du, begreifst du?« Damit stürzte er hinaus.

Am Abend erzählte ich Marie-Catherine davon. Ich fragte sie, ob sie wirklich die Scheidungsklage eingereicht habe. Sie war erstaunt. »Aber nein«, sagte sie, »keineswegs, obgleich du es mir so dringend geraten hast. Ich bin nur zu Clemens' Anwalt gegangen und habe ihm gesagt, daß ich in die Scheidung einwillige.« Sie wurde rot. »Versteh doch: ich konnte von mir aus nichts gegen ihn unternehmen.«

»Aber du mußt doch einen Gegenanwalt haben. Bedenk doch, es geht auch um Finanzielles.«

Sie schaute mich erstaunt an. »Wieso denn? Ich kann doch für mich selbst verdienen. Ich bin nicht arm.«

»Höre«, sagte ich, erheitert und erzürnt in einem, »der Schuldige ist doch Clemens. Sei still, wir sprechen jetzt juristisch. Er muß für dich aufkommen.« Sie wollte etwas erwidern. »Nein«, sagte ich, »du tust ihm nichts Gutes, wenn du ihm auch noch das erläßt. Wenn er seine Freiheit wiederhaben will, soll er dafür büßen.«

Jetzt war sie es, die seufzte. »Das hieße also«, sagte sie, »daß ich mich bezahlen ließe dafür, daß ich gehe. Was für ein schäbiger Handel. Nein, Georg, nein.«

In der Folgezeit brachte ich sie jedoch so weit, sich einen Anwalt zu nehmen, der die Scheidung so durchführte, wie ich es für gut hielt. Marie-Catherine war müde gekämpft, erschöpft. Clemens wohnte in diesen Wochen nicht bei uns. Er war nur über seinen Anwalt zu erreichen. Marie-Catherine packte, was ihr gehörte. Das Haus war unheimlich still. Simone war fort; sie war zu dem Brauer gezogen, dessen riesiges Haus wie eine warme Höhle war, bereit, alle aufzunehmen, die Zuflucht suchten.

Auch ich hatte meine Pläne, die mich beschäftigten: ich hatte mir einen Platz im Altersheim gekauft und mußte nur auf den Tod irgendeines Insassen warten, dessen Wohnung ich bekommen sollte.

Am Abend vor dem Scheidungstermin kam, gänzlich unerwartet und bestürzenderweise, Clemens zu mir. Er hatte sich auf irgendeine Art versichert, daß Marie-Catherine nicht zu Hause war. Er sagte, er habe einige Papiere nötig, und in der Tat kramte er einige Zeit in seinem Zimmer, dann aber kam er zu mir, doch mußte er meine Eiseskälte spüren, denn obgleich er noch in guter Haltung und fast aufgeräumter Stimmung eingetreten war, verlor er beides alsbald vor mir. Um dies zu verbergen, gab er sich überaus munter.

»Nun, mein Lieber«, rief er aus, »wie geht's?« Ohne meine Antwort abzuwarten, fuhr er hastig fort: »Morgen verreise ich für einige Zeit. Du hast Frieda zur Bedienung, und wenn irgend etwas sein sollte, so kannst du ja mit meinem Anwalt telephonieren.«

»Danke«, sagte ich.

Er fuhr fort: »Ich mache eine Studienreise.«

»So«, sagte ich, »jetzt, während des Semesters?«

»Nun ja, warum nicht. Man wird doch wohl einen Mann wie mich beurlauben um seiner Spezialstudien willen.«

Ich schwieg.

Er begann, mir von irgendwelchen Plänen zu neuen Arbeiten zu erzählen, aber ich hörte nicht zu. Was ging mich dies an, zumal es ja nur Hirngespinste waren, im Augenblick erfunden, um mich irrezuführen. Er redete und redete. Plötzlich unterbrach ich ihn:

»Wenn du zurückkommst, wirst du mich nicht mehr hier finden.«

Er starrte mich an. »Du gehst mit ihr?«

»Ich habe mir eine Wohnung genommen in der Stadt, genau gesagt: ich gehe in ein Altersheim.«

»Nein«, schrie er; in der Tat: er schrie es. »Nein! Das wirst du nicht tun. Das wirst du mir nicht antun.«

»Warum nicht?« sagte ich kalt.

»Nein«, wiederholte er rasend, »nein, nein, nein, du bleibst hier.«

Ich schaute ihn teilnahmslos an. »Weshalb diese Aufregung?« sagte ich. »Du tust, als könntest du ohne mich nicht leben. Von dieser Anhänglichkeit habe ich bisher nichts gemerkt. Ich weiß zwar, du bist ein schlechter Verlierer, aber ich meine, diesen Verlust wirst du leicht verschmerzen.«

»Spar deinen Hohn«, sagte er bitter. »Wenn du jetzt nicht verstehst, worum es geht . . .«

»Und um was geht es? Darum, daß du nicht allein zurückbleiben willst in diesem Haus, das von allen verlassen wurde, ist es das?«

»Nenne es, wie du willst«, murmelte er. Plötzlich schien er einen

Entschluß zu fassen. Er tat es, indem er im Zimmer auf und ab lief, als wäre er von Sinnen; schließlich packte er eine Obstschale und schleuderte sie stumm zu Boden. Ich hoffte, dieser Ausbruch würde ihn ernüchtern und erleichtern. In der Tat schien er danach ganz ruhig, gefährlich ruhig. »Nun gut«, sagte er fast heiter, mit der Heiterkeit eines Wahnsinnigen, »wenn du gehst, gehe ich auch.« Dabei schaute er mich tückisch triumphierend an.

»Clemens«, sagte ich, »du kannst natürlich tun, was du tun willst und tun mußt, wer sollte dich hindern. Aber fasse jetzt keinen übereilten Entschluß. Du bist erschöpft, überreizt, erhole dich erst, laß dir Zeit . . .«

Er schnitt mir das Wort ab mit einer Handbewegung, die, so müde sie war, etwas erschreckend Entscheidendes hatte; es konnte die Geste eines Selbstmörders sein, es war auf jeden Fall die Geste eines Menschen, der es aufgibt, sich verständlich zu machen, und der sich, bar jeglichen Trostes, der Einsamkeit preisgibt; es war wie ein Abschied von allem, es war in der Tat zumindest der Abschied von mir, denn wir haben uns danach nie mehr gesehen. Ich war froh, als er gegangen war. Noch nach Stunden war mein Zimmer, trotz des weit geöffneten Fensters, voll vom Geruch seiner starken Zigaretten und voll von Störung. Nichts mehr war, wie es vorher gewesen war. Er hatte Bücher verschoben, alle Kissen auf einen einzigen Stuhl gehäuft, Blumenvasen vom Tisch auf die Kommode und von der Kommode auf die Fensterbank gestellt, den Stühlen andere Plätze angewiesen, selbst der Tisch stand nun schief; und was sich unsichtbar verändert hatte, das war noch viel deutlicher wahrzunehmen. Was für eine Macht besaß dieser zarte, nervöse Mensch, daß er durch seine bloße Gegenwart geheimnisvoll Zerstörung bewirken konnte.

Wenige Tage nach diesem Besuch übersiedelte ich in das Altersheim, und nun begann für mich eine Zeit, die schön war, so schön, wie nie eine Zeit meines Lebens gewesen war.

Es war Herbst, ein milder klarer Herbst, der Herbst eines alten Mannes, der alles hinter sich hat, der dasitzen darf, die Hände auf den Knien, und schauen, schauen. Mein Zimmer lag im obersten Stock, es gab Aufzüge dort; die Fenster gingen auf einen großen Park mit Wiesenflächen; viel freien Himmel konnte ich sehen, das war etwas Neues für mich, denn in unserm Haus hatte ich nur Bäume gesehen, Baumkronen von unten, nur einen kleinen verschatteten Ausschnitt der Welt; nun aber sah ich den Himmel, und als ich dies damals erlebte in den ersten Wochen, da fühlte ich, daß es mich verändern würde. Die Welt war größer geworden und freier. Es lebte sich angenehm in diesem Heim, ich war vom ersten Tag an gerne dort.

Marie-Catherine hatte bei meinem Umzuge geholfen, dann erst ihre eigene Wohnung eingerichtet; als sie damit fertig war, wollte ich sie besuchen, und sie holte mich ab. Aber wo wohnte sie! In einer Arbeitersiedlung am Rande der Stadt, inmitten vieler Menschen, inmitten schreiender Kinder, inmitten des schwerfälligen, grämlichen, verbitterten Lebens der ›kleinen Leute‹. Sie hatte eine kleine Mansardenwohnung, dem Lärm einigermaßen entrückt, doch immer noch nah genug. War denn keine andere Wohnung zu finden? Ich fragte sie.

»Gefällt es dir hier nicht?« fragte sie zurück.

»Aber die Lage, Marie-Catherine! Der Lärm! Die vielen Menschen, all diese Leute ...«

»Diese Leute«, wiederholte sie, »›diese Leute‹, warum sagst du das so? Ich habe sie gern.«

Ich wollte erwidern. Wie vieles hätte ich zu erwidern gehabt! Aber Marie-Catherine lenkte das Gespräch augenblicklich auf anderes, und dann wurde davon nicht mehr gesprochen, nie mehr, als wäre uns beiden streng verboten, dieses Thema anzurühren, dieses eine, dieses, das so brannte. Aber daran denken durfte ich, und ich tat es. Während ich so dasaß, wohlbehütet, mit wenigen und erträglichen Schmerzen, nichtstuend, aus dem Fenster schauend, dachte ich, dachte ich ...

Was ist das nun für ein Leben, das Marie-Catherine lebt? Dieses Kind aus dem Süden, wohlbegütert, vielbegabt, reizend und liebevoll, es liebt zum ersten Male, und der Geliebte, der Mann stirbt nach der Hochzeitsnacht als Staatsverbrecher; der zweite, der sie nimmt, wie man Medizin nimmt, und die Flasche samt dem verbleibenden Rest wegwirft, weil die Medizin nicht half; der dritte, der eine, einzige, der sie ansieht und sie von diesem Augenblicke an für immer besitzt und sie dennoch allein läßt hier, der sie in großer Liebe auf den steilen, harten Weg gestoßen hat – was für ein Leben! Und nun ist sie allein, mitten unter ›diesen Leuten‹. Was tut sie dort? Was ist ihr Ziel?

Ich sah sie nicht mehr jeden Morgen, sie räumte nicht mehr mein Zimmer auf, das tat eine Schwester mit weißem Häubchen, sie war freundlich und flink, aber es tat mir weh, sie zu sehen. Rechtens sollte Marie-Catherine es tun. Daß es eine andere machte, das war ein Übergriff, das war hart zu ertragen, und daß ich nicht mehr zu jeder Stunde wußte, wo Marie-Catherine ist, was sie tut, wie es ihr geht, das machte mich unruhig, das träufelte Bitternis in meinen müden Frieden. Aber es war mir recht so. Wozu sollte ich es gut haben, wenn sie es schwer hatte? Aber was tat sie damals? Sie sagte, sie ›arbeite‹. Was arbeitete sie? Ich fragte Simone, die meist allein kam und meist sonntags, da dann Marie-Catherine aus irgendeinem Grund nicht konnte.

»Was tut deine Mutter, Simone?«

»Was tut sie denn: sie macht unsern Haushalt, und sie geht in die Häuser.«

»In welche Häuser?«

»In die Häuser unsrer Siedlung.«

»Und was tut sie da?«

»Ich weiß nicht recht.«

»Hat sie dir verboten, es mir zu sagen?«

Simone, die nicht lügen konnte, wurde rot.

»Nun gut«, sagte ich, »also reden wir nicht mehr darüber. Aber einmal verplauderte sich Simone doch: »Meine Mutter ist krank, sie hat sich angesteckt bei der Pflege der kranken Kinder. Es ist irgendein Ausschlag, recht schmerzhaft.«

Offenbar wußte auch Clementine mehr, als ich erfahren sollte, aber sie schwieg ebenfalls. Nachdem sie einmal mit Marie-Catherine gekommen war, eine verwandelte Clementine, sehr ernst und still, besuchte sie mich öfters, und ganz langsam gewöhnten wir uns aneinander. Sie brachte auch ihre Kleine mit, ein zartes Kind, das Clemens ähnlich sah. Niemals habe ich gefragt und niemals erfahren, wer sein Vater ist, und dies war jetzt auch ganz und gar gleichgültig. Clementine sprach auch nie mehr von Clemens, nur ein einziges Mal erwähnte sie ihn: sie war ihm auf der Straße, auf dem Wege zu mir begegnet. Er habe sie und das Kind gesehen und zur Seite geblickt und sich eine Zigarette angezündet. Ihre Lippen zitterten, als sie dies berichtete, aber dann fügte sie ruhig hinzu: »Du mußt nicht meinen« (wir sagten uns natürlich jetzt du, denn wir waren ja Onkel und Nichte), »daß es mich noch tief trifft; ein wenig tut es weh, denn es könnte ja anders und schöner sein. Aber ich habe ja, da ich ihn verloren habe, etwas anderes gewonnen.« Ich wußte, daß sie vieles damit sagen wollte, daß sie meinte: ich habe das Kind, ich habe Marie-Catherine, ich habe dich. Aber ich spürte, daß sie vor allem eines, vor allem einen meinte: den Doktor, und der Doktor bedeutete für sie alles: Zukunft, Aufgabe, Hoffnung, Lebenssinn und jene Art von Glück, die ihr gemäß war. Der Doktor, das war der Vater, das war Schutz, Strenge, Güte, das war Heimat. Sie ist auch wirklich, ein Jahr später, zu ihm gegangen, mit der Kleinen, und ist nun seit Jahren seine Helferin. Wenn ich den Weg dieses Mädchens überdenke, so will mir scheinen, als hätte ich keine Ursache, schwermütig zu sein. Wenn es dies auf Erden gibt, dann, ja dann ist Hoffnung! Was einmal geschieht, kann hundertmal, tausendmal, kann immerfort geschehen, und es kann geschehen wider alle Erwartung, wider jede Voraussicht, wider jede negative Kraft.

Wie jenes erste Jahr nach Marie-Catherines Scheidung und meinem Einzug ins Altersheim eigentlich verging, weiß ich nicht; es war für mich wie ein tiefer, fast traumloser Schlaf, ein Ausruhen auf dem Brunnengrund, im heilenden Dunkel.

Eines Tages aber wurde ich aufgestört, um dann, bis zu dieser Stunde nicht mehr einzuschlafen. Es war der Tag, an dem Marie-Catherine vom Flughafen zurückkam, als Clementine mit ihrer Kleinen nach Afrika abgeflogen war, oder vielmehr: es war eben nicht derselbe Tag, sondern erst der nächste. Sie hatte mir vorher gesagt, sie würde vom Flughafen unmittelbar zu mir kommen, und mein Herz war bereit, sie aufzufangen in dieser Stunde; aber sie rief vom Flugplatz aus an, sie käme erst am nächsten Tag, ja erst am Abend dieses nächsten Tages, und ehe ich versuchen konnte zu widersprechen, hatte sie schon den Hörer aufgelegt. Wenn es mir gegeben wäre zu beten, dann hätte ich es an diesem Tage getan. So aber saß ich da und litt mit ihr, und wenn je ein Mensch beinahe vollkommen die Leiden eines andern am eigenen Leibe hat empfinden können, so war ich es an diesem und am nächsten Tage und an den folgenden Tagen.

Als Marie-Catherine am nächsten Abend kam, waren wir beide bleich und still von den vorausgegangenen, den vorübergegangenen Stürmen. Wir sprachen zuerst von diesem und jenem und schonten die Wunde; aber ganz leise wurde das Gespräch doch auf die eine Fährte gelockt.

»Hoffentlich übersteht die Kleine den Flug gut«, sagte Marie-Catherine bekümmert, und eine Weile später, mit einem Blick auf die Uhr: »Jetzt sind sie schon angekommen.«

Daraufhin schwiegen wir längere Zeit. Wie fürchterlich ist es, einem geliebten Menschen keinen Trost geben zu können! Aber brauchte Marie-Catherine denn Trost, brauchte sie ihn von mir? Ihr Gesicht war ganz still, ganz in Frieden, und nur ein leiser Schmerzenszug um den Mund, kaum von einem schwachen

Lächeln zu unterscheiden, verriet mir, daß sie litt. Ich wagte jedoch nicht einmal, meine Hand auf die ihre zu legen, ich verhielt mich regungslos, als könnte die leiseste meiner Bewegungen ihr weh tun.

Doch Marie-Catherine begann alsbald von anderen Dingen zu sprechen. Ich weiß nicht mehr, wohin das Gespräch uns dann führte, ich erinnere mich nur mehr daran, daß ich sie fragte, ob sie denn nicht in ihre Heimat gehen wollte, wenn auch nur für einige Zeit.

»Nein«, erwiderte sie, »dort ist es zu schön.« Das war alles, was sie dazu sagte.

Von jenem Worte blieb ein Stachel in mir zurück, der schmerzte und mich nicht mehr in Ruhe ließ. Ich dachte nach, Tag um Tag, Woche um Woche: Was war es, das zwei Menschen, zwei Liebende, so stark Liebende, zugleich trennte und verband? Welchem seltsamen Befehl gehorchten sie? War es überhaupt ein Befehl oder war es nicht nur ein etwas hybrider Willensentschluß, geboren aus dem ehrgeizigen Drang nach außerordentlicher Leistung? Hatten diese beiden leidenschaftlichen Menschen sich in diesem ehrgeizigen Ziel gefunden? Verwechselten sie diesen gemeinsamen Ehrgeiz mit Liebe? Wenn es aber Liebe war: was für eine verquere, verrückte, aberwitzige Art von Liebe ist es, sich um irgendeines ungreifbaren Zieles willen zu trennen oder vielmehr sich die Verbindung zu versagen? Welcher Art war das Ziel der beiden? Da war ich also angelangt an der Grenze des mir noch eben Verständlichen. Ich verstehe natürlich, daß es einem Mann wie den Doktor reizt, sich selbst zu übersteigen und das Außerordentliche zu vollbringen, auch im Verzicht auf Frauen, auf die eine einzige Geliebte, auf eine Familie; aber war dies, nüchtern besehen, so sehr ein schmerzlicher Verzicht, wenn dadurch ein anderer männlicher Trieb so vollkommen befriedigt wurde: der Ehrgeiz, die tief verborgene Lust am geistigen Abenteuer? War das, was den Doktor trieb, nicht im Grunde dasselbe, was den Mann in den Kampf treibt und in jede Form von Heldentum? Und war Marie-Catherine, so weich und sanft sie schien, nicht aus demselben starken steinharten Holze? Verzichtete sie auf die Ehe mit dem Geliebten, weil ihr dies gar nicht so fürchterlich schwer fiel angesichts der höheren Wonne, die der Verzicht ihr einbrachte? Verdanken wir diesem subtilen Ehrgeiz nicht überhaupt alle große Leistungen in der Welt?

Während ich mir in endlosen Tagen und Nächten diese Fragen vorlegte und beantwortete, die Antworten verwarf und neue Fragen fand, begann ich einzusehen, daß ich dem Geheimnis wohl auf der Spur war, daß ich mich aber wie ein untüchtiger, nervöser

Jagdhund immer wieder von der richtigen Fährte ablocken ließ. Es war mir nicht gegeben, die Richtung einzuhalten, doch besaß ich bereits die rechte Witterung, und diesen Geruch, ach, diesen herben, aufreizenden, starken, unwiderstehlichen Geruch bringe ich nicht mehr aus meiner Nase.

Was sich in mir begab in den folgenden Monaten, nein: Jahren, das ist schwer zu sagen. Es begab sich im tief Dunkeln, dort, wo alles Wichtige sich zur Geburt vorbereitet, selbst wenn der Geist es im Lichte gezeugt hat. Doch was rede ich! Bin ich heute nicht ferner als je von dem, was ich damals ahnungsweise begriff, ahnungsweise schon besaß? Ich weiß es nicht. Mein Teil ist der Blick über den Zaun. Die Pforte finde ich nicht.

Doch zurück zu jener Zeit, die für mich, äußerlich besehen, in Frieden verlief bis zu dem Tage, an dem Clemens mich anrief, ganz unerwartet, er sei krank, könne weder Haus noch Bett verlassen und habe einiges mit mir zu besprechen. Es war Herbst, November, für mich die schlechteste Zeit im Jahre, und es war mir streng verboten, bei diesem feuchten Wetter mich ins Freie fahren zu lassen. Auch der kurze Weg von der Pforte bis zum Auto konnte mir gefährlich werden.

»Ist es so dringend?« fragte ich Clemens.

Ich hörte und fühlte, wie er zögerte zu antworten.

»Mir geht es nicht allzu gut«, fuhr ich fort, »und wenn mein Kommen nicht sehr eilig ist, nicht heute sein muß um jeden Preis, dann wäre es mir lieber, den Besuch verschieben zu dürfen.«

»So eilig«, antwortete er ungewohnt sanft, »so eilig ist es nicht.« Und dann fügte er ein Wort hinzu, das mich befremdete und doch nicht genug traf: »Leb wohl«, sagte er und hängte den Hörer ein. Ich glaubte, meinen Bruder so gut zu kennen, daß ich mir erlauben konnte anzunehmen, er habe sich einsam gefühlt und, einer seiner Stimmungen nachgebend, meine Gesellschaft gewünscht, da eine andere im Augenblick nicht erreichbar war. An die Wichtigkeit und Dringlichkeit dieser Begegnung vermochte ich durchaus nicht zu glauben, obgleich mir sein »Leb wohl« scharf in Ohr und Herz gedrungen war. Es war sein letztes Wort an mich.

Heute frage ich mich, was er mir damals mitteilen wollte; ich weiß es nicht, und ich weiß nicht, ob mein Kommen sein Schicksal verändert hätte. Was ich jedoch weiß, ist dies: daß ich ein Nein dieser Art nicht hätte sprechen dürfen, und daß ein solches Nein nie und nimmer gesprochen werden darf. Aber ich sprach es aus; ich sprach es aus mit dem Recht eines Kranken auf Selbsterhaltung, mit dem Anschein der unanfechtbaren Gültigkeit. Und doch machte ich mich damit schuldig.

Freilich war ich nicht so schlecht, daß ich mich nun ganz und gar nicht um Clemens gesorgt hätte. Ich schickte ihm durch einen Boten einen freundlichen Brief mit dem Versprechen, sobald wie möglich zu kommen, und ich rief unseren alten Hausarzt an; er sagte mir, daß Clemens ihn nicht verlangt habe und daß er von sich aus nicht zu ihm gehen könne; auch er meinte, daß die Sache so wichtig nicht sei. So beruhigte ich mich denn alsbald, freilich nur oberflächlich und nicht für lange, nur bis zum nächsten Abend, bis Marie-Catherine kam. Ich erzählte ihr sofort von jenem Anruf. »Was hätte ich tun sollen, Marie-Catherine?« fragte ich.

Sie schaute mich eine Weile mit ruhiger Aufmerksamkeit an, dann sagte sie leise: »Du weißt es selbst.«

Ich versuchte, mich zu verteidigen: »Du kennst ihn doch. Er ist ein Hypochonder, und er gibt jeder seiner Launen nach. Soll ich mich deshalb dem Regen und Wind aussetzen, um dann über Literatur zu reden und Universitätsklatsch anzuhören, sag selbst. Vielleicht käme ich an, und Clemens wäre höchst erstaunt und hätte vergessen, weshalb er mich gerufen hat.«

»Vielleicht«, sagte sie leise. Dann sprachen wir von anderen Dingen, aber ich fühlte, daß sie nicht ganz anwesend war. Sie ging sehr bald an diesem Abend. Sobald ich allein war, fand ich mich einer tief quälenden Unruhe ausgeliefert. Ich sagte mir vergeblich, daß ich Clemens gut genug kannte, um zu wissen, wie launisch er war und daß er um einer Bagatelle willen die Welt in Bewegung zu setzen verstand. Verdrossen bedachte ich, daß es eine beträchtliche Zumutung von ihm war, mich, den Kranken, bei einem solch schlechten Wetter aus dem Hause zu rufen. Und warum sollte ich etwas für ihn tun, da er nie dergleichen für mich getan hatte? Wollte er, da er weder Mutter noch Marie-Catherine mehr hatte, nun mich tyrannisieren? Ich versuchte, mich in einen gerechten Zorn hineinzusteigern, doch gelang es mir schlecht, und schließlich konnte mich nur der Vorsatz beruhigen, daß ich, sobald das Wetter und füglich der Arzt es erlaubten, doch zu Clemens fahren würde; ich hoffte sogar, ich könnte es schon an einem der nächsten Tage tun, und ich beschloß, Clemens am Morgen anzurufen, um ihm dies zu sagen.

Aber als ich ihn anrief, antwortete niemand; den ganzen Tag über rief ich an, ungezählte Male, doch ich bekam keine Verbindung. Wo mochte Frieda sein? War denn niemand bei ihm? War er ins

Krankenhaus gebracht worden? Ich rief nacheinander alle Krankenhäuser und Privatkliniken der Stadt an, doch war er nirgendwo eingeliefert worden. Ich war versucht, die Polizei zu alarmieren, doch schien mir dies übereilt. Wahrscheinlich, so sagte ich mir schließlich, war Clemens, einer seiner Launen folgend, plötzlich verreist und wohl gar nicht wirklich krank.

Weder Marie-Catherine noch Simone kamen an diesem Tage, und sie hatten kein Telefon; so mußte ich in angespannter Geduld warten, bis eine von den beiden mich besuchte.

Es war Marie-Catherine, die endlich, zwei Tage später, kam, so blaß und angegriffen, daß ich mich scheute, sie mit meinen eigenen Sorgen sofort zu überfallen. Doch erwies es sich sogleich, daß diese meine Sorge auch die ihre war: sie hatte Clemens gesprochen, sie war noch an jenem selben Abend zu ihm geeilt, ungerufen, sie war statt meiner bei ihm gewesen, und das, was sie nun von dieser Begegnung erzählte, ließ mich glauben und hoffen, es sei weit besser gewesen, daß Marie-Catherine und nicht ich dem Rufe gefolgt war. Zunächst freilich war ich fassungslos darüber, daß sie überhaupt zu ihm gegangen war. Ich empfand dies als eine Art von Selbsterniedrigung, die unerlaubt war. Wie konnte sie, die aus dem Hause Gedrängte, wieder dorthin gehen? Wie konnte sie überhaupt annehmen, daß Clemens sie sehen wollte? Mußte sie nicht damit rechnen, hinausgewiesen zu werden? Nichts dergleichen jedoch war geschehen.

Clemens, notdürftig bekleidet, offensichtlich aus dem Bett kommend, hatte ihr selbst geöffnet, und er schien nicht im geringsten erstaunt, sie zu sehen, er nahm es vielmehr als das Allernatürlichste. Auch das Gespräch war von einer Art, als wären sie niemals getrennt, geschweige denn geschieden worden. Er teilte ihr sofort mit, daß er krank sei und daß man ihn operieren wolle. Ein Tumor, sagte er, sollte entfernt werden; aber er selbst wisse, daß es Krebs sei und daß eine Operation zwar die augenblickliche Gefahr bannen, ihn aber keineswegs für länger als einige Jahre retten würde. Er habe beschlossen, sich nicht operieren zu lassen.

»Aber das ist doch Torheit«, rief ich. »Wie kann er wissen, daß es Krebs ist, ehe er operiert wurde! Und wie kann er wissen, daß eine Rettung ausgeschlossen ist! Bei Frühdiagnosen . . .«

Marie-Catherines klarer Blick schnitt mir das Wort ab. Wir schauten uns eine Weile schweigend an.

»Nun ja«, sagte ich schließlich, »da du ihm zu glauben scheinst, wird es wohl so sein.«

»Georg«, sagte sie sanft, »ich weiß, was du denkst. Du denkst,

Clemens dramatisiere wieder einmal sein Leben. Aber ich weiß, daß er diesmal die Wahrheit sagt.«

»Und woher weißt du es?« fragte ich aufsässig.

»Ich weiß es eben«, antwortete sie schlicht.

»Und du glaubst, daß eine Operation zwecklos wäre?«

»Das will ich nicht sagen«, erwiderte sie. »Aber ich weiß, daß er sich nicht wird operieren lassen, und warum er es nicht tut, das ist dir so klar wie mir, nicht wahr?«

»Nein«, rief ich, »wie soll mir das klar sein. Er weiß genau, wie abscheulich schwer das Sterben der Krebskranken ist, und er, der so Schmerzempfindliche ... Nein, es ist unmöglich, daß er nicht alles aufbieten sollte, um dieser Qual zu entgehen.«

Plötzlich stockte ich; mir kam ein fürchterlicher Verdacht. Es gab ja ein Mittel, dieser Qual zu entgehen, eines, das weit sicherer war als eine Operation. Marie-Catherine mit ihrer unheimlichen Fähigkeit, nicht nur überaus rasch zu denken, sondern noch vor dem Denken bereits zu wissen und zudem das kaum Gedachte andrer zu fühlen, ja vorauszuspüren, sagte: »Nein, ich glaube nicht, daß er dem Tod vorgreifen wird. Dies würde einen klaren, scharfen Entschluß von ihm fordern. Das ist nicht seine Art.«

»Aber«, rief ich, »hältst du ihn denn für fähig, freiwillig das noch weit Schwierigere zu wählen: das langsame Hinsterben?«

»Ich glaube ja«, sagte sie. »Er wird sich in seinen Tod hineingleiten lassen, ohne sich zu wehren. Er ist wie ein müdes, enttäuschtes Kind, das die Spielsachen aus den Händen fallen läßt und sagt: Ich mag nicht mehr, ich spiele nicht mehr mit.«

»Und er rechnet damit zu sterben? Ich meine: er ist dessen ganz sicher?«

»Ich glaube ja. Irgendein Arzt muß ihm gesagt haben, wie es um ihn steht.«

»Aber wer wird ihn pflegen, wer wird bei ihm sein?«

Ich stellte diese Frage mit Bangen, denn es schien mir so gut wie sicher, daß Marie-Catherine wieder zu ihm gehen, bei ihm leben würde. Doch blieb es ihr und mir erspart. Clemens hatte ihr gesagt, er sei im Begriff, in ein Sanatorium für Krebskranke überzusiedeln. Er nannte den Ort, das Sanatorium, die Nummer des Telefons und die seines künftigen Zimmers; alles schien klar und gut vorbereitet, und wir schöpften keinen Verdacht. Daß er den Tag seiner Abreise verschwieg, war leicht zu verstehen: er wollte keinen Abschied.

»Und du wirst ihn dort besuchen?« fragte ich Marie-Catherine.

»Wenn er es wünscht, ja, natürlich.«

Dieses »natürlich« ärgerte mich. War es denn ›natürlich‹, daß die fortgewiesene, die auf solch häßliche Art fortgewiesene Frau den Mann besuchte, wenn er krank war? Ich hielt dies für falsch. Scheidungen sind scharfe, überlegte Trennungen, und sie sollen es bleiben unter allen Umständen. Ich versuchte, Marie-Catherine meine Meinung und mein Mißfallen zu sagen, aber sie schaute mich an mit jenem großen, klaren Blick, der mich stets beschämte, obgleich ihr nichts ferner lag, als einen Menschen zu beschämen. So schwieg ich denn, tief verstimmt und unsicher.

In der Nacht nach jenem Gespräch machte ich eine neue, eine schreckliche Erfahrung: ich freute mich über den sicheren Tod meines Bruders.

Ich könnte zu meiner Entschuldigung vieles anführen; ich könnte hinweisen auf die Leiden, die mir die bloße Gegenwart meines Bruders jahrzehntelang bereitet hat; ich könnte sagen, daß mir mein Bruder die Liebe der Mutter und damit einen Teil meiner Lebenskraft entrissen hat; ich könnte die tausend Nadelstiche aufzählen, die er mir versetzt hat. Jedermann würde verstehen, daß es mir erwünscht sein mußte, diesen Quälgeist, diesen Vergifter meines Lebens hinweggeräumt zu sehen. Auch könnte man mir zugute halten, ich betrachtete seinen Tod als die Strafe dafür, daß er Marie-Catherine gequält hatte. Aber was immer man zu meiner Rechtfertigung anführen mochte, war vor meinem eigenen Gewissen hinfällig. Ich wußte, daß ich triumphierte, weil er, der alles im Leben besessen hatte, was mir versagt war, nun endlich ins Hintertreffen geraten war. Er würde vor mir sterben; ich durfte ihn überleben. Zum ersten Mal erschien mir das Leben, selbst mein eigenes kümmerliches, als das einzig Begehrenswerte, und gerade dies wurde meinem Bruder nun entrissen, mir aber blieb es.

Ich gebe zu: ein törichter Triumph, ein lächerlicher, nur vermeintlicher Sieg, denn was bedeutete es schon, einen Menschen um fünf oder zehn Jahre zu überleben. Es bedeutete, fünf oder zehn Jahre länger zu leiden. Und dennoch: nie habe ich den Wert des Lebens inständiger, ingrimmiger erfahren als in jener Nacht, in der ich mich über den Tod meines Bruders freute. Es war eine schlimme Nacht, eine Nacht des Bösen, aber das Böse ist stark, es hat die schreckliche Schönheit des Elementaren, es gefiel mir.

Mein Triumph war von kurzer Dauer. Das Morgenlicht ließ ihn erbleichen und dahinwelken. Mir blieb nichts als ein leichter Schauder vor mir selbst.

Wenige Tage später folgte die Strafe, und ich nahm sie bereitwillig, ja mit Genugtuung an: Simone berichtete, daß Clemens in jenem

Sanatorium weder angekommen noch auch gemeldet war; er war vielmehr abgereist, und abgereist wohin? Er hatte eine Flugkarte genommen für eine jener großen Maschinen, die viele Länder und Städte der Welt anfliegen, für eine Weltreise also, die Monate dauerte. Der Kranke, der, wenn man ihm glauben durfte: vom Tod Gezeichnete, reiste um die Welt.

Was sollte ich davon halten? Entweder er war nicht krank und hatte uns nur wieder einmal erschreckt, oder aber, und dies schien mir glaubhaft, er wollte vor seinem Tod noch einmal leben, auf seine Weise leben, das Wissen vom sicheren Tod beiseiteschiebend, überspielend, vor ihm her fliehend vielleicht.

Was sagte Marie-Catherine dazu? Simone wußte es nicht. Sie selbst meinte, es sei möglich, daß er in der Art von Tieren, die, wenn sie den Tod fühlen, in unzugängliche Verstecke sich zurückziehen, in der Welt sich zu verlieren gedachte. Er würde irgendwo sterben, unter Unbekannten, möglichst weit weg von uns allen und so seine Unzugehörigkeit für immer besiegelnd.

Diese Nachricht versetzte mich in eine marternde Unruhe. Der törichte, böse Triumph jener Nacht war weggefegt, und ich kannte nichts mehr als Sorge. Unablässig suchten mich quälende Vorstellungen heim: Clemens in einem häßlichen Hotelzimmer allein dem Todeskampf ausgeliefert, Clemens in einer Wellblechbaracke auf irgendeinem weltabgelegenen Flugplatz und ohne sachkundigen Arzt, Clemens bestenfalls in einem Hospital im Osten, unter ratlosen Fremden, Clemens in alleräußerster Verlassenheit und Todesangst-Bilder, die mir den kalten Schweiß aus den Poren trieben.

Mit Verwunderung mußte ich erfahren, daß mein Bruder ein Teil meines Lebens war, Teil meines Selbst sogar, und was ihm widerfuhr, damit wurde auch ich geschlagen. Ich hatte Clemens nie geliebt, doch jetzt folgten meine Sorge und mein Mitleid angstvoll seinen Spuren. Ich ließ mir vom Reisebüro eine Terminkarte schicken, damit ich zu jeder Zeit wußte, wo Clemens sich befand, und ich schickte ihm an jede große Station einen Gruß.

Keiner dieser Grüße hat ihn erreicht: einige Wochen später erfuhren wir, daß er schon in Athen die Route gewechselt und eine Schiffskarte genommen hatte. Auf einem etwas mühsamen Umweg über Reisebüros und Konsulate hörten wir schließlich, daß er sich nach Durban eingeschifft hatte. Diese Nachricht schien mir zunächst rätselhaft, bis ich die Landkarte anschaute: auf dem Wege nach Durban mußte das Schiff auch Daressalam in Tanganjika anlaufen. Das konnte also bedeuten, daß er den Doktor oder

Clementine oder beide besuchen wollte vor seinem Tode, oder auch, daß er sich vom Doktor eine ärztliche Hilfe erhoffte, die er von keinem andren Arzt mehr erwartete, oder ... nun, es konnte vielerlei bedeuten. Wir haben es nie erfahren, denn er kam nicht dort an. Etwa fünfzehnhundert Kilometer davon entfernt starb er. Wir hörten nichts weiter, als daß er mehrere Wochen in einem Hospital in Mogadischo in Somali-Land gelegen hatte und dort eines Nachts unvermerkt gestorben war. Als Todesursache war Herzinfarkt genannt. Wir ließen ihn nach Hause überführen. Ich schlug eine Obduktion vor, doch Marie-Catherine war dagegen. »Laß ihn in Frieden«, sagte sie, und das war das Richtige.

Daß ich dies hier in so dürren Worten aufzeichne, bedeutet nicht, daß ich es in eben solcher Dürre und Kälte erlebte. Es hat mich vielmehr in der Tiefe getroffen, an einer Stelle meines Wesens, die ohnehin schon verwundet war; sie wird nun nie mehr heilen, denn nie mehr verstummt jene fürchterliche Frage, die so alt ist wie die Menschheit: »Wo ist dein Bruder?«

Die Zeit, die zwischen Todesnachricht und Begräbnis lag, wäre meinem Gedächtnis barmherzig entschwunden, hätte ich nicht ein Gespräch mit Marie-Catherine aufgezeichnet.

Marie-Catherine war von der Nachricht schärfer getroffen, als ich für gut und verständlich hielt, und ich sagte ihr das. Sie antwortete mit einem ihrer sanft verweisenden Blicke.

»Nun ja«, sagte ich verlegen und aufsässig, »ich weiß: nun quälst du dich wieder mit Schuldgefühlen.« Sie versuchte mich zu unterbrechen, aber ich fuhr fort: »Auch ich ...« In diesem Augenblick sah ich Clemens sitzen an seinem Kindertischchen, vertieft in ein Buch, in eine Schulaufgabe wohl, und plötzlich sein Gesichtchen hebend, die Augen voller Angst und voll der Klage: Warum laßt ihr mich so allein mit mir selbst? – »Marie-Catherine«, sagte ich, »wie kann ich gutmachen, was ich versäumt habe?«

Sie schüttelte den Kopf. »Gar nicht, Georg, niemals können wir es gutmachen, du nicht, ich nicht. Wir müssen weiterleben mit dem Wissen, versagt zu haben.«

»Aber von dir«, rief ich, »ist doch nicht die Rede. Du hast alles getan, was in deiner Macht lag.«

Sie hob abwehrend die Hand und ich sah, daß nichts und niemand sie beirren konnte. Sie sagte sich, daß Clemens nur zu retten gewesen wäre durch eine Liebe von jener Kraft, die man nur ein einziges Mal hat im Leben und die man willentlich nicht aufzubringen vermag. Daß diese ihre Liebe einem anderen galt, und daß es nicht in ihrer Macht gelegen hatte zu wählen, wem von den beiden sie diese Liebe zuwenden wollte, und es ihr dennoch zur Schuld angerechnet werden konnte, daß sie das Vorgeschriebene, das Vorbestimmte tat – wer vermochte dies zu verstehen. Alles, was Marie-Catherine für Clemens getan hatte, schien umsonst getan. Ströme von selbstloser Liebe, Ströme von Kraft schienen sinnlos vergeudet, und alles Geopferte wendet sich gegen den Opfernden und schreit ihm ins Gesicht: »Umsonst . . . Du bist gescheitert.«

»Und doch«, schrieb ich damals, »ist der Mensch nicht zum Siegen, sondern zum Scheitern bestimmt. Zugleich aber ist er aufgefordert, seine ganze Kraft aufzubieten für das, was unerreichbar ist. Was für ein absurdes Los, Mensch zu sein.«

Ich hatte diese Worte damals zu Marie-Catherine gesprochen.

»Du hast recht«, sagte sie einfach. Als ich sie überrascht und betroffen anschaute, sagte sie: »Erwartest du von mir eine andere Antwort?«

»Ja«, rief ich, »ja, von dir hoffte ich, anderes zu hören. Du siehst doch in allem, was geschieht, einen Sinn. Du glaubst an einen großen Ordnungsplan. Du glaubst doch, daß dieser Plan einer höchsten Intelligenz entspringt und einer höchsten Gerechtigkeit. Du mußt doch glauben, daß jeder Anstrengung ein Ergebnis entspricht, jeder Tugend ein Lohn, jedem Versagen eine Strafe. Wie kannst du sagen, daß alles voller Widerspruch sei?«

»Ach«, sagte sie ungewohnt müde, »ich könnte dir jetzt mit einigen philosophischen und theologischen Argumenten antworten. Aber . . .«

»Was aber?«

»Aber«, sagte sie, leise, »das alles ist wohl zu denken. Doch was wissen wir wirklich?«

»Du«, rief ich, »was sagst du da! Du bist doch eine gläubige Katholikin.«

Nun lächelte sie ein wenig. »Du sagst ja selbst, daß ich gläubig sei. Also weiß ich doch nichts.«

»Aber Marie-Catherine«, sagte ich betroffen, »wenn du schon so denkst, was ist dann der Glaube noch! Ich sehe keinen Unterschied mehr zwischen Glauben und Nichtglauben, zwischen Hoffen und Verzweifeln.«

Sie senkte die Augen und sagte leise: »Ich auch nicht, Georg.«

Jetzt aber war ich wirklich erschrocken.

Sie sah es, und ich tat ihr wohl leid in meiner Verwirrung, denn sie beeilte sich, mit einer Spur von tollkühner Heiterkeit zu sagen:

»Es ist fast ein Hexen-Einmaleins: Glaube, der Unglaube sein kann; Unglaube, der tiefer Glaube ist; Sicherheit, die verworfene Dummheit ist; Verzweiflung, die stärkste Hoffnung ist. Aber so ist es heute um uns bestellt.«

»Aber wenn du so denkst, wie kannst du da noch eine treue Dienerin deiner Kirche sein? Bist du nicht schon eine Abtrünnige?«

»Ich hoffe nicht«, sagte sie. »Ich hoffe vielmehr, ihr gerade besonders treu zu sein, indem ich ihr Geschick mittrage, ich meine: ihre Leiden mitleide.«

»Leiden«, rief ich, »Leiden! Als ob die Kirche unsrer Tage litte! Seit langem war sie ihrer Sache und ihrer Macht nicht so sicher wie heute.«

»Die Kirche, die Kirche«, rief sie fast zornig, »wer ist denn das? Die Kirche sind wir; die Kirche lebt von unserem Leben, von unseren Leiden, von unseren Zweifeln. Unsre Unsicherheit ist die Speise, aus der sie ihre Sicherheit nährt. Ihre Stärke, ihre Sicherheit aber ist die unsere. Die Kirche, das ist nicht der Verwaltungsapparat, ist nicht das Heilige Offizium in Rom, ist nicht das Kirchenrecht; die Kirche, das ist ein geheimnisvoller Kampf auf Leben und Tod.«

Wie meine zurückhaltende, allem Pathos abholde Marie-Catherine plötzlich reden, plötzlich glühen konnte! Was für eine Sprengkraft war in ihr, verschleiert von einer süßen Sanftmut, getarnt durch Geduld und Demut!

In der Nacht nach diesem Gespräch begriff ich erstmals wirklich, daß Clemens diese Frau nicht mehr ertragen hatte, diese Frau, die in all ihrer Zartheit und liebevollen Rücksichtnahme ein einziger großer Anspruch war. Wenn sie nur ihren klaren Blick auf einen richtete, fühlte man sich alarmiert, war man aufgerufen, eine alte Schuld zu bereinigen. Wie unbequem sie war. Wieviel ruhiger hatte ich gelebt, ehe sie in mein Leben kam. Ohne Zweifel: sie drängte mich aus meiner Bahn, sie lockte mich über die Grenzen meines Wesens hinaus. Ich mußte mich ihrer erwehren, ich mußte ich selbst bleiben, ich mußte zum Angriff übergehen oder doch meine Tore schließen, diese Einfallstore für einen fremden, mir tief ungemäßen Geist.

Doch ehe ich dazu kam, diesen Entschluß auszuführen, wurde ich durch einen neuen Stoß, einen Stoß von andrer Hand erschüttert: Clemens hatte ein Testament hinterlassen. Bei der Eröffnung waren Babette und ich zugegen. Ich weiß nicht, was wir erwartet hatten, aber ganz gewiß nicht das, was wir zu hören bekamen. Er hinterließ mir seine Bibliothek, Babette sein Vermögen, Marie-

Catherine das Cembalo und das wertvollste Schmuckstück, das sich seit vielen Generationen in unserer Familie vererbt hatte: eine goldene Kette mit einem Kreuz, das mit Topasen besetzt und vielleicht einmal ein Bischofskreuz gewesen war; das Haus aber mit allen Möbeln, Teppichen und Bildern war Clementine zugeschrieben, der eigentliche Familienbesitz also, das, was Generationen mit kennerischem Eifer zusammengetragen hatten und woran unzählige Erinnerungen hingen. Dem Testament lag die Anerkennung der Vaterschaft und die Erlaubnis bei, daß Clementine falls sie es wünschte und falls Babette und ich einverstanden seien, unseren Familiennamen tragen dürfe. Mich aber bestimmte er zum Verwalter ihres Besitzes, über den sie nicht ohne meine Zustimmung verfügen könne.

Was für ein Testament! Babette und ich sahen uns an, erstaunt und betroffen, und schon glaubte ich in Babettes Augen Zorn und Neid aufsteigen zu sehen, da bemerkte ich, daß es Tränen waren, die ihren Blick verdunkelten, aber Tränen besonderer Art: Tränen der Freude, zweifellos. »So ist es recht«, sagte sie mit heiterer Tapferkeit, »so hat es seine Ordnung.« Ich hätte sie gerne auf der Stelle umarmt für dieses Wort.

Am Abend besuchte mich Marie-Catherine, ich hatte sie sehnlichst erwartet, um ihr augenblicklich von Clemens' Testament zu berichten. Die Art, in der sie den Bericht aufnahm, erschreckte mich zunächst: sie wurde ganz bleich und sie schloß die Augen, als sei sie einer Ohnmacht nahe. Dann aber begann sie, noch geschlossenen Auges, zu lächeln, und dieses Lächeln ging über in ein helles, heiteres Lachen, das beim Aufschlagen ihres Blickes zugleich mit klaren, glitzernden Tränen aus ihr sprang; ein hinreißendes Lachen, in das ich schließlich miteinstimmte; das heißt, ich glaube nicht, daß ich wirklich laut gelacht habe, weil es mir nicht gegeben ist, laut zu lachen, ich bringe es nur zu einem Lächeln; aber in jenen Augenblicken war ich ganz erfüllt von einem großen befreienden Gelächter. Vielleicht war es eine Art Euphorie, die mich überkam, ähnlich jener, die man nach einem soeben und glücklich überstandenen schweren chirurgischen Eingriff erlebt. In diesem Gelächter löste sich vieles auf, was an Hartem und Bösem in mir angesammelt war: Gram, Bitterkeit, Mißtrauen, Verachtung, Neid, Zorn und Haß. So lachten wir denn mitsammen, Marie-Catherine und ich, und es war wie ein Dankgesang, ein Dank, zu stark, um in Worte gefaßt zu werden. Es war, so schrieb ich damals, eine mir ungemäße Sprache gebrauchend, in mein Tagebuch, es war »ein Lachen vor dem Herrn«.

Über dieser Freude hatte ich vergessen, Marie-Catherine das Kästchen mit dem Kreuz zu übergeben. Sie nahm es zögernd, so wie sie schon in den letzten Jahren alles entgegengenommen hatte, was von Clemens kam, und sie öffnete es erst, als ich sie drängte. Sie erschrak, als sie das Kreuz sah, und sie machte eine Bewegung, als wollte sie den Deckel augenblicklich wieder darüber schließen. Da aber entdeckte sie, daß ein Brief beilag. Sie zog ihn fast ängstlich heraus.

»Lies«, sagte ich, »lies jetzt gleich.«

Sie gehorchte. Es war ein kurzer Brief, sie hatte ihn rasch gelesen. Abgewandten Gesichts ging sie zum Fenster und blieb dort stehen, und keine noch so kleine Bewegung verriet mir, was in ihr vorging. Ich wagte nicht, sie anzusprechen. Was in dem Briefe stand, erfuhr ich nie wörtlich, doch war es offenbar vor allem eine Bitte um Vergebung, nicht nur und nicht eigentlich an Marie-Catherine gerichtet, sondern an jene Macht, durch die er, wie er glaubte, dazu verurteilt worden war, im Dunkeln zu gehen und andere leiden zu machen. Eine seltsame Bitte voller Widerspruch. Mochte Marie-Catherine sie verstehen; ich jedenfalls verstand sie nicht, und ich sagte es ihr.

»Nein?« fragte sie leise und bestürzt. »Nein?« Und dann gab sie mir eine Erklärung, die mir nichts, jedenfalls nicht diesen Brief zu erklären schien und die ich erst Tage später begriff.

»Ich las einmal«, sagte sie, »eine Zeitungsnotiz: ein Arbeiter, ein Verlader am Pariser Gâre du Nord, wurde in einen Kühlwagen eingeschlossen, aus Versehen, und als man den Wagen einen Tag danach öffnete, war der Mann tot. Man fand bei ihm einen Brief, in dem er seiner Frau genau die Stadien des langsamen Erfrierens beschrieb. Und was meinst du: das Kühlaggregat war gar nicht in Betrieb gewesen!«

»Nun, und?« fragte ich. »Der Mann ist natürlich erstickt.«

»Nein«, sagte sie, »er hatte Luft genug.«

»Aber woran starb er denn dann?«

»Er starb, weil er dachte, er müsse erfrieren.«

»Also den Tod des Hysterikers«, sagte ich.

»So kann man es nennen«, erwiderte sie.

»Und wie nennst du es?« fragte ich.

»Ich«, sagte sie, »ich meine, er starb an der Hoffnungslosigkeit seiner Lage.«

»Am eingebildet Hoffnungslosen seiner Lage.«

»Ja«, sagte sie, »so ist es.«

Damit ließ sie das Gespräch fallen; sie tat es auf eine Weise, die mir bedeutete, daß ich jetzt keine Frage mehr stellen durfte. Nun hob sie die Kette mit dem Kreuz aus dem Kästchen, legte sie sich um den Hals und betrachtete sich in der spiegelnden Fensterscheibe. Entzückt wie nur je eine Frau über einen Schmuck war, rief sie: »Schau, wie schön! Ich würde das gerne tragen.«

Aber schon nahm sie die Kette wieder ab und legte sie in die Kassette zurück.

»Aber«, rief ich, »warum solltest du das nicht tragen? Es ist doch zum Tragen da.«

»Ja«, sagte sie, ein wenig lächelnd, »aber nicht für mich. Wann denn sollte ich so etwas tragen, sag selbst!«

»Nun«, rief ich, plötzlich aufsässig, »du könntest wirklich einmal ausgehen, ins Theater oder auf eine große Gesellschaft.«

Natürlich antwortete sie mit einem heiter spottenden Lachen, das mich törichterweise reizte.

»Warum«, rief ich, »findest du das so unmöglich? Du solltest wieder spielen, Konzerte geben, endlich dein eigenes Leben leben, die Misere hinter dir lassen, du bist noch immer jung.«

Sie versuchte vergeblich, mich zu unterbrechen. »Sei still«, sagte ich, »hör zu; und wenn du schon nicht mehr musizieren willst, so arbeite doch wieder wissenschaftlich.«

»Aber warum, wozu denn?«

»Warum, wozu? Welche Frage!«

»Ich stelle dir diese Frage, Georg! Gib mir eine Antwort.«

Sie verwirrte mich. »Nun, weil man ein so bedeutendes Talent wie das deine nicht vergraben darf. Lächle nicht! Du weißt doch selbst . . .«

Sie unterbrach mich: »Wie du mich überschätzest, armer Freund.«

»Mit Spott lenkst du mich nicht ab. Ich will wissen, wie es sich mit deinem so ausgeprägten Gefühl für Verantwortung und, ja, für Menschenliebe verträgt, das, was du zu geben hast, für dich zu behalten.«

»Tu ich das?« fragte sie, noch immer lächelnd.

»Ja, dreimal ja.«

»Aber was behalte ich denn für mich? Einige wissenschaftliche Arbeiten, die andere besser schreiben. Lohnt sich da dein Murren?«

»Könntest du denn nicht ernst sein jetzt?«

»Nein«, sagte sie. »Ich habe vielmehr große Lust, dich von Herzen auszulachen, weil du die Wissenschaft so über alles setzest. Als ob es nichts gäbe, was noch wichtiger wäre.«

»Ach so«, rief ich aus, »jetzt beginne ich zu verstehen. Eine wissenschaftliche Laufbahn genügt dir nicht. Dein Ehrgeiz greift darüber hinaus. Der Verzicht darauf ist dir mehr als der Besitz.«

Sie schaute mich verständnislos an. »Wie seltsam du redest«, sagte sie.

Zornig rief ich: »Mir scheint, ich rede vernünftig genug.«

»Vielleicht«, sagte sie friedfertig. »Aber warum aus etwas so Einfachem etwas so Schwieriges machen? Mich lockt die Wissenschaft nicht; nicht mehr, das ist alles.«

»Und was, was lockt dich?«

»Ich weiß nicht, was ich dir antworten soll«, sagte sie leise. Dann warf sie den Kopf zurück wie ein trotziges Schulmädchen. »Muß man denn immer wissen, warum man etwas tut oder nicht tut? Es gibt Notwendigkeiten, denen man gehorcht, das ist alles.«

Eine Woche nach jenem Gespräch traf Clemens' Leiche ein. Der Arzt verbot mir, zur Beerdigung zu fahren, und es war mir recht so. Ich glaubte, diese Beerdigung bedeutete mir nichts, denn ich hatte mich mit Clemens' Tod schon längst abgefunden. Wie sehr aber hatte ich mich von mir selbst täuschen lassen! Während man meinen Bruder begrub, überfielen mich die Dämonen. Sie eröffneten ihren Angriff damit, daß sie mir zuflüsterten: »Der Nächste aus deiner Familie bist du, du, der du glaubst, deinem Bruder noch so viel Leben vorauszuhaben.« Als sie es mir lange genug vorgesagt hatten, überfiel mich Todesangst, eine ganz primitive, kreatürliche Todesangst, gegen die ich mich zur Wehr setzte, doch vergeblich. Ich mußte zu meinem Entsetzen sogar bemerken, daß sich diese Angst auf etwas ganz anderes hin zuspitzte, etwas noch weit Schrecklicheres und mir ganz Fremdes: ich fürchtete mich vor dem, was dem Sterben folgte. Ich nannte es beim rechten Wort, ich nannte es: das Gericht. Gleichgültig, ob es ein Jenseits und einen Richtergott gibt, würde ich eines Tages, bald vielleicht, mit einem Schlage, im Lichte eines grauenhaften Blitzes, sehen müssen, wie mein Leben und wer ich war. Wie war mein Leben? War es gut, war es schlecht? Was ist ein gutes, was ein schlechtes Leben? Kam es auf Leistung an? Ich hatte nichts geleistet, und es kam nicht darauf an. Kam es auf das geduldige Ertragen des auferlegten Schicksals an? Vielleicht. Vielleicht würde ich dann bestehen. Doch konnte dies genügen? Nein, es war zu wenig. Aber was war denn von mir verlangt, wogegen hatte ich gefehlt? Stumm sah mich mein Bruder an. War es dies, was ich versäumt hatte? War es meine Schuld, daß er geworden war, was er nicht hätte werden dürfen? »Gestorben an der eingebildeten Hoffnungslosigkeit seiner Lage.« Aber was hatte ich damit zu schaffen? Hätte ich denn etwas daran ändern können? Hätte ich gegen seine nervöse, verquere Natur, gegen seine falsche Erziehung, gegen die ganze trübe und bedrükkende Atmosphäre unseres Elternhauses ankämpfen können? Welch eine absurde Zumutung! Was nicht einmal Marie-Catherine gelungen war, konnte wohl mir nicht gelingen. Was also wurde mir vorgeworfen? Daß ich Clemens nicht geliebt hatte? Daß mir sein ganzes Wesen bis ins Innerste hinein zuwider war? Aber wie hätte es anders sein können! Es gibt Abneigungen so elementarer Art, daß der sogenannte ›gute Wille‹, der beste, der aufrichtigste, nichts dagegen vermag. Hatte ich diesen guten Willen gehabt? Ich weiß es nicht. Hätte ich vielleicht meinen Bruder weniger scharf sehen, weniger streng beurteilen müssen? Aber wie kann ich Lüge, Selbstsucht, Feigheit übersehen, wie bemänteln? Wie kann ein intelligenter Mensch mit wacher und scharfer Beobachtungsgabe die Mängel der anderen übersehen? Hieße dies nicht, alle Unterschiede der Qualität verwischen? Wie um Himmels willen machte Marie-Catherine es, daß sie zugleich genau sehen, klug urteilen und dennoch lieben und verzeihen konnte? Wo lag da ein Denkfehler bei ihr oder bei mir, wo war die brüchige Stelle in ihrem oder meinem System? Vermutlich gab es gar kein System, vermutlich gar keine Maßstäbe, gar keine Ordnung.

Dieser Verdacht war mir schon viele Male gekommen im Laufe meines Lebens, aber so sehr er mich bedrängt hatte, war er nicht allzu weit über die Grenzen meines Verstandes vorgedrungen, jedenfalls war er niemals lebenbedrohend in mein Innerstes eingebrochen. Jetzt aber tat er es, und indem er mich dort angriff, wo ich eigentlich ›ich‹ war, zeigte er sich in seiner wahren Gestalt: der Verzweiflung.

Ich erkannte sie nicht sofort, denn ich war noch zu sehr beschäftigt mit Denken. Ich dachte: wenn es eine Ordnung gäbe, einen großen Plan, dann müßte füglich in diesem Ordnungsplan nicht nur das Gute vorgesehen sein, und es müßten neben den tugendhaften Rollen auch die fragwürdigen, bösen ihren vorbestimmten Platz haben, so etwa die Frau, von der Clemens einst verführt worden war, so Clemens in seiner selbstsüchtigen, zerstörerischen Schwäche, so Clementine mit ihrer Haßliebe, so Mutter mit ihrer vernichtenden Härte. Und selbst wenn diese Rollen nur vorgesehen waren als jene, die aus der Ordnung fielen, solcherart die verletzte Ordnung bestätigend, wo blieb da Raum für die persönliche Schuld? Ach, die uralte, die zu Tode gefragte Frage, die von keinem Philosophen und keinem Theologen der Welt gültig beantwortete, die, so alt sie war, niemals veraltete, die jeder von uns aufs neue und in neuer Qual stellte und die nie, nie eine Antwort bekam.

Ich dachte, dachte, ich dachte die Nacht hindurch, und plötzlich war ich am Ende angelangt. Wie soll ich es deutlicher sagen? Plötzlich war nichts mehr. Das Licht des Denkens erlosch, jegliche Hoffnung schwand hin, alle Fäden waren abgeschnitten, ich litt nicht mehr, ich erstarrte. Einen fürchterlichen Augenblick lang erfuhr ich die Hölle. Das schreibe ich so hin, als sei es etwas, das man mit Worten ausdrücken kann. Aber es ist durchaus nicht auszudrücken. Es war schrecklicher als alles, was ich je zuvor erlebte. Es war so schrecklich, daß sich meine Natur davor nur durch eine Ohnmacht zu retten wußte. Ich kam erst zu mir durch den Einstich der Nadel einer Spritze. Es war Morgen, der Arzt und die Schwester standen an meinem Bett, und ich versuchte zu begreifen, daß ich lebte. Viele Tage lang kämpfte ich gegen die Wiederkehr jener todbringenden Erfahrung. Langsam nur fand ich mich wieder. Dann aber nahmen mich praktische Sorgen in Anspruch. Von Clementine war ein Brief gekommen. Sie schrieb, sie stehe dem Erbe ratlos gegenüber. Natürlich sei es ihr eine Art von Freude, daß sie nun doch einen Vater habe, aber sie freue sich mehr um seinet- als um ihretwillen, da sie ja längst einen anderen Vater gefunden habe. (Armer Clemens, dachte ich, wie wenig bewirkt dein spätes Ja.) Was das Haus anlange, so sollte ich es damit halten, wie ich es für gut fände; wenn ich es vermieten würde, dann leer, und die Möbel sollten Babette, Marie-Catherine, Simone und ich unter uns teilen. Das war alles, was sie dazu sagte.

Mir verblieb nun die Sorge um die Vermietung des Hauses und die Verteilung der Möbel. Aber wer wollte sie? Marie-Catherine hatte keine Verwendung dafür; Babette erklärte, ihr Haus sei perfekt und modern eingerichtet, und ich selbst bewohnte ja nur ein einziges Zimmer. Keines von uns allen wollte diese alte Last, beschwert von Erinnerungen, weiterschleppen. So ließ ich denn die Möbel in ein Magazin stellen. Da standen sie lange, bis nach dem Tode Marie-Catherines. Doch davon später.

Ich sage ›später‹, und plötzlich merke ich, daß dieses ›später‹ sehr rasch kommen wird, so bestürzend rasch, wie es damals gekommen war. Ich wünschte, ich hätte vieles zu berichten aus jenen Jahren, nur um nicht von Marie-Catherines Tod reden zu müssen. Ich will versuchen, nüchtern zu berichten.

Ihrem Tode ging einiges voraus, was ich als Zeichen hätte deuten können, wäre ich mutig genug gewesen.

Das erste Zeichen war ein Besuch des alten Brauers. Es war nicht sein erster und keineswegs einziger Besuch, er kam vielmehr mit einer gewissen Regelmäßigkeit, aber wir sprachen dabei kaum je ein Wort über Marie-Catherine. Weder er noch ich schätzten Gespräche allzu privater Natur, obgleich es mich bisweilen lockte, mehr von diesem Menschen zu erfahren, der so uninteressant, so bürgerlich-banal erschien und der unter dieser Maske vieles verbarg, das ihn mir, und nicht nur mir, besonders wertvoll, besonders liebenswert machte. Eines Tages, eben an jenem Tage, den ich jetzt als Tag der ersten Vorwarnung sehe, hatte er etwas Besonderes auf dem Herzen, und schließlich sprach er davon, aber, wie ich jetzt weiß, allzu sehr mich schonend. Er sagte, Marie-Catherine mute sich ein bißchen viel zu. Als ich ihn fragend ansah, wischte er sich den Schweiß von der Stirn.

»Ja, wissen Sie denn nicht?« murmelte er.

»Was soll ich wissen?« fragte ich bestürzt.

»Nun, was sie tut.«

»Das weiß ich: sie pflegt Kranke und hilft in den Häusern, wenn keine andere Hilfe da ist.« Ich sagte es im Tone möglichster Harmlosigkeit.

Er stieß einen geradezu zornigen Laut aus, und mir schien, als kündigte sich darin ein Ausbruch von Erklärungen und Eröffnungen an. Aber er zuckte nur seufzend die Achseln.

»Also, was ist?« fragte ich ungeduldig.

»Nichts weiter. Das genügt doch.«

»Und? Sie glauben, sie ließe sich von mir dazu bringen, ihr Leben zu ändern, zu erleichtern?«

Was aber konnte ich tun? Machte ich ihr Vorhaltungen, so würde sie lachen. »Aber Georg«, würde sie sagen, »du sprichst, als müßtest du mich vor irgendeiner Art von Untergang retten. Ich tu nicht mehr, als in meiner Kraft steht, und die ist, weiß Gott, nicht so sehr groß. Rechne ruhig mit meiner Vernunft. Ich bin keine Heldin, mein Lieber.«

Der Besuch des Brauers hinterließ eine bohrende Unruhe in mir, aber ich war viel zu feige, um ihr auf den Grund zu gehen. Ich ließ sie langsam einschlafen, bis die zweite Warnung kam, die freilich so zart war, daß ich sie nicht als solche verstehen konnte. Marie-Catherine brachte mir Blumen, die allerersten Frühlingsblumen, Schneeglöckchen, die sie selbst in den Flußauen gefunden hatte.

»Frühling«, sagte sie. »Sonderbar: der Frühling macht mich immer ein wenig traurig, aber das ist eine seltsame Traurigkeit: sie tut nicht weh.« Und unvermittelt sagte sie: »Ich möchte so gerne an einem Frühlingsmorgen sterben, wenn möglich am Ostersonntagmorgen vor Tagesanbruch.«

»Warum das? Warum gerade vor Tagesanbruch?«

Ihre Antwort erschien mir ausweichend, obgleich sie so natürlich kam. »Das ist eine Kindheitserinnerung, eine Erinnerung an den Ostermorgen zu Hause. Es gibt da einen Brauch, sehr alt vermutlich, und noch immer getreulich eingehalten von den Bauern. Man muß vor Tagesanbruch aufstehen, an ein fließendes Wasser gehen und dort schweigend knien, bis die Sonne aufsteigt. In dem Augenblick, in dem sie voll sichtbar ist, muß man sich über das Wasser beugen und die Augen waschen.«

»Und was ist dann?« fragte ich töricht.

»Nichts«, sagte sie. »Es ist eben so, und es ist schön.«

»Wie heidnisch!« rief ich.

»Meinst du?« sagte sie. »Mir scheint es so heidnisch nicht. Und wenn schon: wäre es nicht auch heidnisch schön und ein Zeichen? Man wäscht sich die Augen und sieht die Sonne.«

»Und darum möchtest du am Ostermorgen sterben?«

Sie lächelte statt einer Antwort.

»Warum«, rief ich, »sprichst du überhaupt vom Sterben?«

»Warum nicht? Ich verstehe nicht, warum man nicht sprechen soll von dem, was wichtig ist und auch schön.«

»Schön?« rief ich. »Schön?« Und betroffen fügte ich hinzu: »Lebst du denn so ungern?«

»Nein«, sagte sie ruhig.

»Nein? Aber wie kannst du dann das Sterben schön finden?«

»Das Leben ist schön«, sagte sie, »und das Sterben auch.« Sie sagte es mit einer stillen Glut, die mir Unbehagen einflößte.

Das dritte Vorzeichen war noch deutlicher. Eines Tages kam Simone ungewohnt bedrückt. Ich sah es sofort, aber es dauerte lange, bis sie anfing, über das zu sprechen, was sie bedrängte. Sie tat es mit einer Art von schlechtem Gewissen, so als bräche sie ein Versprechen, als verriete sie eine Verschwörung. Daß sie es dennoch tat, zeigte mir, für wie dringend nötig sie es hielt. Was ich erfuhr, war mir nichts eigentlich Neues, doch fiel plötzlich ein neues, ein scharfes Licht darauf.

Zögernd berichtete Simone, daß ihre Mutter ›allzuviel arbeite‹. Die Art dieser ihrer Arbeit war mir bereits bekannt, aber ihr Ausmaß erschreckte mich. Simone erzählte, daß ihre Mutter kaum mehr zu Hause sei, bei Tage nicht und oft auch nachts nicht, denn man hole sie zu Nachtwachen bei den Kranken und zu Aushilfen im Krankenhaus. Was sie tagsüber in den Häusern tue, könne man sich denken: sie putze, wasche, koche dort, wo eine Hilfe fehle, und pflege die Kranken. Die Leute kämen einfach und bäten, und sie bäten niemals vergeblich; man nähme es als selbstverständlich, daß sie kam. Dies alles sei schon zur Gewohnheit geworden und nicht allzu aufregend. Aber nun könne man sehen, daß dieses Leben sie angreife und daß sie nicht mehr gesund sei, sie selbst fühle es wohl, und sie habe tags zuvor, scherzend wie es schien, in Wahrheit wohl bitter ernst, gefragt, was Simone denn zu tun gedächte, wenn sie ›allein‹ sei. »Wieso allein?« hatte Simone gefragt. »Nun eben: allein, ohne mich«, hatte Marie-Catherine geantwortet, und als Simone sie erschreckt ansah, hatte sie hinzugefügt: »Wenn ich einmal sterbe, wirst du dann nach Afrika gehen oder bei Onkel Georg bleiben?« Simone hatte keine Antwort auf diese Frage gegeben und ihren Schrecken unter einem Scherz verborgen, aber sie war, sobald sie konnte, zu mir geeilt, um mir dies zu berichten. Was aber erwartete sie von mir?

»Auf dich hört sie«, sagte Simone, »und wenn du es klug anfängst, kannst du bei ihr alles erreichen.«

»Und was schlägst du mir vor?«

Ihr Plan war in der Tat klug ausgedacht und bewies, wie gut sie ihre Mutter kannte: ich sollte sagen, daß ich so gerne in die Provence fahren würde, um mich dort zu erholen, denn nur dort könne ich mich wirklich erholen, aber natürlich könne ich nicht allein fahren; Simone dürfe das Studium nicht unterbrechen, also bliebe nur Marie-Catherine als Begleiterin. Simone setzte all ihre Hoffnung auf mich und diese Reise. Ich versprach, den Vorschlag ihrer Mutter zu unterbreiten, aber ich teilte Simones Erwartung nicht oder doch nur in einem sehr geringen Maße, doch wagte ich dies nicht zu sagen. Ich kannte Marie-Catherine gut genug, um zu wissen, wie sie mich durchschaute und also begreifen würde, daß ich nicht um meinetwillen diese Bitte vorbrächte. Doch wollte ich es immerhin versuchen.

Die Gelegenheit ergab sich rascher, als ich dachte: Simone bat mich, ihre Mutter zu besuchen, sie habe eine leichte Grippe und sei darum endlich einmal den ganzen Tag zu Hause.

Ich fand sie erschreckend blaß und erschöpft. Natürlich versuchte sie, es zu verbergen; sie gab sich heiter und zum Plaudern aufgelegt, und ich ließ mich beinahe täuschen. Wir waren lange nicht so fröhlich mitsammen gewesen, und ich vergaß fast meinen Plan. Als ich ihn zum ersten Male vorbringen wollte, öffnete sich die Tür ein wenig, und zwei Kindergesichtchen schoben sich in den Spalt, verschwanden aber sogleich, als sie den Besucher sahen. Eine Weile später kamen sie wieder auf dieselbe geräuschlose Art. Diesmal rief Marie-Catherine sie herein, und Simone mußte ihnen in der Küche Milch und Brote geben. Als sich die Tür ein drittes Mal öffnete und eine Frau sich zeigte, die erklärte, später wiederkommen zu wollen, seufzte Simone: »So geht es bei uns den ganzen Tag, wenn wir zu Hause sind.«

»Aber«, rief ich, »sperrt doch die Wohnungstüre ab, dann kann niemand einfach so hereinkommen.«

»Du kennst sie nicht«, sagte Marie-Catherine lächelnd, »wenn ich absperren würde, klopften und läuteten sie so lange, bis ich aufmachte. Da lasse ich die Türen lieber gleich unversperrt.«

»Mein Gott«, rief ich, »wie kannst du so leben?«

»Ich kann es ja auch nicht«, sagte sie.

Augenblicklich griff ich diesen Satz auf. »Siehst du«, sagte ich hoffnungsvoll, »nun sprichst du vernünftig. Dann bist du also endlich bereit, dieses Leben hier aufzugeben?«

Sie schaute mich groß an. »Dieses Leben aufgeben? Wie meinst du das?«

»Nun, das ist doch klar und einfach genug, was ich damit meine: du nimmst dir eine ruhige schöne Wohnung, du arbeitest still für dich, du . . .«

Ihr Kopfschütteln schnitt mir die Rede ab. Wir sahen uns eine Weile schweigend an, genau gesagt: sie sah mich still und ein wenig lächelnd an, und ich versuchte diesem seltsamen Blick standzuhalten, solange ich es vermochte. Dann gab ich mich geschlagen.

»Also nicht?« fragte ich schwach.

Sie schien plötzlich müde, viel zu müde, um mit mir zu streiten, und sie sagte: »Wenn ich gesund sein werde, reden wir wieder darüber. Laß es jetzt.« Sie hatte es sanft gesagt, aber ich fühlte, daß dieser Verweis einem Befehle gleichkam. Es lag etwas erschreckend Abschließendes darin. Marie-Catherine bemerkte mein betroffenes Verstummen und sie half mir, indem sie von ganz anderen Dingen sprach, und sie wurde so lebhaft dabei, daß ich, wäre nicht die erschreckende Blässe ihres Gesichtes gewesen, hätte denken müssen, unsere Sorge sei übertrieben. Nie vorher war sie mir so heiter erschienen, so unbeschwert, so übermütig fast.

Aber als ich mich verabschiedete, hielt sie lange meine Hand. Mir schien, sie wollte etwas sagen, aber sie vermochte offenbar nicht zu sprechen, und schon kam der Bursche, der mich über die Treppe hinuntertragen sollte. Von der Schwelle her schaute ich zurück und fing ihren Blick auf, einen unbeschreiblichen Blick, den ich erst nach ihrem Tode verstehen sollte. Es war der Abschiedsblick.

Am nächsten Tag, Gründonnerstag, rief mich Simone an, sie habe ihre Mutter überredet, sich in der Klinik untersuchen zu lassen, und sie habe für Osterdienstag ein Zimmer dort bestellt und alles verabredet; die Mutter sei sonderbar gefügig einverstanden. Es gehe ihr nicht schlechter, doch sei sie sehr müde. Ich nahm Simone das Versprechen ab, mich täglich dreimal anzurufen, und sie tat es dann auch, aber sie hatte nichts Aufregendes und Beängstigendes zu berichten, nicht einmal am Karsamstagabend.

Am Ostermorgen war Marie-Catherine tot. Sie war ganz allein gestorben, in der Frühe des Ostermorgens.

Simone sagte es mir nicht telefonisch, sie kam selbst, und sie kam erst, als alles getan war, was getan werden mußte. Der Brauer war ihr beigestanden. Sie weinte nicht, als sie es mir sagte, sie war still und müde, so müde, daß sie, kaum hatte sie mir die Botschaft überbracht, auf meinem Sofa einschlief. Im Traum aber weinte sie. Ich selbst konnte nicht weinen, ich kann es seither nicht mehr. Wäre ich nicht in jahrzehntelanger Praxis so eingeübt gewesen im Verzicht auf das, was mir jeweils genommen oder versagt wurde, so hätte ich in jenen Tagen mein Leben ebenfalls beendet. Selbst der Gedanke an Simone war kein Halt, denn sie, sie konnte ja zu ihrem Doktor nach Afrika gehen, sie brauchte mich nicht, und niemand auf der Welt brauchte mich mehr. Dies zu denken war so, wie wenn man, auf einem Steg über einer Schlucht stehend, merkt, daß die Pfosten, die ihn tragen, verfault sind. Es liegt an dem, der darüber geht, ein wenig fester aufzutreten oder ein wenig behutsamer; je nachdem würden sie noch halten oder brechen und stürzen. Was mir befahl, behutsam zu gehen – ich weiß es nicht, es sei denn, ich glaubte, daß Marie-Catherine bei mir war.

Als Simone erwachte, konnte ich sehen, wie die Erinnerung zusammen mit ihr erwachte und wie sie jetzt erst, da alles erledigt war, zu sich selbst und zu ihrem Schmerze kam. Aber sie weinte nicht, sie sagte tapfer: »Du willst natürlich wissen, wie es kam.«

»Sprich nicht jetzt, wenn es dir wehtut.«

»Ach«, sagte sie mit einem Blick, der neu war an ihr, es war der Blick einer plötzlich Erwachsenen, »es tut so oder so weh. Man muß aber nicht in seinen Schmerzen wühlen. Davon hat niemand etwas.«

Ihre Nüchternheit war mir in dieser Stunde unheimlich, fast unerträglich, aber ich wollte ihr an Tapferkeit nicht nachstehen. »Also, erzähle«, sagte ich mühsam.

»Es ist nicht viel zu erzählen«, sagte sie. »Am Karsamstagabend ging es ihr viel besser. Sie schickte mich sogar in die Kirche zur Osternachtfeier, und als ich wiederkam, gegen halb zwei Uhr, lag sie wach und war ganz munter. Ich glaube, sie wollte noch ein wenig mit mir reden, aber ich war zum Umsinken müde, da schickte sie mich zu Bett. Mir war nur aufgefallen, daß es stark nach Wachskerzen roch im Zimmer, aber ich dachte, ich hätte den Geruch an meinen Kleidern aus der Kirche mitgebracht. Jetzt weiß ich, wie es war. Während ich in der Kirche war, hatte sie sich auf den Tod vorbereitet. Der Pater sagte mir, sie habe ihm geschrieben, er möchte nachts kommen, wenn niemand es sähe und wenn ich fort sei. So hatte er alles mitgebracht, was nötig war, und alles auch schon wieder aufgeräumt, und niemand außer ihm wußte, daß sie ganz sicher war, in der Nacht zu sterben. Dem Pater hat sie auch einige Briefe anvertraut, die er nach ihrem Tod den Adressaten übergeben soll. Da ist der Brief an dich.«

Ich nahm ihn bebend an, aber ich vermochte ihn nicht zu öffnen. Ich sagte: »Erzähle weiter.«

»Ich ging also zu Bett und ahnte nichts, aber plötzlich wachte ich auf, so kurz vor sechs, und ich schlich leise zu Mami hinüber. Da war sie tot. Alles andere weißt du.«

Ich erwartete, daß sie nun endlich in Tränen ausbrechen oder wenigstens irgendein Klagewort finden würde, etwa: ›Ganz allein hat sie sterben müssen‹, oder: ›Wie schrecklich, daß nicht einmal ich gewußt habe, wie krank sie war.‹ Aber sie sagte dergleichen nicht, und ich achtete ihre Haltung. So klagte auch ich nicht. Ich sagte nur: »Weißt du, daß deine Mutter sich immer gewünscht hatte, an einem Ostersonntagmorgen zu sterben?«

Sie nickte. »Ein Wunsch, ein einziger, mußte ihr doch wohl zuletzt noch erfüllt werden«, sagte sie leise, aber mit einem Anflug von Bitterkeit, der mich bestürzte.

Meine kleine Simone, sie war mit einem Male kein Kind mehr, kaum mehr ein junges Mädchen. Sie glich in dieser Stunde ganz ihrer Mutter, so wie sie damals in unser Haus gekommen war zum allerersten Male: sehr ernst, gesammelt, jungfräulich und unbestechlich wahrhaftig. Simone freilich war weniger süß, als Marie-Catherine es damals gewesen war; ihre Anmut war knabenhafter, härter, abweisender. Es fehlte ihr die hinreißende Passivität Marie-Catherines, die Schmiegsamkeit der unbewußten Kraft. Simone mußte viel von ihrem Vater geerbt haben, von jenem Widerstandskämpfer und Pariser Armenarzt, der dieses Kind in der Nacht vor seiner Gefangennahme gezeugt hat.

Plötzlich kam es mir zu Bewußtsein, daß Simone nun weder Vater noch Mutter besaß. Ich war der einzige, der verblieben war, ich, nicht einmal blutsverwandt und doch ihr so nah, durch ihre eigene Liebeswahl so nahe. In diesem Augenblick aber dachte ich, daß sie mir nicht gehörte, daß sie mir nur für eine kleine Weile geliehen war, bis sie zu dem eilen würde, dem sie seit Jahren sich verschworen hatte: dem Doktor. Ich wollte diesen Gedanken nicht so scharf denken, darum sagte ich: »Nun möchtest du vielleicht nach Frankreich gehen?«

»Ein paar Wochen mit dir, ja«, sagte sie, »aber nicht für länger.« Dann legte sie die Arme um mich, drückte ihr Gesicht an das meine und sagte: »Nein, nein, ich gehe nicht fort. Wir zwei, wir bleiben jetzt zusammen.«

Ich schämte mich, denn wie sehr waren die Rollen vertauscht! Sie, das Kind, das Mädchen, härter vom Verlust betroffen als ich, tröstete mich! Aus ihrem spröden Troste, aus ihren nüchternen Worten schöpfte ich Kraft, soviel Kraft, daß ich in der Nacht darauf sogar wagte, Marie-Catherines Brief zu öffnen. Wenige Zeilen nur:

»Ich danke Dir für alle Deine Liebe. Nimm Dich unsrer Simone an, sie braucht Dich, auch wenn sie es nicht zeigt. Verfüge Du als ihr Vormund über das Erbe. Alles Nähere im Testament.

Ich freue mich darauf zu sterben. Ich bin glücklich und ganz ruhig, obgleich ich nicht weiß, wohin ich jetzt gehen werde. Ich hoffe, daß barmherzige Arme mich auffangen.«

»Simone braucht Dich«, so stand da. War es so? Oder war dies nur ein Trost, ein Köder, ausgeworfen, um den sich zum Entfliehen wendenden Fisch zu fangen, zu halten in diesem Leben? Wie auch immer: es war Hilfe, es war Halt, es war eine handfeste Wirklichkeit, und dies war es, was ich brauchte.

Dieser Brief gab mir auch die Kraft, an der Beerdigung teilzunehmen.

Es war ein strahlender Frühlingstag, und plötzlich erinnerte ich mich daran, daß Marie-Catherine einmal gesagt hatte: »Bei meiner Beerdigung soll niemand nasse Füße bekommen und einen Schnupfen. Es soll ein Wetter zum Spazierengehen sein, ganz fröhlich.« Ich hatte ihr damals solche Reden verwiesen. »Makabre Späße« nannte ich es. Und nun war ihr wahrhaftig auch dieser Wunsch erfüllt worden. Obgleich Ostern ungewöhnlich früh war in jenem Jahr, Ende März schon, war es warm. Der kleine Friedhof auf dem Hügel, ein Dorffriedhof mitten in der Großstadt, quoll über von

Menschen. Niemand fror, niemand bekam nasse Füße, auf keinen brannte die Sonne allzu heftig hernieder, ein sanfter Ostwind wehte, doch nicht stärker, als daß die Schleifen an den Kränzen leicht sich bauschten und die Bienen bisweilen ein wenig aus ihrer Bahn geweht wurden. Der Duft der blühenden Veilchen auf den Gräbern und der Duft des Weihrauchs mischten sich mit dem Geruch der aufgeworfenen, in der Sonne trocknenden kiesigen Erde, dem von Buchs und Zypresse, und dem der vielen in die unzähligen Kränze gebundenen Narzissen und Tulpen. Die Blumen waren vorwiegend weiß. Man hätte denken können, ein junges Mädchen würde hier begraben.

Ich konnte dies alles und noch weit mehr ruhig und genau beobachten, denn mein Schmerz hatte sich in der vorhergegangenen Nacht in eine so große Tiefe hinabgebohrt, daß er nun dort bewußtlos schlief. Von mir wachte nichts als meine äußeren Sinne.

Simone wollte, daß ich bei ihr und den Urgroßeltern, die einige Stunden zuvor angekommen waren, dicht am Grabe stünde; aber ich fühlte mich nicht berechtigt. So hatte mich denn Babette an die Friedhofsmauer geschoben, und da saß ich neben ihr und ihrem Manne, weit außerhalb des Kreises derer, die man ›die nächsten Angehörigen‹ nennt.

Wer waren die vielen Menschen, die da gekommen waren? Ich kannte nur sehr wenige. Der dicke Brauer war da, auch Frieda, inmitten der Menge, alt und winzig geworden wie Mutter einst; sie trug Trauer. Schließlich sah ich auch noch unseren alten Hausarzt und eine Reihe von ehemaligen Kollegen Clemens' mit ihren Frauen. Wer aber waren die anderen alle? Einfach, mitunter armselig gekleidete Gestalten, Unbekannte, Männer und Frauen, sehr viele Kinder auch, offenbar aus der Siedlung.

Um nichts gealtert, noch immer der Riese aus den böhmischen Wäldern, stand der alte Franziskaner am Grab und weihte es, ehe man den Sarg hinabließ. Aber als die Träger die Seile heraufgezogen hatten und er fortfahren sollte: »Requiem aeternam . . .« oder was immer er zu sagen hatte, brach ihm die Stimme. Er setzte zweimal vergeblich an, das drittemal erst gelang es; von da an aber drückte seine Stimme eine jubelnde Freude aus, die nicht nur mir auffiel; es wurde nachher viel darüber gesprochen. »Er hat das Requiem gesungen, als wär's ein Gloria«, sagte jemand. Es war überhaupt ein ungewöhnliches Begräbnis: von den Angehörigen weinte keines, aber Fremde weinten laut; der Priester sang unpassend freudig, die Kränze und Schleifen waren weiß wie bei der Beerdigung eines jungen Mädchens, und das Seltsamste schließlich war die Grabrede, die der alte Franziskaner hielt. Er blickte eine Weile schweigend ins Grab, dann schüttelte er sonderbar den Kopf, mehrmals, und hob endlich das Gesicht nach oben, und so, der Sonne zugewandt, sprach er. Doch er, dem sonst die Gabe der Sprache mühelos zu Gebote stand, schien die rechten Worte nicht zu finden.

»Die Verstorbene«, begann er, aber dieses Wort störte ihn, es traf nicht das, was er sagen wollte, so begann er von neuem: »Die Tote, die wir eben in die Erde gelegt haben ...« Aber auch dies war es nicht, was er sagen wollte. Er schloß seine Augen, während wir alle ihn fast ängstlich anblickten; doch als er sie öffnete, hatte er endlich den rechten Anfang gefunden:

»Unsere liebe Freundin, deren Leib wir der Erde übergeben haben, hat mir verboten, in dieser Stunde ...« Hier stockte er schon wieder und fuhr dann, ohne den Satz wirklich zu vollenden, fort: »Sie hat mir verboten, an ihrem Grabe zu sprechen. Ich kann nicht gehorchen. Aber was ich sagen will, wißt ihr es nicht selbst? Wißt ihr es nicht besser als ich? Laßt die Fußböden eurer Küchen sprechen, die sie geputzt hat. Laßt eure zerknitterten Bettlaken sprechen, die sie glattgezogen hat, und eure schweißnassen Kissen, die sie unermüdlich umgewendet hat in langen Nachtwachen. Laßt die große Stille der Liebe sprechen, in die eure Klagen fielen: kleine Klagen über kleine Sorgen, große Klagen über großes Leid; Klagen über ein verfehltes Leben, eure Untreue dem Herrn gegenüber, eure Verzweiflung. Laßt euer Lächeln sprechen, mit dem ihr fortginget von ihr, getröstet, erleichtert, ohne zu bedenken, daß sie zurückblieb, auf den Knien liegend, die ungeheure Last eurer Not am eigenen Leibe spürend, mit Gott hadernd eurer Schmerzen wegen, mit ihm ringend um die Erfüllung eurer Wünsche, um euern Frieden, euer Heil.«

Die Leute starrten ihn wie erschrockene Kinder an, dann brachen sie in Tränen aus.

Er ließ sie eine Weile gewähren, dann fuhr er fort:

»Weint nicht, weint nicht, denn es könnte sein, daß euer Weinen sich wie eine Last an ihre Fersen hängt und ihren Aufflug verhindert. Habt Erbarmen. Gönnt ihr endlich den Frieden, den sie euch zuliebe hingegeben hat.«

Wie durch ein Zauberwort verstummte das Weinen, wurde unter Taschentüchern und auf den Mund gepreßten Fäusten erstickt. Es wurde so still, daß nichts mehr zu hören war als das Rascheln des Windes in den Kranzschleifen und das Brausen der Bienen. In diese Stille hinein fielen die Worte des Paters laut, hart und nüchtern: »Wollt ihr die Liebe vergelten, die sie euch gab, so lebt wie sie: versucht zu lieben.« Damit schloß er und fügte nur mehr ein lautes »Amen« hinzu, das wie ein Trompetenstoß in meinen Ohren klang. Dann verließ er das Grab, gefolgt von unser aller betroffenen Blicken.

Meine Kraft aber war nun erschöpft. Ich wünschte fortgebracht zu werden, doch es war nicht möglich, mich, ohne viel Aufsehen zu erregen, durch die dichtgedrängte Menge zu schieben. So blieb ich denn und schöpfte einzig Kraft aus dem Anblick der drei am Grabe: Simone, bleich, tränenlos, zwischen den beiden Alten, die aufrecht, in großer Würde und mit verschlossenen Gesichtern die vielen Hände schüttelten, die sich ihnen entgegenstreckten.

Endlich hatte der letzte seine Schaufel voll Erde ins Grab geworfen und Weihwasser darüber gesprengt, und Simone kam mit den beiden Alten auf uns zu.

Wir hatten uns vor der Beerdigung nicht gesehen, so war dies jetzt die erste Begegnung seit jenem glücklichen Sommer in der Provence.

Sie streckten mir wortlos die Hände entgegen, und in diesem Augenblick erst erlaubten sie sich, ihren Schmerz zu zeigen. Aus den großen klaren Augen der alten Frau drangen langsam ein paar Tränen und liefen über das braune, gefurchte, schöne Gesicht. Der alte Mann aber wandte sich ab, und so, abgewandt, sagte er mit einer Stimme, die ihm nicht völlig gehorchte: »Es war wohl am besten so.«

Da die beiden am Morgen erst angekommen waren, hatten sie noch kein Hotelzimmer genommen. Simone schlug vor, sie sollten in der Wohnung übernachten, die nun die ihre allein war, und sie bestand darauf, daß ich mitkäme. Dies war natürlich und nötig, da ich ja Simones Vormund war.

Die Wohnung war aufgeräumt und die fast peinliche Ordnung zeigte aufs schärfste, daß diese Räume bereits verlassen waren. Nichts mehr würde diese Leere zu füllen imstande sein.

Die beiden Alten sahen sich bestürzt um, und die Frau konnte schließlich nicht mehr an sich halten. »Aber«, fragte sie, »warum mußte das Kind so schlecht wohnen? Ihr seid doch nicht arm!«

»Ach, frag nicht«, sagte Simone. »Ihr kennt sie doch.«

Die Alte war hartnäckig: »Aber ihr habt doch wohl keine Not gelitten?«

Simone schüttelte den Kopf. Wie lästig ihr diese Fragen waren, um so mehr, als sie nicht lügen konnte!

»Also höre«, bohrte die Alte, »es muß doch Geld genug da sein. Wo habt ihr es?«

Simone lachte verlegen und machte eine unbestimmte Gebärde ins Freie.

»Wie«, rief die alte Frau, »einfach verbraucht? Aber in dieser Einfachheit hier . . . ?«

Da stieß sie der alte Mann mit den Ellenbogen: »Hör auf«, murmelte er, »du kannst es dir doch denken.«

»Gut«, sagte sie, »ich frage nicht weiter. Dann waren also diese Leute am Grab . . . ?«

»Ja«, sagte Simone. »Ich bin nicht das einzige Waisenkind, das zurückbleibt.«

»Und jetzt?« fragte die alte Frau. »Was jetzt? Gehst du mit uns, Simone?«

»Ein paar Wochen im Sommer, in den Ferien komme ich zu euch«, antwortete sie, »und Onkel Georg kommt mit.«

Ich wollte widersprechen, aber man achtete nicht auf mich; die Sache war bereits beschlossen.

»Und dann?« fragte die Alte weiter.

»Dann? Dann gehe ich wieder hierher und studiere weiter. Und wenn es Onkel Georg recht ist, dann nehmen wir zusammen eine Wohnung in der Stadt.«

Ich starrte sie verblüfft an. »Aber ich . . .«

Sie schnitt mir das Wort ab. »Meine Mutter möchte das so«, sagte sie trocken.

Der alte Mann sagte erstaunt: »Aber wenn der Onkel das nicht will?«

Simone schaute mich an. »Willst du?«

»Das kommt mir alles so rasch, so überstürzt.«

»Du kannst es dir ja überlegen«, sagte sie nüchtern, aber ich hörte doch ein wenig Schmerz aus ihrer Stimme, ein wenig Enttäuschung.

Darum sagte ich rasch: »Ich möchte schon, kleine Simone. Aber wie könnte ich erlauben, daß du dich mit einem alten Krüppel, wie ich es bin, belastest.«

Sie lachte befreit: »Also, wenn es nur das ist, was dich zögern macht . . . ! Das laß nur meine Sache sein.«

Damit war über mein künftiges Schicksal entschieden, und ich habe es bis heute nicht bereut.

Damals freilich war ich voller Bangen, und auch die beiden Alten waren besorgt. Sie hatten andere Pläne gehabt.

»Und wir?« fragte die alte Frau. »Und unser Hof? Wir haben keinen Erben außer dir, Simone. Wir sind alt.«

Nun senkte Simone den Kopf. Ich sah, daß sie blaß geworden war.

Da sagte der alte Mann, seine Frau am Arm fassend: »Das muß nicht jetzt besprochen werden. Es wird schon alles so werden, wie es werden muß.«

»Ja, ja«, erwiderte die Frau ein wenig bitter, »es ist nur nicht ganz leicht. Ein so schöner Hof.«

Ihr Mann verschloß ihr den Mund mit seiner knochigen braunen Hand. »Warte doch ab. Simone muß erst fertig studieren, bevor sie entscheiden kann.« Doch der tiefe, rauhe Seufzer, den er vergeblich zu unterdrücken suchte, verriet mir, daß er alles schon aufgegeben hatte. Simone ging rasch zu ihm hin und lehnte sich an seine Schulter. Er legte seinen Arm um sie. »Tu du nur, mein Kind«, murmelte er, »was du tun mußt. Wenn man so alt ist wie ich, hört man auf, eigensinnig zu sein.«

Danach aber vermochte ich nicht mehr länger standzuhalten. Ich mußte nach Hause gebracht werden.

Dort erst öffnete ich den Briefumschlag, den mir Simone beim Abschied in die Tasche gesteckt hatte. Er enthielt ein Telegramm des Doktors, an Simone gerichtet. »Ich bin bei Dir.«

Wie teuer mußten ihr diese Worte sein. Aber warum, ach, warum hatte sie das Blatt mir gegeben! Mußte sie nicht wissen, was diese Botschaft in mir aufwühlte? Bis zu diesem Augenblick war es mir gelungen, jeden Gedanken an den Doktor sofort zu verweisen, dorthin, wohin er zu gehören schien: in eine dunkle Ferne, in der er nicht mehr schmerzhafte Wirklichkeit berührte. Nun aber trat er aus diesem Dunkel hervor, und das Licht fiel wie ein Blitz auf ihn. Ich sah den Doktor, ich sah ihn leiden, und ich mißgönnte ihm sein Leiden, ich billigte es ihm nicht zu. Was war sein Schmerz gegen den meinen! Was denn hatte er verloren? Diesem Abschied war er längst vorausgeeilt damals, als er zum letzten Mal Marie-Catherines Hand in der seinen gehalten. Was ihm blieb, war das Gedächtnis seiner Liebe, dieser so vollkommen erwiderten Liebe. Ihm blieb noch mehr: die Hoffnung, die Erwartung. Er konnte glauben, daß er, über kurz oder lang, sie wiedersehen würde. Sie war ihm nur ein wenig vorausgegangen. Jede Stunde, die verrann, brachte ihn ihr näher. Was er tat, tat er fortan in der Hoffnung. Ich aber, der ich nicht an ein Wiedersehen zu glauben vermag, was für ein Trost blieb denn mir? Mir blieb kein Trost, mir blieb nur jenes Grab, das nun mit Blumen und Erde aufgefüllt war über ihrem Sarge. Mir blieb der Schmerz. Er hat mich seither nicht mehr verlassen. Er wacht mit mir in der Morgendämmerung, er sitzt mit mir am Fenster und hebt mit mir seinen Blick zum leeren Himmel, er ißt und trinkt mit mir, aber er schläft nicht zugleich mit mir ein: er zeigt mir noch im Traum, was ich verloren habe.

Daß ich in der Nacht nach der Beerdigung schlafen konnte, war mir nur so lange verwunderlich, bis ich erfuhr, daß man mir auf Simones Anordnung hin ein starkes Schlafmittel in den Wein getan hatte. Aber ich wachte allzu früh auf. Oh, diese Stunde vor Sonnenaufgang! Es ist die Stunde der Dämonen.

Im Augenblick des Erwachens schon fand ich mich bei überklarem Bewußtsein ausgesetzt in der eisigen, finsteren Leere, in die mich Marie-Catherines Tod gestürzt hatte. Wo war Marie-Catherine jetzt? ›Tot‹, sagte ich mir, ›tot‹. Ich wiederholte mir dieses Wort viele Male, als lernte ich auf solche Weise begreifen oder wenigstens mich daran zu gewöhnen. Ein jeder Mensch stirbt, also mußte auch Marie-Catherine sterben. Wer gestorben ist, der ist tot. Was immer das ist: für die Zurückbleibenden bedeutet es, daß der Fortgegangene eben fort ist, nicht mehr da, nicht mehr zu erreichen. Das ist unabänderlich, es muß also hingenommen werden. Was geschieht, wenn ich diesen Tod nicht hinnehme? Orpheus nahm den Tod seiner Eurydike nicht hin; er ging, sie zu suchen, in den Hades. Er rang sie dem Todesgotte ab. Aber auf dem Rückweg verlor er sie dennoch. Keine Liebe ist stark genug, Tote lebendig zu machen. Was mich betrifft, so ist mein Schmerz meine Sache, ich habe ihn zu bestehen, so gut ich kann. Ein anderes aber ist die Frage: Warum mußte dieses Geschöpf sterben, ohne daß sein Anspruch auf Glück auch nur zur Hälfte, zu einem allergeringsten Teil erfüllt worden war? Das ist es, was ich nicht hinzunehmen vermag. Doch was bedeutet es schon, wenn ein Mann es ›nicht hinnimmt‹, daß kein Regen mehr fällt auf sein Land, daß die Brunnen vertrocknen und die Erde verdorrt? Nichts bedeutet sein Nein. Was aber bedeutet sein Ja? Dieses Ja, das der Gott, an den zu glauben man mich und viele andere gelehrt hat, von uns fordert oder doch erwartet? Kann ich, ohne auf das Ungeheuerlichste mich zu belügen, sagen: »Ja, du unbegreiflicher Gott (gesetzt, daß es dich gibt), ich bin einverstanden damit, daß du Marie-Catherine, von dir selbst begabt mit allem, was eine Frau braucht, um glücklich zu sein und zu beglücken, dahingehen läßt, ohne daß sie etwas anderes erlebte als Schmerz, Kränkung, Trennung, Verzicht? Ich bin einverstanden, weil ich in Demut glaube, daß du dem Absurden einen Sinn unterlegt hast, den nur du kennst.« Nein, ich kann so nicht sprechen. Glaubte ich aber wirklich an Gott, dann, ja dann würde ich aufstehen wider ihn und schreien: »Du, der du vorgibst, der Gott der Liebe zu sein, du hast dich der Grausamkeit schuldig ge-

macht vor dir selbst und vor uns. Wäre es dir nicht ein Leichtes
gewesen, diese Frau glücklich zu machen? Eine winzige Bewegung
deiner Hand, und diese Liebenden wären ein Paar geworden vor
dir und aller Welt. Warum hast du diese kleine Bewegung unterlassen? Um ihre Treue zu prüfen? Um sie zu ›läutern‹, wie man
sagt? War aber Marie-Catherines Treue nicht schon genug von
dir geprüft? War sie nicht schon in vielen Feuern geläutert worden?
Weshalb diese letzte, diese unmenschliche Marter? Hast du dir
dabei überhaupt etwas gedacht, warst du überhaupt mit im Spiele?
Oder hast du längst dem Zufall überlassen, was hier unten geschieht?«

Schon hörte ich, von Kindertagen her säuberlich aufbewahrt in
meinem Kopf, eingewickelt in weihrauchduftende Katechismus-
blätter, die gängige Antwort: »Gott hat das Leiden nicht gewollt;
er läßt es nur zu, seitdem die Sünde in die Welt kam.« Er läßt es zu!
Der Vater läßt es zu, daß seine Kinder von Feinden gepfählt, ge-
röstet, vergiftet werden? War der Gott des alten Bundes nicht ein
besserer, da er dem Abraham, der sich einbildete, seinen Sohn um
Gottes willen schlachten zu müssen, verbot, dies zu tun, denn er
wollte, daß jener Knabe lebte! Der Gott aber, der Marie-Catherines
Schicksal lenkte, der wollte nicht, daß sie lebte, sich freute, glücklich war? Nein, nein, das ist kein Glaube für mich. Da ist mir's
schon leichter zu denken, daß die Willkür, gottlos und grausam
und blind wie die Natur, über uns herrscht. Dies zu denken ent-
hebt mich der unehrlichen, der akrobatischen Denkkunststücke
der Theologie, das Schreckliche, das zu sehen sie nicht umhin
kann, in Übereinstimmung zu bringen mit ihrer Lehre von einem
menschenliebenden Gotte. Haben wir doch den Mut, zu sehen, daß
unser Los ein absurdes ist: das Los eines im Weltall irrenden, aus
der Bahn geschleuderten, winzigen, zerfallenden Sterns, um den
keiner sich kümmert bis zu dem Augenblick, in dem, vielleicht,
Gericht über ihn gehalten wird.

»Aber, aber«, hörte ich von weither die Stimme des Paters, »wie
kann man nur so triviale Dinge sagen wie irgendein kleiner Möchte-
gern von Atheist! Als ob Sie nicht wüßten, daß Gott, an den nicht
zu glauben Sie vorgeben, nach einem uns verborgenen Plane handelt,
der weit über dieses unser irdisches Leben hinauszielt und der nur
verstanden werden kann eben von dorther.«

»Aha«, erwiderte ich, »da wären wir also wieder einmal beim ›Jenseits‹, dieser so bequemen Ausflucht der Theologie: ›Einst werden
wir alles verstehen‹. Ich werde verstehen, warum ich ein Krüppel
sein mußte, warum Clemens scheiterte, warum Marie-Catherine

ihren Doktor nicht bekam. Und dann werde ich sagen: ›Ach so! So war das: zu unserm ewigen Heil war es nötig, daß wir auf Erden litten.‹ Gesetzt, das wäre wirklich so: was hilft uns das hier auf Erden? Ist denn die Erde nur ein finsterer, schmutziger Korridor, den man möglichst rasch durcheilen muß, um hinauszugelangen, in den Prunksaal oder in den Garten? Ist denn die Erde nichts? Ist sie uns nicht gegeben zum innigen Verweilen? Ist sie uns nicht gegeben zum Lieben, zum Kosten, zum Ergreifen, zum Um- armen? Nicht einmal das Christentum lehrt, daß Askese ein Wert für sich selbst ist. Das sind fremde Gedanken, nicht im Evangelium zu finden, das weiß sogar ich. Wieso aber dann gibt Gott Gaben, die nicht Verwendung finden dürfen? Wieso zeigt er Güter, die nicht ergriffen werden dürfen? Wieso hat er die Liebe erschaffen und sie erweckt in den Herzen seiner unglücklichen Kinder, wenn diese unter Tränen und Kämpfen seltsamster Art etwas daraus machen, das den Namen Liebe nicht mehr verdient, so kümmerlich entleibt und entfärbt, wie es ist? Das mag hinnehmen, wer will. Ich kann es nicht.«

Als Stunden später der Pater kam, war ich zu Tode erschöpft. Ihm mochte ich friedfertig erscheinen und schon ergeben. Aber mir war nur die Hand erlahmt, die nach ihm schlagen wollte; doch sie würde sich schon wieder erholen. Ein einziges falsches, unred- liches Trostwort von ihm, und ich würde zuschlagen.

»Ich komme zu früh am Tag«, sagte er, sich entschuldigend, »aber ich wollte nicht mehr länger warten, einen Auftrag zu erfüllen. Als ich gestern abend hier war, haben Sie schon geschlafen. Sehen Sie: das sollte ich Ihnen geben. Sie trug es, bis der Sarg geschlossen wurde.«

Augenblicklich erkannte ich die dünne goldene Halskette, die Marie-Catherine früher getragen und dann eines Tages abgelegt hatte um Clemens' willen. Wo aber war das kleine Kreuz, das daran gehangen hatte?

»Das Kreuz«, antwortete der Pater, »das habe ich in ihrem Auftrag gestern nach Afrika geschickt.«

»Kreuz und Kette gehören zusammen«, sagte ich. »Schicken Sie auch die Kette dorthin.«

Ich reichte sie ihm auf der offenen Hand. Er schloß meine Finger mit unwiderstehlicher Gewalt über der Kette zusammen.

»Nein«, sagte er, »hier ist der Stolz fehl am Platze. Sie wußte, was sie tat, als sie teilte.«

»Stolz?« rief ich. »Was reden Sie mir von Stolz? Wir wissen beide, was sie ihm, was er ihr war. Kein Dritter hat daran Teil.«

»Sie irren«, sagte er. »Eine Liebe wie diese sprengt ihre Grenzen. Versuchen Sie, zu begreifen.«

»Begreifen, Pater, begreifen? Von alledem begreife ich nichts.«

Er schaute mich groß und still an. »Was ist es denn, das Sie nicht begreifen?«

»Ich sage Ihnen: nichts von allem, was geschehen ist, vermag ich zu begreifen. Muß ich es aussprechen? Nun gut. Beginnen wir mit der Frage: warum mußte Marie-Catherine ihre hohen Talente vergraben?«

»Welche Talente?«

»Nun, ihre wissenschaftlichen doch.«

»Was sollte sie, Ihrer Meinung nach, damit tun?«

»Aber Pater! Sie konnte eine glänzende wissenschaftliche Laufbahn haben.«

»Ja«, sagte er, »das konnte sie. Und warum, glauben Sie, zog sie es vor, darauf zu verzichten?«

»Das frage ich Sie! Aber antworten Sie mir nicht, daß es die Ehe mit meinem Bruder war, was sie jener Laufbahn vorzog.«

»Offenbar doch. Warum wohl sonst hatte sie jene Laufbahn aufgegeben?«

»Pater, Sie wissen so gut wie ich, daß sie ihn nicht liebte, nicht lieben konnte. Warum nennen wir das Kind nicht beim Namen? Sie opferte sich, weil sie dachte, sie könnte diesem neurotischen Menschen helfen. War es nicht so?«

»Nicht ganz.«

»Nein? Wie aber?«

»Sie tat, wozu sie gerufen war.«

»Gerufen! Von wem? Und war sie so sicher, daß es ein Ruf war, und daß sie gehorchen mußte? Es gibt auch Irrlichter, die auf Irrwege führen. Aber nehmen wir an, Sie haben recht. Sie wurde gerufen. Aber der Ruf konnte doch nur heißen: heirate ihn, weil du ihm damit hilfst. Hat sie ihm geholfen? Mitnichten. Also war sie dem Ruf vergeblich gefolgt, oder eben: der Ruf war ein falscher. Auf jeden Fall: das Opfer war vergeblich gebracht. Nun, so sprechen Sie doch, widersprechen Sie, Pater!«

»Es scheint, als hätten Sie recht.«

»Aber?«

»Wir wissen nichts. Wir wissen nicht, wie dieses Opfer von drüben her gesehen wird.«

»Mit diesem Argument in der Hand sind Sie unschlagbar. Lassen wir also Clemens. Gehen wir zu einem anderen Leiden und bleiben wir dabei hart an der Wirklichkeit, ohne Ausflüchte in die Metaphysik. Warum mußte Marie-Catherine auf ihren Doktor verzichten? Sagen Sie nicht wieder: sie tat es um des imaginären Preises willen.«

»Ach, mein Lieber«, antwortete er, »glauben Sie denn, mir sei nicht das Herz gebrochen bei diesem Verzicht?«

»Ihnen?« rief ich. »Ihnen? Aber Sie mußten sich doch schon von Berufs wegen freuen über diesen heroischen Verzicht! Sie mußten doch triumphieren, daß den beiden der Sprung gelang über die Natur hinaus!«

Er schaute mich zornig an. »Hören Sie auf, mit Spott sich und mich zu verletzen. Bin ich kein Mensch? Habe ich Marie-Catherine nicht geliebt, als wäre sie mein Kind? Und habe ich nicht ihre Liebe zu dem Doktor geliebt? Fühle ich nicht, was eine Trennung Liebender ist? Habe ich nicht mit Gott gerungen um ein Zeichen, ob ich die beiden nicht überzeugen müßte davon, daß Gott ihre Verbindung will?«

»Aber warum, warum gab Gott dieses Zeichen nicht?«

»Weil er den Menschen frei schuf, und weil es der freie Wille der beiden war, sich auf Erden nicht zu verbinden. Auf Erden, hören Sie wohl?«

»Ich höre wohl. Wie gut ich es höre! Da sind wir also glücklich angelangt bei dem Punkt...« Die Erinnerung an jenen Augenblick, als ich in meinem imaginären Streit mit ihm, Stunden vorher, genau bei diesem Punkte angelangt war, machte mich lachen. Ich lachte laut und lange und bitter. Er schaute mich schweigend an.

»So also«, rief ich schließlich, »so ist das: die beiden verzichteten auf die irdische Verbindung, weil sie dafür im Jenseits belohnt würden. Das nenne ich eine simple, wenn auch kühne Spekulation. Man verzichtet auf das kurze zeitliche Glück, um dafür eine Ewigkeit lang beisammen sein zu dürfen. Wie aber, wenn da drüben nichts wäre? Wenn die beiden also sich betrogen sähen um all ihr Glück?«

»Mein Lieber«, sagte der Pater geduldig, aber mit einem Ton von Strenge, der einen Tadel enthielt, »selbst wenn es drüben, wie Sie sagen, keinen Lohn gäbe: sind die beiden nicht schon auf Erden für ihren Verzicht belohnt worden?«

»Ich sehe nicht wie, es sei denn, Sie meinten, der Lohn läge in der Größe, die, zugegebenermaßen, in einem solchen Verzichte liegt. Aber der Verzicht muß doch sinnvoll sein und nicht von der Hybris diktiert. Ist es denn nicht Überheblichkeit, Pater, sich durch einen übermenschlichen Verzicht über das menschliche Glücksverlangen, ja, das menschliche Recht auf Glück hinwegzusetzen und in die eisige Höhle der einsamen Größe...«

Er ließ mich nicht aussprechen. »Eisig? Einsam? Was reden Sie da? Warum reden Sie wider Ihr eigenes besseres Wissen?«

»Nun gut«, sagte ich etwas beschämt, aber keineswegs geschlagen, »aber, um auf Ihr Jenseits zurückzukommen: hätten die beiden nicht als brave Eheleute Aussicht gehabt, im Jenseits beisammenzubleiben? Wozu dann dieser Sonder-Verzicht, dieser metaphysische Übermut, dieser Ehrgeiz allen Ehrgeizes?«

»Nicht allen ist alles erlaubt.«

»So war also den beiden die Verbindung nicht erlaubt? Eben sagten Sie, sie hatten aus freiem Willen verzichtet?«

»Das ist kein Widerspruch.«

»Pater«, sagte ich, »warum quälen Sie mich so fürchterlich?« Ich hörte mich plötzlich schreien. »So reden Sie doch! Fühlen Sie denn nicht, daß ich eine Antwort haben muß, muß! Reden Sie doch in einfachen Worten, ich bitte Sie!«

Er schaute mich eine Weile an, dann sagte er entschlossen: »Gut also; ich gebe Ihnen die Antwort in einfachen Worten. Aber es sind harte Worte und schwer zu verstehen. Können Sie verstehen, was Stellvertretung ist?«

Plötzlich glaubte ich zu begreifen. »Nein!« rief ich, »das darf nicht sein. Pater, nein! Die beiden wollten für Clemens . . . Ist es so?«

»Nicht nur für ihn.«

»Nicht nur für ihn, sagen Sie. Aber doch auch für ihn. War es denn eine Sühne? Eine Sühne wofür? Dafür, daß sie sich liebten? Das ist Wahnsinn. Keine Liebe war je schuldloser als die ihre.«

»Ja, das war sie. Aber sie brachte Leid.«

»Wem? Clemens? Und für dieses Leid . . . ?«

»Nicht nur für dieses und nicht als Sühne eigener Schuld.«

Mir schwindelte. Auf welch fremden Planeten wurde ich denn geschleudert?

»Pater«, rief ich, »gibt es das denn? Zwei Menschen, so stark Liebende, verzichten auf die Erfüllung, um diesen Verzicht in die Waagschale zu werfen . . .«

Er unterbrach mich mit Strenge: »Genug. Ich gab Ihnen den Schlüssel zum Begreifen. Er heißt Liebe. Nun fragen Sie nicht weiter.«

»Ja«, sagte ich, »ja; und für diese allgemeine, ungreifbare Liebe nahmen die beiden die Freudlosigkeit eines unerfüllten Lebens auf sich.«

»Freudlosigkeit? Unerfülltes Leben?« rief er. »Sie irren. Wie sehr Sie irren! Liebe ist Freude. Liebe ist Erfüllung.«

»Und doch hat Marie-Catherine geweint.«

»Die Kreatur klagt, wenn ihr ein natürlicher Wunsch nicht erfüllt wird. Das Ewige in uns aber will freudig das Ewige. Das Ewige in uns kennt und tut den Willen des verborgenen Gottes. Der verborgene Gott ist hart, aber er ist hart aus Liebe.«

Ich ließ diese Worte damals an mir vorübergleiten. Eigensinnig beharrte ich auf dem einen einzigen Gedanken. »So war Marie-Catherine also nicht unglücklich? Sagen Sie es mir!«

»Ich verbürge mich mit meinem ewigen Heil für die Wahrheit dessen, was ich sage: Marie-Catherine hat die vollkommene Freude gekannt.«

Seit jenem Gespräch ist viel Zeit vergangen, fast zwei Jahre sind es. Simone und ich bewohnen ein kleines Haus, eine Nichte unserer alten Frieda führt uns den Haushalt, Simone studiert Medizin, ich schreibe an einem Buch, vielmehr: ich schrieb daran, bis ich die Arbeit unterbrach, um diese Aufzeichnungen zu machen. Aus Afrika kommen glückliche Briefe Clementines und, beigelegt, kleine Zettel des Doktors an Simone, bisweilen auch an mich. Simone hat beschlossen, nicht nach Afrika zu gehen, sondern, sobald sie ihre Examina hinter sich hätte, in dem neuen Krankenhaus zu arbeiten, das sein Bestehen, wie wir nach Marie-Catherines Tod erfuhren, ihrem Bemühen verdankt. Somit ist alles geordnet, wie Marie-Catherine es wollte; beinahe alles. Was nicht geordnet ist, ach, das bin ich. Vordem dachte ich immer, ich sei zum unheroischen kleinen, zum unfreiwilligen Leiden gemacht; ich dachte, ich sei nicht für das Wagnis bestimmt, nicht für den großen Aufschwung; mein Teil sei die Skepsis, der kritisch abwägende Blick über die Mauer. Worte wie Liebe, Gnade, Sühne, Stellvertretung waren mir Worte aus dem Vokabular der Lehrbücher für Theologie und der Traktate für wohlgeordnete fromme Seelen. Was aber geschah mit mir, indem ich diese Erinnerungen niederschrieb, die eine einzige große und peinliche Gewissenserforschung sind? Bisweilen entdecke ich mit Entsetzen, daß ich in einer mir fremden Sprache denke, als hätte ein fremdes Wesen sich meiner bemächtigt. Ich versuche, mich dessen zu erwehren. Ich flüchte mich in Skepsis und Eigenwillen. Aber ich kann nicht umhin zuzugeben, daß die Mauer männlichen Stolzes bereits brüchig ist. Schon dringt durch alle Ritzen der Wind, der Regen, das Aufleuchten ferner Blitze. Ich fürchte mich vor dem Tag, der mich des gewohnten, wenn auch baufälligen Hauses beraubt, nackt auf der Erde kauernd findet, nichts mehr besitzend als die Hoffnung, daß es Gott gebe und daß Er Liebe und Freude sei.

Bitte umblättern:

auf den nächsten Seiten informieren
wir Sie über weitere interessante
Fischer Taschenbücher.

Literatur gegen den Krieg
Romane, Erzählungen, Biographien

Fischer Taschenbuch Verlag

Literatur gegen den Krieg
Romane, Erzählungen, Biographien

Fischer Taschenbuch Verlag

fi 312/1b

Literatur gegen den Krieg
Romane, Erzählungen, Biographien

Fischer Taschenbuch Verlag

fi 312/1c

Nadine Gordimer

Nadine Gordimer ist mit sieben Romanen und mehreren Novellenbänden – auch ein Buch über schwarzafrikanische Literatur – die international bekannteste Schriftstellerin Südafrikas. Als Tochter jüdischer Eltern – der Vater aus Litauen, die Mutter aus England – wurde sie im November 1923 im Grubenstädtchen Springs am östlichen Ende von Witwatersrand geboren. Sie war fünfzehn, als ihre erste Erzählung gedruckt wurde. Mehrere ihrer Romane sind in Südafrika endgültig oder zeitweilig verboten worden. Sie hat auch Essays über Rassenfragen, über Zensur geschrieben – ihr Erzählwerk jedoch macht sie nicht eigentlich zur »Protestschriftstellerin«, weil sie, als Darstellerin zwielichtiger Situationen, auch die Spannung zwischen der literarischen Charakterisierung und der Erfüllung politischer oppositioneller Wünsche als zusätzliche Ambiguität kennt: »Der Schriftsteller muß von seinen Freunden wie von seinen Feinden in Ruhe gelassen werden.«
Nadine Gordimer hat einen überaus empfindlichen Sinn für die physische Anwesenheit von Gegenständen; dadurch macht sie Stimmungen indirekt und desto wirksamer spürbar. Francois Bondy, Zeit-Magazin

Fischer Taschenbuch Verlag

Luise Rinser

Den Wolf umarmen
414 Seiten, 8 Seiten Abb. Leinen

Der schwarze Esel
Roman. 271 Seiten, Leinen

Die rote Katze
Erzählungen
Fischer Bibliothek. 128 Seiten, geb.

Geh fort wenn du kannst
Novelle
Mit einem Nachwort von Hans Bender.
Fischer Bibliothek. 149 Seiten, geb.

Jan Lobel aus Warschau
Erzählung
80 Seiten, Leinen

Mirjam
Roman. 332 Seiten, Leinen

Nina
Mitte des Lebens. Abenteuer der Tugend
Zwei Romane. 475 Seiten, geb.

Septembertag
Mit einem Nachwort von Otto Basler
Fischer Bibliothek. 144 Seiten, geb.

Winterfrühling
Aufzeichnungen 1979–1982
239 Seiten, Leinen

Luise Rinser und Isang Yun
Der verwundete Drache
Dialog über Leben und Werk des Komponisten
247 Seiten mit 25 Schwarzweiß-Abb. Leinen

S. Fischer

Kursbuch
für Mädchen

Herausgegeben von Gertrud Wilker
Mit einem Vorwort von Luise Rinser

»Tausende von Jahren waren wir das, was die Männer in uns sahen. Der Mann schuf uns nach seinem Bild, nach seinen Wünschen und Bedürfnissen. Wir wurden etwas, was wir gar nicht sind. Das spüren und erkennen wir allmählich. Wir fühlen uns unbehaglich in einer aufgezwungenen Form. Wir sind nicht Wir selber.

Wir fühlen, daß wir unsere Persönlichkeit noch nicht frei haben entfalten können. Wer in der Literatur der letzten hundert Jahre nachliest, wie man die Frau sah, begreift, daß wir heute mit aller Kraft danach suchen müssen, wie wir **wirklich** sind. Was nützt einem ein Kursbuch? Nun es kann immerhin Stationen angeben, Orte, die man passieren muß: Kindheit, Schule, Pubertät, erste Liebe, sexuelle Erfahrungen, Krankheit, Angst, Enttäuschungen, Schmerzen, Zusammenbrüche. Während ein Bahn-Kursbuch aber nur geographische Orte angibt, zeigt ein Lebens-Kursbuch seelisch-geistige »Orte« an, und es zeigt, wie andere Menschen sich an solchen Orten verhalten haben.

Daran kann man sich orientieren.«

Luise Rinser

FISCHER BOOT **Band 7524**

Luise Rinser

Fischer Taschenbuch Verlag

fi 132/1